JAN BURKE

Morgen früh, wenn Gott will

Buch

Irene Kelly hat die Nase voll von ihrem Job beim Lokalblatt von Las Piernas, Kalifornien. Da verändert ein Mordfall ihr Leben: O'Connor, ältester Reporter der Zeitung und Irenes väterlicher Freund, fällt einem Bombenanschlag zum Opfer. Irene ist besessen von der Idee, den Täter zu finden, und macht auch schon bald eine wichtige Entdeckung. Auf O'Connors Computer-Festplatte sind Notizen zu einem über 35 Jahre zurückliegenden Mordfall gespeichert. Damals wurde eine schwangere Frau, die nie identifiziert werden konnte, völlig verstümmelt am Strand gefunden. Zusammen mit dem Polizisten Frank geht Irene dieser Spur nach, aber stets, wenn sich die beiden der Lösung nahe glauben, wird ein wichtiger Zeuge zum Schweigen gebracht. Und schon bald ist Irene die nächste Zielscheibe des Killers ...

Autorin

»Morgen früh, wenn Gott will« ist der erste Roman in Jan Burkes erfolgreicher Irene-Kelly-Reihe, zu deren Fans erklärtermaßen auch der 41. amerikanische Präsident Bill Clinton gehört. Jan Burke lebt mit ihrem Mann in Seal Beach, Kalifornien.

Von Jan Burke außerdem bei Goldmann lieferbar:

Böse Buben. Roman (43936)
Du wirst mich nie vergessen. Roman (43603)
Grabesstille. Roman (44858)
Ihr wahres Gesicht. Roman (44018)

JAN BURKE

Morgen früh, wenn Gott will

Ein Irene-Kelly-Roman

Aus dem Amerikanischen
von Maria Mill

PORTOBELLO

Die Originalausgabe erschien 1993 unter dem Titel
»Goodnight, Irene« bei Simon & Schuster, New York

Umwelthinweis:
Alle bedruckten Materialien dieses Taschenbuches
sind chlorfrei und umweltschonend.

Portobello Taschenbücher erscheinen im Goldmann Verlag,
einem Unternehmen der Verlagsgruppe Bertelsmann GmbH

Einmalige Sonderausgabe Juni 2001

Dieses Werk wurde vermittelt durch die
Literarische Agentur Thomas Schlück GmbH, 30827 Garbsen
Umschlaggestaltung: Design Team München
Umschlagfoto: TIB/Studio MPM
Satz:
Druck: Elsnerdruck, Berlin
Verlagsnummer: 55228
RM · Herstellung:
Made in Germany
ISBN 3-442-55228-1
www.portobello-verlag.de

1 3 5 7 9 10 8 6 4 2

1

Er hat gern dicken Frauen beim Tanzen zugeschaut. O'Connors letzte Nacht auf diesem Planeten war wohl eine glückliche, denn in jener Nacht kam er, was Vollschlanke angeht, voll auf seine Kosten.

Wir waren an diesem Samstagabend auf einen Drink zu *Banyon's* gegangen, und irgendwie war ein richtiger Schwarm draller Schönheiten ebenfalls dort gelandet. O'Connor stand zwar nicht auf, um mit einer von ihnen zu tanzen; ich bin mir gar nicht sicher, ob ihm die Rolle des Tänzers so viel Spaß gemacht hätte wie einfach zu beobachten, wie sie sich mit erstaunlicher Grazie in den Hüften wiegten. Ich glaube nicht, daß er an dem Abend auch nur ein einziges Wort von mir mitbekommen hat, was auch völlig egal ist, weil ich mich sowieso nur über ziemlich abgedroschene Themen verbreitete. Er saß bloß da mit einem Ausdruck zwischen Verehrung und Verlangen, sobald so ein dickes, altes Mädchen aufstand, um einen schlingernden Shimmy hinzulegen.

O'Connor und ich hatten unsere Freundschaft über eine der scheußlichsten Scheidungen im Staate Kalifornien hinwegretten können – die Scheidung seines Sohns Kenny und meiner älteren Schwester Barbara. Wir waren schon befreundet, bevor diese Romanze begann, und hielten sie beide von Anfang an für hoffnungslos. Meine Schwester hatte sich schon seit Jahren in miesen Beziehungen gesuhlt, so daß es mich nicht überraschte. Aber mir ist immer noch schleierhaft, was ein großherziger Mensch wie O'Connor mit der Erbmasse eines ekligen, kleinen Scheißkerls wie Kenny gemein haben kann.

Ich vermute, daß O'Connors Exfrau eine richtige Hexe

war, wenn er auch nie über sie redete. Barbara erzählte mir, sie hätten sich getrennt, als Kenny noch ein Baby war. Bis zu seinem vierzehnten Jahr hatte Kenny bei seiner Mutter gelebt, dann hatte sie ihn wie ein Bündel alter Lumpen zusammengepackt und an O'Connor verschickt – ohne Erklärung, ohne Vorwarnung, nur mit einer telefonischen Ankündigung, in der sie ihm mitteilte, das Kind käme noch an diesem Nachmittag mit dem Flugzeug aus Phoenix. Sie selber war unbekannt verzogen – seit Jahren hatte niemand etwas von ihr gehört.

Die tanzenden Ladies machten Feierabend, und wir beschlossen, es ihnen gleichzutun. Als ich ihn nach Hause fuhr, begann er, Irenwitze zu erzählen, ein sicheres Zeichen dafür, daß er ein paar zuviel gekippt hatte. Die Witze waren uralt, aber O'Connor brachte mich schon durch sein lächerliches Gelächter zum Lachen. Es fing mit so einem stillen Zittern an, dann lachte er schallend, bis ihm die Tränen runterliefen, und schließlich zog er sein Taschentuch heraus und schneuzte sich die riesige Nase. Es gelang mir nie, dieser Vorstellung mit unbewegter Miene zu folgen – und wenn er dann das Taschentuch hervorkramte, war alles zu spät.

Da Kennys rote Corvette in der Auffahrt stand, parkte ich auf dem Bordstein. O'Connor kletterte langsam aus dem Wagen. »Ich mag dich sehr, Irene«, sagte er mit einem Zwinkern und einer kleinen besoffenen Verbeugung.

»O'Connor, bitte sing's nicht! Es ist ein Uhr früh. Die Leute wollen schlafen.«

Ich hätte es besser wissen müssen; er sang es trotzdem, und nach meinem flehentlichen Bitten hatte er erst recht seinen Spaß daran. Er lachte, als er sich umdrehte und die Haustür anpeilte, er zog die mächtigen Schultern zurück, holte tief Luft und begann, während er zum dunklen Haus hinaufwatschelte, aus voller Kehle zu grölen: »Goodnight, Irene . . .«

Für mich und seine Nachbarn war das ein alter Hut, aber die nebenan wohnende Mrs. Keene fühlte sich geradezu moralisch verpflichtet, ihr Hoflicht anzuknipsen, um ihre Verärgerung zu signalisieren. O'Connor grinste, ging einfach weiter und winkte noch, als er die Tür zumachte.

Am Morgen nach unserer Nacht bei *Banyon's* hinterließ jemand ein Päckchen an O'Connors Vordereingang. Mrs. Keene befand sich im Garten, sprengte den Rasen, und später meinte sie, sie habe ihn barfuß und im Bademantel herauslatschen sehen, als er die Zeitung holte. Er war wohl ein wenig verkatert, denn sie sagte, daß er das Päckchen erst auf dem Rückweg entdeckt habe. Ihr war es etwas peinlich, ihn im Bademantel zu sehen, weswegen sie ihm keinen »Guten Morgen« und auch sonst nichts zurief. Aber sie ist ein wißbegieriges Geschöpf, und sie war neugierig wegen des Päckchens.

Niemand weiß genau, was dann passiert ist, außer daß die Explosion Mrs. Keene buchstäblich auf den Hintern haute und winzige O'Connor-Stückchen in alle Himmelsrichtungen schleuderte.

Ich war zu Hause und machte mir einen faulen Morgen, lungerte in einem alten Pyjama herum und las unter dem wachsamen Auge meines großen grauen Katers Wild Bill Cody die Zeitung, als das Telefon klingelte. Es war Lydia Ames, eine alte Freundin von der *Las Piernas News Express*, der Zeitung, bei der ich früher gearbeitet habe.

»Irene! Wohnt O'Connor in der Randall Avenue?«

»*Wer* will das wissen?« fragte ich, durch ihren Ton mißtrauisch geworden.

»Scheiße, Irene!«

Also Lydia hat meines Wissens überhaupt nur einmal in ihrem Leben geflucht, und das war damals, als Alicia Penderson bei unserem High School-Abschlußball mit genau dem gleichen Kleid wie Lydia auftauchte, so einem trägerlosen Ding – nur daß es an Alicia der Schwerkraft nicht so gut widerstand.

Also plötzlich ist da Lydia an der Strippe mitten am Sonntagmorgen, klingt ganz gedrückt und so, als wolle sie gleich zu heulen anfangen. Ich nannte ihr O'Connors Adresse. Sie schwieg ungefähr vier Stunden lang, so kam es mir zumindest vor, aber vermutlich war es nur eine halbe Minute.

»Lydia, was zum Teufel geht hier vor?«

»Scheiße, Irene...« Jetzt heulte sie tatsächlich. »Irene, ich glaube, du solltest zu O'Connor rüberfahren. Wir haben gerade eine Meldung reingekriegt, daß es da irgendeine Explosion gegeben hat – Baker ist schon unterwegs, um drüber zu berichten.«

Während ich mich anzog und zu O'Connor fuhr, redete ich mir die ganze Zeit ein, daß Lydia ja ziemlich hysterisch war und daß ich ja eigentlich gar nicht wissen konnte, ob O'Connor etwas zugestoßen war. Vielleicht seinem Haus, vielleicht nicht O'Connor selbst, sondern jemand anderem, vielleicht einem anderen Haus.

Das änderte sich dann allmählich, als ich schon aus einer Meile Entfernung den aufsteigenden Rauch erblickte. Ein kaltes taubes Gefühl stieg mir langsam die Kehle hoch und ließ mich schließlich auf dem Gehsteig gegenüber dem Haus erstarren. Trauben von Feuerwehrleuten bildeten zusammen mit den Bullen dichte, nervöse Menschenhaufen. Um das Grundstück herum standen Feuerwehrautos, Streifenwägen, der Kombi des Bombenräumkommandos und ein Krankenwagen. Die Explosion hatte das Haus völlig zerquetscht – wie ein Ei; ein Dotter aus Schlamm und Schutt rann aus der zerbrochenen Schale. Ich wollte O'Connor suchen. Ich war mir sicher, wenn sie mich nur nachschauen ließen, wenn sie nur jemanden, der ihn gern hatte, nachgucken ließen, dann würde ich ihn finden.

Manchmal hört man von Leuten, die sofort wissen, wenn ein geliebter Mensch gestorben ist, die spüren, wenn der Geist den Toten verläßt oder so was Ähnliches. O'Connor war noch da.

Ich hörte jemanden »Kelly!« brüllen und sah, als ich mich umdrehte, einen hochgewachsenen Schwarzen auf mich zukommen. Es war Mark Baker, der Reporter, den der *Express* losgeschickt hatte. »O Gott, Irene, es tut mir so leid«, sagte er mit bebender Stimme. Ich konnte mit seinem Mitgefühl im Moment nichts anfangen und schaute weg. Er verstand es und schwieg, legte mir bloß einen seiner stämmigen Arme um die Schultern und führte mich von der Menschenmenge fort. Mark brachte mich zu Frank Harriman, der Mrs. Keene gerade ein vernünftiges Wort zu entlocken versuchte, und ging dann weiter, um sich mit einem der Burschen vom Bombenräumkommando zu unterhalten.

Frank und ich hatten uns kennengelernt, als er gerade bei den Bullen in Bakersfield anfing und ich als grünschnäblige Reporterin mein erstes Verbrechen recherchierte. Jetzt arbeitete er beim Morddezernat des *Police Department* von Las Piernas. Ich hatte ihn lange nicht gesehen, zuletzt noch vor meiner Kündigung bei der Zeitung. Doch dies war weder die Zeit noch der Ort, um alte Bekanntschaften aufzufrischen.

Als ich nun neben Frank stand, bemerkte er mich und warf mir einen jener sehr väterlichen »Alles-okay?«-Blicke zu. Ich versuchte, diesem Blick auszuweichen, und wandte mich ab, doch zu meinem Entsetzen erblickte ich beim Aufschauen einen Assistenten des Untersuchungsrichters, der gerade ein Fetzchen irgendeiner weichen Substanz in einen Beutel steckte.

Gott sei Dank falle ich nicht so leicht in Ohnmacht. Aber ich muß schlimm ausgesehen haben, denn Frank berührte mich sanft am Ellbogen und sagte: »Geh nach Hause, Irene.« Ich starrte ihn nur an.

»Wohnst du immer noch im gleichen Haus?« fragte er.

Ich nickte, weil ich meiner Stimme nicht traute. Außerdem war ich von meinem inneren Kampf in Anspruch genommen – einen Augenblick lang versuchte ich, alles in mich aufzusaugen, im nächsten, die Augen zuzumachen. Ich hörte Frank sagen, daß er mir später noch ein paar Fragen stellen wollte oder so etwas Ähnliches. Ich nahm an, Mrs. Keene hatte ihm vom gestrigen Abendständchen erzählt, aber inzwischen war mir alles egal. Ich hörte die Kamera der Spurensicherungsteams klicken, und aus dem Augenwinkel beobachtete ich weiterhin die Assistenten des Untersuchungsrichters mit ihren verdammten Plastiktüten und Pinzetten. Mir war übel und ganz komisch ... ich fühlte mich von allem abgeschnitten.

Frank schwieg einen Moment; dann bat er einen Polizisten, mich nach Hause zu bringen, aber ich schüttelte die seltsame Stimmung ab und sagte ihm, daß ich schon zurechtkäme. Ich vergewisserte mich, daß er meine Adresse hatte, und verabschiedete mich. Ich spürte, wie er mich beobachtete, während ich zu meinem Wagen ging. Beim Davonfahren blickte ich weder zu Frank noch zum Haus zurück.

Als ich um die Ecke bog, sah ich Kennys rote Corvette herankommen. Zum hundertsten Mal tat er mir leid. Er war nicht gerüstet für die Anforderungen des Alltags, von so etwas ganz zu schweigen. Und zum zweihundertsten Mal erkannte ich, daß ich nichts dagegen tun konnte.

Es dauerte lange, bis ich mich fragte, was Kenny wohl veranlaßt hatte, so früh am Sonntagmorgen aufzustehen und herzufahren.

2

Frank wartete mit dem Vorbeikommen fast zu lange. Am späten Nachmittag war ich schon verdammt unruhig.

Die Zeit zwischen meiner Abfahrt von O'Connors Haus und Franks Ankunft bei mir verbrachte ich hauptsächlich mit erregtem Auf- und Abmarschieren. Ich sitze nicht gern herum, und es war ein heißer Tag. Während der Nachmittag sich dahinschleppte, begannen allmählich die Santa-Ana-Winde zu wehen und machten mein Haus zu einem richtigen Backofen. Wie die meisten Südkalifornier ertrage ich diese Wüstenwinde nur bis zu einem gewissen Grad und drehe dann sowieso schon ein bißchen durch. Ich wohne zwei Meilen vom Strand entfernt in Las Piernas, genau südlich von L. A. Gewöhnlich kommt am Spätnachmittag kühle Luft vom Meer. Aber obwohl nichts als die vordere und hintere Gittertür die schwache Brise, die vielleicht noch kam, hemmen konnten, war es heiß in dem alten Haus. Es ist ein kleiner Bungalow aus den dreißiger Jahren in einem Stadtteil, dessen Bewohner sich nicht so recht entscheiden können, wie man die Sanierung am besten anfängt.

Also marschierte ich auf und ab, setzte mich hin und versuchte zu heulen, doch es gelang mir nicht. Cody saß da, beobachtete mich und zupfte nervös an seinem dicken Schwanz. Irgendwann einmal war ich so genervt, daß ich die Schuhe auszog und sie so heftig, wie ich nur konnte, an die Wand schleuderte. Ich warf sie durchaus nicht in Codys Richtung, aber er hatte trotzdem genug von mir und verschwand durch seine Katzentür – einen umfunktionierten Eiswürfelschlitz – aus meiner Küche.

Es war schwer, etwas zu finden, das das Nachdenken lohnte. Wenn ich an die Vergangenheit dachte, so beklagte ich das Ende der gemeinsamen Zeit mit O'Connor. Wenn ich an die Zukunft dachte, dann nur, um Pläne abzuschreiben. Es blieb nur das Nichts, scharf wie ein Messer. Ich wanderte barfuß auf und ab.

Ich wußte, daß ich irgendwann einmal diesem Ich-tu-mir-ja-so-leid-Gefühl frönen könnte, aber jetzt war nicht der richtige Zeitpunkt dazu. Wenn ich mich nur auf irgend etwas konzentrieren könnte, vielleicht gelänge es mir dann herauszufinden, wer O'Connor das angetan hatte. Und ich könnte ihn töten. Ganz langsam.

In derlei Gedanken versunken, hörte ich plötzlich ein Geräusch auf der vorderen Veranda. Die dunkle, große Gestalt eines Mannes blickte von der Eingangstür zu mir her und legte vor dem Gitter schützend die Hand über die Augen.

»Irene?«

»Mein Gott, Frank. Du hast mich vielleicht erschreckt. Wie lang stehst du denn schon da draußen?«

»Wie wär's, wenn du mich mal reinläßt? Hier draußen ist es heißer als in der Hölle.«

Ich schob den Riegel zurück und öffnete ihm die Tür. Ich plumpste auf die Couch und wies mit einer Handbewegung auf meinen großen, altmodischen Sessel, aber er winkte ab und lehnte sich statt dessen an einen Tisch.

»Geht's dir einigermaßen?«

»Wird schon wieder. Du kennst mich ja.«

Er lächelte ein wenig und sagte: »Ja, ich glaub schon.« Er schwieg einen Augenblick und richtete sich dann auf. Er sah mich prüfend an, und ich fühlte mich unbehaglich. Ich beschloß, eine Zeitlang meine Zehen zu betrachten.

Er fing wieder an. »Also, ich weiß ja, daß du ziemlich zäh bist, aber ich weiß auch so ungefähr, was O'Connor dir bedeutet hat. Keiner erlebt so etwas, wie du's heute erlebt hast, und schlendert pfeifend davon. Deswegen brauchst du jetzt auch nicht drüber zu reden, wenn du nicht willst.«

Ich blickte flüchtig zu ihm auf. Sein Gesicht zeigte einen

komisch besorgten Ausdruck. Hätte er mich nicht eingeschüchtert, hätte ich wahrscheinlich doch noch losgeheult. Sein Mitgefühl oder was auch immer schwemmte meine Gefühle an die Oberfläche. Wie er da stand, groß, gut aussehend, und nur vier Meter von mir entfernt und so besorgt guckte. Aber jetzt gab es einfach keinen Platz in mir für alte Geschichten und auch nicht für Neues.

»Setz dich, Frank.«

Er setzte sich hin. Trotz seiner Größe – zirka eins siebenundachtzig oder -neunzig, nehm' ich an – überragte die Sessellehne immer noch seinen Kopf. Ich liebe diesen großen, alten Sessel. Seit meinem Großvater hatte keiner mehr so gut darin ausgesehen.

»Mach schon«, sagte ich zu ihm. »Hol deinen Notizblock raus. Stell mir Fragen. Das wird mir guttun. Zumindest mach ich dann was. Vielleicht kann ich euch helfen.«

Einen Moment lang saß er nur da, immer noch schweigend, als sei er unentschlossen. Dann griff er in die Jackentasche und zog ein Notizbuch heraus.

»Warum ziehst du die Jacke nicht aus? Ich bin doch auch nicht so förmlich mit meinen nackten Füßen.«

»Danke«, sagte er und stand noch einmal kurz auf. Er zog das Sakko aus und legte es ordentlich über die Sessellehne. Trotz langärmeligem Hemd und Schulterhalfter sah er jetzt aus, als fühle er sich schon behaglicher. Er setzte sich wieder hin, lockerte seinen Schlips und schlug eine leere Seite in seinem Notizbuch auf. Ich wurde wieder nervös.

»Hm, magst du vielleicht was zu trinken, was Kaltes?«

Er warf mir wieder diesen fragenden Blick zu. »Klar«, sagte er.

Verdammt, dachte ich mir. Ich muß aufhören, mich wie eine Idiotin aufzuführen. Ich merkte, daß wir jedesmal, wenn einer von uns die Sprache auf O'Connor bringen wollte, mühsam stammelten und verstummten.

Ich goß zwei Gläser Eistee ein und trug sie ins Wohnzimmer.

Draußen vor dem Panoramafenster ließen die Hitzewellen die Straße wie einen Fluß erscheinen. Ein großes dunkelblaues Auto schwamm am Fenster vorüber. Ich sah Cody, der sich in der Sonne auf dem Rasen ausgestreckt hatte.

Ich reichte Frank seinen Eistee und setzte mich wieder hin. »Tut mir leid – ich hätte dir schon früher was anbieten sollen. Ich bin wohl ein bißchen durcheinander. Was willst du wissen?«

»Ist schon in Ordnung. Ich bin auch durcheinander. Aber egal, du hast O'Connor doch gestern abend gesehen?«

»Ja, wir waren bei *Banyon's*. Er war ziemlich in Stimmung, würd' ich sagen. Er hat einiges geschluckt, aber ich bin gefahren und trank daher nur ein Guinness. Er hat sich großartig amüsiert.« Ich dachte an O'Connor und die Tänzerinnen. Ich unterbrach meine Geschichte für einen Augenblick und schaute hinaus. Cody hatte sich in den Schatten verzogen. Ich holte tief Luft und fuhr fort.

»Na ja, wir haben geredet und den Leuten beim Tanzen zugeschaut, und irgendwann nach Mitternacht, wohl so um halb eins, sind wir dann gegangen. Ich fuhr ihn nach Hause. Etwa um eins waren wir dort. Er stieg aus, sang mir auf dem Weg zum Haus noch ›Goodnight Irene‹ vor. Er singt – er hat mir das immer gern vorgesungen.«

Warum war es nur so schwer, etwas zu erzählen, über das ich den ganzen Tag nachgedacht hatte? Ich schaute wieder zum Fenster hinaus – der blaue Wagen, ein Lincoln, wie ich erkennen konnte –, fuhr langsam wieder die Straße hinauf.

»Hast du ihn bis zur Tür begleitet?« fragte Frank.

»Nein, aber ich hab' zugeschaut, wie er die Verandastufen hochstieg – er war ein bißchen wacklig auf den Beinen. Da war kein Päckchen. Kenny war schon daheim – zumindest hat sein Auto in der Auffahrt gestanden.«

»An was hat O'Connor gerade gearbeitet?«

»Haben die Zeitungsleute dir das nicht erzählt?«

»Ich war noch nicht dort – hab' angenommen, du weißt eher über seine wirklichen Pläne Bescheid als dieser Dummkopf von Wrigley.«

Ich mußte lächeln. »Du versuchst nicht, mich auf deine Seite zu ziehen, wenn du so was über den geschätzten Herausgeber des *Express* sagst, oder?«

»Nein, daß er ein Blödmann ist, war mir schon klar, ehe Mark Baker mir erzählte, warum du gekündigt hast. Das war nur die Bestätigung.«

»Ach ja, er ist ein Trottel, aber vielleicht war es ein Fehler wegzugehen. Wahrscheinlich hätte ich mich nicht von ihm beeindrucken lassen sollen. O'Connor hat mich immer gedrängt, wieder zurückzukommen, hat gemeint, ich verrenne mich da in meinem irischen Trotz. Er war noch ein Zeitungsmann der alten Schule. Mit Leib und Seele Journalist. ›Unsere Verpflichtung gegenüber der Öffentlichkeit‹ und all diese Dinge. Nicht daß er in bezug auf irgend jemand oder irgendwas naiv gewesen wäre, aber er hat sich dadurch nicht verbittern lassen wie so manche andere.«

»Uns Bullen geht's doch genauso«, sagte Frank.

»Ich weiß. Wir kriegen wohl alle die Rückseite der Medaille zu Gesicht. Ist manchmal schwer, sich dran zu erinnern, daß es noch was anderes gibt. Auf meinem jetzigen Gebiet ist natürlich alles Sonnenschein und Eis am Stiel. O Gott, wie ich die Werbung hasse. Ich hab' O'Connor fast den ganzen letzten Abend damit genervt. Na ja, er glaubte jedenfalls an das, was er tat. Ich glaub nicht an das, was ich momentan mache, und werde dabei noch zu einer richtigen Zynikerin.«

»Du tust, was du tun mußt.«

»Du klingst wie O'Connor. Aber egal, du hast mich gefragt, woran er gearbeitet hat. Tja, schauen wir mal. Er hat sich da mit einer Geschichte befaßt, der Finanzierung einer Wahlkampagne – Bürgermeisteramt. Das hat ihn wohl hauptsächlich beschäftigt in letzter Zeit.«

»Ich hab' ihn eigentlich nicht richtig gekannt«, sagte er. »Hab' ihn nur ein-, zweimal getroffen. Ihn hin und wieder im Rathaus gesehen, ab und zu seine Kolumne gelesen. Ein paar von den Alten in unserer Abteilung haben mir erzählt, daß O'Connor irgendeine Lieblingsgeschichte hatte, einen ungelösten Mordfall?«

»Ach, du meinst Hannah. Ja, er hat immer wieder von Hannah erzählt. Sie hieß nicht so, das ist nur dieser blöde Humor der Zeitungsfritzen. Ziemlich grausige Geschichte eigentlich. Eine junge Frau, etwa zwanzig Jahre alt. Man fand sie im Sand unter dem Pier. Irgend jemand wollte ihre Identifizierung verhindern. Schlug ihr das Gesicht zu Brei und hackte ihr Hände und Füße ab. Irgendein Witzbold in der Redaktion nannte sie die ›Handlose Hannah‹. Die Autopsie ergab, daß sie damals etwa im zweiten Monat war. Das war im Sommer des Jahres 1955. O'Connor war zu der Zeit wohl etwa siebenundzwanzig.

Tja, zehn Jahre vorher war O'Connors ältere Schwester verschwunden. Sie war ungefähr im gleichen Alter wie Hannah, achtzehn oder neunzehn. Etwa fünf Jahre später fanden sie die Leiche, kriegten aber nie heraus, wer sie getötet hatte. Sie verschwand im Frühjahr '45, unmittelbar vor Kriegsende – auf dem Heimweg von ihrem Arbeitsplatz in einer Rüstungsfabrik. Und man fand sie erst 1950. Das war also nur fünf Jahre vor Hannahs Auftauchen am Strand.

Immer wenn er über seine Schwester redete, hat er erzählt, daß es seine Mutter in den Wahnsinn getrieben hat; die fünf Jahre Ungewißheit waren schlimm für die ganze Familie. Er stand seiner Schwester sehr nahe. Er hat sie wohl normalerweise von der Arbeit abgeholt, aber an diesem Abend hatte er ein heißes Rendezvous. Fühlte sich ungeheuer schuldig für das, was dann geschah. Und zu alledem versetzte ihn das Mädchen auch noch.«

»Also ist er durch seine Schwester in die Geschichte dieser unbekannten Johanna Ohnehand hineingeraten?«

»Genau. Als alter Schnüffler versuchte er immer wieder rauszukriegen, wer sie war. Er war richtig besessen davon. Als der Untersuchungsrichter sie nicht mehr im Leichenschauhaus behalten wollte, richtete O'Connor ihr auf eigene Kosten ein anständiges Begräbnis aus und bezahlte ihren Grabstein.

Er gab sogar seinen Urlaub dran, um nachzuforschen, woher sie kam und was sie wohl hier suchte. Jedes Jahr, am Jahrestag des Leichenfunds, schrieb er seinen berühmten ›Wer ist Hannah?‹-Artikel. Er berichtete über ihren Fall und über irgendwelche unbekannten Janes oder Johns, die kürzlich im Leichenschauhaus gelegen hatten. Manchmal wurde die Geschichte von auswärtigen Zeitungen aufgegriffen. Aber niemand fragte je nach Hannah. Jedes Jahr wandte sich jemand, der nach einer vermißten Tochter, Schwester oder Frau suchte, an ihn, aber am Ende war es doch nie seine Hannah. Ab und zu erzählte er mir, er glaube jetzt einen Hinweis zu haben, aber ich denke nicht, daß er je viel erfahren hat.

›Irene‹, sagte er dann, ›es gibt Menschen, die vermissen dieses Mädchen. Jede Nacht gehen sie an seinem Zimmer vorbei und fragen sich, ob es noch am Leben ist, ob es vielleicht an Gedächtnisverlust leidet, ob es sie vielleicht insgeheim gehaßt hat und weggelaufen ist, ob es gefoltert oder brutal behandelt worden ist. Sie vermissen sie. Und irgendwo sitzt so ein finstrer Geselle und weiß genau, daß er sie umgebracht hat, weiß, wo ihre Hände und Füße begraben sind. Ich will ihn ein bißchen einschüchtern.‹«

Frank setzte sich und seufzte. »Fünfunddreißig Jahre ist das her. Der Mörder ist vielleicht nicht mal mehr am Leben, und eingeschüchtert schon gar nicht.« Er stand auf und ging ein wenig herum. »Ich nehm' an, O'Connor ist einigen Leuten auf die Füße getreten.«

»Ich hab' mir das auch überlegt«, sagte ich und stand ebenfalls auf. »Diese Stadt ist so voll von potentiellen Feinden, daß man gar nicht erst suchen muß. Es gibt jede Menge Leute, denen nicht paßte, was er über sie zu sagen hatte, Leute, die genug Macht haben, um sich dagegen zu wehren. Gelegentlich bekam er Morddrohungen. Aber in letzter Zeit hat er nichts davon erzählt.«

Es klopfte am Vordereingang. Wir drehten uns um und guckten, aber es schien niemand da zu sein.

»Cody. Wild Bill Cody, mein Kater«, erklärte ich. »Er hat eine Katzentür, aber auf diese Weise kann er mich nerven.« Ich öffnete die Tür und ließ ihn herein. Er stolzierte zu Frank, um an seinen Schuhen zu schnüffeln – Schuhe sind für Katzen wohl das, was der Hosenschritt für Hunde ist, wenn Katzen auch in der Beziehung mehr Taktgefühl haben. Cody steht auf Streicheleinheiten, und trotz der Hitze war er glücklich, den Kopf gekrault zu kriegen. Frank stand mit Cody auf dem Arm da und schaute aus dem Fenster. Er schien auf etwas zu starren, als er sich plötzlich zu mir hin duckte und mich zu Boden warf, dabei auf mir landete und mich fast erdrückte. Cody riß sich gerade von uns los, als drei Schüsse durch das Fenster pfiffen.

3

Frank hob den Kopf, und ich sah Blut auf seinem Gesicht. Ich begann zu schreien, aber er hielt mir den Mund zu. Er lauschte. Wir hörten einen Wagen wegfahren. Er rappelte sich von mir hoch, zog die Pistole und schaute rasch zum Fenster hinaus, ehe er zur Vordertür ging. Ich brauchte ein bißchen länger zum Aufstehen. Überall lagen Glasscherben, und in der Lehne meines Sessels klaffte ein Loch. Ich war stocksauer. Ich versuchte, den Scherben auszuweichen und trat auf die Terrasse hinaus.

Die Schüsse waren so laut gewesen, daß sie einige gaffende Nachbarn herbeigelockt hatten. »Frank, geh rein, du erschreckst meine Nachbarn.« Einen blutverschmierten Mann mit Pistole sehen sie nicht jeden Tag auf meinem Rasen. »Kein Grund zur Besorgnis, Leute, er ist Bulle.«

»Sie sind ja wirklich zum Schreien. Dann sind Sie wohl nicht verletzt.«

»Danke, danke, nein.«

Er schaffte es, kurz zu lächeln, und sagte: »Gehört alles zu meinen Berufspflichten.«

Er schaute auf die Straße, zum Nachbarhaus hinüber. Plötzlich sah ich, was er anstarrte. Einen roten Corvette.

»Gehört der deinem Nachbarn?« fragte er.

»Nein«, sagte ich ungläubig, »aber er sieht aus wie der von Kenny O'Connor.«

»Ja, das hab' ich mir auch gedacht.« Er ging zu dem Wagen hinüber, sah kurz durch die Windschutzscheibe, hinter der offensichtlich nichts Besonderes zu erkennen war, und kam wieder zu meinem Haus zurück. »Gehen wir wieder hinein«, sagte er.

Er telefonierte mit dem Präsidium, während ich nach etwas suchte, um sein Gesicht abzutupfen.

»Ja, dunkelblau, neuestes Lincoln-Modell, vorderes Kennzeichen fehlt. Ist wahrscheinlich Richtung Ocean Boulevard gefahren. Überprüfen Sie auch, auf wen der 87er Corvette, Autonummer 3RVE070, gemeldet ist. Ja. Nein, alles in Ordnung. Okay, danke.« Er legte auf.

Ich ließ ihn am Küchentisch hinsitzen, zog mir dann einen Stuhl heran und begann, ihm mit einem warmen Waschlappen das Blut abzuwischen. Er zuckte ein wenig zusammen, und ich sah, daß er weder eine Schnitt- noch eine Schußwunde hatte – er hatte ein paar ganz schön tiefe Kratzer von Cody auf der rechten Gesichtshälfte.

»Cody hat dich kräftig erwischt, was?«

»Nicht seine Schuld, ich hab' ihn erschreckt. Wo ist er?«

»Weggelaufen – falls mein Schrank offensteht, sitzt er auf dem obersten Regal. Wenn nicht, dann versteckt er sich hundertprozentig unter dem Bett.«

Ich hatte irgendeine antibiotische Salbe und versuchte, sie behutsam auf die Kratzer zu tupfen. Er beobachtete mich mit seinen schönen graugrünen Augen. Er hob die Hand und berührte mein Haar.

»Du hast Glassplitter im Haar«, sagte er und löste behutsam einen Splitter in der Nähe meines Ohrs.

»Du auch«, sagte ich und griff in sein weiches braunes Haar, um einen zu entfernen. Ein paar Minuten lang widmeten wir uns einander mit der Sorgfalt eines Papageienpärchens. Ein Klopfen, das von einem größeren Wesen als einer Katze stammte, unterbrach uns, und wir ließen mit etwas dämlichen Gesichtern voneinander ab.

»Detective Harriman?«

»Ja, ich komme sofort«, antwortete Frank.

Er stand auf, schüttelte den Kopf, reckte die Schultern und versuchte wieder in seine Detective-Harriman-Rolle zu schlüpfen.

Der junge, rosige, uniformierte Beamte, der eben hereintrat, sah aus, als mache die Hitze ihn völlig fertig.

»Bob Williams, Sir. Wir haben einen Funkspruch bekommen, daß wir hier vorbeischauen sollen. Es hieß, wir sollten uns mit Ihnen in Verbindung setzen.«

Er bemerkte die Kratzer auf Franks Gesicht und warf mir einen Blick zu.

Ein Grinsen huschte über Franks Gesicht. »Officer Williams, das ist Miss Irene Kelly, in deren Haus Sie sich hier befinden.« Williams nickte in meine Richtung und schaute sich dann um. Er bekam große Augen, als er den Sessel sah, und ich bemerkte erst jetzt, daß Franks einstmals so sauber gefaltete Jacke jetzt völlig zerfetzt war.

»Ich hoffe, Sie haben nicht drauf gesessen, Sir.«

»Nicht, als es drauf ankam. Gibt's schon was über den Lincoln?«

»Nein, Sir, nicht die Spur. Wir können hier in der Gegend herumfragen, wenn Sie wollen. Die Leute von der Spurensicherung werden jeden Moment hier sein. Und die Corvette ist auf einen Kenneth O'Connor, Randall Avenue, gemeldet.«

Frank und ich wechselten einen Blick.

»Hilft Ihnen das weiter, Sir?«

»Ja«, sagte Frank. »Ich glaube schon. Versuchen Sie bitte herauszufinden, wo Mr. O'Connor jetzt ist.« Er zog das Notizbuch heraus und schlug eine Seite auf. »Als ich heute morgen mit ihm sprach, erzählte er mir, daß er im Hotel *Vista del Mar* drunten am Shoreline Drive wohnen wird. Finden Sie heraus, ob er heut schon dort war und ob er hier in der Gegend jemanden besucht. Wenn nicht, dann fragen Sie, ob ihn jemand aus dem Wagen aussteigen gesehen hat.«

Williams notierte sich alles sorgfältig. Er blickte auf und beäugte wieder die Kratzer auf Franks Gesicht. »Brauchen Sie noch jemanden hier?«

»Nein, wir brauchen nichts. Geben Sie mir Bescheid, falls jemand was Ungewöhnliches bemerkt hat. Von zerschossenen Fensterscheiben mal abgesehen.«

Der junge Mann ging zur Tür hinaus.

»Officer Williams?« rief ich ihm nach.

»Ja, Miss Kelly?«

»Die Kratzer – stammen von der Katze.«

»Ja, natürlich, Ma'am.« Er errötete und ging hinaus, ohne einen von uns noch einmal anzuschauen.

Frank und ich brachen in schallendes Gelächter aus, sobald der Junge außer Hörweite war.

»Wir sollten nicht lachen«, sagte ich. »Ich erinnere mich noch an die Zeit, als du selber Anfänger warst.«

»Und ich erinnere mich an eine Reporterin, die ziemlich feucht hinter den Ohren war.«

»Ja. Grün wie ein kleiner Frosch.«

Wir standen eine Weile schweigend da und hingen unseren Erinnerungen nach. Ich dachte daran, wie es schon damals zwischen uns gefunkt hatte. Wir waren viel jünger, nicht mal so sehr an Jahren – Frank und ich sind etwa gleich alt, nähern uns etwas deprimiert dem Endspurt auf die Vierzig – wie an Erfahrung.

Ich dachte an Bakersfield zurück, an die Nächte, in denen wir Kaffee getrunken und morgens um vier, nach unserer Schicht, lange Gespräche geführt hatten. O Gott, wie überzeugt wir waren, daß wir die Welt verändern könnten.

Natürlich betrachteten wir die Welt aus verschiedenen Blickwinkeln. Meine Aufgabe war es, an eine Story zu kommen, Frank mußte Recht und Ordnung Geltung verschaffen. Irgendwann beäugten wir uns dann mißtrauisch, so wie es uns von unseren jeweiligen Arbeitgebern eingeimpft worden war. Früher oder später ärgert sich jeder Polizist über einen Reporter, der ihn falsch zitiert oder zuviel Informationen aus ihm herauskitzelt. Und früher oder später kriegt jeder Reporter eine Falschinformation von einem Bullen.

Und doch, mit der Zeit haben wir wohl beide gelernt, daß es nicht immer so ist; vielen Leuten gelingt es, eine gewisse professionelle Distanz zu wahren und sich freundschaftlich verbunden zu bleiben. Irgendwie waren Frank und ich Freunde geblieben. Ich schätze, wir hatten beide das Ideal, der Gesellschaft nützlich zu sein.

Ich versuchte, mir auszurechnen, wie lange das alles her war. Vor etwa zwölf Jahren hatte der *Express* mir die Stelle in

Las Piernas angeboten, und ich war aus Bakersfield, Franks Heimatstadt, in meine Heimatstadt umgezogen. Sieben von diesen zwölf Jahren vergingen, bevor er hierher versetzt wurde; inzwischen waren wir beide mit jemand anderem zusammen. Einmal, als er gerade nach Las Piernas gezogen war, nahm er Kontakt zu mir auf, aber abgesehen davon, daß wir durch andere Polizisten oder Reporter voneinander hörten, verlief unser Leben auf getrennten Gleisen. Zuletzt hatte ich etwa vor einem Jahr von ihm gehört, als Mark Baker mir erzählte, daß Frank sich nach mir erkundigt und gefragt habe, warum ich die Zeitung verlassen hatte. Ich fragte mich damals, ob Frank wohl noch immer mit der gleichen Frau zusammen war wie vor fünf Jahren. Oder mit einer anderen.

Es klopfte wieder an die Gittertür, und Frank ließ die Beamten von der Spurensicherung herein. Während sie sich mit ihm unterhielten, ging ich ins Schlafzimmer, um Cody zu suchen. Eine kurze Durchsuchung des Schrankes blieb ergebnislos, aber als ich mich auf den Boden kauerte und unter das Bett spähte, sah ich ein Paar mandelförmige Augen, die aus der hintersten Ecke zurückfunkelten – außer Reichweite und Gefahr. Ich versuchte ihn herauszulocken, hatte aber kein Glück damit. Ich holte mir eine Taschenlampe, um nachzusehen, ob er verletzt war, konnte aber keinen Schaden feststellen – nur Verstörung und Furcht. Ich ließ ihn dort sitzen, hielt es für gescheiter, ihn selber entscheiden zu lassen, wann er herauswollte, wann er sich wieder sicher fühlte.

Ich ging hinaus und beobachtete, wie der sehr reservierte und professionelle Kommissar Harriman mit den Spurensicherungsleuten allmählich zum Abschluß kam. Sie hatten nicht lange gebraucht.

Als sie gingen, merkte ich, daß ich vor Wut auf die Leute im blauen Wagen nur so kochte. Ich lief in die Küche zurück, holte mir einen Besen und begann, um mich abzureagieren, die Scherben zusammenzufegen.

»Laß mich das machen; du zerschneidest dir die Füße.«

»Was wird sich Officer Williams wohl denken, wenn er zurückkommt, um Meldung zu erstatten?«

»Ich werde ihm erzählen, daß es eine erprobte Methode der Beweisaufnahme ist. Officer Williams wird nach dem heutigen Tag sowieso nie mehr der alte sein.«

»Das macht schon zwei«, sagte ich und suchte nach meinen Schuhen.

»Nein, drei«, sagte er.

Ich betrachtete ihn einen Augenblick lang, dann kehrten meine Gedanken zu O'Connor zurück. »Frank, es sind dieselben Leute, nicht wahr? Aber warum? Warum sollte jemand auf mich schießen? Oder auf mein Haus?«

»Schwer zu sagen. Wahrscheinlich haben sie gestern abend, ehe sie das Päckchen ablieferten, O'Connors Haus beobachtet. Vielleicht sind sie dir von dort aus gefolgt. Vielleicht haben sie dich heute beobachtet, womöglich auch gesehen, wie du am Tatort mit mir gesprochen hast, und sich dann gedacht, daß du uns zuviel erzählen könntest. Sie könnten euch von *Banyon's* gefolgt sein. Sie haben vielleicht schon gewußt, daß du und O'Connor enge Freunde seid, und haben sich gedacht, sie sollten dir für den Fall, daß er dir was erzählt hat, einen Besuch abstatten. Vielleicht haben sie auch die Corvette gesehen und sich gedacht, daß Kenny hier ist.«

Er schaute hinüber zum Sessel und den Überresten seines Jacketts. »Wenn sie nicht so tief geschossen und es mitten am Tag riskiert hätten, würde ich es bloß für eine Warnung halten. Aber vielleicht war es ihnen auch egal, ob sie dich umbringen oder nicht. Offenbar sind sie ja dazu fähig, wenn sie wollen. Einmal hatten sie schon Erfolg, und sie waren nahe dran, einen zweiten Treffer zu landen.«

Mir wurde ein wenig übel. Frank merkte es, stellte den Besen beiseite und kam zu mir herüber. »Tut mir leid«, sagte er, »ich bin so dran gewöhnt, daß du Reporterin bist, ich hätte das nicht so sagen sollen.« Er legte mir den Arm um die Schultern. »Hast du Kaffee da? Gehen wir in die Küche, und ich ruf jemanden an, der dir das Fenster zunagelt. Es würde dich ein Vermögen kosten, wenn du die Scheibe an einem Sonntag auswechseln läßt.«

Während wir auf die Zunagel-Mannschaft warteten, kochte ich Kaffee und schenkte uns zwei Tassen ein. Wir setzten uns wieder an den Tisch.

»Bevor die Schüsse uns so rüde unterbrochen haben«, sagte ich, »haben wir über O'Connor geredet. Was hast du von Kenny erfahren? Wie ich schon sagte, sein Auto war gestern nacht da. Heute morgen, als ich wieder wegfuhr ... nach der Explosion, ich meine ...«

Ich hörte, wie meine Stimme leiser wurde, als wäre sie die einer anderen. Plötzlich sah ich wieder die ganze Zerstörung vor mir, spürte erneut die betäubende Kälte der Erkenntnis, daß O'Connor es unmöglich überlebt haben konnte, wußte, daß er tot war, nie wieder mit mir zusammensein würde. Nie wieder zuhören oder lachen oder reden oder sonst etwas tun würde.

Wieder stieg dieses Bedürfnis in mir auf, wie ein verlassenes Kind zu wimmern, dieses Verlangen, einfach nur drauflos zu heulen. Aber nichts geschah.

Frank wartete, bis ich mich wieder zusammengerissen hatte, versuchte, meine Befangenheit zu übergehen. Er stand auf, um sich Kaffee nachzuschenken. Ich atmete ein paarmal tief durch und fuhr fort.

»Also, auf jeden Fall hat Kennys Wagen gestern nacht vor dem Haus gestanden, heute morgen aber nicht. Normalerweise steht er nicht früher auf, als er unbedingt muß – auch so eine Gewohnheit, die meine Schwester Barbara verrückt machte, als sie noch verheiratet waren. Aber heute morgen war er schon rechtzeitig vor der Explosion aus dem Haus und kam erst wieder zurück, als ihr schon am Tatort wart. Und jetzt taucht sein Auto zufälliger- und geheimnisvollerweise am gleichen Nachmittag, an dem auf mich geschossen wird, in meiner Nachbarschaft auf, und von ihm weit und breit keine Spur.«

»Ja, das ist komisch, zugegeben, und ich will unbedingt mit ihm reden. Aber er hat einen guten Grund für seine Abwesenheit heute morgen, und der ist nachprüfbar ... Ja, ich hab es selbst nachgeprüft«, fügte er hinzu, als er meine ungläubige Miene sah.

»Wo war er?« fragte ich.

»Du weißt, daß ich dir das nicht sagen darf.«

Ich war wütend. »Frank Harriman, du bist verdammt unverfroren, kommst hier rein und stellst Fragen, und dann weigerst du dich, dich zu revanchieren und mich aufzuklären!«

»Erzähl keine Scheiße, Irene! Das ist keine gottverdammte Zeitungs-Story. Du bist nicht mehr Reporterin, und wir haben kein Abkommen über Nachrichtenaustausch. Ein alter Mann wurde heute morgen ins Himmelreich befördert. Man hat auf mich geschossen, deine Katze hat mir das Gesicht zerkratzt, und mein bester Anzug wurde von Kugeln zerfetzt. Trotzdem hab' ich versucht, dich vor Schaden und vor einem wahrscheinlich viel rücksichtsloseren Verhör zu bewahren. Ich ...« Er hielt inne.

Schließlich begann ich doch noch zu heulen.

4

»Irene. Irene, es tut mir leid ...«

Ich hielt abwehrend die Hand hoch. Als ich wieder sprechen konnte, sagte ich: »Nicht deine Schuld. Ist kein guter Tag, weder für dich noch für mich. Tut mir leid. Entschuldige mich einen Augenblick ...«

Ich stand, ohne ihn anzusehen, auf und ging wieder ins Schlafzimmer. Ich schloß die Tür, warf mich aufs Bett und heulte mich erst mal richtig aus. Cody kam unter dem Bett hervor und kletterte zu mir hoch, leckte mein Gesicht und miaute tröstend. Ich war sauer auf mich, weil ich vor Frank zusammengebrochen war, fühlte mich befangen bei dem Gedanken, mit roter Nase und verheulten Froschaugen vor ihn zu treten. Wie peinlich! Aber ich wußte, ich konnte ihn nicht einfach da draußen in meinem Wohnzimmer stehenlassen.

Ich hörte, wie Williams wieder zurückkam, verstand aber nicht, was sie sagten. Er ging, und wieder war alles ruhig. Ein paarmal hörte ich, wie Frank durch die Diele ging, dann innehielt und wieder zur Vorderseite des Hauses zurückging.

Es läutete an der Haustür. Ich hörte, wie er mit den Glasern redete, und war froh, daß er beschäftigt war. Ich ging ins Bad, schneuzte mich und spritzte mir reichlich Wasser ins Gesicht. Meine blauen Augen waren geschwollen und rotgerändert. Um mich abzulenken, nahm ich mein dunkles Haar von den Schultern hoch, verdrehte es und steckte es fest. Jetzt war mir kühler im Nacken, aber ein Blick in den Spiegel überzeugte mich, daß ich wie eine Studienrätin aussah, weshalb ich die Haare wieder herunterließ. Ich bürstete sie; das beruhigte mich. Ich sah nicht toll aus, aber zumindest heulte ich nicht mehr.

Es klopfte leise an der Schlafzimmertür, und Cody rannte wieder unters Bett.

»Irene?«

»Ja, Frank – Ich komme sofort.«

Ich öffnete die Tür, und er wich ein paar Schritte zurück, als habe er Angst, was ich wohl als nächstes tun würde. Ich konnte es ihm nicht verdenken. Ich wußte es selber nicht.

Es wurde dunkel, und durch die hintere Gittertür sah ich

den glutroten Sonnenuntergang. Er lehnte an der Korridorwand und beobachtete mich. Im Hintergrund hörte ich die Glaser, die die Reste der Scheibe aus dem Fensterrahmen brachen.

»Bist du okay?« fragte er.

»Ja, ich glaub schon. Du hast mir sogar geholfen. Den ganzen Tag hab' ich schon versucht zu heulen.«

»Schön, daß es wenigstens einem von uns besser geht.«

»Sei nicht so deprimiert, Frank. Ich kenne die Spielregeln. Ich habe über Verbrechen berichtet und müßte es besser wissen. Ich... ich steh nur völlig neben mir. Ich bin so verdammt wütend. Tut mir leid, daß ich's an dir ausgelassen habe.«

»Deine Wut ist ganz normal.«

»O Gott, sag mir jetzt nicht, daß ich normal bin. Für heute reichen mir die schlimmen Nachrichten.«

Er lächelte. »Du bist nicht daneben, wie du glaubst.«

Die Männer nagelten die Bretter fest und veranstalteten einen Höllenlärm.

»Komm, setzen wir uns nach hinten«, schlug ich vor. Wir schoben zwei Stühle auf die hintere Veranda und setzten uns. Der Wind war jetzt nur noch eine schwache Brise. Die Grillen zirpten, und die Luft war vom Duft des Jasmins aus dem nachbarlichen Hinterhof erfüllt.

»Irene, schau mal, ich hab' es mir überlegt, unter bestimmten Bedingungen kann ich dir ein paar Sachen verraten. Und, na ja, ich hab' da eine Idee, die vielleicht für uns beide akzeptabel ist. Falls du dich darauf einlassen willst.«

»Sprich weiter, ich höre.«

»Du kannst mir auf zweierlei Art helfen. Ich nehme an, daß O'Connor oder sein Sohn das Ziel des Bombenanschlags war. Nach dem heutigen Nachmittag, nach den Schüssen, sind alle anderen Möglichkeiten sehr viel unwahrscheinlicher geworden.

Ich glaube, du kannst mir helfen, mehr über O'Connor und seinen Sohn zu erfahren. Dafür erzähle ich dir dann alles, was ich sagen darf, unter der Bedingung, daß du die Sache nicht auf eigene Faust verfolgst – daß du weiterhin mit mir zusammenarbeitest und diese Leute der Polizei überläßt.« Er machte eine Pause. »Es ist mir ernst, Irene. Wer sie auch sind, sie sind gefährlich und verstehen keinen Spaß. Ich will nicht dafür verantwortlich sein, wenn dir was passiert.«

»Was heißt ›zweierlei Art‹?« fragte ich.

»Versprich mir, daß du nicht die unerschrockene Detektivin spielst.«

»Frank, ich bin nun mal neugierig. War zu lange bei der Zeitung, um versprechen zu können, daß ich nicht rumschnüffle. Aber ich verspreche dir, daß ich dir alles erzähle, was ich höre, und mich nicht absichtlich in Gefahr begebe.«

Er saß da und dachte eine Weile nach, wobei er unbewußt die Hand hob und die Krallenspuren berührte. »Ich sollte mich wohl damit abfinden; schon heute morgen wußte ich, daß du auf eigene Faust rumschnüffeln würdest, egal was ich sage. Du bist stur wie ein Maulesel. Wenn du mit mir zusammenarbeitest, können wir vielleicht verhindern, daß dieser Eigensinn dich umbringt.«

»Ich werd' schon aufpassen. Sag mir, wie ich dir helfen kann.«

»Du müßtest versuchen, deine Stelle bei der Zeitung wiederzukriegen. Du mußt klein beigeben, Wrigley in den Arsch kriechen und ihm erklären, daß O'Connor dir alles über die Probleme des Bürgermeisters und auch über die anderen Geschichten, an denen er arbeitete, erzählt hat. Biete ihm an, O'Connors Arbeit fortzuführen.«

Ich nickte. Daran hatte ich sowieso schon gedacht. Es war die einzige Möglichkeit, mehr über O'Connors Arbeit zu erfahren, als ich bereits wußte. Für Wrigley zu arbeiten, würde die Hölle auf Erden sein, aber, falls ich ihn nur ein bißchen kannte, dann zermarterte er sich bereits jetzt das Hirn, was er in bezug auf die Bürgermeistergeschichte unternehmen sollte. Ich war mir auch ziemlich sicher, daß es mir gelingen würde, meinen Job ohne allzuviel Zu-Kreuze-Kriechen zurück zu bekommen. Wrigley hatte mir schon früher Angebote gemacht, die ich bisher stets abgelehnt hatte.

Einer der Arbeiter kam nach hinten und sagte, daß sie fertig seien, und ich ging hinein, um sie zu bezahlen. Ich dankte ihnen, und als sie weg waren, verschloß und verriegelte ich die Vordertür.

»Okay«, sagte ich zu Frank, als ich wieder nach hinten kam, »was die Zeitung betrifft, bin ich einverstanden.«

»Großartig. Was den anderen Punkt angeht, muß ich dir leider was sagen, das dich nicht erfreuen dürfte.«

Ich wartete. Was konnte an diesem Tag denn noch Schlimmeres kommen?

»Williams war vorher hier«, sagte er. »Er hat mir erzählt, daß Kenny nicht ins Vista del Mar gezogen ist. Er fragte die Dame auf der anderen Straßenseite nach dem Corvette, und sie sagte, sie hätte gesehen, wie Kenny dort seinen Wagen abstellte, kurz danach parkte eine große Rothaarige, die sie hier in der Gegend schon mal gesehen hat, hinter ihm; meinte, die Frau sei wohl deine Schwester gewesen.«

»Barbara?«

»Aus unseren Gesprächen konnte ich mich nicht mehr daran erinnern, ob deine Schwester rote Haare hatte. Du glaubst also, daß sie es war?«

Ich nickte.

»Deine Nachbarin meint, die Frau habe anscheinend zu deinem Haus gehen wollen, aber der Mann hielt sie zurück, und dann stiegen sie in ihr Auto und fuhren davon.«

Ich war baff. Mit vierzig verfiel Kenny dem Alterswahnsinn, er kaufte den Corvette und fing an, wie eine Filzlaus von Bett zu Bett zu hüpfen. Als Barbara sich schließlich gezwungen sah, mal ein ernstes Wort mit ihm zu reden, erzählte er ihr diesen »Das-ist-alles-deine-Schuld«-Schwachsinn und Schlimmeres. Er sagte ihr Sachen, bei denen die Jungs im Umkleideraum einer High School erröten würden.

»Um Gottes willen, Frank. Es soll ja Masochisten geben, aber das ist ja, als würd sie als Freiwillige an der Spanischen Inquisition teilnehmen. Wie kann sie bloß so wenig Selbstachtung haben? Ich ruf sie an. Ich ruf sie sofort an.«

»Warte, Irene. Barbara ist kein Kind mehr. Sie ist deine ältere Schwester, wenn ich mich recht erinnere. Sie kann treffen, wen sie will.«

»Aber das klappt doch nicht. Mein Gott, er nutzt sie doch nur aus! Und sie bemuttert ihn.«

Er schwieg.

»Du hast recht«, sagte ich und beruhigte mich ein wenig. »Du hast ja recht, ich muß mich da raushalten.«

»Tja, eigentlich hatte ich ein bißchen was anderes im Sinn. Ich möchte, daß du ein wenig mit ihr mitfühlst. Wir müssen rauskriegen, was – falls das überhaupt in Frage kommt – jemanden dazu bringen könnte, Kenny umbringen zu wollen.«

»Warum verhaftest du mich nicht lieber gleich?«

»Du weißt, was ich meine. Soweit ich die Sache inzwischen überblicke, könnten sie's auf euch alle drei abgesehen haben. Kenny muß sich ziemlich klar darüber sein, daß sie ihn im Visier haben, sonst hätte er sein Auto nicht hier stehenlassen. Vielleicht wollte er es nicht in einer fremden Gegend zurücklassen, oder aber, er wollte die Aufmerksamkeit auf dich lenken – keine Ahnung. Jedenfalls werd ich es abschleppen lassen, damit du auch deinen Spaß hast.«

Der Gedanke an Kennys dummes Gesicht, wenn er entdeckte, daß sein liebster Besitz verschwunden war, heiterte mich auf, das muß ich zugeben.

»In der Zwischenzeit«, fuhr Frank fort, »solltest du meiner

Meinung nach aus naheliegenden Gründen nicht hierbleiben. Zumindest so lange nicht, bis wir die Sache besser im Griff haben. Wahrscheinlich kommen sie nicht noch mal vorbei, da sie sich ja nicht sicher sein können, ob nicht ständig die Bullen patrouillieren, aber du mußt auf der Hut sein. Kannst du bei irgend jemandem wohnen?«

Ich dachte nach. Das Problem war nicht, daß ich nicht wegwollte – ich fühlte mich nicht besonders wohl in dem Haus. Und auch die Unannehmlichkeit, für ein paar Tage anderswo wohnen zu müssen, erschien unerheblich im Vergleich zu der ständigen Nervenanspannung, unter der ich in meiner Wohnung leiden würde. Barbaras Haus kam nicht in Frage. Ihr zuzusehen, wie sie sich für Kenny aufopferte, das hielt ich nicht lange aus – da hatte ich meine Grenzen.

»Ich werd's bei Lydia Ames versuchen. Wir sind seit der Uni befreundet.«

Ich rief Lydia an, und als ich ihr erklärte, was passiert war, drängte sich mich, auch Cody mitzubringen – sie ist ein Engel.

Ich lockte Cody mit einem Stück Hühnerfleisch aus seinem Versteck und fühlte mich furchtbar fies, als ich ihn gleich danach in den Katzenkorb steckte. Er schrie protestierend, während ich ein paar Sachen einpackte. Frank machte einen Rundgang durchs Haus und verriegelte die übrigen Fenster. Ich schrieb Frank Lydias Nummer auf, und er gab mir seine Büro- und Privatnummer.

»Ich fahre hinter dir her«, sagte er. »Nur um mich zu vergewissern, daß dir keiner folgt.«

Ich hatte nichts dagegen. Ich verstaute den Katzenkorb und meine anderen Habseligkeiten auf dem Vordersitz meines Karmann Ghia.

»Ich kann's nicht fassen, daß du die Kiste immer noch fährst«, sagte Frank.

Ich lächelte und kletterte in mein bläulich verblichenes 71er

Lumpenkabrio. Der Meilenzähler hatte schon mehr Saltos geschlagen als ein Zirkusakrobat, und das Gebläse funktionierte nicht, aber das alte Auto war noch immer ein verläßliches Gefährt.

Zwanzig Minuten später standen wir vor Lydias Haus am anderen Ende der Stadt. Frank stieg aus seinem Wagen und half mir, Cody zur Tür zu tragen. Ich schaute in sein müdes Gesicht und dachte, daß er wahrscheinlich heute abend noch ins Büro fahren und Berichte tippen mußte.

Ich griff nach seiner Hand. »Danke, Frank. Danke für – tja, danke für alles mögliche.«

»Gute Nacht, Irene. Ich wollte mich sowieso wieder mal bei dir melden, tut mir nur leid, daß es unter diesen Umständen sein mußte.«

Wir schüttelten uns verlegen die Hand, dann ging er zurück zu seinem Wagen. Er wartete, bis ich drinnen und in Sicherheit war. Ich klingelte und winkte ihm noch zum Abschied, als Lydia mir die Tür öffnete.

5

Lydia war ungeheuer besorgt. Inzwischen war mir das ganz recht. Nachdem sie Cody aus dem Korb gelassen hatte, damit er herumschnüffeln und seine neue Umgebung erforschen konnte, fragte sie mich, ob ich denn Hunger hätte. Erst jetzt merkte ich, daß ich den ganzen Tag nichts gegessen hatte und tatsächlich ganz schön hungrig war. Sie bat mich an ihre Frühstücksbar, mixte mir einen schönen, steifen *Myer's and OJ* und begann dann, selbstgemachte Lasagne aufzuwärmen, Knoblauchbrot zu streichen und einen Salat anzumachen. Ich bot ihr meine Hilfe an.

»O nein, erhol dich, Kindchen! Du hast einen fürchterlichen Tag hinter dir. Überlaß das alles mal mir.«

Die Küche war bald von den Düften echt italienischer Küche erfüllt. Lydia trug zwar immer noch den Nachnamen ihres Exmannes, aber ihr Mädchenname war Pastorini. Und Mr. Ames hatte sie nicht wegen ihrer Kochkünste verlassen.

Ich kippte den Drink wahrscheinlich ein bißchen schneller hinunter, als ratsam ist, und bald hatte ich einen kleinen Schwips, da mein leerer Magen die frohe Botschaft direkt ans Gehirn weitertransportierte.

Lydia unterbrach ihre wirbelnde Salatmischnummer und sah mich an. »Weißt du, Irene, das ist das erste Mal seit langer Zeit, daß ich was für dich tun kann. Ich meine, ich habe schon mal was für dich getan, aber du wendest dich nie an mich, wenn du jemand brauchst. Ich bin froh, daß du angerufen hast.«

Ich dachte darüber nach. Wahrscheinlich hatte sie recht. O'Connor war lange Zeit meine Zuflucht gewesen.

»Tja, Lydia, da hab ich wohl nicht gewußt, was mir entgeht. Du warst die erste, die mir eingefallen ist.«

Sie schien sich ungeheuer darüber zu freuen. Fröhlich legte sie ein Platzdeckchen vor mich hin und servierte den Salat. Es war eine tolle Gemüsemischung – Gurken, Karotten, Radieschen, Sprossen, Romanasalat, Tomaten, grüne Paprika und vieles mehr. Wieder einmal wurde ich daran erinnert, daß Lydia keine halben Sachen machte. Sie schenkte uns zwei Gläser eines herrlichen trockenen Rotweins ein, zog dann einen Stuhl neben mich und setzte sich.

»Schön, daß du auch mal einen Augenblick zur Ruhe kommst.«

Sie lachte. »Ach, ich werd noch wie meine Mutter. Kaum hast du Cody ausgepackt, da sag ich schon: ›*Mangia!*‹«

»Ich beklag mich ja nicht.«

Wir stießen schweigend miteinander an.

Ein paar Minuten später haute ich rein, als müßte ich noch wachsen. Zwischen den Bissen hielt ich lediglich inne, um Lydia zu fragen, wie sie den Tag verbracht hatte.

»Na ja, ich fand ihn nicht so besonders – bis du angerufen hast.« Sie schwieg einen Augenblick und lächelte, und ich wußte, daß sie an O'Connor dachte. »Du weißt ja, wie er angefangen hat.«

Ich nickte.

»Wrigley, dieser Widerling, hat mit niemandem Mitleid. Wir waren alle völlig durcheinander. Und seine einzige Sorge ist es, die Sache in die Schlagzeilen zu bringen. Und dann fängt er an zu jammern und zu stöhnen, was jetzt bloß aus ›seiner Geschichte‹ wird – ist das zu fassen? Er rannte rum und brüllte: ›Was wird jetzt aus *meiner* Wahlkampf-Story?‹ Ich hab den alten Wrigley ja geliebt, aber manchmal wünsch ich mir wirklich, daß nach seinem Tod irgendein Außenstehender die Zeitung gekauft hätte. Sein Sohn ist so eine Niete.«

»Wrigley macht sich also Sorgen um O'Connors Geschichten?«

»Ja, er dreht fast durch.«

»Toll!« sagte ich. »Paß auf, Lydia – ich muß dich um noch einen Gefallen bitten. Du mußt bei Wrigley Andeutungen machen, daß ich alles über O'Connors Recherchen weiß. Und dann erzählst du ihm, daß ich mir überlege, bei der *Sacramento Bee* anzufangen. Das ist natürlich alles Unsinn, aber er wird's nicht checken. Und falls er neugierig wird, ich hab da einen Freund bei der *Sacramento Bee,* der alles bestätigen kann. Und erzähl ihm auf keinen Fall, daß ich bei dir wohne, sag nur, daß du mich morgen abend vielleicht triffst. Laß es so klingen, als wäre ich ganz scharf drauf, wieder als Reporterin zu arbeiten, daß ich aber glaube, beim *Express* nicht willkommen zu sein, nach unserem kleinen – äh – Mißverständnis.«

Da johlte Lydia. »Mißverständnis!« Sie schenkte nach und

fragte dann: »Du hast doch nicht ernsthaft vor, wieder beim *Express* einzusteigen, oder? Ich fände es ja toll, aber ich war mir sicher, du würdest nie zurückkommen. Nachdem er dich so behandelt hat.«

»Lydia, aus einem sehr guten Grund werde ich hin und wieder ein bißchen zu Kreuze kriechen.«

Sie musterte mich eingehend. »Das hat mit O'Connor zu tun, nicht wahr? Du willst dir seine Unterlagen durchsehen und rauskriegen, wer ihn ermordet hat.«

»Ich geb's zu«, sagte ich. »Aber das weiß ja niemand.«

»Mir scheint, irgend jemand weiß es schon, Irene. Der Jemand nämlich, der dir heute nachmittag die Scheibe rausgepustet hat.«

»Vielleicht. Aber es ist meine einzige Chance. Wenn ich nicht mit dem Gefühl leben will, daß mir ständig jemand folgt, oder mich jedesmal, wenn ein Auto vor meinem Haus anhält, unter den Tisch flüchten will, dann muß ich diese Leute finden und rauskriegen, was O'Connor über sie wußte – falls er was wußte.«

Wir tranken eine Weile schweigend.

»Du hast recht«, seufzte sie. »Aber es macht mir immer noch angst.«

»Mir macht es auch angst. Ist es dir wirklich recht, wenn ich hier wohne? Ich meine, ich bin ja offensichtlich so eine Art Zielscheibe.«

»Jetzt hör aber auf. Wie gesagt, ich freue mich, daß du dich an mich gewendet hast. Außerdem weiß keiner, daß du hier bist, und von mir wird's keiner erfahren.«

Cody hatte sich schon eingelebt und spazierte schnüffelnd in der Küche herum. Lydia gab ihm ein wenig Lasagne, die er im Nu verschlungen hatte. Ich half ihr trotz ihres Protests beim Abräumen und ging dann ins Gästezimmer, um meine Tasche auszupacken. In der Zwischenzeit hatte sie mir tatsächlich ein heißes Schaumbad eingelassen.

»Lydia, ich kann nicht bei dir bleiben, wenn du mich die ganze Zeit von vorne bis hinten bedienst.«

»Damit kannst du auch nicht jeden Tag rechnen. Aber ich glaube, danach kannst du besser schlafen.«

Es war einfach zu verlockend, um es auszuschlagen, und so wünschte ich ihr eine gute Nacht. Ich zog mich aus und betrachtete mich im Spiegel, ehe ich in die Wanne stieg. Nicht schlecht, fand ich, und war dann erschrocken über meinen Mangel an Bescheidenheit. Das Bad war toll. Lydia hatte sogar ein paar Zeitschriften neben die Wanne gelegt. Ich griff nach einer Cosmopolitan – zum ersten Mal seit der Zeit, als Lydia und ich sie im College gekauft hatten, um die Sex-Fragespiele zu beantworten.

Schon völlig verschrumpelt und allmählich frierend rappelte ich mich schließlich aus der Wanne hoch. Ich trocknete mich ab, zog den Schlafanzug an und kroch unter das saubere Laken. Lydia benutzte einen besseren Weichspüler als ich. Cody kletterte an meine Seite und schlief schnurrend ein. Ich fühlte mich gut – als könnte sich vielleicht doch noch alles zum Besseren wenden.

Die ganze Nacht träumte ich von splitterndem Glas und von O'Connor, der irgendwelche Päckchen aufhob.

6

Ich wachte auf und war verblüfft über meine Umgebung, doch dann erinnerte ich mich, wo ich war und warum. Nach acht Stunden Schlaf war ich immer noch müde. Die Morgensonne schien durch das Schlafzimmerfenster, und ich hörte Lydias Wagen starten und aus der Auffahrt hinausfahren. Ich hatte dieses komische Gefühl, das ich manchmal habe, wenn ich in fremden Wohnungen schlafe: Das Bett stand anders als bei mir zu Hause, so daß es mir vorkam, als läge ich mit dem Kopf am Fußende.

Cody streckte sich und gähnte, und ich schloß mich ihm an; wir standen auf. Es erstaunte mich nicht, daß Lydia mir den Frühstückstisch gedeckt hatte: Müsli, frisches Obst und eine Notiz, auf der ich las, daß ich mich wie zu Hause fühlen solle und daß sie nach der Arbeit zurückkäme. Unter dem Zettel lag ein Umschlag mit der Aufschrift »Schlüssel«.

Ich frühstückte und rief dann in meinem Büro an.

»Guten Morgen, Malloy und Marlowe«, begrüßte mich eine zuckersüße Stimme.

»Kannst du das dreimal so schnell sagen, Clarissa?«

»Oh, hallo, Irene. Wo bist du? Kevin hat gesagt, wir sollen dir ausrichten, daß du ein paar Tage freinehmen kannst, wenn du willst.«

»Was?«

»Kevin hat mir erzählt, was deinem Freund passiert ist – er hat mir den Artikel in der Zeitung gezeigt. Kevin hat gemeint, er mochte den Kerl, der da umkam, wirklich gerne, und daß er fast so was wie ein Vater für dich war, deshalb rechnet er in den nächsten paar Tagen nicht mit dir. Die Sache tut mir wirklich furchtbar leid, Irene.«

Den ganzen Morgen hatte ich mich schon gefragt, was ich Kevin erzählten sollte, der selten ein »Nein« als Antwort akzeptiert; aber ich hatte völlig vergessen, wieviel Kevin und O'Connor einander bedeutet hatten. Die beiden waren seit vielen Jahren befreundet.

Clarissa plapperte weiter. »Du – da hat jemand für dich angerufen. Ein Mann. Hat gefragt, ob du heute kommst, wollte aber seinen Namen nicht sagen. Hat gemeint, er würde später anrufen und gucken, ob du da bist.«

Meine Nackenhaare sträubten sich.

»Hast du die Stimme erkannt?«

»Nöö, keiner von unseren Stammkunden, soviel kann ich dir sagen. Hast du 'nen Freund oder so was?«

»Häh? Oh, nein. Nein, ich weiß nicht, wer das gewesen sein könnte. Paß auf, Clarissa, wenn er noch mal anruft und seinen Namen nicht hinterläßt, dann sag ihm nicht, daß ich angerufen hab', okay? Sag bloß, daß du nicht wüßtest, wann ich käme, okay?«

Clarissa war es recht, sie war es gewöhnt, Anrufern irgendwelche Lügen aufzutischen, wenn sie sich nach dem Verbleib von Malloy-und-Marlowe-Angestellten erkundigten.

Den nächsten Anruf fürchtete ich. Ich wußte, daß ich mit meiner Schwester reden mußte, hatte aber Angst, ich würde hochgehen und dadurch verraten, daß ich über Kennys gestrigen Aufenthalt in ihrem Haus Bescheid wußte, ehe sie es mir selber erzählte. Ich atmete immer wieder tief durch, ging mit großen Schritten durchs Wohnzimmer, während ich die Arme in die Höhe schwang, um mich zu lockern.

Cody kauerte auf der Rückenlehne von Lydias Couch und schaute mich an, als wäre ich nun völlig durchgedreht.

Ich rief an.

»Hallo?« sagte sie.

»Hallo, Barbara. Ich bin's Irene.«

»Oh, Irene. Weißt du, wo Kennys Auto ist?«

»Dein Schwiegervater, mein bester Freund, ist tot – nein, entschuldige, ermordet – und als erstes fragst du mich, wo Kennys verdammtes Auto ist?!?«

Am anderen Ende der Strippe war Stille. Ich hatte schon wieder alles versaut.

»Barbara, tut mir leid. Ich bin am Ende. Völlig am Ende.« Tiefes Atemholen.

Immer noch keine Reaktion. Ich wartete.

»Ist kein Grund, unanständig daherzureden, Irene. Mama würde sich schämen, wenn sie dich so reden hörte.«

»Es tut mir leid.« Diese blöde Kuh, die unsere tote Mutter

beschwor, um mich vom Fluchen abzuhalten. Frank verlangte einfach zuviel von mir. Aber außer Kenny fiel mir niemand ein, der mir sagen konnte, was hinter alldem steckte. Und Barbara war meine einzige Chance, Kenny zu finden.

»Kennys Auto wurde von der Polizei abgeschleppt, nachdem jemand in mein Fenster geballert hat«, sagte ich. »Wir wissen nicht, ob sie wegen des Wagens in mein Fenster schossen, aber da Kenny nicht die Wahrheit gesagt hat – er war nämlich nicht da, wo die Polizei ihn vermutete –, hielten sie es für besser, sein Auto von anderer Leute Haustür fernzuhalten; den letzten zwei Häusern, vor denen es geparkt hatte, erging es nicht allzu gut.«

»Also das ist mit deinem Fenster passiert?«

»Das ist mit meinem Fenster passiert. Und mit meinem Sessel. Und fast auch mit mir und jemand anderem, der zufällig in meinem Wohnzimmer war.

»Doch nicht Großvaters Sessel?«

»Eben derselbe«, sagte ich und biß, über ihre Prioritäten verärgert, die Zähne zusammen. »Barbara, wenn du weißt, wo Kenny sich aufhält, dann solltest du besser die Polizei anrufen und nach Detective Frank Harriman von der Mordkommission fragen. Das ist wirklich kein Scherz.«

Schweigen.

Ich beschloß, es anders anzugehen.

»Barbara, Kennys Leben ist in Gefahr. Und solange er nicht mit der Polizei redet, bin ich auch gefährdet.« Ich verkniff mir die Bemerkung, wieviel Mobiliar von unseren Großeltern ebenfalls auf dem Spiel stand.

»Du glaubst also, er ist auch in Gefahr?«

»Was meinst du mit ›auch‹?«

Sie zögerte. Offensichtlich kapierte sie jetzt, daß sie mit ihrer Frage nach dem Wagen so gut wie zugegeben hatte, daß sie ihn gestern gesehen hatte.

»Du haßt ihn richtig, nicht wahr?«

»Nein, tu ich nicht«, log ich. »Nach der Scheidung hatte ich bloß das Gefühl, ich müßte dich beschützen. Mir hat nicht gefallen, wie er dich damals behandelte und was für verletzende Dinge er zu dir sagte. Ich will dir auch jetzt helfen, Barbara. Ich will nicht, daß du wieder verletzt wirst.«

Sie dachte darüber nach.

»Kenny stand damals völlig neben sich. Er hatte eine Krise.«

Genau, dachte ich. Zeitweilige Geistesverwirrung. Leider deutete Barbara mein Schweigen so, als müsse sie mich nun weiter für ihn erwärmen.

»Ich weiß, er hat ein paar schreckliche Dinge gesagt, aber er hat alles zurückgenommen. Er hat mich um Verzeihung gebeten.

Das glaub ich dir sofort, dachte ich. Laut sagte ich: »Du hast ihn also getroffen?«

Sie zögerte wieder. »Er war gestern hier. Irene, der arme Kerl stirbt fast vor Angst. Er ist völlig durcheinander wegen seinem Vater, aber er ist auch überzeugt, daß jemand hinter ihm her ist.«

»Er glaubt, daß jemand sie beide umbringen wollte?«

»Ja, ja genau.«

»Hat er gesagt, warum er das glaubt?« Ungeduld stahl sich in meine Stimme.

»Du glaubst ihm nicht?«

»Doch, ich glaube ihm. Hab nicht den geringsten Zweifel daran.«

Das besänftigte sie. »Tja, dann verstehst du ja, warum ich ihm in der Stunde der Not beistehen muß.«

»Stunde der Not? Kennys ganzes Leben war eine einzige Not.«

»Aber hat er dir gesagt, warum sie ihn umbringen wollen?« insistierte ich.

»Nein, Irene, er wollte mich nicht in Gefahr bringen. Er

sagte, er hätte schon seinen Vater verloren und würd's nicht ertragen, wenn er mich auch noch verliert. Deswegen wollte er das Auto nicht vor meinem Haus stehenlassen. Er sagte, alle wüßten, daß er mich im Grunde seines Herzens immer noch liebt und daß sie ihn hier zuerst suchen würden.«

»Aber das Auto vor meinem Haus zu parken, das war schon in Ordnung?«

»Kenny meinte, da wäre es in Sicherheit.«

»Tja, da hatte er recht. Das Auto war in Sicherheit. Nur Frank und ich mußten uns fast schon an der Himmelstür anstellen, direkt hinter O'Connor.«

»Irene?«

»Ja, Barbara?« Ich fühlte mich auf einmal müde und deprimiert.

»Tut mir wirklich leid, daß du durch das Auto solche Schwierigkeiten hattest.«

»Du konntest es ja nicht ahnen. Mach dir keine Gedanken. Wo ist Kenny jetzt?«

»Ich hab' versprochen, es nicht zu sagen.«

»Barbara, es geht buchstäblich um Leben und Tod. Bitte, sag's mir!«

»Ich bin seine Frau. Du kannst mich nicht zwingen, gegen ihn auszusagen.«

»Du bist seine Exfrau, und wir sind nicht im Gerichtssaal. Wenn du dich über seine Rückkehr freust, dann wünsch ich dir viel Erfolg. Freu dich! Aber verdammt noch mal, Barbara, jemand will mich umbringen, also sag mir, wo er ist.«

»Sie wollten dich nicht umbringen, Irene. Sie sind hinter Kenny her.«

Ich kam einfach nicht weiter. Ich beschloß, es jetzt einmal mit einer grausameren Methode zu probieren und richtig gemein zu werden.

»Barbara, was würde Mutter jetzt von dir erwarten?«

Ich wußte, das würde sie kapieren. Ich betete darum, daß

Mama mir verzieh. Schließlich hatte *sie* damit angefangen, wie Barbara und ich es uns als Kinder einander vorzuwerfen pflegten.

»Ich werd's mir überlegen. Wie hieß dieser Kommissar gleich wieder?«

»Detective Frank Harriman.«

»Weißt du was, wenn ich Kenny sehe, dann sag ich ihm, was mit deinem Fenster passiert ist und daß du glaubst, sie wollen dich umbringen. Ich frag', ob ich dir sagen darf, wo er ist.«

Diese Idee erschien mir nicht sehr erfolgversprechend. Aber wenn Mama sie nicht mal dazu brachte, dann war klar, daß auch ich sie nicht von dieser Haltung abbringen konnte.

»Okay, aber bitte denk dran, Blut ist dicker als Wasser und so weiter. Ich brauche dich auch, Barbara.«

Das brachte sie nun wirklich aus der Fassung. »Wo bist du überhaupt? Ich wollte dich gerade im Büro anrufen, und sie meinten, du kämst heute nicht. Bist du zu Hause?«

»Nein, aber du kannst auf meinen Anrufbeantworter sprechen oder mich über Detective Harriman erreichen. Ich – ich werde ziemlich viel unterwegs sein. Ich melde mich wieder, okay?«

»Okay«, sagte sie unsicher.

»Ich muß das so machen, Barbara.«

»Ich weiß ... Irene?«

»Ja.«

»Wird es eine Begräbnisfeier für O'Connor geben?«

Ich dachte an die Männer mit den Pinzetten und Plastiktüten, verdrängte den Gedanken aber gleich wieder.

»Das hängt wohl von Kenny ab. Aber wahrscheinlich ist er zu durcheinander, um sich jetzt drum zu kümmern.«

»Ich würde gerne – ich weiß nicht – einen Leichenschmaus für ihn organisieren.«

»Das würde ihm sicher gefallen. Damit müssen wir aber vielleicht noch ein bißchen warten, wegen den Ermittlungen.«

»Ja trotzdem, ich weiß gar nicht, wie man einen Leichenschmaus aufzieht, du vielleicht?«

Ach, die Misere der zweiten Generation von Iro-Amerikanern – stolz auf ihre Kultur, aber keine Ahnung davon. Großvater hätte es gewußt. Vater vielleicht auch. Wir waren nie auf einem Leichenschmaus gewesen.

»Nein, Barbara, aber ruf Großtante Mary an. Die weiß, wie das geht.«

»Hm, ich bin mir sicher, da gehört mehr dazu als Chieftains-Platten und was zum Saufen.«

»Da hast du garantiert recht.«

»Ich werde ihn vermissen.«

»Ich auch.«

»O ja, natürlich.«

Natürlich, dachte ich.

»Paß auf dich auf, Barbara.«

»Du auch, Irene.«

Was für ein heilloses Durcheinander, dachte ich, als ich den Hörer auflegte.

Ich nahm den Schlüssel aus dem Umschlag und beobachtete durch eines der vorderen Fenster die Straße. Keine dunkelblauen Lincolns oder knallroten Corvettes. Trotzdem hatte ich Angst hinauszugehen.

Ich kletterte in den Karmann Ghia und steuerte das Thai-Viertel an, da es mich nach Satay und Thai-Reis gelüstete. Doch beim Fahren kam mir der Gedanke, daß ich Frank eigentlich sagen müßte, was Barbara mir erzählt hatte, und ich hielt an einer Telefonzelle, um ihn zum Essen einzuladen. Ich rief ihn im Büro an.

»Morddezernat«, meldete sich eine tiefe männliche Stimme.

»Frank Harriman, bitte.«

Ich ertappte mich dabei, wie ich die Straße beobachtete, während ich auf Frank wartete.

»Harriman.«

»Frank?«

Seine Stimme klang schroff. »Woher rufst du an?«

»Von einer Telefonzelle in Little Thailand.«

Er beruhigte sich. »Ich wollte dich sowieso demnächst anrufen. Wirst du langsam nervös?«

»Ein bißchen, Frank. Läßt du Barbara beschatten?«

Pause. »Ja.«

»Gut. Ich glaube nicht, daß Kenny jetzt bei ihr ist, aber ich bin mir fast sicher, daß sie ihn heute noch sieht.«

»Hast du mit ihr gesprochen?«

»Ja. Kannst du mich zum Mittagessen im *Thai Royal* Ecke Broadway Pacific treffen?«

»In zwanzig Minuten bin ich da.«

Ich war mir ziemlich sicher, daß mir niemand zum Restaurant gefolgt war. Es war etwa halb zwölf, und Sam, der Besitzer, deckte gerade die Tische für die Mittagsgäste.

»Miss Kelly!« begrüßte er mich. Dann wurde sein Gesicht ganz traurig. »Es hat uns sehr leid getan, das von Mr. O'Connor zu hören. Wir hatten ihn sehr gern. Ich weiß, daß Sie einen guten Freund verloren haben.«

»Danke, Sam. Können Sie mir eine von Ihren Nischen geben? Und wenn ein hochgewachsener Herr mit ein paar Kratzern auf der rechten Wange reinkommt, könnten Sie den bitte an meinen Tisch schicken?«

Sam strahlte bei der Vorstellung, daß ich einen Herrn traf, ob mit oder ohne Kratzer, und wies mich glücklich in eine Nische hinter einem Vorhang aus Holzperlen. Er und Roselynn, seine Frau, machten sich schon seit Jahren Sorgen wegen meines Single-Daseins.

Wir unterhielten uns eine Weile, dann brachte er mir ein

Tsingtao-Bier. Ich trank es und beobachtete dabei, wie sich das Restaurant allmählich füllte.

Frank brauchte lange.

7

Das Lokal war richtig voll und summte vor Spannung, denn die Gäste hatten nur fünfundvierzig Minuten Mittagspause. Ich wurde allmählich schon zappelig, als Sam wieder kam und mir sagte, ich würde am Telefon verlangt.

Wir hasteten zwischen den Tischen hindurch in die heiße, dampfende Küche, wo Roselynn mir von einer Theke, an der sie frisches Gemüse schnitt, zuwinkte. Sam reichte mir den Hörer.

»Frank?«

»Irene? Sie haben Kenny gefunden. Er ist ziemlich übel zugerichtet. Ich bin im *St. Anne's Hospital*. Kannst du vorbeikommen? Wenn nicht, dann sehe ich dich später bei Lydia.«

Ich sagte ihm, daß ich ihn im Wartezimmer der Notaufnahme treffen würde, und legte auf. Als ich mich umdrehte, hielt Sam eine weiße Einkaufstüte mit zwei Styropor-Schachteln in der Hand.

»Du mußt was zu Mittag essen. Ein Glück, daß du immer das gleiche bestellst.«

Ich konnte es nicht ablehnen, und als er mein Geld hartnäkkig ablehnte, versprach ich, Frank bald einmal mitzubringen und ihm vorzustellen.

Das *St. Anne's* befindet sich in der Innenstadt von Las Piernas, nicht weit vom alten Wrigley Building entfernt, der grotesken Heimstatt des *Express*. Es wird von den Barmherzigen Schwestern geleitet. Wie das Wrigley Building wurde auch ein Teil von *St. Anne's* in den späten Zwanzigern erbaut, aber irgendein Millionär aus Las Piernas, von dem keiner je gehört hatte, verstarb und hinterließ dem Krankenhaus einen großen Teil seines Vermögens, so daß sie neue Flügel angebaut hatten. Nicht nur die Einrichtung und technische Ausstattung der Klinik waren hochmodern, sie war auch als eines der besten Trauma-Zentren der Gegend berühmt. Das und der Nonnen-Faktor verliehen ihr hohes Ansehen. Und bewirkten, daß die Notaufnahme im Umkreis von Meilen die überlaufenste war.

Trotz des Verkehrs und meiner Neigung, ständig in die Rückspiegel zu schauen, erreichte ich *St. Anne's* ziemlich schnell. Frank erwartete mich vor dem Eingang der Notaufnahme.

»Hi«, sagte er, als ich näher kam. »Sie flicken ihn gerade zusammen, da ist jetzt nicht viel zu erfahren. Deine Schwester ist auch da. Sie hat ihn gefunden. Mein Kollege, Pete Baird, stand zwei Schritte hinter ihr und konnte nach Hilfe funken, sonst hätte Kenny es wohl nicht überlebt. Ist immer noch nicht sicher, ob er's schafft. Wer immer der Kerl auch war, er hat ihn fürchterlich verdroschen.«

»Wie geht's Barbara?« fragte ich besorgt.

»Deine Schwester hat was erlebt, das jeden ziemlich mitnehmen würde. Und wenn dieser Mensch einem dann noch nahesteht, ist es um so schlimmer. Der Arzt hat ihr ein Beruhigungsmittel gegeben; sie war ... tja sie war wirklich fix und fertig. Er hatte Schwierigkeiten, sie zum Verlassen der Notaufnahme zu bewegen, damit er sich endlich um Kenny kümmern konnte.« Er schwieg einen Moment und fragte dann: »Was hast du in der Tüte?«

»Mittagessen«, sagte ich und fühlte mich ziemlich bescheuert. »Ich wollte es nicht im Auto lassen. Ein Geschenk des Wirts, der ein großer Fan von O'Connor war. Er bestand darauf.«

»Tut mir leid, daß ich dich hab' warten lassen. Du weißt ja, wie das ist. Versuch doch, deine Schwester zum Rauskommen zu bewegen. Ich würde ihr gern ein paar Fragen stellen, und ich glaube, es wäre einfacher, wenn wir von den anderen im Wartezimmer wegkämen.«

Ich reichte ihm die Tüte und ging ins Wartezimmer. Es war nicht so voll wie am Wochenende, aber dennoch waren alle Stühle besetzt. Barbara lehnte an einer Wand in der Nähe des Gangs und umklammerte ein zerfetztes Papiertaschentuch. Sie blickte zu mir her, und ich sah, daß sie fürchterlich geheult hatte. Als ich auf sie zuging, kamen ihr erneut die Tränen. Ich nahm sie in die Arme. Sie lehnte sich an meine Schulter, und ich spürte, wie sie von stummen Schluchzern geschüttelt wurde. Ich merkte, daß ich die gleichen, monotonen, tröstenden Sch-sch-sch-Laute von mir gab wie meine Mutter, wenn wir als Kinder heulten und sie uns im Arm hielt. Ich griff in meine Handtasche und holte eine frische Packung Taschentücher heraus. Sie nickte dankbar, richtete sich auf und putzte sich die Nase.

»Gehen wir einen Augenblick raus, Barbara. Da draußen ist jemand, der mit dir sprechen muß.«

»Ich ... kann ... ihn ... nicht ... allein ... lassen«, sagte sie und keuchte nach jedem Wort.

Ich legte den Arm um sie und führte sie zu einer älteren Nonne, die am Empfangsschalter saß.

»Entschuldigen Sie, Schwester!«

»Ja?« Sie hatte sanfte, kluge Augen, die die Situation auf einen Blick erfaßten.

»Das ist Mrs. Kenneth O'Connor, deren Mann vor kurzem aufgenommen wurde. Ich bin ihre Schwester und würde gerne eine Weile mit ihr in den Hof gehen. Könnten Sie sie verständigen, wenn ihr Mann aus der Notaufnahme kommt?«

»Selbstverständlich«, sagte sie und bedachte Barbara mit ihrem sanften Lächeln. »Ich verspreche Ihnen, selber hinauszukommen, sobald man mehr über seinen Zustand weiß. Ich bin Schwester Theresa. Fragen Sie nur nach mir, wenn Sie etwas brauchen.«

Die Barmherzigen Schwestern machten ihrem Namen alle Ehre.

Barbara ließ sich von mir in den Hof führen, doch als wir die Doppelglastüren erreichten, blieb sie stehen.

»Du hättest die Nonne nicht anlügen sollen.«

»Ich habe die Nonne nicht angelogen.«

»Doch, hast du schon. Du hast gesagt, ich wäre Mrs. Kenneth O'Connor.«

»Aus der Sicht der Kirche bist du das auch noch.«

Es freute mich, daß sie mich anpflaumte; das bewies, daß sie sich, wenn auch nur momentan, von den unmittelbaren Problemen ablenken ließ. Und ich führte sie hinaus, damit sie sich mit einem Bullen unterhielt, der sie zwingen würde, alles noch einmal aufzuwärmen. Ich spürte, wie sie sich bei Franks Anblick verkrampfte. Die restliche Wegstrecke zum Betontisch und der Bank, auf der Frank uns erwartete, starrte sie zu Boden. Während wir uns näherten, stand er auf und sagte: »Mrs. O'Connor, wir sind uns noch nicht vorgestellt worden. Ich bin Frank Harriman.«

»Ich weiß. Sie sind Irenes Kommissar.«

Ich bedeutete Frank, sich noch einen Moment zurückzuhalten.

»Setzen wir uns doch eine Weile hin?« sagte er. »Sind Sie hungrig? Ihre Schwester hat etwas zu essen mitgebracht.«

Sie blickte auf und funkelte mich an. »Du hast was zu essen eingekauft, ehe du hergekommen bist?«

»Nein, Barbara«, sagte ich und fragte mich, wann die Wirkung des Beruhigungsmittel wohl einsetzte. »Ich war in einem Restaurant, als Kommissar Harriman – Frank – mich freundlicherweise anrief und mir sagte, daß du mich brauchst.« Das war zwar nicht die reine Wahrheit, aber sie schien es nicht anzuzweifeln – auch nicht, woher Frank denn wußte, daß ich in einem bestimmten Restaurant war. Zumindest brachte diese Geschichte über Frank, der ihretwegen ihre Schwester suchte, sie dazu, ihm ins Gesicht zu sehen.

»Das war sehr nett von Ihnen«, sagte sie zu Frank.

»Keine Ursache.«

Niemand wollte etwas essen. Frank war der einzige, der jetzt Appetit haben konnte, und auch er hielt sich zurück.

Der Hof war ruhig und friedlich. Er war von sorgfältig gepflegten bunten Blumenbeeten und hohen Bäumen gesäumt. Eine Hecke mit einer Öffnung, die zu einem Gehweg in Richtung Vordereingang führte, schirmte den Hof vom Parkplatz ab. Wir saßen da, lauschten den Vögeln und rochen das inzwischen erkaltete Satay und den Thai-Reis.

Barbara schien sich allmählich zu beruhigen. Frank fragte mich, ob er mir je erzählt hätte, wie man ihn mal rief, um eine in einer Hundetür eingeklemmte Frau zu retten. Ich verneinte.

»Es war draußen in Bakersfield ... hm, so um Mitternacht. Der Hausbesitzer war der Exfreund der Dame. Seit zwei Wochen versuchte er, mit ihr Schluß zu machen. Sie ließ aber nicht locker, wie man so sagt, und innerhalb von zwei Wochen erschien sie nun schon zum fünften Mal besoffen an seiner Türschwelle. Er öffnete ihr immer, und sie versuchte sich reinzudrängen, nannte ihn bei allen nur erdenklichen Schimpfnamen, heulte sich dann an seiner Schulter aus und erzählte ihm, daß sie nicht ohne ihn leben könne. Zuerst fühlte er sich so schuldig wegen der Verletzung, die er ihr zugefügt hatte, daß er es tolerierte. Aber in der Nacht wurde es ihm zuviel, und er machte nicht auf. Sie ging um das Haus herum.«

»Hat sie versucht, durch die Hundetür reinzukommen?«

»Genau. Und, na ja, sagen wir mal, sie war ein bißchen kräftiger gebaut als der Hund. Der Typ hatte einen Beagle.

Jedenfalls steckte sie dann fest, Busen drinnen, Hüften draußen.«

Er guckte, ob Barbara daran Anstoß nahm, aber zu meiner Verblüffung hockte sie da und grinste ein wenig.

»Wie habt ihr sie wieder rausgekriegt?« fragte ich.

»Na ja, bis ich hinkam, war sie schon ziemlich nüchtern und auch ganz schön verlegen. Ich fragte den Kerl, ob er Öl oder Vaseline und ein Laken hätte. Er brachte eine Flasche Babyöl und ein Laken. Ich sagte ihr, sie müsse die Bluse ausziehen, und damit sie sich nicht zu schämen brauche, würden wir sie mit dem Laken zudecken. Sie sagte, sie sei schon jenseits von jeglichem Schamgefühl, ihr Rücken und ihre Knie brächten sie noch um und ob wir uns nicht beeilen könnten und sie – verdammt noch mal – endlich aus dieser Hundetür rausholen könnten.

»Also machten wir sie oben frei und schmierten sie und, soweit das möglich war, auch die Türöffnung ein. Ich ging durch das hintere Tor hinaus und ums Haus herum, um von der anderen Seite zu ziehen. Für sie war es sicher nicht toll, aber zu guter Letzt rutschte sie raus. Sie dankte mir, nahm ihre Bluse und den Büstenhalter und sagte zu dem Typen, sie wolle ihn nie wiedersehen.«

»Ich fühle mich bestimmt nie wieder wie die verzweifeltste Frau der Welt«, sagte Barbara.

»Ich kenne Frank schon seit meiner Zeit in Bakersfield«, sagte ich.

»Oh«, sagte Barbara, »ich wußte nicht, daß ihr so alte Freunde seid.«

»Wir hatten lange keinen Kontakt.«

Barbara schaute von einem zum anderen. »Oh!«

»Ich weiß, daß Sie heute einen richtigen Schock erlitten haben, Mrs. O'Connor«, sagte Frank behutsam.

Sie nickte. Tränen stiegen ihr in die Augen, und sie schaute wieder zu den Glastüren, blieb aber sitzen.

»Hat Mr. O'Connor Sie heute angerufen?«

Sie wandte sich wieder Frank zu. »Sie meinen Kenny? Ja, er hat angerufen. Er sagte, ich müßte ihn zu einem neuen Versteck fahren. Jemand versuche, ihn umzubringen.«

Frank wartete.

»Er sagte, am Telefon könnte er nicht mehr sagen, weil die Bullen – ich meine, die Polizei – vielleicht das Telefon angezapft hätten.«

»Warum hatte er Angst vor der Polizei?«

»Ich weiß nicht. Ich glaube, er hatte vor jedem Angst. Er war derart verschreckt. Na egal, er bat mich, zu kommen und ihn zu fahren, da er sein Auto ja nicht hatte –« Sie schaute mich an und errötete. Sie wandte sich wieder an Frank. »Ich nehm an, das wissen Sie schon.«

»Hat er Namen erwähnt, Leute, die ihm möglicherweise Schwierigkeiten machten?«

Sie zögerte. »Daran hab ich auch gedacht. Er meinte, er könne mir nicht sagen, was für Probleme er habe oder wer hinter ihm her sei, nur daß es sehr mächtige Leute wären, die sich alles erlauben könnten. Aber als wir die Corvette bei deinem Haus stehenließen, Irene, da sagte er so was wie ›Alles wegen Hannah‹ oder so ähnlich. Ich dachte mir, das könnte vielleicht das junge Mädchen gewesen sein, das er mit der Corvette beeindrucken wollte. Glaubst du, sie könnte dahinter stecken?«

Frank und ich schauten uns an.

»Na ja, vielleicht ist das verrückt«, fügte sie schnell hinzu. »Ich weiß nicht. Aber wer ist denn Hannah?«

»›Wer ist Hannah‹...« wiederholte ich langsam. »O'Connors Kolumne.«

»Ach, um Himmels willen, Irene, diese Hannah ist vor fast vierzig Jahren gestorben. Und es gibt mehr als eine Hannah auf der Welt. Wahrscheinlich war das ja nicht mal eine Hannah. Wer weiß, wie sie wirklich hieß.«

»Das möchte ich ja gerne wissen, Barbara. Wer könnte wissen, wie sie wirklich hieß?«

Frank warf mir einen raschen Blick zu, der mir zu verstehen gab, er wünsche bloß, daß ich meinen großen Mund halte. Barbara sah es und zog einen Schmollmund. »Keiner sagt mir was!«

»Tut mir leid«, sagte Frank. »Ich glaube einfach, Ihre Schwester spekuliert ein bißchen viel aufgrund sehr schwacher Beweise, und ich will nicht, daß sie Sie damit aufregt.«

»Mich aufregt! Nach dem heutigen Tag!« Sie wandte sich an mich. »Weißt du, was ich heute erlebt habe?«

Die ungeheure Gereiztheit in ihrer Stimme brachte mir zu Bewußtsein, daß Barbara ein Pulverfaß war und ich mit dem Feuer spielte. Ich schüttelte verneinend den Kopf und schaute zu Frank, der jetzt auf seine Hände blickte. Er rieb mit dem rechten Daumen über die Knöchel der linken Hand.

»Stimmt«, fuhr sie fort, »das weißt du nicht. Als Kenny anrief, sagte er, er wäre in einer Stunde bereit zu fahren. In einer Stunde. Ich war schon fertig, um ihn abzuholen, aber er wollte, daß ich erst in einer Stunde käme. Er war drunten im Strandhaus. Die Vordertür stand offen. Weit offen.«

»Barbara . . .«

Sie war weiß wie ein Laken. Ihre Stimme machte mir angst – sie klang jetzt mechanisch, als schilderte sie eine Szene aus einem Film. »Überall war Blut. Überall. Ich ging hinein und rief: ›Kenny!‹ Aber ich wußte schon, daß er nicht antworten würde. Da war einfach zuviel Blut. Es war auf den Wänden verspritzt. Und auf dem Teppich war eine Blutspur, die zur Hintertür führte. Es klebt auch an meinen Schuhen.«

Sie hielt inne und blickte auf ihre Schuhe hinab und dann wieder zu mir hoch. Sie begann zu weinen.

»Barbara –« Ich streckte die Hand aus, aber sie wich vor mir zurück. Ich schaute Frank hilfesuchend an.

Er sagte sehr ruhig: »Laß sie erzählen.«

Sie begann wieder zu sprechen, und die Tränen rollten ihr über die Wangen.

»Als ich in den Hof hinausschaute, sah ich seinen roten Baseballschläger im Sand stecken. Ich wunderte mich, daß er da im Sand steckte, genau da, wo die Blutspur aufhörte. Und dann war da Kennys Hand, kaum sichtbar. Er bewegte die Finger. Er versuchte, sich zu befreien. Sie hatten ihn lebendig begraben.«

»O Gott, Barbara . . .«

»Und da hab' ich angefangen zu brüllen. Ich hab geschrieen und geschrieen. Ich schrie die ganze Zeit, während ich ihn ausgrub. Zuerst konnte ich seine Nase nicht finden. Ich wollte sie finden, damit er atmen konnte, verstehst du. Und dann hab' ich wohl seinen Mund freigekriegt, denn er gab so würgende, pfeifende und keuchende Töne von sich. Und dann war Detective Baird da. Ich weiß nicht, wann er gekommen ist, aber er hat mir geholfen, Kenny auszugraben. Er zerrte mich weg von ihm und brachte mich dazu, mich hinzusetzen. Irgendwie hat er Hilfe herbeigerufen und versucht, Kenny beim Atmen zu helfen, aber es war schwierig, weil . . . ja, sie hatten sein Gesicht zerschmettert. Auf einer Seite waren alle Zähne ausgeschlagen, und ich konnte . . . den Knochen sehen. Und die Nase war gebrochen. Die Augen waren zugeschwollen, und in allen Schnittwunden war Sand. Wegen dem Blut klebte er überall. Detective Baird hat die Blutungen teilweise gestillt. Und dann waren plötzlich jede Menge Leute da, und Detective Baird hat mich hergefahren, direkt hinter den Krankenwagen her. Detective Baird war über und über mit Kennys Blut beschmiert.«

Sie schaute Frank an und griff nach seinen Händen. »Sie haben Detective Baird geschickt, damit er auf mich aufpaßt, nicht wahr?«

»So könnte man es ausdrücken«, sagte er.

»Ich möchte Ihnen dafür danken.« Sie begann wieder zu

schluchzen, aber sie ließ Franks Hände nicht mehr los. Er versuchte nicht, sie wegzuziehen.

Ich dachte mir, wie oft ich sie schon falsch eingeschätzt hatte, an all das, was sie heute morgen durchgemacht hatte. Ich stand auf und trug die Tüte mit dem thailändischen Essen zum Mülleimer. Eine Sünde, es so zu verschwenden, aber für die nächsten fünf Stunden rechnete ich nicht damit, Hunger zu kriegen.

Als ich mich umdrehte und zum Tisch zurückgehen wollte, sah ich Schwester Theresa auf uns zukommen. Ich betete um etwas, das mir früher nie in den Sinn gekommen wäre – ich betete zu Gott, daß Kenny noch am Leben war.

8

Schwester Theresa und ich erreichten die Bank gleichzeitig.

»Mrs. O'Connor?« sagte sie zu Barbara, »kommen Sie jetzt, der Arzt möchte mit Ihnen über Ihren Mann sprechen.«

»Und er . . .?«

»Ja, er lebt. Das Weitere müssen Sie sich vom Arzt erzählen lassen.«

Ich murmelte ein Dankgebet an einen Gott, der auch Heuchlern zuhört.

Barbara und Schwester Theresa gingen los. Ich wollte ihnen gerade folgen, als Barbara sich umdrehte und mich bat, mit Frank draußen zu warten. Ich war verletzt, blieb aber, wo ich war. Frank schaute zu mir herüber.

»Mensch, nimm's nicht so schwer. Später erinnert sie sich wahrscheinlich nicht mal dran, daß sie sauer auf dich war.«

»Ich hatte nie – wie hast du gestern gesagt? – genug ›Mitgefühl‹ für sie. Ich will immer, daß sie zäher und nicht so verletzlich ist.«

Frank war so freundlich und gestattete mir, mich eine Weile in aller Stille zu ohrfeigen.

»Es gibt wohl keinerlei Anhaltspunkte bei dieser Sache?« fragte ich.

»Nichts Konkretes. Wir haben ein Spurensicherungsteam hingeschickt, das jeden Quadratzentimeter des Strandhauses durchkämmt.«

»Ich frage mich, ob sie es nicht von vornherein auf Kenny abgesehen hatten.«

»Schon möglich. Aber da ist eben auch noch diese Hannah-Geschichte und ein paar andere Sachen, die mich beunruhigen. Zum Beispiel, warum ballert jemand in *dein* Fenster? Wenn sie glauben, daß er bei dir ist, und vorhaben, ihn umzubringen, warum warten sie dann nicht, bis sie ihn gezielt abknallen können? Und warum haben sie ihn dann heute nicht erschossen? Wenn sie ihn umbringen wollen, warum tun sie es dann nicht sofort?«

»O'Connor muß herausgekriegt haben, wer Hannah war«, sagte ich, »oder hat zumindest bei jemand den Eindruck erweckt, daß er der Lösung des Rätsels zu nahe kam. Aber warum geht man so fies mit Kenny um?«

»Ich weiß nicht. Wir reden mit den Leuten, mit denen Kenny in letzter Zeit Kontakt hatte, und versuchen rauszukriegen, ob jemand etwas weiß, das seine mögliche Verstrikkung in die Sache plausibel macht.«

»Ich habe mit Lydia gesprochen. Ich glaube, es sieht ganz danach aus, als würde ich meinen Job bei der Zeitung wieder kriegen.«

Zu meiner Überraschung wirkte er nicht sehr beglückt.

»Irene, das, was mit Kenny passiert ist, ändert die Sachlage völlig. Ich glaube nicht, daß es gut ist, wenn du in Las Piernas bleibst. Zumindest nicht, bis wir rausgefunden haben, was da überhaupt läuft.«

»Und was ist, wenn ihr das nie rausfindet?«

»Wir kriegen's raus.«

»Wen willst du eigentlich verarschen? Manche Leute erwarten vielleicht von euch Jungs, daß ihr Supermänner seid, ich nicht. Ich wette, nicht mal die kanadischen Berittenen erwischen heutzutage noch jeden Gangster. Vergiß nicht, daß ich als Polizeireporterin gearbeitet habe!«

»Also – meine Erfahrung zählt wohl überhaupt nicht für dich, was?«

»Zählt denn meine für dich?«

»Verdammt noch mal, Irene, dieser Kerl ist ein Monster. Begräbt Kenny lebendig im Sand – das ist nicht die Handschrift eines gewöhnlichen Gangsters, der seinen Auftrag erledigt.«

»Ich weiß deine Fürsorge zu schätzen; aber überleg's dir, Frank. Ich bin in Gefahr, bis wir wissen, wer hinter all dem steckt. Und das läßt sich leichter herausfinden, wenn ich die Fäden von O'Connors Nachforschungen aufnehme. Ich weiß, wie O'Connors Hirn funktionierte, wie er Probleme anging. Du warst wahrscheinlich schon in der Redaktion und hast dir alles geholt, was Wrigley rausgeben konnte, und ich kenne O'Connors Art, sich Notizen zu machen, gut genug, um zu wissen, daß du wahrscheinlich nicht schlau draus geworden bist. Ich versuch hier nicht den Helden zu spielen, Frank. Ich sehe nur keinen schnelleren oder besseren Weg, wie ich mein Leben wieder in geordnete Bahnen bringen kann.«

Ich wartete. Er rieb sich wieder die Knöchel.

»Ich kann dich wohl nicht davon abbringen, wie?«

»Mit einem Wort, nein.«

»Oh, verdammt.«

»Ich nehme das nicht etwa leicht. Ich kompromittiere mein journalistisches Ethos bis zum Gehtnichtmehr. Ich kann Wrigley nicht ausstehen, aber deswegen fühle ich mich nicht weniger als Spitzel, wenn ich mit dir zusammenarbeite. Nur weil ich mir sage, die Sache ist wichtiger als der Konflikt Reporter gegen Bullen, werd' ich überhaupt noch in die Spiegel schauen können. Deswegen und weil ich dir vertraue.«

»Danke, aber ich weiß zufällig auch, daß du dich als O'Connors Racheengel betrachtest.«

»Ich war überhaupt noch nie ein Engel, Frank.«

»Hm.« Er schob die Hände in die Taschen. »Hör zu, ich muß jetzt gehen. Im Präsidium wird sowieso schon der Teufel los sein. Ich ruf dich heute abend bei Lydia an.«

Ich schaute zu, wie er davonmarschierte, und ging dann wieder ins Wartezimmer der Notaufnahme zurück. Ich ging hinüber zum Empfangsschalter, wo Schwester Theresa sich auf einen Zettel auf ihrem Schreibtisch konzentrierte. Ich warf einen Blick darauf und sah, daß sie Männchen malte – und zwar eine ziemlich gute Karikatur von einer der Schwestern, die ich bei der Notaufnahme gesehen hatte. Sie hatte die halbmilitärische Haltung und die grimmigen Züge der Schwester recht gut getroffen.

»Erstaunlich – die Ähnlichkeit«, sagte ich.

Sie erschrak, und dann erschienen zwei blutrote Flecken auf ihren Wangen.

»Nicht sehr christlich von mir, was?« sagte sie.

»Ich werde nichts verraten.«

Sie lächelte. »Sie wollen zu Ihrer Schwester.«

»Nein, ich glaube nicht, daß sie mich wirklich sehen will, zumindest jetzt nicht. Ich möchte nur wissen, ob es ihr gutgeht und wo sie später sein wird – ich weiß, daß sie, wenn möglich, bei ihrem Mann bleiben will.«

»Ja, ich fürchte, Ihre Schwester gehört zu den Menschen, die sich zu sehr für andere verausgaben. Und Sie sind gut beraten, wenn Sie ihr Zeit lassen, sich – nun ja, sich dran zu gewöhnen. Es ist sehr schwer, damit fertig zu werden, wenn geliebte Menschen sehr schlimm und gefährlich verletzt wurden. Eine Zeitlang ist sie vielleicht völlig verwirrt.«

»Ich verstehe.«

Sie schaute mich mit diesen sanften Augen an. In meiner Kindheit dachte ich, daß Nonnen unser schlechtes Gewissen mit Röntgenaugen wahrnehmen, so daß es mir nie so recht gefiel, wenn sie mich anguckten; aber bei Schwester Theresa fühlte ich mich nicht unbehaglich.

»Machen Sie sich keine Sorgen«, sagte sie. »Sie sind ihr eine gute Schwester.«

Verdammt. Doch Röntgenaugen.

9

Bevor ich ging, erfuhr ich von Schwester Theresa, daß Kenny im Koma lag und mehrere Brüche und Gesichtsverletzungen hatte. Sowohl die Schlüsselbeine als auch mehrere Rippen waren unter den Stockschlägen gebrochen. Die Gehirnschäden waren vielleicht bleibend, vielleicht auch nicht. Sie erklärte, daß sein Gesicht die meisten Schläge abbekommen hatte, wodurch die Chance auf Heilung größer war, als sie bei anderen Kopfpartien gewesen wäre. Die Blutungen ließen sich wahrscheinlich größtenteils auf Gesichtswunden, vor allem Verletzungen von Mund und Nase zurückführen. Auch daß die gebrochenen Rippen nicht die Lunge durchbohrt hatten, war Glück im Unglück gewesen. Sein Zustand wurde als kritisch bezeichnet.

Es war später Nachmittag, als ich wieder bei Lydia ankam. Cody hungerte nach Aufmerksamkeit und bereitete mir einen großartigen Empfang; laut schreiend und schnurrend stolzierte er herum. Das Telefon klingelte.

Ich ließ den Anrufbeantworter laufen, hörte aber zu und griff nach dem Hörer, als ich Lydias Stimme erkannte.

»Was ist los, Lydia?«

»Ich hab Todesängste um dich ausgestanden! Hast du gehört, was O'Connors Sohn passiert ist?«

Mir dämmerte, daß sie als Lokalredakteurin die Funksprüche der Polizei und der Sanitäter mitgekriegt und jemanden losgeschickt haben mußte, um die Strandhausgeschichte nachzuprüfen.

»Ja, ich weiß. Da war ich nämlich, drunten in *St. Anne's.*«

»Kommt er durch?«

»Weiß nicht. Er ist übel zugerichtet, aber bis jetzt hält er durch. Und die Nonnen kriegst du nicht dazu, auf seine Überlebenschancen zu wetten. Wie sieht's mit Wrigley aus?«

»Er will uns heute abend zum Essen einladen.«

»Hast du Lust?«

»Auf einen Abend mit Wrigley? Wir reden von einem Opfer, das gebracht werden muß. Aber nicht mal meinen schlimmsten Feind würde ich mit diesem Wolf allein lassen.«

»Ich nehme an, er ist nicht in der Redaktion.«

»Du wirst noch mal 'ne gute Journalistin.«

»Ach, danke. Also hat er den Köder gefressen?«

»Mit Haken und Schnur.«

»Und wo findet's statt?«

»Café La Fleur, acht Uhr.«

»Schick, schick.«

»So ist er halt, unser Wrigley.«

»Kommst du vorher nach Hause?«

»Klar; ich muß mich umziehen.«

Das löste Panik in mir aus. »Lydia, ich hab nichts Elegantes dabei.«

»Elegant? Meine Liebe, im La Fleur ist das raffinierte Deshabillé angesagt. Hast du was aus deinen Hippietagen dabei?«

»Nein, ist bei der Lumpensammlung gelandet. Aber ich bin im Bilde.«

»Ich hab sowieso noch Sachen, die ich dir leihen kann.«

Lydia kam eine halbe Stunde später nach Hause und lud mich zum Joggen ein. Meine paranoide Angst vor dem Rausgehen brachte mich fast dazu, mich zu entschuldigen, aber dann dachte ich, daß mir die Entspannung guttun würde. Es war die ideale Tageszeit zum Laufen – noch hell, aber schon ein wenig kühler. Wir bogen um ein paar Ecken und landeten in einem nahe gelegenen Park. Jede Menge Jogger und Rollschuhläufer und Radfahrer waren unterwegs, und irgendwie gelang es uns, in diesem Fitneß-Verkehr Zusammenstöße zu vermeiden. Lydia und ich setzten uns quer über den Rasen ab, um die Massen auf den Gehwegen zu meiden.

Wir erreichten jenen Park, bei dem man nur noch seinen eigenen Atem, die an den Ohren vorbeirauschende Luft und den Rhythmus der eigenen Schritte hörte. Ich spürte allmählich, wie die ganze Anspannung von mir abfiel; ich war schweißgebadet und wunschlos glücklich. Im Park liefen wir einen großen Kreis und steuerten wieder Richtung Heimat. Wir verlangsamten unseren Schritt, ohne daß eine von uns sprach, wir lächelten nur und atmeten schwer.

Wir duschten nacheinander, und ich zog eine einfache Bluse und einen langen Baumwollrock an, ein dunkelblaues Outfit, das meine Augenfarbe zur Geltung bringt. Barbara sieht mit ihren grünen Augen und dem roten Haar so irisch aus wie meine Mutter, während ich die dunkelbraunen Haare und blauen Augen meines Vaters geerbt habe. Man erkannte nicht, daß wir Geschwister waren, wenn man uns nicht gerade mit unseren Eltern zusammen sah.

Lydia trug eine Art Spielanzug mit einer schmucklosen Bluse darunter, wobei die Knopfleiste des Spielanzugs bis auf einen, den untersten Knopf offenstand.

»Du hast Ernst gemacht mit dem Deshabillé. Soll ich meinen Rock in die Unterhose stecken?«

»Jetzt komm schon«, lachte sie, »ich hab diesen Look direkt aus dem *L. A. Times Magazine*. Sag Wrigley nicht, daß ich das gesagt habe. Du weißt ja, wie er auf alles, was mit T anfängt, reagiert.«

Da sie nun mal eine richtige Italienerin ist, lenkte und gestikulierte Lydia gleichzeitig, und ich fürchtete erneut um mein Leben. Ich dachte, es wäre doch eine zu große Ironie, nach all den schrecklichen Ereignissen bei einem Autounfall zu sterben. Zu meiner Erleichterung erreichten wir das Restaurant ohne Zwischenfälle.

Ich war nie im Café La Fleur gewesen, obwohl es gar nicht weit von meinem Haus entfernt liegt. Es ist in der Allen Street, die vor etwa fünf Jahren »neuentdeckt« wurde. Aus baufälligen Ladenfassaden, Second-hand-Shops und Waschsalons hatte irgendein Immobilien-Genie ein Vergnügungsviertel geschaffen, in dem sich Kunstgalerien, Restaurants und Boutiquen aneinanderreihen. Alles ist lachsrosa oder pistazieneisgrün, oder sieht aus wie eine Filmkulisse aus *Casablanca*. Das La Fleur ist in der Pistazienmanier gehalten. Glasbausteine begrenzen seine Fassade im Stil der dreißiger Jahre.

Wir traten ein. Das Innere des Restaurants war hell erleuchtet, und riesige Ventilatoren drehten sich träge an der Decke. Alles war weiß oder lachsfarben. Sie hatten das Grün wohl auf die Fassade beschränkt. Zwischen den Nischen standen kleine Töpfe mit Bromelien. Die Tische waren hoch und rund, und um sie herum gruppierten sich weiße Metallhocker ohne Lehnen. Das lud die am Tisch Sitzenden dazu ein, die Ellbogen auf die Tische zu stützen, und verlieh allen den Anschein, als seien sie in vertrauliche Gespräche vertieft.

Eine Tafel verkündete in farbiger Kreide die Spezialitäten des Tages: Krabbensoufflé und Tintenfisch mit Spargel-Pasta. Eine junge Anorektikerin, die aussah, als hätte sie den Schlafanzug ihres Vaters an, begrüßte uns und fragte nach unseren Namen. Wir sagten ihr, daß wir zu Mr. Wrigley gehörten. Worauf sie uns erzählte, daß sie Crystal hieße, und uns anbot, uns zu ihm in die Bar zu bringen.

In der Bar war die Beleuchtung eine Spur gedämpfter, die Klientel dafür einen Hauch schräger. Als Crystal uns die Plätze anwies, dankte ich ihr. »Essen Sie manchmal hier?« fragte ich.

»Immer«, sagte sie, »ich liebe dieses Restaurant.«

Wrigley war gut in Form. Offensichtlich hatte er sich bestes Benehmen geschworen, da er uns bei der Ankunft weder zu umarmen noch zu küssen versuchte. Er lud uns zu einer Runde ein; und es sah aus, als habe er bereits einen schönen Vorsprung.

»Irene, meine Liebe«, gurrte er, als die Bedienung den Tisch verließ, »wir alle sind furchtbar traurig über diese ganze traurige, traurige Sache.«

Wenn er getrunken hat, neigt Wrigley zu Wiederholungen.

»Ja«, erwiderte ich, »ich weiß, daß O'Connor dir fehlen wird.« Das war der pure Schwachsinn. O'Connor hatte sowohl bei den Verlegern als auch bei den Angestellten der Zeitung immer in hohem Ansehen gestanden, und was Wrigley auch unternahm, er konnte ihn nicht untergraben. Wrigley hatte sich immer von ihm bedroht gefühlt. Schlimmer noch, O'Connor hatte Wrigley verärgert, indem er ihn schlicht ignorierte.

»Fehlen!« erwiderte Wrigley. »Der Mann war ein absolutes Juwel. Ein Juwel in der Krone des *Express.* Und ein so gräßliches Ende! Einfach gräßlich!«

Ich sagte nichts. Mit Erleichterung sah ich, daß die Kellnerin sich mit unseren Getränken näherte.

Crystal kam, gerade als die Drinks gebracht wurden, wieder zu uns herübergetrippelt und sagte, daß unser Tisch frei sei. Ich hoffte inständig, daß ich mich auf diesen Metallstühlen nicht nach vorne beugen und Wrigleys Martini-Mundgeruch einatmen mußte.

Glücklicherweise führte sie uns zu einer der Nischen. Ich setzte mich hin, und Lydia deckte sofort meine Flanke und zwang Wrigley dadurch, allein auf der anderen Seite zu sitzen. Als Crystal gerade weggehen wollte, grapschte er nach ihrer Hand. Das sah unserem alten Wrigley schon ähnlicher.

»Crystal, Darling«, zischelte er, »verrat uns doch, was heute gut ist.«

Sie wiederholte die Angebote auf der Tafel und sagte: »Meiden Sie den Goldbarsch nach Cajun-Art.« Sie riß sich los und schlurfte zurück zur Tür.

Wrigley starrte der sich entfernenden Gestalt nach und schien sich dann daran zu erinnern, daß wir auch noch am Tisch saßen. »Also«, sagte er, »suchen wir uns doch erst was aus, dann können wir reden. Ich hasse es, wenn die Kellnerin kommt und ich nicht vorbereitet bin.«

Wir studierten die Speisekarte. Fast alles klang nach einer Kombination von Sachen, die ich nicht gerne gleichzeitig auf dem Teller haben wollte. Ich wandte mich an Lydia. »Was ist *Pancetta?*«

»Speck«, antwortete sie grinsend.

Ich zuckte die Achseln. »Wenigstens *Arugula* kenne ich.«

Wrigley starrte vor sich hin. Er kam jäh zu sich, als er feststellte, daß uns das Restaurant in seiner unendlichen Weisheit statt der Kellnerin einen Kellner geschickt hatte. Nicht irgendeinen Kellner. Dies war offensichtlich der Superkellner. Ein richtiger Brocken. Er hatte kohlschwarzes Haar und blaue Augen und einen Body so solide wie ein Scheißhaus aus Backstein. Ein toller Mann. Er lächelte. Lydia und ich lächelten ebenfalls. Wrigley wirkte ziemlich verloren.

Lydia bestellte die Pasta carbonara, meine Frage nach dem Pancetta hatte offensichtlich ihren Appetit angeregt. Der Kellner, der sich als Michael vorgestellt hatte, verwandte reichlich Aufmerksamkeit auf Lydias Bestellung – Salatsauce, Wein und Brot – und schenkte ihr noch einmal ein breites Lächeln, als sei er stolz darauf, sie zu bedienen. Ich bestellte das Hühnchen Santa Fé, und wenn er auch sehr höflich war, so war doch klar zu erkennen, wer heute wie eine Prinzessin verwöhnt werden würde. Weder Wrigley noch ich. Als Wrigley seinen Tintenfisch mit Spargel-Pasta bestellte, bekam er doch tatsächlich nur ein »Sehr wohl, mein Herr« zu hören, und das war's dann auch schon.

»Dieses Lokal hat wirklich nachgelassen«, nörgelte Wrigley.

Michael brachte unsere Salate und den Wein in Rekordzeit. Er machte einen Mordswirbel um Lydia, die bei all der Zuwendung aufblühte. Dies schien Wrigleys Wunsch, zur Sache zu kommen, zu hemmen. Ich fragte mich, ob Michael sich denn wohl für Journalismus interessierte.

»Nun«, sagte Wrigley in eingeschnapptem Ton, »da wir jetzt ein paar Minuten für uns haben« – er warf Lydia einen vielsagenden Blick zu – »da wir jetzt reden können, ohne von jedem Hinz und Kunz in Kellnerschürze gehört zu werden, wollte ich bloß fragen, ob gewisse Gerüchte, die da an mein Ohr gedrungen sind, auch zutreffen, Irene.«

»Gerüchte?« wiederholte ich mit perfekt gespielter Unschuld.

»Es heißt, daß du möglicherweise wieder ins Zeitungsgeschäft einsteigen willst.«

Ich dachte mir, daß es für Wrigley, der einen großen Aktienanteil der Zeitung geerbt und sich selbst zum Geschäftsführer gemacht hatte, tatsächlich nicht mehr als ein Geschäft war, und sagte, daß das Gerücht stimmte.

»Ach, wie aufregend! Wie spannend! Und selbstverständlich kommst du da wieder zu uns! Das geht ja gar nicht anders, Irene. Wir sind deine Familie. Tja, wir haben dich doch praktisch großgezogen. Du warst ja noch ein Kind, als du zu uns kamst, und wir würden dich mit Handkuß wieder nehmen. Das ist ja nur recht und billig.«

Das lief wirklich leichter, als ich dachte. Lydia mußte den

Alten wirklich gut bearbeitet haben, wenn er so scharf darauf war. Dennoch mußte ich mich meiner Position vergewissern.

»Eigentlich wollte ich ja zu einer anderen Zeitung gehen.«

»Zur *Bee?* Ach, ja, ich hab' davon gehört. Ich kann es nicht zulassen. O'Connors Geist würde mich verfolgen. Er würde sich ja im Grab umdrehen, wenn ich dich woanders als beim *Express* arbeiten ließe.«

Da er den sich im Grabe wälzenden und spukenden O'Connor nun schon einmal beschworen hatte, beschloß ich, gleich aufs Ganze zu gehen.

»Tja«, sagte ich langsam, als dächte ich zum ersten Mal darüber nach, »O'Connor und ich waren enge Freunde. Es wär schön, wieder in der alten Redaktion zu sein, in der Nähe seines Schreibtisches. Irgendwie würde ich mich ihm dort näher fühlen.«

»Ja, ja!«

»Er hat mir ja von all den Sachen erzählt, an denen er arbeitete – natürlich ganz im Vertrauen, weil ich halt nun mal zur *Express*-Familie gehöre, wie du sagst. Ein paar von seinen letzten Ergebnissen sind wirklich aufsehenerregend. Und diese Snobs von der Times müssen dich endlich mal Ernst nehmen.«

»Ja, ja, ich seh das schon!«

Zeit, den Köder auszuwerfen. »Wem hast du das Zeug gegeben?«

»Oh, die Polizei hat den größten Teil davon, du weißt schon, zur Ermittlung in der Mordsache.«

»Ich meine, wem hast du die Stories gegeben?«

»Aber, Irene, darum geht es mir doch! Das will ich dir doch die ganze Zeit sagen! Dir! Dich will ich für die Stories. Wen denn sonst?«

»Du bist bereit, unsere ... letzte Diskussion zu vergessen?«

Er wedelte abwehrend mit der Hand und tunkte seinen Ärmel in die Gorgonzolasauce. »Vergeben und vergessen, sag ich doch immer. Laß die Vergangenheit ruhen, das ist mein Motto. Stimmt's, Lydia, oder nicht?«

»Aber ja doch«, sagte sie und lächelte bei der Lüge.

Genau in diesem Augenblick brachte Michael den Hauptgang. Ich merkte, daß Lydias Portion beträchtlich größer als Wrigleys und meine war. Meine befreite mich von allen diesbezüglichen Zweifeln und überzeugte mich, daß Crystal tatsächlich hier aß. Ein Stückchen rötlich-oranges Hühnerfleisch von der Größe einer Babyschuhsohle zierte die eine Hälfte des weißen Tellers, ein halbiertes Kartöffelchen, das noch zu klein war, um ohne die Mama spazierenzugehen, die andere; Fleisch und Kartoffel waren durch ein Grünzeug voneinander getrennt, das aussah, als habe man es aus den Bromelientöpfen gejätet.

Wrigleys Nudeln sahen so komisch aus, daß ich froh war, daß es nicht zuviel davon zum Gucken gab.

Königin Lydia herrschte weiter. Michael fragte, ob alles zu ihrer Zufriedenheit sei, und eilte nach ihrer Versicherung, es sei alles ganz großartig, unverzüglich davon. Ich gönnte ihr den Spaß – sie hatte ihn verdient, und ich schuldete ihr allerhand dafür, daß sie bei Wrigley eine solche Begeisterung für mich entfacht hatte.

Beim Essen ließ Wrigley laufend etwas auf seine Kleider fallen. Schon nach fünf Minuten hätte man durch einen Blick auf sein Revers feststellen können, was er bestellt hatte. Gleich zu Beginn hatte sich ein Pfefferkorn zwischen seinen Schneidezähnen eingeklemmt, was es sehr schwer machte, nicht auf seine Zähne zu starren, wenn er redete.

Und das tat er ausgiebig. Er redete und redete, über die hochfliegenden Pläne, die er für den *Express* hätte, und daß ich ein Teil davon wäre. Daß die Redaktion ohne mich einfach nicht die gleiche wäre.

Ich sagte ihm, daß ich ziemlich viel Spielraum brauchte, um mich in O'Connors Geschichten einzuarbeiten.

Kein Problem.

Ich sagte ihm, ich bräuchte Zugang zu all dem Material, das die Polizei nicht von O'Connors Schreibtisch mitgenommen hatte.

Kein Problem.

Ich sagte ihm, daß ich mehr Geld wollte.

Schon Problem. Schwierige Zeiten, der Zwang, konkurrenzfähig zu bleiben, etcetera.

Michael kam wieder vorbei und bestand darauf, daß Lydia ein Dessert bestellte. Sie entschied sich für die Schokoladenmousse-Torte. Ich bestellte Crème brûlée und Wrigley Profiteroles. Als die Nachspeisen kamen, kapierte ich, warum dieser Laden im Geschäft blieb – von jetzt an würden mich die Leute zum Dessert einladen müssen, wenn sie mich hier treffen wollten.

Wrigley stimmte zuletzt einer sehr geringen Erhöhung meines früheren Gehalts zu, und ich hatte das Gefühl, daß ich – nachdem ich ihn auf hinterfotzige Weise dazu gebracht hatte, uns zum Essen einzuladen und mich um das zu bitten, was ich ohnehin wollte –, zufrieden sein sollte. Wir besiegelten das Ganze mit Handschlag. Danach mußte ich mir die Soße von der Hand wischen.

Lydia entschuldigte sich für einen Moment, und ich bekam ein wenig Panik, daß Wrigley zum Abschluß der Sache doch noch romantisch werden würde.

»Entschuldige«, sagte ich, »vor Lydia wollte ich es nicht erwähnen, aber du hast da ein Pfefferkorn zwischen den Schneidezähnen.«

»Ah, gut, daß du's sagst«, meinte er, »das ist ja so peinlich.«

Dann zog er einen schmalen silbernen Gegenstand hervor, den ich zuerst für ein Zigarettentui hielt. Er öffnete ihn, nahm ein Stück Zahnseide heraus und begann, sich am Tisch die Zähne zu reinigen, wobei er den polierten Deckel als Spiegel benutzte.

»Nichts geht über eine gründliche Zahnpflege, sag ich immer«, preßte er zwischen den Zähnen hervor.

Laß die Vergangenheit ruhen, dachte ich bei mir und versuchte, nicht hinzuschauen.

Schließlich kam Lydia zurück. Die Demonstration von Wrigleys Tischmanieren war ihr völlig entgangen. Michael brachte die Rechnung, sagte an Lydia gewandt, er hoffe, sie habe den Abend genossen und käme bald wieder, und ließ die Rechnung zurück. Ich war mir sicher, daß Wrigley ihm das Trinkgeld streichen würde.

Als wir den Parkplatz überquerten, merkte ich, daß Lydia mir unbedingt etwas erzählten wollte. Sobald wir im Auto saßen, verriet sie mir, daß Michael nach ihrer Telefonnummer gefragt hatte.

»Er hat gesagt, er würde mich heute abend nach Arbeitsschluß anrufen.« Sie runzelte kurz die Stirn. »Ich sollte mir wohl keine Hoffnungen machen. Er ist ein ganzes Stück jünger als ich. Vielleicht ruft er ja doch nicht an.«

»Rede dir selbst nichts ein und nichts aus, Süße. Genieß es.«

»Du hast recht. Ich werd's mir nicht gleich wieder verderben.«

Ich dankte ihr, daß sie mir den Weg geebnet hatte und ich alles, was ich mir nur erhofft hatte, schließlich von Wrigley bekam. Und sie lachte so heftig über meine Beschreibung von Wrigleys Zahnhygiene, daß ich gar nicht mehr auf ihren Fahrstil achtete.

10

Als wir nach Hause kamen, hatte Frank auf den Anrufbeantworter gesprochen und mich um Rückruf gebeten. Seine Stimme auf dem Band klang erschöpft. Er war nicht im Präsidium, aber man sagte mir, daß er meinen Anruf erwartete, und man würde Kontakt mit ihm aufnehmen.

Etwa fünfzehn Minuten verstrichen, dann klingelte das Telefon. Es war Michael. Er war noch immer im Restaurant, rief Lydia aber an, um zu fragen, ob sie am Donnerstag mit ihm ausgehen wolle. Sie sagte zu, legte auf und hüpfte die nächste halbe Stunde vor lauter Aufregung wie ein Jo-Jo im Zimmer herum. Cody, dessen Zuneigung Lydia mit ihrer Lasagne gewonnen hatte, schloß sich ihr an und begann durchs Haus zu rasen, als sei eine Meute wilder Hunde hinter ihm her.

Irgendwann, so gegen zwölf, beruhigten sich Lydia und Cody wieder. Wir saßen miteinander auf dem Sofa, kraulten Cody hinter den Ohren, und sie erzählte mir gerade die letzten Neuigkeiten aus der Redaktion, als Frank anrief. Lydia reichte mir den Hörer.

»Hi, Frank.«

»Hallo, Irene. Hast du ein paar Minuten Zeit?« Wieder diese erschöpfte Stimme.

»Meine Nächte sind in letzter Zeit nicht ausgebucht. Was ist denn? Du klingst irgendwie bedrückt.«

»Wirklich? Ich bin okay, aber müde. Verkrafte es nicht mehr so wie mit dreiundzwanzig. Aber egal, ich brauch deine Hilfe bei einer Sache. Wir haben Kopien von O'Connors handschriftlichen Notizen, und du hattest recht – sie sind kodiert. Kennst du den Code, oder muß ich einen Entschlüßler engagieren?«

»Normalerweise kann ich das meiste entziffern.«

»Großartig.«

»Kannst du mir Kopien davon machen lassen?«

»Ja. Bleibst du noch 'ne Weile auf?«

»Ja, wahrscheinlich. Lydia erzählt mir gerade die neuesten Gerüchte vom *Express*. Willst du sie auf dem Heimweg vorbeibringen?«

»Wenn's dir nichts ausmacht...«

»Bis dann.«

Wir legten auf, und ich sagte Lydia Bescheid.

Frank brauchte etwa dreißig Minuten. Lydia war inzwischen auf dem Sofa eingeschlafen, schreckte aber jäh hoch, als er an die Tür klopfte. Nachdem sie sich vergewissert hatte, wer es war, ließ sie ihn herein. Ich stellte sie einander vor und beobachtete, wie sie sich rasch taxierten.

»Ich laß euch zwei Schnüffler jetzt arbeiten«, sagte sie und fügte hinzu: »Willst du Kevin denn Bescheid sagen, Irene? Ich dachte, wir könnten morgen zusammen reinfahren, falls du Lust hast.«

Der Gedanke an eine weitere Autofahrt mit Lydia und die Unsicherheit, wie Kevin wohl auf meine neuen Pläne reagieren würde, veranlaßten mich, höflich abzulehnen. Sie wünschte uns gute Nacht und ging zu Bett. Zu meiner Bestürzung folgte ihr mein treuloser Kater ins Schlafzimmer.

»Du hast deinen Job also schon wieder?« fragte Frank beiläufig.

»Ja. Aber ich muß meinem Boß bei der Werbeagentur noch Bescheid geben. Ich laß mich wahrscheinlich beurlauben – das ist wohl keine gute Zeit, um berufliche Entscheidungen zu treffen – ich bin zu emotional.«

»In Anbetracht der Umstände machst du das ganz toll.«

Wir gingen in die Küche, wo wir Lydia durch unsere Unterhaltung wahrscheinlich am wenigsten stören würden. Wir saßen auf den Hockern an der Frühstücksbar. Er hatte einen sperrigen Umschlag dabei, aus dem er ein zehn Zentimeter dickes Bündel fotokopierter Seiten aus einem von O'Connors Notizbüchern herauszog.

»Dein Kumpel O'Connor hat wohl in seinem ganzen Leben keinen Zettel weggeworfen. Die Leute, die seinen Schreibtisch durchsuchten, haben mir erzählt, daß jede Schublade mit Notizbüchern, Papierfetzen und was weiß ich vollgestopft war.«

»Er war so 'ne Art Hamster, das muß ich zugeben«, sagte ich.

»Tja, diese Kopien stammen aus den Notizbüchern. Ich hab' sie heute den ganzen Tag von jemand sortieren lassen. Das scheinen die aktuellsten zu sein; das heißt, das sind sie, wenn nicht auch die Daten in einer Art Code abgefaßt sind.«

»Nein, ein geheimes Datumssystem hatte er nicht.« Ich blätterte die Notizen durch und freute mich, wie schnell mir O'Connors Abkürzungssystem wieder einfiel. »Ich lese diesen Code schon seit meiner Zeit als Lokalreporterin, und er entwickelte ihn ständig weiter, so daß ich immer für ihn arbeiten mußte.« Ich lachte, als ich mich daran erinnerte. »Ach je, wo wir schon von Gerüchteküche reden – der Laden kochte damals fast über. Die meisten glaubten, daß er's auf mich abgesehen hatte.

Jedenfalls hatte er, anders als einige der älteren Journalisten, keine Probleme mit der Benutzung des Computers, aber er traute ihm nicht ganz – glaubte nicht, daß er wirklich sicher war. Er befürchtete, daß irgendein Redaktions-Hacker eines Tages seine Sachen anzapfen würde, obwohl es da Codewörter und all so was gibt. Deswegen benutzte er ein System von Abkürzungen, Decknamen und die gute alte Stenographie.«

Als ich die Notizen überflog, sah ich, daß das meiste Routinesachen waren. Während der letzten fünfzehn Jahre hatte O'Connor bei der Auswahl seiner Geschichten ziemlich freie Hand gehabt. In letzter Zeit hatte er häufig über Politik berichtet. Für jeden heißen Artikel gab es hundert todlangweilige. Es gab Notizen von Pressekonferenzen, Wahlkampf-interviews und so weiter.

»Was ist das?« fragte Frank und beugte sich über meine Schulter, um auf eine Seite zu deuten, auf die O'Connor die Buchstaben »GAR« gekritzelt hatte.

»Gummiadler-Runde«, erklärte ich. »Politische Empfänge, deren Erlös dem Veranstalter zugute kommt. Bezieht sich auf das köstliche Essen bei solchen Versammlungen.« Ich schaute auf die darunterstehenden Notizen auf derselben Seite. O'Connor hatte einen Punkt mit mehreren davon ausgehenden Strichen darauf gemalt. »Das ist eine Rattenschnauze mit Schnurrbart. O'Connor benutzte das, wenn er sagen wollte ›Ich wittere Unrat‹.« Ich lächelte, als ich daran dachte, wie er die Rattenschnauze hingekritzelt hatte – ein Hund, der einem ganz schwachen Geruch auf der Spur war. »Ich hab ihn mal gefragt, warum nicht all die politischen Notizen mit Rattenschnauzen voll sind. Und da sagte er, ich solle bloß aufpassen, die Arbeit bei der Zeitung habe mich zu einer richtigen Zynikerin gemacht und das sei auch bloß wieder eine Möglichkeit, den objektiven Blick zu verlieren. Dann lachte er und sagte: ›Außerdem ist damit 'ne richtige Ratte gemeint, und nicht jedes kleine Mäuschen, das sich für 'ne Ratte hält.‹«

Frank lachte, und sein Lachen gab mir ein gutes Gefühl. Der O'Connor dieser Notizen lebte: sein Witz, sein Sinn für Humor, seine Neugier, seine Fähigkeit, alles auszuknobeln. Ich begann wieder zu lesen und hatte das Gefühl, als läse ich Briefe von zu Hause.

»Er fehlt dir, nicht wahr?« fragte Frank, während er mich betrachtete.

»O ja, natürlich«, sagte ich. »Ich frag mich immer wieder ›Wie würde O'Connor das machen? Wie würde er die Sache angehen?‹ Ich habe oft erlebt, wie er plötzlich innehielt und sich auf was ganz Nebensächliches konzentrierte, das wir anderen völlig übersehen hatten. Und das stellte sich dann als der Schlüssel zu allem heraus.«

»Er muß ein ziemliches Original gewesen sein. Ich hab ein paar Polizisten erlebt, die genauso waren – verfolgten verbissen eine Sache, bis sie die Lösung hatten. Ich glaube, ich bin allmählich alt genug, um solche Geduld und Hartnäckigkeit schätzen zu können.«

Wir schwiegen und schauten uns die Notizen noch einmal genauer an. Ich stutzte, als ich auf eine Seite kam, die mir beim ersten Durchgang nicht aufgefallen war. Die Überschrift lautete »H55«, O'Connors Schreibweise für »Hannah 1955«.

»Hier! Schau mal, da ist was über Hannah! ›H55‹ war sein Code für sie. Da sind all diese Pfeile – er malte Pfeile, wenn er glaubte, daß eine wichtige Wende bevorstand. Schauen wir mal! Das hier ist Steno für ›MacZahn‹, und hier ist der Buchstabe F mit einem Kreis drum herum.«

»Toll, wann können wir den ersten verhaften?«

Ich blickte zu ihm auf. »Vergiß nicht, was O'Connor über die Zyniker, die Superschlauen gesagt hat. Für Bullen gilt das erst recht.«

»Und warum auch nicht? Für die gilt doch auch sonst alles erst recht.«

Frank stand auf und streckte sich, ging ins Wohnzimmer, das neben der Küche lag, und begann auf und ab zu gehen. Aus einer Neugier heraus, die ich für eine angeborene Polizistenkrankheit halte, las er die Titel von Lydias Büchern und betrachtete ihre Familienfotos.

Ich versuchte, einen weiteren Abschnitt über Hannah zu entziffern.

»Hey, Frank – kennst du jemanden aus dem Büro des Untersuchungsrichters, der Hernandez heißt?«

»Ja«, sagte er und kam wieder herüber, »Dr. Carlos Hernandez. Er ist der neue Untersuchungsrichter. Er hat vor ungefähr einem Jahr angefangen, als der alte Woolsey in Pension ging. Warum?«

»Er steht in den Notizen. Hat irgendwas mit Hannahs Zähnen zu tun. Hat er dir je erzählt, daß er O'Connor kennt?«

»Nein, aber er war die letzten paar Tage auch nicht da. Er mußte nach Colorado fliegen, um in einem Mordprozeß auszusagen. Das war sein letzter Gerichtsbezirk.« Er beugte sich wieder über meine Schulter. »Was steht da über Hernandez?«

»Es heißt: ›Alter Schafskopf irrt sich in bezug auf Zähne‹ – der Schafskopf, das ist Woolsey. O'Connor hatte ein ziemlich angespanntes Verhältnis zu ihm.« Ich war ein wenig verlegen, als ich den Spitznamen von Dr. Emmet Woolsey erwähnte, der mehr als vierzig Jahre lang Untersuchungsrichter von Las Piernas war. Doch als ich Frank einen Blick zuwarf, sah ich, daß es ihn amüsierte.

»Woolsey empfand O'Connors alljährlichen Artikel in der Zeitung so, als wolle O'Connor es ihm als sein persönliches Versagen ankreiden«, erklärte ich. »Er war verbittert deswegen. Aber wie schon gesagt, andererseits trug die Kolumne manchmal auch dazu bei, irgendeinen John X oder eine Jane Y im Leichenschauhaus zu identifizieren, so daß Woolsey O'Connors Hilfe widerwillig anerkennen mußte.«

»Woolsey war manchmal ein richtiges Arschloch. Ich hab nie viel von ihm gehalten. Hab' immer lieber mit jedem anderen aus dieser Behörde zu tun gehabt. Hernandez dagegen ist auf Draht. Er kam kurz vor dem Doppelmord drunten am Strand im letzten Jahr – seine Ermittlungen haben mir wirklich weitergeholfen.«

»Kann man ihn irgendwie erreichen?«

»Sollte nicht allzu schwierig sein. Ich kann ihm zumindest was ausrichten lassen, ihn bitten, sich mit mir in Verbindung zu setzen.«

Frank zog sein Notizbuch heraus und schrieb sich auf, daß

er ihn anrufen wollte. Er klappte es zu und steckte es wieder in die Brusttasche. Ein Grinsen lag auf seinem Gesicht. »›Alter Schafskopf‹, ha? Sind alle diese Spitznamen so treffend?« Er setzte sich wieder neben mich. »Ich frage mich, ob Hernandez wohl weiß, was ›MacZahn‹ heißt. Bist du dir sicher, daß es das bedeutet?«

»Ich glaube schon«, sagte ich und versuchte es noch einmal zu entziffern. »Ja, ich bin mir ziemlich sicher, daß es ›MacZahn‹ heißt. Also, morgen hab ich Zugang zu diesen Computer-Dateien. Hast du Kopien davon?«

»Ja, aber abgesehen von den Stories, die er gerade schrieb, oder denen, die er schon gespeichert hatte, ist es das gleiche Kauderwelsch. Ohne hilfreiche Pfeile oder Schnurrbärte.« Er stützte sich, den Kopf zwischen den Händen, auf die Theke und rieb sich die Augen. Plötzlich sah er wieder müde aus. Ich betrachtete ihn eine Weile.

»Du solltest besser schlafen gehen«, sagte ich und stand auf.

Ich ordnete die Papiere und schob sie wieder in den Umschlag, wobei meine müßigen Finger der Versuchung zu widerstehen trachteten. »Kann ich die behalten?«

»Ja, klar«, sagte er. »Wenn du es schaffst, sie durchzuarbeiten, dann kriegen wir die Sache garantiert viel besser in den Griff.«

»Wenn ich mir morgen die Computerdateien anschaue, dann habe ich noch mehr Material.«

»Ich schätze, du hattest recht in bezug auf die Arbeit bei der Zeitung«, sagte er und blickte zu Boden. »Tut mir leid, daß ich mich heute nachmittag ein bißchen aufgeregt habe, ich habe einfach ...« Er brachte den Satz nicht zu Ende. Statt dessen zuckte er die Achsel und sagte: »Tja, paß trotzdem auf dich auf, Irene, okay? Meinetwegen.« Schnell fügte er hinzu: »Wäre furchtbar, wenn du umkämst, bevor ich weiß, was der verdammte ›MacZahn‹ zu bedeuten hat.«

»Ach je. Danke.«

Er lachte und sagte gute Nacht.

In dieser Nacht träumte ich immer wieder, daß mich jemand im Sand begrub und erstickte. Ich konnte weder Hände noch Mund bewegen, aber irgendwie schrie ich doch. Der Sand dämpfte die Schreie. Frank marschierte genau über die Stelle, wo ich begraben lag, und ich konnte nicht laut genug brüllen, damit er mich hörte. Manchmal war O'Connor da und sagte zu Frank: »Da ist sie«, und Frank grub mich aus. Dann wieder war O'Connor fort, und Frank ging weiter den Strand entlang. Ob so oder so, jedesmal wachte ich schweißgebadet auf und hatte Angst vor dem neuerlichen Einschlafen.

Als ich am nächsten Morgen das Bett machte, war ich furchtbar deprimiert.

11

Zwei fast schlaflose Nächte brachten mich zusehends in Gefahr, noch ein richtiges Nervenbündel zu werden, so daß ich mir gut zureden mußte, um am nächsten Tag überhaupt etwas in Angriff zu nehmen. Ich war gespannt auf O'Connors Dateien, aber zuerst mußte ich Kevin gegenübertreten.

Kevin war der Malloy von Malloy & Marlowe, der Werbeagentur, für die ich seit meinem Weggang vom *Express* gearbeitet hatte. Er hatte ebenfalls einmal bei dieser Zeitung gearbeitet, verließ sie aber direkt nach dem Tode Wrigleys des Älteren. Kevin sah voraus, was mit Wrigleys Sohn auf uns zukommen würde. Er trennte sich in Freundschaft von ihm, tat sich mit Don Marlowe, einem anderen Exjournalisten, zusammen und gründete ein sehr erfolgreiches Unternehmen. Da er, falls nötig, stets imstande war, Süßholz zu raspeln, war er auch ein richtiger Macher, und seine Mühen hatten sich gelohnt. Als Schreiber kam er an Don nicht heran, aber die Kombination des von Don fabrizierten Textes und Kevins Fähigkeit, mit Leuten umzugehen, sorgte für viele zufriedene Kunden.

Kevin war ein guter Freund von O'Connor gewesen. Sie gingen oft miteinander einen heben, und O'Connor sagte immer, daß ihm Kevin das Gefühl vermittle, ein echter Ire zu sein. Sie erzählten sich die ganze Nacht Geschichten, und Kevin war einer der wenigen, der ihm an Beredtheit ebenbürtig war. Als Mitglied des O'Connor-Zirkels nahm Kevin mich wie eine Freundin auf, aber zweifellos brachte ihn vor allem seine Zuneigung zu dem Alten dazu, mich nach dem großen Wirbel bei der Zeitung einzustellen.

Ich war einen Tag, nachdem ich erfahren hatte, daß Wrigley keine disziplinarischen Maßnahmen gegen den stellvertretenden Lokalchef ergreifen wollte, der alle Reporterinnen der Nachtschicht bis auf eine vergewaltigt hatte, stinksauer in die Redaktion gekommen. Das Ganze gehörte irgendwie zu der Atmosphäre, die unter dem Einfluß von Wrigleys Grapscherei gedieh. Mich hat er zwar nie angefaßt, aber er machte mir und allen anderen weiblichen Angestellten gegenüber laufend anzügliche Bemerkungen, als stünde er unter einem ekelhaften Wiederholungszwang.

Ich ließ eine Menge unschmeichelhafter Anspielungen auf seine Vorfahren und ihn selber vom Stapel, sagte, daß ich genug davon hätte, für einen arschkneifenden geilen Bock zu arbeiten, und stampfte davon. Ich bekam lauten Beifall und ein paar Buhs von meinen langjährigen Kollegen in der Redaktion. Lydia erzählte mir, später, als der Applaus verebbt war, sei O'Connor aufgestanden und habe zu Wrigley gesagt, wenn er sich nicht intensiver um das korrekte Verhalten seiner Angestellten kümmern würde, dann wäre bald nicht mehr viel von der Redaktion übrig. Die Nachricht drang auch zu den Verlegern durch, die Wrigley noch immer überstimmen konnten und dies immer häufiger taten. Man übte ziemlichen Druck auf ihn aus, und Wrigley feuerte den stellvertretenden Lokalchef.

Ich selber war natürlich trotz der persönlichen Genugtuung, die mir das Ganze verschaffte, arbeitslos und befand mich in der Situation der vielen, die ihrem Boß gesagt haben, er solle sie am Arsch lecken. Und meine Rechnungen kamen dennoch.

O'Connor wollte mich dazu bringen, meinen Stolz zu überwinden und zurückzukommen, aber ich konnte mich einfach nicht dazu durchringen. Kevin Malloy hörte eines Nachts an einer der Whiskey-Tränken der hiesigen Zeitungsmeute eine zweifellos reich ausgeschmückte Version dieser Geschichte; am nächsten Tag rief er mich an und gab mir einen Job. Wenn er auch ein anspruchsvoller Chef war, so hatte er mich dennoch immer nur gut behandelt. Mein Problem bestand darin, daß ich nicht mit dem Herzen bei der Sache war.

Als ich daher an diesem Dienstagmorgen zu Malloy & Marlowe ging, hatte ich jenen üblen Geschmack im Mund, den man kriegt, wenn man nach der Hand schnappt, die einen füttert. Kevin redete gerade mit Clarissa und wandte mir den Rücken zu. Clarissas Augen weiteten sich vor Überraschung, ehe sie ausrief: »Irene, du wolltest doch diese Woche nicht kommen!«

Kevin drehte sich um. Ich fragte, ob ich ihn einen Augenblick sprechen könne. Er stand da, sah aus, als treffe er irgendeine Entscheidung, und lud mich ein, mit nach hinten zu kommen.

Ich setzte mich auf einen der vier Stühle, die um das, was wir als »Flugzeugträger Malloy« bezeichneten, herumstanden – sprich Kevins gigantischen dunklen Kirschholz-Schreibtisch mit Marmorplatte. Kevin setzte sich auf den Stuhl direkt neben mir statt auf seinen eigenen hinter dem Schreibtisch.

Er war ein Mann mit sandfarbenem Haar, jungenhafter, aber nicht dümmlicher Ausstrahlung und einem Lächeln, das auch den Hartherzigsten erweichte. »Wir beide haben einen sehr guten Freund verloren«, sagte er und hielt inne, und plötzlich verdüsterte eine so ungeheure Traurigkeit sein Gesicht, daß es mir die Brust zusammenschnürte. Tränen stiegen mir in die Augen, und im Handumdrehen heulten wir beide still vor uns hin und konnten nichts mehr sagen. Schließlich fingerten wir beide nach unseren Taschentüchern.

»Ach Gott, wie gern ich den Mann hatte«, sagte er und weinte jetzt ohne Hemmungen. »Er war einer von den Besten. Ich kann's nicht glauben. Kann's nicht fassen.«

»Er hat viel von dir gehalten, Kevin. Du warst ihm einer der Liebsten. Und er hatte nicht viele wirkliche Freunde.«

Er heulte bloß.

Nach einer Weile richtete er sich auf und sagte: »Es tut mir leid«, diese seltsame Floskel, mit der wir Amerikaner uns für unsere Trauer entschuldigen. Wir seufzten beide und versuchten, uns zusammenzureißen.

»Wie läuft es bei euch?« fragte ich.

»Hektisch wie immer. Du fehlst uns, wenn du auch nur einen Tag weg warst. Das Kensington-Projekt und die verschiedenen Werbekampagnen halten mich davon ab, rumzusitzen und Kleenex-Schachteln vollzuschneuzen. Um die Zeit ist ständig was los.«

Ich fühlte mich immer fieser. »Kevin«, sagte ich, »ich muß dich um etwas bitten. Ich brauche länger Urlaub.«

»Oh!«

Ich nahm an, er würde noch mehr sagen, aber er wartete, daß ich fortfuhr.

»Die Polizei nimmt an, daß O'Connor wegen einem Artikel, an dem er gerade schrieb oder den er in der Vergangenheit verfaßt hat, sterben mußte. Und gestern hat jemand versucht, seinen Sohn umzubringen.«

»Ich hab' im Calhoun's davon gehört«, sagte er. Das Calhoun's war die momentane Stammkneipe der *Express*-Clique. Das ersparte mir eine Menge Erklärungen, denn das hieß, daß er die Neuigkeiten schon detaillierter kannte, als sie in der neuesten Ausgabe abgedruckt waren. Zweifellos detaillierter, als sie je gedruckt erscheinen würden. Die meisten Leute lesen so etwas nicht gerne zum Frühstück.

»Hast du je einen gewissen Frank Harriman von der Mordkommission kennengelernt?« fragte ich.

Kevin dachte einen Augenblick nach. »Ja, doch, Mark Baker hat ihn mir drunten im Calhoun vor ein paar Monaten vorgestellt, als er diesen Doppelmord bei ›den Beinen‹ bearbeitete.«

»Die Beine« oder auf spanisch »Las Piernas« waren zwei hoch aufragende, runde Felsen über dem Strand. Vom Meer her sahen sie wirklich wie zwei lange Beine aus und hießen so schon seit der Zeit, als die Spanier zum ersten Mal daran vorbeigesegelt sind.

»Tja, er arbeitet jetzt am Fall O'Connor. Und er kann nur etwas erreichen, wenn jemand, der O'Connor und sein Verschlüsselungssystem und seine Arbeitsweise kannte – also wenn so jemand zur Zeitung zurückgeht und den ganzen Dreck aufdröselt, wegen dem so ein Scheißkerl einen Mord begeht.«

»Und du glaubst, das müßtest du sein.«

Langes Schweigen.

Er musterte mich erneut. »Ich will ganz ehrlich sein, Irene. Als ich das von O'Connor hörte, wußte ich sofort, daß du diesem Kerl keine Ruhe lassen würdest. Ich kenn dich schon zu lange. Ich weiß auch, daß du hier nicht zufrieden warst . . .«

Ich wollte ihm widersprechen, aber er schnitt mir das Wort ab.

»Hör mir erst mal zu. Es stimmt. Du hast alles gemacht, was ich von dir verlangt habe, und mehr, und ich habe viel verlangt. O'Connor hat mich immer ins Banyon's oder Calhoun's eingeladen und erzählt, daß ich dir das Schreiben nie austreiben würde. Er hat mich verspottet, hat gemeint, ich versuche ein Rassepferd vor den Pflug zu spannen. Aber wenn das Rassepferd auch ausdauernd zöge, so schaue es doch immer über den Zaun auf die Rennbahn und sehne sich nach einem anständigen Wettrennen. ›Eines Tages wird sie dir ausbrechen‹, hat er immer gesagt.

Nun ja, er hatte recht, und ich hab's auch gewußt. Ich hoffe, es stört dich nicht, wenn ich den Vergleich erweitere, aber ich habe ihm auch gesagt, daß du zumindest Geld wie Heu verdienst, mehr Heu, als der *Express* dir je angeboten hat. Aber zu meinem Glück ist dieser Tag später gekommen, als O'Connor es sich vorgestellt hat.«

»Kevin, ich weiß, daß ich dich im Stich lasse, aber nicht, weil ich dir nicht dankbar wäre. Ich werde dir immer dankbar sein. Wärst du nicht gewesen, würde ich jetzt vielleicht Teller waschen.«

»Du unterschätzt dich. Und fühl dich nicht schuldig. Der ideale Zeitpunkt zum Absprung wäre nie gekommen, das wissen wir beide.«

»Du hast sehr viel Verständnis.«

»Ich kann dich nicht halten, wenn du weg willst. Die Arbeit würde drunter leiden, du wärst mir böse, und wahrscheinlich wäre ich dir am Ende auch noch böse. Das hat keinen Zweck. O'Connor würde mir keine Ruhe mehr lassen.«

»Ich schulde dir was, Kevin.«

»Ach, überlassen wir das den Leuten, die sich so was vorrechnen. Aber, bevor du gehst, da ist noch was, was du wissen solltest. Jemand war sehr neugierig, wollte unbedingt wissen, wann du wieder zur Arbeit kommst. Ich habe gerade mit Clarissa drüber gesprochen. Gefällt mir gar nicht. Der Anrufer wollte weder seinen Namen noch eine Nummer nennen, aber er hat gestern mehrere Male und auch heute schon zweimal angerufen. Was soll ich ihm deiner Meinung nach erzählen?«

»Sag ihm, daß ich wieder bei der Zeitung bin.«

»Willst du unbedingt was riskieren?«

»Schau mal, sie kriegen's raus, sobald ich meinen ersten Artikel schreibe, sobald sie in der Zeitung anrufen oder im Banyon's oder Calhoun's die Ohren spitzen. Die *Express*-Clique redet über nichts so gern wie über die *Express*-Clique. Das läßt sich nicht lange verheimlichen.«

»In Ordnung, Irene. Aber denk dran, daß wir uns um dich sorgen. Jemandem zu helfen ist gut, aber überlaß die Verbrecherjagd den Profis.«

»Mach dir keine Sorgen, ich arbeite nur mit der Polizei zusammen. Ich bin nicht so verrückt, wie's manchmal den Anschein hat.«

»Noch was – wo wir von Verrückten reden – wie, zum Teufel, hast du Wrigley dazu gebracht, dir wieder ein Angebot zu machen?«

»Kevin, falls Lydia Ames die Redaktion je satt hat, dann engagiere diese Frau. Ich hab' noch nie erlebt, daß jemand so gute Werbung macht.«

»Das ist doch deine Freundin von der Uni, oder? Tja, ich werd's mir merken. Und vergiß nicht, wir haben immer was für dich frei, wenn du zurückkommen willst.«

Wir schüttelten uns herzlich die Hand. Auf dem Hinausweg verabschiedete ich mich von Clarissa und Don und eilte dann zu dem großartigen, alten Bürogebäude des *Express*. Während ich dahin fuhr, hatte ich das Gefühl, als würde ich von O'Connor beschützt. Er war vielleicht nicht der einzige, aber im Team hatten wir das Glück der Iren.

12

Sich dem Zeitungsgebäude zu nähern, hieß auch, sich dem Krankenhaus zu nähern, und ich fragte mich, wie es Kenny und Barbara wohl ging. Ich beschloß, sie kurz zu besuchen, sobald ich einen Teil meiner Arbeit bei der Zeitung erledigt hatte.

Als ich auf die doppelten Glastüren zuging und durch den Marmor-und-Messing-Eingang des *Express* eintrat, erfüllte mich eine große Vorfreude.

Ich konnte mich kaum satt sehen. Mitten im Raum saß Geoff, der schlanke Herr, der unser Portier war. Geoff war so alt und schon so lange bei der Zeitung, daß wir immer sagten, er sei schon vom Architekten im Foyer placiert worden und habe den alten Wrigley begrüßt, als er zum ersten Mal durch die Tür schritt. Er strahlte über das ganze Gesicht.

»Herzlich willkommen, Miss Kelly! Sie sind eine wahre Augenweide!«

»Sie auch, Geoff. Ist toll, wieder hier zu sein. Wird im Moment gedruckt?«

Geoff lachte sein asthmatisches Lachen und sagte: »Schon heute morgen, als Mr. Wrigley sagte, daß ich Sie gleich nach oben schicken soll, wenn Sie kommen, hab ich gesagt: ›Miss Kelly will sicher erst nach unten, bevor sie raufgeht.‹« Er schnaufte und bebte vor Freude. »Da hab ich doch recht gehabt, nicht wahr? Ja, meine Liebe, die drucken hundertprozentig. Im Moment Sonderbeilagen, glaube ich. Gehen Sie nur gleich runter, und falls jemand fragt, ich hab Sie nicht gesehen.«

»Danke, Geoff.«

Ich ging die Treppe hinunter und durch ein Labyrinth türloser Gänge. Das Gebäude hatte offensichtlich jemand entworfen, der vorher Kaninchenställe gebaut hatte. Aber durch die alten Mauern konnte ich schon das Rumpeln der laufenden Druckpressen hören. Ein Klang, den ich fast so sehr liebte wie den Geruch, der diese Kellerräume durchzieht – den Geruch nach Tinte und Druckerschwärze.

An der offenen Decke über mir schwebte ein Gewirr von Drähten und Walzen, die später die fertigen Zeitungen zu den Maschinen befördern würden, wo sie zum Verteilen gebündelt wurden. Ich bog um eine Ecke und trat in die eigentliche Druckerei. Ich griff nach einem Ohrenschutz »für Besucher« und lauschte dem durch sie gedämpften, herrlichen Dröhnen der rollenden Walzen. Coburn und Parker, zwei Drucker, sahen mich und winkten mir von einem Ohr bis zum anderen grinsend zu.

Direkt vor mir lag das hohe schwarze Gehäuse der Motter-Pressen, die zuletzt angeschafft worden waren und auch in Farbe drucken konnten. Die älteren, grünen Goss-Pressen standen um die beiden Motter herum. Das Zeitungspapier schob sich hinein und rollte, durch die Druckgeschwindigkeit verschwimmend, wieder heraus. Acht Seiten wurden auf einmal geschnitten, gerollt, gewendet, gefaltet, und ständig war Bewegung, Bewegung in diesem Gewirr phantastischer Muster. Ich stand da und sah eine Weile zu.

Coburn kam herüber und brüllte: »Schön, Sie wieder hier zu sehen!« Diese Begrüßung hörte ich immer wieder, als ich langsam nach oben stieg.

Wrigley rauchte eine Zigarre in seinem verglasten Büro. Wir nannten es das »Göttliche Büro«, eines von zweien, die er im Gebäude besaß. Das Göttliche Büro war das, in dem er saß, wenn er kontrollieren wollte, was in der Redaktion vorging oder wenn er Redaktionskonferenzen abhielt. Er hatte noch eines im Stockwerk darüber, in dem er die meiste Zeit verbrachte; es besaß einen sehr viel schöneren Blick auf die Skyline und machte mehr Eindruck auf Besucher.

Ich wußte, daß er mich auf dem Weg zu seinem Büro

beobachtet hatte, wie ich alle paar Schritte bei einem alten, bekannten Gesicht anhielt oder jemand neuem vorgestellt wurde. Als ich das Göttliche Büro betrat, kam ich mir vor wie in einem Glaskäfig – ich spürte, daß alle Augen uns beobachteten. Ich merkte auch, daß Wrigley unser erstes Treffen als Chef und Angestellte auf diese Weise arrangiert hatte, um seinen Leuten etwas klarzumachen. An das Vergangene sollte nicht mehr gerührt werden.

»Irene, meine Liebe!« strahlte er und streckte mir die Hand entgegen. »Komm rein, komm rein.«

Ach du Scheiße, dachte ich mir und schüttelte das Gefühl gleich wieder ab. Er warf einen Blick durch die Scheibe hinter mir, und die Leute beugten sich wieder über ihre Arbeit. Eine Zeitlang sagte er nichts, saß bloß da und grinste wie ein Honigkuchenpferd. Ein beängstigender Anblick.

Schließlich sagte er: »Tja! Ich nehme an, du willst gleich anfangen. Dein äh, alter Schreibtisch –«, er kam ins Schwimmen und schwang kreisend die Zigarre, als könne er so die Sprache wiederfinden; »dein alter Schreibtisch ist besetzt. Aber ich möchte, daß du den von O'Connor übernimmst. Ich denke, das ist – das ist angemessen. Er ist genauso, wie er ihn verlassen hat – nun ja, abgesehen von dem, was die Polizei mitgenommen hat.«

Ich hatte mit O'Connors Hinterlassenschaften arbeiten wollen, aber ich hatte wohl nicht damit gerechnet, seinen Schreibtisch als Arbeitsplatz zugewiesen zu bekommen. Es war natürlich verrückt zu glauben, daß mein Schreibtisch nach zwei Jahren noch leer war. Schließlich hatte ich gekündigt und mich geweigert, zurückzukommen. Aber hier schien so viel stillgestanden zu haben, daß ich wohl auch in dieser Hinsicht damit gerechnet hatte; jetzt sah ich, wie unsinnig das war.

Wrigley reichte mir einen kleinen Schreibtischschlüssel und schüttelte mir noch einmal die Hand, und während ich aufstand und mich auf O'Connors Tisch zubewegte, schienen wieder alle Augen auf mich gerichtet zu sein. Abgesehen vom Knistern der Bildschirme war der Saal so ruhig, wie ich ihn noch nie erlebt hatte.

So nahe O'Connor und ich uns auch gestanden hatten, während ich auf seinen Schreibtisch zuging, fühlte ich mich dennoch als Eindringling. Und so neugierig ich auch auf die darin verborgenen Geheimnisse war, ich konnte mich einfach nicht auf seinen Stuhl setzen. So viele, viele Male hatte ich ihn hier gesehen. Ich ging um den Schreibtisch herum, fuhr mit dem Finger über die Kante. Ich spürte, wie meine Kollegen mich anstarrten. Plötzlich hörte ich eine dröhnende Stimme sagen: »Habt ihr Gaffer sonst nichts zu tun?«

Es war John Walters, der Nachrichtenredakteur. John war ein herrlicher alter Brummbär mit etwa dreißig Kilo Übergewicht – und jedes Gramm davon war streitsüchtig. Der ganze Raum setzte sich auf sein Kommando hin wieder in Bewegung, als sei ein strenger Lehrer ins Klassenzimmer getreten. Wir verstanden uns großartig. John betrachtete mich als »reizbares Frauenzimmer«.

»Herzlich willkommen, Irene«, sagte er mit seiner tiefen, knurrenden Stimme. »Setz dich doch. Er wird keinen irischen Fluch über dich aussprechen, nur weil du dich auf seinen Stuhl setzt.«

Widerstrebend setzte ich mich.

John lachte. »Du wirst dich dran gewöhnen. Der Stuhl war einsam bis zu diesem Augenblick.« Er zwinkerte, ein verblüffender Ausdruck in seinem strengen Gesicht, und schlenderte davon, um jemanden zu nerven.

Ein paar Minuten lang saß ich bloß da und dachte an O'Connor. Schließlich griff ich nach vorne und schaltete den Computer ein. Er glühte auf, und der Cursor flimmerte rhythmisch unter den Worten »Programm beendet«.

Noch nicht, dachte ich mir. Noch nicht.

13

Ich brauchte ein Kennwort, um in O'Connors Dateien hineinzukommen. Als ich den Schreibtisch aufschloß und die Schubladen durchsuchte, sah ich, daß die Polizisten wirklich gründliche Arbeit geleistet hatten. Keine losen Zettel, kein Kalender, keine Notizbücher, nichts. Ich würde wohl einige Zeit auf dem Polizeipräsidium verbringen müssen, wenn ich irgend etwas Handschriftliches zu sehen bekommen wollte.

Als ich gerade aufgeben wollte, kam Lydia vorbei und reichte mir einen kleinen Zettel mit einer Aufschrift, die wie eine Autonummer aussah. »Das ist das Kennwort«, sagte sie. »Das brauchst du, um in O'Connors Computerdateien reinzukommen. Sie mußten das alte ändern, damit die Bullen die Dateien auf eine Diskette kopieren konnten.«

»Danke.«

Ich gab das Kennwort ein. Die übliche Verzögerung trat ein, während der Computer die Dateien suchte. Gerade als O'Connors Notizen auf dem Bildschirm erschienen, klingelte das Telefon.

»Kelly«, sagte ich und preßte den Hörer ans Ohr.

»Oh, tut mir leid. Ich wollte mit Mr. O'Connor sprechen. Ist er da?«

Was sollte ich bloß machen? Ich schaffte es nicht zu sagen, »Mr. O'Connor ist tot«, oder »Er kommt heute nicht«, oder »Im Augenblick nicht«. Ich entschied mich für ein »Mit wem spreche ich denn, bitte?«

»Ich bin Dr. MacPherson von der Zahnmedizinischen Fakultät in Los Angeles.«

»MacZahn«, sagte ich halblaut. Das mußte der Mann sein, der in O'Connors Notizen erwähnt war.

»Bitte?«

»Oh, entschuldigen Sie. Ich bin Irene Kelly. Kann ich Ihnen irgendwie helfen?«

»Tja, ich weiß nicht, ob es ihm recht wäre, wenn ich mit jemand anderem über diese Sache spreche. Könnten Sie ihn daher bitten, mich anzurufen, wenn er zurückkommt.«

»Dr. MacPherson, es tut mir leid, aber Mr. O'Connor wurde am vergangenen Sonntag getötet.«

»Getötet!«

»Ja, irgend jemand hat eine Briefbombe vor sein Haus gelegt.«

»Eine Bombe!«

Die Unterhaltung verlief gar nicht wunschgemäß. Ich wollte sie wieder in den Griff bekommen. »Dr. MacPherson, ich glaube, Sie könnten mir helfen. Ich bin eine Freundin von Mr. O'Connor und ich habe oft mit ihm zusammengearbeitet. Ich glaube, ich habe einen Hinweis auf Sie in seinen Notizen entdeckt.«

»Das ist ja furchtbar schockierend! Ich habe erst letzte Woche mit dem Mann gesprochen.« Er hielt inne. »Wenn er ermordet wurde, dann sollte ich wohl mit der Polizei reden.«

Ich merkte schon, daß ich da eine harte Nuß zu knacken hatte, und schon das, was ich bisher verraten hatte, ihm eine Heidenangst einjagte. Ich konnte versuchen, ihn zum Reden zu zwingen, aber ich bezweifelte, ob das etwas nützen würde. Ich hielt es für besser, persönlich mit ihm zu sprechen. »Ich werde das gerne weitergeben, damit sich jemand mit Ihnen in Verbindung setzen kann. Wo sind Sie erreichbar?«

»Ich muß heute morgen unterrichten, aber am Nachmittag bin ich in meinem Büro.«

»Ich rufe bei der hiesigen Polizei an und gebe dort Bescheid, daß Sie vielleicht Informationen haben. Falls ich es einrichten könnte, jemanden von der Polizei mitzubringen, könnte ich dann heute nachmittag in Ihrem Büro mit Ihnen sprechen? So etwa gegen eins?«

»Na ja, wenn ein Beamter dabei ist, dann geht das wohl schon in Ordnung.« Er beschrieb mir den Weg zum Campus in San Pedro.

Ich rief Frank an. Er war neugierig, was der gute Doktor wohl zu sagen haben mochte, und wir beschlossen, uns vor dem Besuch im College zum Mittagessen zu treffen. Er sagte, er würde mich um halb zwölf bei der Zeitung abholen.

Ich verbrachte etwa eine halbe Stunde vor dem Computer, merkte aber, daß mir im Moment die Geduld dafür fehlte. Ich fragte mich, was MacPherson uns wohl zu erzählen hatte. Ich dachte an O'Connors Besessenheit in Sachen Hannah. Das war eine Seite seines Lebens, die er für sich behalten hatte. Jedes Jahr schrieb er den Artikel, aber zum größten Teil handelte er mehr von Vermißten und irgendwelchen sonstigen Janes oder Johns als von Hannah selber. Er begann immer mit der Geschichte vom Fund ihrer Leiche und wies darauf hin, wie viele Jahre vergangen waren, in denen man sie nicht identifiziert hatte. Aber das war auch schon alles. Und dennoch versuchte er ständig, Neues über sie in Erfahrung zu bringen.

Die Hannah-Artikel gehörten zu seinen eindringlichsten. Vielleicht konnte er wegen des Verlusts in seiner eigenen Familie so über die Opfer derartiger Verbrechen schreiben – sowohl die lebenden als auch die toten –, auf eine Weise, die von Würde und Mitgefühl geprägt war. Es gelang ihm, den Schmerz der Familien darzustellen, ohne rührselig zu werden.

Über seine Schwester schrieb er nie in diesen Artikeln.

Ich erinnere mich an den Abend, an dem er mir von ihr erzählte. O'Connor trank, und gelegentlich besoff er sich auch, aber er war selten völlig blau. An diesem speziellen

Abend war er sternhagelvoll. Als ich ihn dann nach Hause fuhr, wurde er allmählich wieder ein bißchen nüchterner, war aber noch immer ziemlich besoffen. Ich weiß nicht mehr, was ihn darauf brachte, aber irgendwie kam er auf seine Schwester zu sprechen.

Er erzählte mir von der Nacht, als sie verschwand – und in jedem seiner Worte lag Bitterkeit. Er war voller Selbstekel und unangebrachter Selbstbezichtigungen. Er sprach über die elenden Jahre, während sie verschollen war, über seine Frustration, weil der Mörder nie gefunden wurde, über all die Ungerechtigkeit. Es war schwer, ihm zuzuhören; es tat weh, ihm beim Erzählen zuzuschauen. Er gehörte nicht zu denen, die sich an fremden Schultern ausheulen.

Am nächsten Tag fragte ich mich, ob er sich wohl daran erinnern würde. Er erinnerte sich und sagte: »Ich weiß, du hast meine traurige Geschichte sehr freundlich und warmherzig aufgenommen, Irene, und daher bedauere ich auch nicht, sie dir erzählt zu haben. Aber ich habe nicht das Recht, das Andenken meiner Schwester so auszunutzen. Ich wäre dir dankbar, wenn wir nicht mehr darüber sprächen.«

Aber selbstverständlich sprach er doch davon, wenn auch nicht direkt. Er dachte laut darüber nach, wie schlimm es doch für Hannahs Familie sein mußte, nicht zu wissen, was mit ihr geschehen war. Oder meinte immer wieder, eines Tages würde ihr Mörder doch noch geschnappt, und so weiter, und so fort.

Ich wußte, daß er auf diese Weise Vergeltung suchte; er wollte selber derjenige sein, der ihn zur Strecke brachte.

Gegen zehn beschloß ich nachzusehen, wie es Kenny und Barbara ging. Ich sagte Lydia Bescheid, schaute dann beim Hinausgehen kurz an Geoffs Schalter vorbei und bat ihn, Detective Harriman auszurichten, daß ich im *St. Anne's* sei und bald wieder zurück wäre.

Ich ging zu Fuß zum Krankenhaus, das nur zwei Straßen

entfernt lag, und betrat den Haupteingang. Hinter dem Informationsschalter starrte mich eine magere Frau mit abgehärmtem Gesicht über ihre Brillengläser an und weigerte sich, mir zu sagen, wo Kenny lag.

»Er ist auf der Intensivstation. Sie können ihn nicht sehen«, meinte sie naserümpfend.

»Ich bin eine Verwandte.«

»Ach, tatsächlich?«

»Tatsächlich.«

»Tja, man wird Sie dennoch nicht vorlassen.«

»Schönen guten Tag«, sagte ich und ging wieder durch die Türen zurück und um die Ecke zum Eingang der Notaufnahme. Ich marschierte ins Wartezimmer und auf den Schalter zu, wo, wie erwartet, Schwester Theresa saß.

»Ich brauche Ihre Hilfe, Schwester«, sagte ich.

»Ja?« fragte sie lächelnd.

»Die Dame am Haupteingang läßt mich nicht ins Zimmer meines Schwagers. Ich weiß, daß er keine Besucher verkraften kann, aber ich bin mir sicher, meine Schwester könnte inzwischen ein wenig Zerstreuung gebrauchen.«

»Ich glaube, Sie haben recht«, sagte sie. »Kommen Sie mit, ich bringe Sie zu ihr.«

Wir schritten durch mehrere Türen einen breiten, weißen Korridor entlang und bogen mehrere Male ab, bis wir zur Intensivstation gelangten. Schwester Theresa nickte der Krankenschwester am Hauptschalter der Abteilung zu und führte mich in Kennys Zimmer. Außer der Entbindungsstation hasse ich alles in Krankenhäusern, und ich spürte, wie mein Herz schneller schlug und meine Handflächen feucht wurden, als wir das Zimmer betraten.

Kenny verschwand fast hinter den Schläuchen und Monitoren, die sein Bett umgaben. Er war an einen Respirator angeschlossen, und sein Herz wurde mit Monitor überwacht. Er wurde intravenös mit Medikamenten versorgt. Sein Kopf wirkte überdimensional und war mit Bandagen umwickelt, die an den Stellen, wo Augen, Nase und Mund sein mußten, Öffnungen besaßen. Der Respiratorschlauch steckte in seiner Kehle; offensichtlich hatte man einen Luftröhrenschnitt machen müssen, um den Schlauch einzuführen. Der größte Teil des Oberkörpers war ebenfalls bandagiert. Er sah aus wie eine Mumie, deren Kopf man mit Helium gefüllt hat. Ich kämpfte gegen mein Übelkeitsgefühl an.

Barbara umklammerte durch das Bettgestell hindurch seine Hand und starrte ihn an. Sie wandte sich um, als sie uns hörte, und Schwester Theresa sagte: »Ihre Schwester ist hier, um zu sehen, wie es Ihnen und Ihrem Mann geht. Lassen Sie mich doch eine Weile bei Mr. O'Connor sitzen, und gehen Sie beide ein wenig spazieren.«

Hätte ich die Nonne nicht bei mir gehabt, so wäre sie wohl kaum von seiner Seite gewichen. Die Dame am Eingangsschalter hatte mir also sogar einen Gefallen getan. Barbara stand langsam auf und ging mit mir hinaus.

»Wie geht es ihm?« fragte ich sie auf dem Gang.

Sie zuckte die Achseln. »Er liegt im Semi-Koma, wie sie das nennen. Jede Stunde kommen sie rein und machen neurologische Tests mit ihm – schauen, ob die Pupillen auf Licht reagieren und ob er schmerzempfindlich ist – wenn er zum Beispiel gezwickt wird und so. Bis jetzt reagiert er. Sie behaupten, das sei ein gutes Zeichen«, sagte sie steif.

»Und wie geht's dir?«

»Ich komme schon klar. Ich versuche, mit ihm zu reden und ihm vorzulesen. Die Schwestern haben mir gesagt, daß Kenny mich vielleicht hören kann.«

Wir wanderten eine Weile schweigend dahin. Wir kamen an einem Paar vorbei, das im Wartebereich saß. Die Anspannung hatte sich in ihre Gesichter gegraben. Wer machte sich wohl nicht seine Gedanken über die Geschichten hinter den Menschen in Krankenhauskorridoren und Wartezimmern?

»Barbara, wenn du mal schlafen oder was besorgen mußt oder sonst was zu tun hast, dann könnte ich vielleicht kommen und dich mal ablösen. Ich wäre froh, wenn du dir ein bißchen helfen ließest.«

»Ich komm schon klar«, sagte sie wieder. Nach einer Weile meinte sie: »Trotzdem, vielen Dank.«

Sie wollte wieder ins Zimmer, daher drehten wir um und eilten zurück. Schwester Theresa brachte mich vor der Nase der überraschten Rezeptionistin zum Haupteingang.

»Haben Sie Geduld, Irene«, sagte sie, als ich mich verabschiedete.

»Ist nicht meine starke Seite, Schwester, aber ich werd's versuchen.«

Auf dem Weg zur Zeitung dachte ich über Barbaras Zuneigung zu Kenny nach. Hatte sie sich ihm in all den Jahren nach der Scheidung weiterhin verbunden gefühlt? Oder war sie nur momentan so einsam, daß sie glücklich war, wenn jemand sie brauchte, auch wenn derjenige nicht einmal reagieren konnte? Ich fragte mich, ob meine Wut auf Kenny es ihr unmöglich gemacht hatte, mir zu sagen, daß sie in Wirklichkeit jede Chance, wieder mit ihm zusammenzusein, sofort ergriffen hätte. Sie beklagte sich bei mir über ihn, aber vielleicht war es die Sorte von Klage, die, sobald man der Klagenden zustimmt, ins Gegenteil umschlägt.

Ich hatte nie geglaubt, daß Kenny sie gut behandelte, und wenn ich bei seinem jetzigen Zustand auch nicht umhin konnte, nachsichtiger mit ihm zu sein, so fragte ich mich doch, was daraus werden sollte – um ihretwillen. Konnte ich mich in ihm getäuscht haben? Wie jedes andere Paar führten sie ihr eigenes Leben, ihr privates Leben, über das ich auf Familientreffen und ähnlichem nichts erfuhr.

Um die Wahrheit zu sagen, irgendeine Stimme in mir, die sich gern als mein Gewissen ausgegeben hätte, sagte: »Du hast ihm das gewünscht.« Die vielen Male, die Barbara wegen ihm am Telefon heulte, die vielen Male, die ich sagte: »Mach dir keine Sorgen, Barbara, eines Tages kriegt Kenny die Rechnung dafür präsentiert. Es ist nur eine Frage der Zeit, bis ihm jemand begegnet, der ihm Manieren beibringt.«

Natürlich hatte ich nicht erwartet, daß Erika von Pappritz mit einem Baseball-Schläger anrücken würde, aber ich war ihm auch nicht gerade wohlgesonnen. Und jetzt lag er da und war halb tot, während meine Schwester ihn in ein Gespinst zerbrechlicher Hoffnung einspann.

14

Derartige Gedanken sind einer optimistischen Lebensbetrachtung nicht gerade förderlich, und daher war ich ein bißchen deprimiert, als ich den Eingang des Wrigley Building erreichte. Beim Öffnen sah ich Frank, der sich bei Geoff höflich eintrug, weil der sich nie auf jemandes Wort verließ. Während er die Besucherliste wieder über den Schalter schob, merkte ich, wie froh ich war, ihn zu sehen. Er lächelte mich an. Genau das hatte ich gebraucht. »Streichen Sie ihn wieder, Geoff, ich nehm ihn mit zum Mittagessen.«

Geoff, auch ein Mitglied der »Fraktion jener, die furchtbar besorgt sind, weil Irene noch immer allein ist«, warf mir einen wissenden Blick zu.

Frank führte mich zu seinem Wagen, einem zerbeulten, alten, grauen Volvo. »Schafft der es noch bis L.A.?« fragte ich und bemühte mich, nicht laut herauszuplatzen. »Woher hast du den, von Columbo gestohlen?«

»Also, entschuldigen Sie mal, Princess Di. Da bin ich mal nett und hole dich zum Lunch ab, und du meckerst nur über mein Auto. Ich steh auf Freistil-Fahren – aber wir können auch mit Ihrem Wagen fahren, Hoheit.«

»Ich find's herrlich, wenn Männer so reden. Nein, du kannst schon fahren, und ich verspreche dir, ich versuche, keine Witze über dein Auto zu machen.«

»Ich fahr die Karre sowieso nur, damit die Steuerzahler ein gutes Gefühl haben.«

Trotz seiner äußeren Erscheinung war der Wagen innen sehr bequem und sauber.

»Und wohin gehen wir jetzt essen?« fragte ich, als wir aus dem Parkplatz herausfuhren.

»Wirst du schon sehen«, sagte er. »Übrigens, ich habe Hernandez erreicht.«

»Und?«

»Er hat im letzten Monat zweimal mit O'Connor geredet, einmal haben sie sich getroffen und einmal telefoniert. O'Connor ist ungefähr Mitte Mai ins Leichenschauhaus gekommen, um Informationen für seinen Hannah-Artikel zu sammeln. Der Jahrestag ihrer Auffindung ist am nächsten Wochenende – am siebzehnten Juni, und ich nehme an, das ist der Tag, an dem er immer seinen Vermißten-Artikel bringt. Hernandez hat mir erzählt, er hätte O'Connor zum ersten Mal gesehen und ihn sehr sympathisch gefunden. Er war nicht besonders glücklich, als ich erzählte, was passiert ist.«

»Und was war jetzt im Mai?«

»Nicht viel, nehme ich an, nur hatte Hernandez die Hannah-Story noch nie gehört, so daß O'Connor ihm alles über sie und über die alljährlichen Artikel erzählte. Hernandez unterhielt sich mit ihm über einige Leichen, die sie nicht identifizieren konnten, und sie verabschiedeten sich wie alte Kumpel mit Handschlag.«

Frank schwieg, bis er wußte, wie er auf den Freeway 405 Richtung Norden kam. Der Verkehr war wie immer lächerlich dicht. Wo konnten all diese Leute um die Mittagszeit nur hinwollen? Wir fanden uns mit dem »Stop-and-go«-Geruckel ab, und Frank nahm den Gesprächsfaden wieder auf.

»O'Connor ist es wohl gelungen, sein Interesse zu wecken. Er fand ihn unheimlich sympathisch. Sie haben sich ein paar Stunden miteinander unterhalten. Die sind ganz scharf auf Leute, die noch atmen, drunten bei der Gerichtsmedizin – da kommen nicht viele bloß so auf einen Schwatz vorbei –, und er hat gesagt, O'Connor hätte ziemlich viel geredet.«

»Das hat er.«

»Und als O'Connor dann gegangen war, dachte sich Hernandez, er könnte doch mal diese Hannah-Gespräche überprüfen. Er wühlte nach der Fall-Akte und fand einen Hinweis auf eine Asservatennummer. Er interessierte sich vor allem für den zahnärztlichen Teil des Berichts.«

Frank hörte auf zu reden und schien einen Moment lang etwas im Rückspiegel zu beobachten. Ich drehte mich um und schaute nach hinten. Ein dunkler Wagen wechselte auf die linke Fahrspur und begann uns zu überholen.

»Mach das nicht«, sagte Frank. »Das ist nicht der Lincoln.«

»Was soll ich nicht machen?«

»Dreh dich nicht um und starr jemand an, wenn du siehst, daß ich ihn im Rückspiegel beobachte. Wenn sie uns folgen, dann würde ich mich gern erst vergewissern, bevor du sie vergraulst.«

»Tut mir leid.«

»Ist schon okay. Ich bin mir ziemlich sicher, daß sie's bloß eilig haben, uns zu überholen.«

Das schien der Fall zu sein, da der Wagen vor uns weiterhin laufend aus- und einscherte.

»Und wie ging's mit Hernandez weiter?«

»Er wurde neugierig und beauftragte einen der Assistenten damit, die Asservaten-Akte zu suchen. Der Assistent war wohl nicht allzu begeistert von der Aufgabe, weil die Akten irgendwo drunten im Keller des Leichenhauses sind.

Hernandez fängt an, die Anmerkungen zu Hannahs Gebiß zu lesen. Im Autopsiebericht steht, daß ihre Vorderzähne zwar abgebrochen waren, sie aber dennoch alle Bruchstücke fanden und den Kiefer rekonstruieren konnten. Keine Spur von Karies oder zahnärztlicher Behandlung. Also, das ist ja nicht gerade üblich im Jahre 1955, denkt sich Hernandez, soll aber schon vorgekommen sein.

Also liest er weiter. Nach Woolsey hatte sie Tabakflecken auf den Zähnen. Hernandez liest sich den Rest des Autopsieberichts durch und nimmt zur Kenntnis, daß sich in ihrem Blut keine Spur von Nikotin befand und die Lungen sauber und gesund waren. Er legt den Bericht beiseite und beschäftigt sich mit einem etwas aktuelleren Fall.«

»Und das ist alles?«

»Nein, es gibt noch mehr. Über eine Stunde vergeht, und der Assistent kommt stinksauer zurück, weil er wirklich ewig nach dieser Akte suchen mußte. Er hat eine Schachtel in der Hand, die mit Hannah X, 17. 6. 1955 und der entsprechenden Asservatennummer beschriftet ist. Hernandez öffnet die Schachtel, und rat mal, was er findet?«

»Ihr Gebiß?«

»Ihren Schädel.«

»Ach du lieber Gott.« Der Gedanke, daß Hannah ohne Schädel begraben war, irritierte mich. Ich wußte nicht, warum; das alles war schon so lange her, und sie war ja tot. Aber irgendwie fand ich, daß man doch seinen Kopf dabeihaben mußte, wenn man in seinem Grab lag. Natürlich sollte man auch seine Füße und Hände haben.

Frank versuchte auf den Harbor Freeway abzubiegen. Wir fuhren jetzt nach Süden, Richtung San Pedro. Der Campus befand sich in der Nähe des Hafens von Los Angeles. Ich nahm an, daß er sich für ein Lokal in Hafennähe entschieden hatte.

»Und was war noch in der Schachtel?« fragte ich, auf die Fortsetzung der Geschichte gespannt.

»Was? Oh, tut mir leid. Nichts, sonst war nichts drin. Aber

die Geschichte geht noch weiter. Hernandez ist überzeugt, daß die Verfärbungen auf den Zähnen nicht durch Nikotin, sondern durch etwas anderes verursacht wurden. Er sagt, er ist sich ziemlich sicher, daß es sich um Fluorose handelt. Normalerweise entsteht das durch Trinken von fluorreichem Wasser, vor allem bis zum Alter von zehn Jahren, wenn die zweiten Zähne wachsen.«

»Ich dachte, Fluor ist gut für die Zähne.«

»In der richtigen Menge schon. Bei zuwenig Fluor neigt man zu Karies. Bei zuviel Fluor können sich die Zähne verfärben. Er hat mir erzählt, daß Fluor in einigen Landesteilen in ziemlich hohen Lagen vorkommt, und die Leute aus diesen Gegenden haben dann diese Flecken auf den Zähnen.«

»Warum weiß ein Gerichtsmediziner so viel über Zahnverfärbungen?«

»Colorado ist eine der Gegenden, die solche fluorreichen Wasservorkommen besitzen, und Hernandez hat diese Flekken auf den Zähnen von älteren Leuten gesehen, die man dort ins Leichenschauhaus brachte.«

Ich ertappte mich dabei, wie ich mir mit der Zunge über die Zähne fuhr.

»Er rief O'Connor am nächsten Tag an«, fuhr Frank fort, »und sagte ihm, er solle sich mit diesem Dr. MacPherson in Verbindung setzen, der Experte für forensische Zahnmedizin ist. Er hält Vorträge im ganzen Land. Hernandez schickte den Schädel zu MacPherson, um eine spezielle Zahnanalyse vornehmen zu lassen. Er meinte, sie könnten mehr sagen, wenn sie auch die restlichen Knochen hätten, aber er habe sich gedacht, das wäre ja schon mal ein Anfang. Eine Exhumierung könnten sie immer noch durchführen.«

Wir verließen den Freeway und fuhren die Gaffey Street hinunter. Die Straße schlängelte sich dahin, bis wir die steilen Klippen von Palos Verdes erreichten. Die Landschaft lenkte mich bald von meinen morbiden Gedanken über Hannah ab. Er bog in eine kleine Straße ein und parkte am Wegrand. Wir befanden uns hoch über dem Meer, der Hafen lag zu unserer Linken.

Frank wandte sich zu mir und sagte: »Da wären wir.«

Ich wußte, daß es hier draußen auf den Klippen keine Restaurants oder sonstige Gebäude gab. Er sah mich an, lachte und stieg aus dem Auto. Er ging zum Kofferraum und öffnete ihn. Ich stieg aus, spazierte nach hinten und sah zu, wie er eine Decke und eine große weiße Papiertüte herausnahm. »Schon mal im Galley gegessen?« fragte er. »Das ist ein toller Feinkostladen an der Hermosa Avenue. Ich hab Schinken auf Roggenbrot gekauft. Ist dir das recht?«

»Toll«, sagte ich, immer noch ganz überrumpelt. »Immer Überraschungen auf Lager, was?«

»Aber nur erfreuliche. Hab' gedacht, du brauchst vielleicht einen kleinen Tapetenwechsel.«

Wir spazierten auf eine der gezackten Klippen zu und breiteten die Decke auf halbem Weg zwischen Auto und Felskante aus. Gut, daß ich vernünftige Schuhe anhatte. Er gab mir ein Sandwich und reichte mir dann einen kleinen Milchkarton. »Hoffentlich ist sie nicht zu warm geworden«, sagte er.

Die Milch war sehr warm. »Perfekt«, sagte ich. Wen störte das schon?

Der Pazifik erstreckte sich unter uns, und der Wind peitschte die Schaumkronen hin und her. Segelboote glitten mühelos hinter die Wellenbrecher und verschwanden, während riesige Schiffe vorsichtiger dahinsteuerten. Was konnte einen hier noch berühren, außer Sonne und Wind?

Wir saßen da und verzehrten in Muse unser Mittagessen. Wir sprachen kein Wort miteinander, sondern genossen dieses besondere Beisammensein, dem das Schweigen keinen Abbruch tat.

15

Wir erreichten den Campus kurz vor eins und schlängelten uns zum Besucherparkplatz durch. Ein Student stand neben dem Wärterhäuschen und wies uns ein, und wir wanderten über eine Wiese auf ein hohes Backsteingebäude zu. Während wir so gingen, fiel mir plötzlich auf, wie jung die Studenten aussahen. Ich begann nachzurechnen, wie viele Jahre vergangen waren, seit ich meinen Bachelor gemacht hatte, und verstand, warum. Für diese Leute waren die Beatles, was die Andrew Sisters für mich gewesen waren – irgendwas, auf das ihre Eltern mal getanzt hatten.

Wir fanden MacPhersons Büro, doch er war nicht da. Er befand sich im zweiten Stock eines Gebäudes voller Labor- und Vorlesungsräume und ein paar verstreuten Institutsbüros. Zwischen den einzelnen Türen zogen sich beleuchtete Schaukästen die Korridorwände entlang. Es waren diese alten Kästen mit hölzernen Rahmen, und in allen lagen menschliche Kiefer und Schädel. Wir begannen uns die Exponate anzugucken, während wir auf ihn warteten.

Neben jedem Schädel stand ein kleines Schildchen, das über die daraus zu ersehenden gesundheitlichen Merkmale Auskunft gab sowie über das Geschlecht und das ungefähre Alter seines früheren Besitzers. Es gab auch eine historische Sammlung von Zahnprothesen sowie eine Reihe von ziemlich beängstigenden, antiken Zahnarztbestecken. Ich war froh, daß ich erst nach der Erfindung der örtlichen Betäubung auf die Welt gekommen war.

Ein großer, grauhaariger Herr in beiger Cordjacke ging an uns vorbei und schloß die Bürotür auf. Während er die Tür öffnete, blickte er zu uns herüber.

»Miss Kelly?«

»Dr. MacPherson?«

Wir nickten beide bejahend und gaben uns die Hand. Er hatte einen angenehm festen Händedruck. Ich stellte ihm Frank vor, und wir betraten das kleine Kabuff. Er setzte sich an seinen Schreibtisch, das durch das Fenster hinter ihm eindringende Licht beleuchtete sein Haar, das genauso wie das von Albert Einstein frisiert war. Er sah aus, als sei er uns von Gott geschickt. »Also, entschuldigen Sie einen alten Mann, wenn er etwas heikel ist, könnten Sie mir bitte irgendeinen Ausweis zeigen, Detective Harriman?«

Frank kam seiner Bitte nach. Dr. MacPherson warf nicht bloß einen Blick darauf; er hätte eine Dissertation darüber schreiben können, wenn er ihn noch ein bißchen länger untersucht hätte. Er gab ihn Frank zurück und sagte: »Nun ja, es scheint alles in Ordnung zu sein.«

»Dr. MacPherson«, begann Frank, »ich habe heute mit Dr. Carlos Hernandez, dem Untersuchungsrichter aus Las Piernas, gesprochen.«

»Dann wissen Sie also, wie ich zu der Sache komme?«

»Ja. Dr. Hernandez hat mir erzählt, daß er Ihnen vor einem Monat den Schädel einer Hannah X geschickt hat, die seit 1955 nicht identifiziert werden konnte. Er sagte, daß Sie vielleicht feststellen könnten, ob sich an den Zähnen ein Hinweis auf Fluorose findet, und daß Sie möglicherweise Informationen für ihn haben, die zur Identifizierung der Frau beitragen.«

MacPherson schlug mit der flachen Hand so hart auf die Tischplatte, daß wir zusammenzuckten. »Genau!« sagte er, als seien wir Studenten. Er stand auf und ging hinüber zu einem Aktenschrank. Von ganz oben holte er eine Schachtel und ein paar lose Zettel herunter. Er setzte sich hin, lehnte sich in seinem Stuhl zurück und zupfte an seinem rechten Ohrläppchen. Er schwenkte in seinem Stuhl herum und schaute zum Fenster hinaus. Frank und ich guckten uns an und zuckten die Achseln.

Plötzlich schwenkte er wieder zurück und schlug erneut auf den Tisch. Man sollte meinen, wir seien inzwischen klüger geworden, aber wieder zuckten wir zusammen. Das sollte er gefälligst mal lassen.

»Beginnen wir mit den bekannten Anhaltspunkten. Gemäß der vorliegenden Kopie des Berichts des Untersuchungsrichters – eines gewissen Dr. Woolsey –« Er sprach den Namen des Untersuchungsrichters mit geringschätzigem Ton aus. »Nun ja, sagen wir mal, Sie haben ziemliches Glück, daß Dr. Hernandez jetzt da arbeitet.« Er fand das ungeheuer lustig, und wir warteten, bis er sich wieder beruhigt hatte.

»Oh, verzeihen Sie. Ich habe nur seit Jahren keine so schlechte Arbeit gesehen. Aber fahren wir fort – nach dem Bericht handelt es sich um eine schwangere Frau zwischen zwanzig und fünfundzwanzig Jahren. Und die Leiche – oder der größte Teil der Leiche, müßte ich eigentlich sagen – wurde im Juni 1955 gefunden. Das heißt, daß diese Frau höchstwahrscheinlich zwischen 1930 und 1935 geboren ist. Riesenpech. Wäre sie nur ein paar Jahre später geboren, hätte sie vielleicht nicht diese Flecken auf den Zähnen gehabt.«

An der Stelle holte er den Inhalt aus der Schachtel, und da grinste sie uns nun mit braunen Zähnen an, Hannah.

Wenn ich auch gewußt hatte, was sich in der Schachtel befand, so war es doch ein verwirrender Anblick. Die starrenden Augenhöhlen, die Partien um Nase und Gebiß, die offensichtlich aus zusammengeklebten Bruchstücken bestanden.

Nachdem der erste Schock vorüber war, schämte ich mich, sie so anzuschauen. Wenn ich auch gerade ganze Schaukästen voller Schädel betrachtet hatte, so wußte ich doch überhaupt nichts über diese Leute, während ich bei Hannah zumindest einen Teil ihrer Geschichte kannte. Mir dämmerte allmählich, daß es für ein Opfer wie sie keinerlei Privatsphäre gab. Alles, was sich irgendwie dazu eignete, würde von Leuten, die sie nie gekannt hatten, untersucht, studiert, ausgestellt und aufgeschrieben werden.

»Etwa um die Zeit ihrer Geburt«, fuhr MacPherson fort, »fand eine Gruppe von amerikanischen Zahnforschern heraus, daß hohe Fluorkonzentrationen im Wasser diese Verfärbungen hervorrufen, aber bis etwa 1931 gab es keine wissenschaftlichen Beweise dafür, und es dauerte noch einige Zeit, bis die US-Gesundheitsbehörde den Fluorspiegel überwachte.

Wie jeder, der einmal auf die Zahnfee gewartet hat, weiß, bekommt man die Zähne in der Kindheit. Die Verfärbungen sind anscheinend teilweise auf Oberflächenkontakt, aber in der Hauptsache auf das Fluor im Blut zurückzuführen. Während der Jahre des Zahnwachstums – das heißt, bei Kindern unter zehn Jahren – bekommen jene, die zuviel Fluor aufnehmen, wahrscheinlich Fluorose. Wie unsere Hannah X. Hannah bekam diese Verfärbungen mit größter Wahrscheinlichkeit durch das Wasser, das sie als Kind trank.«

Er stand auf und ging zwei, drei Schritte auf und ab, soweit es ihm der Platz hinter dem Schreibtisch erlaubte. Er gestikulierte beim Sprechen – ein geborener Schauspieler.

»Fluor kommt in der Natur in sehr vielen Substanzen vor. Im Wasser findet man es in unterschiedlichen, im allgemeinen niedrigen Konzentrationen. Es sind in erster Linie drei Regionen, in denen die Konzentration hoch genug ist, um Fluorose zu verursachen.«

»Können wir dadurch denn nicht die Gegend, aus der sie kommt, eingrenzen?« fragte ich.

»Genau!« Wumm! sauste die Hand wieder auf den Tisch. Ich will nicht sagen, daß wir nicht zusammenfuhren, und wir machten uns allmählich schon innerlich darauf gefaßt, wann immer er in der Nähe des Tisches die Hand erhob.

»Wie ich schon Mr. O'Connor erzählt habe, kommen drei Gegenden am ehesten in Frage.« Er zählte sie uns an der Hand ab. »Das wären: Erstens der Teil des mittleren Westens, der aus Indiana, Ohio und Illinois besteht; zweitens das Rocky-Mountains-Gebiet, vor allem South Dakota und Colorado; und drittens der Südwesten – Texas, New Mexiko, Arizona.«

Ich fand, das war keine tolle Eingrenzung, wenn auch besser als gar nichts. Dr. MacPherson mußte meine Enttäuschung bemerkt haben.

»Sie geben zu leicht auf, meine Liebe. Ihr Freund, Mr. O'Connor, ließ sich nicht so leicht beirren. Nun, in diesen Gegenden gibt es nur so und so viele Orte mit Fluorkonzentrationen, die eine so schwere Fluorose verursachen können. Aber lassen wir das mal einen Augenblick beiseite. Ich muß Ihnen sagen, daß Ihr früherer Untersuchungsrichter eine große Anzahl von Hinweisen auf Hannahs Identität nicht weiter verfolgt hat.«

»Zum Beispiel?« fragte Frank.

»Dem Autopsiebericht nach war ihre Haut ziemlich gebräunt. Das spricht in bezug auf die drei Regionen am ehesten für den Südwesten, wenn sie auch von einer Farm aus den anderen Gegenden stammen oder dort im Freien gearbeitet haben könnte. Aber wir haben noch weitere Belege dafür, daß sie aus dem Südwesten kommt.

Der Autopsiebericht besagt auch, daß der Tod etwa um sieben Uhr des Abends, an dem man sie fand, eingetreten ist. Ihr Mageninhalt zeigte, daß man sie kurz nach dem Abendessen umgebracht hat. Raten Sie mal, was sie gegessen hatte?«

Frank und ich zuckten die Achseln.

»Tacos!« brüllte er und ließ wieder die Hand niedersausen. Es muß verdammt schwer sein, in seinen Seminaren einzuschlafen.

»Diese blonde Frau aß im Südkalifornien des Jahres 1955 Tacos zu Abend! Selbstverständlich gab es auch damals mexikanische Restaurants, aber man bekam mexikanisches Essen nicht in den großen Kettenrestaurants und auch nicht überall.

Das ist natürlich nur eine Hypothese, aber ich glaube, daß diese Frau zumindest einen Teil ihrer Kindheit in einem sonnigen Grenzstaat verbracht hat, wo es einen beträchtlichen hispanischen Bevölkerungsanteil gab. Es muß auch eine Gegend sein, wo der hohe Fluorgehalt des Wassers die Zähne der einheimischen Kinder verfärbt. Ich würde sagen, damit haben wir das Feld auf Arizona, New Mexiko und Texas eingegrenzt.«

»Können wir sicher sein, daß sie die Flecken nicht durch Fluorbeimengungen im Wasser oder durch vom Zahnarzt verschriebene Fluortabletten bekommen hat?« fragte Frank.

»Sicher? Nein, nichts ist sicher. Einigermaßen gewiß? Das schon. Fluor wurde in den Vereinigten Staaten erst ab Mitte der vierziger Jahre dem Trinkwasser beigemischt, und Hannah wäre da wohl schon zu alt gewesen, um die Flecken noch zu bekommen. Aber der überzeugendste Grund, der dagegen spricht, ist der, daß Fluorbeimischungen zum Trinkwasser sehr vorsichtig und in kleinen Dosen vorgenommen werden. Verfärbungen wie ihre müssen von einer drei- bis viermal so hohen Fluorkonzentration wie bei den stärksten Beimengungen herrühren.«

»Gibt es Verzeichnisse der Orte, die die entsprechende natürliche Fluorkonzentration aufweisen?« fragte Frank.

»Selbstverständlich. Ich habe Ihnen schon Kopien von Fluor-Übersichtskarten vom Südwesten machen lassen.«

Er blätterte in seinen Zetteln und reichte uns ein paar Seiten. »Ich habe Mr. O'Connor eine Kopie des gleichen Berichts gegeben. Ich habe die Kommunen, die am ehesten bei dieser Fluorkonzentration in Frage kommen, angestrichen.«

»Vielen Dank, Dr. MacPherson«, sagte Frank und warf einen Blick auf den Bericht. Ich versuchte, ihm über die Schulter zu gucken und zu lesen.

»Das ist doch selbstverständlich«, sagte MacPherson, während wir lasen, »Sie wollen sicher auch ihr Bild sehen.«

»Was!« schrien wir gleichzeitig und starrten beide ungläubig zu dem Alten hoch.

MacPherson strahlte wie ein Honigkuchenpferd.

»Wegen des Bildes hat es so lange gedauert. Erstaunlich, was diese Computer alles können. Ich habe Kopien von den Autopsieberichten und den Schädelmaßen an einen Burschen geschickt, der Gesichter ziemlich gut rekonstruieren kann.«

Er zog eine Computerzeichnung aus seinen Papieren, die, wie sie so auf der anderen Tischseite lag, einem Foto nicht unähnlich sah.

»Meine Damen und Herren«, sagte er, »erlauben Sie mir, Ihnen Hannah vorzustellen.«

16

Von dem Foto blickte uns eine attraktive junge Frau mit halblangen, gelockten, blonden Haaren und gebräuntem Gesicht entgegen. Sie hatte hohe Wangenknochen und dunkle, gewölbte Brauen über dunklen Augen. Der Computerkünstler hatte sie mit einem Make-up und einer Frisur von etwa 1955 versehen und ließ sie, in seiner Nachsicht gegenüber menschlichen Schwächen, mit geschlossenem Mund lächeln.

Der Professor besaß mehrere Abbildungen, und auf einigen davon lächelte sie und zeigte die verfärbten Zähne; es gab auch ein paar mit etwas anderen Nasen.

»Die Nase war durch die Gewalteinwirkung auf ihr Gesicht am stärksten beeinträchtigt«, erklärte MacPherson.

»Interessanterweise blieben die Augen völlig verschont. Wie schon gesagt, meiner Ansicht nach wurde dieser Fall sehr nachlässig bearbeitet. Wäre der Kopf abgetrennt gewesen und zusammen mit den Händen und Füßen fortgeschafft worden, dann könnte ich verstehen, daß keine Fortschritte erzielt wurden. Aber bei dieser Art von Mißhandlung läßt sich das Gesicht rekonstruieren – und es hat sich ja tatsächlich jemand die Zeit genommen, das Fleisch vom Schädel zu entfernen und Gesicht und Schädel in mühevoller Kleinarbeit wieder zusammenzufügen, aber dann hat er anscheinend nicht mehr weitergemacht. Die Autopsiefotos sind zwar für den Laien kein angenehmer Anblick, aber jemand, der auf diesem Gebiet arbeitet und ständig mit den schlimmsten Verletzungen, die ein Mensch nur erleiden kann, konfrontiert ist – für den ist das nicht so tragisch.«

An dieser Stelle zog er eines der Autopsiefotos hervor. Ich nehme an, ich muß mich immer noch zu den Laien zählen; mir erschien es entsetzlich. Frank jedoch zuckte mit keiner Wimper, so daß der Professor wohl recht hatte.

»Sie können das alles mitnehmen«, sagte MacPherson, legte vorsichtig den Schädel wieder in die Schachtel und schob die Blätter zu einem Stoß zusammen. »Ich beantworte Ihnen gerne weitere Fragen, wenn Sie das Material gelesen haben. Würden Sie bitte dafür sorgen, daß Hannahs Schädel wieder heil an Dr. Hernandez zurückgegeben wird?«

»Selbstverständlich«, antwortete Frank und nahm die Schachtel in Empfang. Ich war froh, daß er Frank die Schachtel gereicht hatte. Ich bin nicht besonders zimperlich, aber bei dem Gedanken, mit einem Schädel in einer Schachtel zurückzufahren, wurde mir ganz anders.

»Dr. MacPherson«, sagte ich, »ich weiß, daß diese Dinge Mr. O'Connor sehr viel bedeutet hätten. Sie haben sich seinetwegen eine Menge Arbeit gemacht. Wir wissen das zu schätzen.«

»Oh, gar nicht, nichts zu danken. Ihr Freund hatte so eine Art, andere Leute neugierig zu machen. Ich hatte ungeheures Glück. Ich finde solche Dinge faszinierend, und ich werde auch noch dafür bezahlt. Bitte lassen Sie mich wissen, was Sie herausbekommen.«

Wir schüttelten uns die Hand, und Frank gab ihm seine Karte, falls Dr. MacPherson später noch Fragen dazu hätte. Wir wollten gerade gehen, als Frank zögerte und dann sagte: »Eine Sache noch, Dr. MacPherson. Wir müssen jedem, der hinsichtlich dieses Falls auch nur entfernt mit Mr. O'Connor zu tun hatte, zu größter Vorsicht raten. Mr. O'Connors Sohn ist lebensgefährlich verletzt worden. Auf Miss Kellys Haus wurde geschossen. Wir haben es hier mit einem sehr gewalttätigen Menschen zu tun.«

»Detective Harriman, wenn Sie schon gegen so viele Psychopathen ausgesagt haben wie ich, dann wird Vorsicht zur Gewohnheit. Aber wie interessant! Ich hätte die Chance, daß der Bursche immer noch lebt und sich hier in der Gegend aufhält, für sehr gering eingeschätzt, aber offensichtlich liege ich da falsch. Als Miss Kelly erzählte, daß Mr. O'Connor getötet wurde, habe ich daran gedacht. Aber Komplikationen, die von einem so alten Mordfall herrühren, erschienen mir unwahrscheinlich. Das wirft einige Fragen auf.«

»Wir sind uns nicht sicher, daß es mit diesem Fall zusammenhängt, aber wir überprüfen alle Möglichkeiten.«

»In diesem Fall sollte wohl ich Sie ermahnen, vorsichtig zu sein. Jemand, der so verzweifelt ist, daß er einen Journalisten umbringt, schreckt nicht davor zurück, einem Polizeibeamten etwas anzutun.«

Wir verabschiedeten uns noch einmal und gingen hinaus zum Wagen. Frank klemmte sich die Schachtel unter den Arm und fingerte in seinen Taschen nach dem Schlüsselbund.

»Um Himmels willen, Frank, laß sie nicht fallen.«

»Das war ein Erlebnis, was?«

»Ich hatte etwas ganz anderes erwartet.«

Frank wollte Hannahs Kopf in den Kofferraum legen, überlegte es sich dann aber anders. »Dahinten kann er hin und her rutschen und wird vielleicht beschädigt. Legen wir sie auf den Boden vor dem Rücksitz.«

Ich war erleichtert, daß ich ihn nicht auf dem Schoß halten mußte.

Als wir losfuhren, schaute ich auf meine Uhr. »Vielleicht kommen wir früh genug zurück und ich schaffe es noch bis Redaktionsschluß.«

»Glaubst du, daß sie die Bilder drucken wollen? Ist ja nicht so, als wäre das wirklich eine brandheiße Nachricht.«

»Der Mord selber ist ein alter Hut, aber die Bilder und die Fortschritte hinsichtlich ihrer Identifizierung, das ist eine ganz neue Geschichte. Unsere Leser haben während der letzten fünfunddreißig Jahre mindestens einmal im Jahr einen Artikel über diese Frau zu Gesicht bekommen. Ich glaube schon, daß sie das interessiert.«

»Ich hab irgendwie das Gefühl, daß dein Boß sich das für einen von diesen Jahrestagsartikeln aufsparen will.«

»Nein, ich werde es so aufziehen, als bestünde da ein möglicher Zusammenhang zum Mord an O'Connor. Vielleicht macht Wrigley mit. Als »Helft-uns-sie-zu-finden«-Geschichte funktioniert das nicht; es ist einfach schon zu viele Jahre her, und ich bezweifle, daß sie schon lange vor ihrer Ermordung in Las Piernas war. Denn sonst wäre ihr Verschwinden ja jemandem aufgefallen.«

»Vielleicht hast du recht.« Einen Moment lang wirkte er zerstreut und schaute zur Seite und in die Rückspiegel.

»Folgt uns jemand?« fragte ich und zwang mich, nicht nach hinten zu schauen.

Er war ruhig, konzentrierte sich auf die bevorstehende Auffahrt zum Harbor Freeway und schaute wieder prüfend in die Spiegel. »Nein, ich glaube nicht«, sagte er schließlich.

Er schaute zu mir herüber. »Hey, alles okay?«

»Ja, ich bin wohl nur furchtbar nervös.«

»Du Arme.«

Wir fuhren schweigend weiter, während ich versuchte, all meinen Mut zusammenzunehmen. Wir erreichten die 405, Frank checkte erneut gewohnheitsmäßig die Spiegel, und der letzte Rest von Zuversicht verließ mich.

Ich fragte mich allmählich, ob die zwei Jahre in der Werbung mich für den Journalismus ruiniert hatten. Wo war der Schneid, den ich bei anderen Verbrechen an den Tag gelegt hatte? Nun gut, ich war ja auch nie die Zielscheibe gewesen, aber man braucht einfach eine gewisse Portion Mut, um in dem Geschäft zu bestehen.

»Macht nichts, wenn du dich fürchtest, weißt du. Das hält dich von Dummheiten ab«, sagte er und schaute zu mir herüber. Ich würde das Pokern aufgeben müssen, wenn ich weiterhin alles zeigte, was ich fühlte.

»Ich habe mich gerade gefragt, ob ich den Journalismus aufgeben könnte. Vielleicht werde ich allmählich zu alt für den Beruf.«

»Tja, Omi, schieb's lieber auf bis zur Pensionierungsfeier. Die Rente ist ziemlich mickrig, wenn du nur einen Tag Versicherung bezahlst und schon vor dem vierzigsten Lebensjahr aussteigst. Geh doch nicht dauernd mit dir ins Gericht!«

»Wie viele aufmunternde Sätze hast du denn pro Tag auf Lager?«

»So viele, wie nötig sind.«

Nach einer Weile beruhigte ich mich und begann wieder über Hannah nachzudenken. Immer wieder fiel mir eine von MacPhersons Bemerkungen ein.

»Frank?«

»Mmm?«

»Wenn derjenige, den wir suchen, Hannahs Mörder ist, warum glaubst du, daß er immer noch hier ist?«

»Die Frage hab' ich mir auch schon gestellt. Vorausgesetzt es ist ein ›Er‹ – und das ist ja keine Tat, die man von einer Frau erwarten würde, ganz klar, aber wir sollten das dennoch offenlassen – trotzdem könnte es wohl eine ganze Reihe von Gründen geben, die für beide Geschlechter in Frage kämen. Zuerst und vor allem ist er oder sie ungestraft davongekommen und immer noch weit davon entfernt, entdeckt, geschweige denn verhaftet zu werden. Schon allein deswegen bleibt er vielleicht in der Gegend. Zweitens könnte er einen Job oder eine Stellung haben, die seine Anwesenheit in Las Piernas erfordert – oder vielleicht ist er auch von jemandem hier abhängig. Drittens könnte sein Weggang mehr Aufsehen erregen, als wenn er einfach hierbleibt.«

»Noch was«, sagte ich. »Falls Hannah aus einer anderen Stadt oder einem anderen Landesteil kommt, und so hat es ja bisher immer ausgesehen, dann hat ihr Mörder ziemlich viel Mühe darauf verwandt, daß niemand die Spur zu ihrem Heimatort weiterverfolgen konnte. Vielleicht kann er auch mit diesem Ort in Verbindung gebracht werden.«

»Vielleicht. Woolseys Verhalten in bezug auf die Sache ist auch verdammt komisch.«

»All die Jahre hat O'Connor ihm mit Fragen zugesetzt, und er hielt sich trotzdem bedeckt.«

Frank nahm die Abfahrt zur Shoreline, der Küstenstraße, die in Las Piernas an den Klippen vorbeiführt.

»Fährst du die schöne Strecke?« fragte ich.

»So könnte man's ausdrücken«, sagte er und schaute wieder in die Spiegel.

Nach drei oder vier Minuten sagte er ruhig: »Schau nach, ob du gut angeschnallt bist.«

Ich tat es und guckte lange genug in meinen Seitenspiegel, um zu sehen, daß ein großer, blauer Lincoln zwei Autos hinter uns fuhr.

17

»Und jetzt?« fragte ich.

»Gucken wir erst mal, was sie vorhaben. Schau, ob du ein Polizeiauto siehst – vielleicht müssen wir ein bißchen Aufmerksamkeit erregen.«

Er beschleunigte ein wenig und begann mit Überholmanövern. Der Lincoln blieb uns auf den Fersen.

»Falls sich die Möglichkeit ergibt, laß ich dich aussteigen. Aber ich will dich nicht zur Zielscheibe machen, falls er eine Knarre dabei hat.«

»Vergiß es, Frank. Ich steig nicht aus.«

»Verdammt, Irene. Du tust, was ich dir sage.«

»Der Satz hat nur bei meinem Vater funktioniert, und auch da nur fünfzehn Jahre lang.«

Er saß da, umklammerte das Lenkrad und schäumte und murmelte leise. Doch bald konzentrierte er sich wieder auf den Lincoln, der nun versuchte, ganz aufzuholen. Ich bemerkte, daß der Verkehr nachgelassen hatte – wir kamen in ein Industriegebiet in der Nähe des Hafens. Alte Lagerhäuser aus Backstein zogen sich die Straße entlang.

»Halt dich fest.«

Er drückte das Gaspedal durch und riß den Wagen jäh nach links. Die Reifen quietschten protestierend, und der Wagen schlingerte in eine kurze Straße, die entlang der Lagerhäuser verlief und vom Wasser wegführte. Er bog scharf nach rechts in eine Gasse, so eng, daß wir kaum hineinzupassen schienen. Wir paßten auch nicht rein – der Wagen schrammte zwischen zwei verrosteten Metallfassaden durch, Metall rieb knirschend und funkensprühend auf Metall. Die beiden Seitenspiegel flogen schon in den ersten Sekunden weg. Die Türen wurden heiß, aber der Wagen fuhr weiter. Frank schaute in den einzigen verbliebenen Spiegel.

Der Lincoln hatte die Gasse erreicht, war aber zu breit und konnte uns nicht folgen. Er brauste davon. Frank erreichte das Ende der engen Straße, bog mehrere Male ab und kam an der McKinley Road heraus, die zurück in die Innenstadt führt. Wir fuhren mit Höchstgeschwindigkeit. Einen Augenblick lang dachte ich, wir hätten sie abgeschüttelt, aber bald hörte ich die quietschenden Reifen hinter uns – ich drehte mich um und sah, daß der Lincoln uns wieder aufgespürt hatte. Es herrschte immer noch viel Verkehr, aber wir fuhren schneller als alle anderen und überholten, ohne abzusetzen Autos, die stillzustehen schienen.

Die Industriegebäude wurden immer weniger, während wir die Straße entlangflitzten. Wir erreichten offenes Gelände mit ein paar alten Häusern, und der Lincoln holte allmählich wieder auf. Innerhalb von Sekunden, so schien es, war er direkt hinter uns. Frank bog in eine kurvige, bergaufführende Wohnstraße ein. Der Volvo lag gut in der Kurve, aber der Lincoln hatte mehr PS. Er näherte sich von der Seite. Frank riß das Steuer hart nach links, so daß das hintere Ende des Wagens in den vorderen Kotflügel des Lincoln krachte. Beide Autos schleuderten heftig, wobei sich der Volvo ein bißchen schneller erholte und wieder losfuhr. Aber innerhalb von Sekunden hatte der Lincoln den Vorsprung schon wieder wettgemacht.

Wieder schob er sich seitlich an uns heran, und diesmal sah man deutlich die Mündung einer Waffe auf der Beifahrerseite. Frank packte mich mit einer Hand am Hals und zog meinen Kopf nach unten. Ich konnte nichts sehen, spürte aber, wie der Wagen hin und her schlingerte. Plötzlich flog mir eine Ladung Glassplitter um die Ohren, der Schütze hatte durch die hintere Windschutzscheibe geballert.

Frank umklammerte erneut mit beiden Händen das Steuer, und ich setzte mich wieder aufrecht und ignorierte ihn, als er »Bleib unten!« brüllte. Wir erreichten die Hügelkuppe und begannen, auf der anderen Seite hinabzusausen. Und da sah ich den Müllwagen.

Der weiße Riese kam aus entgegengesetzter Richtung, fast wie in Zeitlupe, den Hügel heraufgekrochen und füllte die ganze Straße aus. Zum Bremsen war keine Zeit mehr. Beide Autos rasten Seite an Seite bergab, direkt auf den Lastwagen zu. Frank riß den Wagen scharf nach rechts und auf den Gehsteig. Er machte einen Ruck, als wir über den Bordstein sprangen, und mähte einen Lattenzaun nieder. Wir hörten ein Geräusch wie bei einer Bombenexplosion, den lauten Knall des in den Müllwagen krachenden Lincoln. Wir fuhren weiter, und Frank versuchte, den Volvo, der wild von Vorgarten zu Vorgarten hüpfte, wieder unter Kontrolle zu bekommen. Die vordere Windschutzscheibe zerbrach in tausend Stücke, als wir mit knackenden Knochen vor einer riesigen Hecke zum Stillstand kamen. Glassplitter und Zweige und Blätter flogen uns entgegen – das meiste davon bekam Frank ab.

Es herrschte die unheimliche Ruhe, die immer auf einen Zusammenstoß folgt. Einen Moment lang schien alles still und starr. Ich war ein wenig benommen, erholte mich aber rasch wieder. Ich merkte, daß ich mehrere Schnittwunden an der Stirn hatte und blutete, doch es war nicht allzu schlimm. Vielleicht war ich gegen das Armaturenbrett gestoßen. Ich war zwar aufgewühlt, aber es schien nicht besonders weh zu tun.

Dann hörte ich Frank leise stöhnen.

Er war über dem Steuerrad zusammengesackt.

»Frank?«

Wieder ein schwaches Stöhnen. Da ich Angst hatte, ihn zu bewegen, rief ich wieder seinen Namen – keine Reaktion. Er atmete durch den Mund, als ob er schliefe. Eine Blutspur zog sich über sein Hemd, doch das ganze Blut schien aus der Nase und ein paar Schnittwunden im Gesicht zu kommen.

Die Leute aus der Nachbarschaft näherten sich allmählich dem Wagen. Ein älterer Mann erreichte uns als erster. Er sprach mich durch die offene Windschutzscheibe an. »Alles okay, Kleine?«

»Ja, aber rufen Sie bitte einen Krankenwagen. Und die Polizei.«

»Hab sie schon angerufen. Sind unterwegs. Wie geht's Ihrem Freund?«

»Ich weiß nicht. Er atmet, und er blutet. Er ist bewußtlos. Ich kann nicht sagen, wie schwer die Verletzungen sind. Ich traue mich nicht, ihn zu bewegen.«

»Das ist schon richtig so. Sie sollten ihn auch nicht bewegen. Können Sie die Tür da öffnen? Die auf der Seite ist ziemlich eingedrückt.«

Ich versuchte es, aber es war zwecklos. Bei unserer Fahrt durch die Gasse hatten wir uns förmlich eingeschweißt.

Frank wimmerte wieder. Ich fühlte mich völlig nutzlos.

»Machen Sie sich deswegen keine Sorgen, Kleine, er versucht nur, wieder zu sich zu kommen. Ich heiße Charlie. Und Sie?«

»Irene«, sagte ich. »Das ist Frank. Detective Frank Harriman«, fügte ich hinzu, ohne recht zu wissen, warum.

»Oh, ein Polizist? Tja, sieht nach 'ner üblen Verfolgungsjagd aus. Sie sind glimpflicher davongekommen als die Kerle in dem blauen Wagen. Die Jungs hatten nicht die geringste Chance.« Ich wandte, immer noch in einer Art Nebel befangen, den Kopf. Der Müllwagen und das, was vom Lincoln übriggeblieben war, schienen sehr weit weg.

Wäre der alte Mann nicht gewesen, ich hätte völlig durchgedreht. Ich wußte nicht, wie schwer Frank verletzt war, ich konnte nicht aus dem verdammten Auto heraus. Aber dann sah Charlie die zunehmende Besorgnis in meinem Gesicht und tröstete mich. »Es wird schon wieder gut, Irene«, sagte er dann. »Ich weiß, du willst so gerne etwas tun und kannst nicht, du mußt einfach noch 'ne Weile durchhalten. Er schafft es schon, es schaut schlimmer aus, als es ist. Hör auf einen alten Mann; ich weiß es.«

Sein ständiger Redefluß beruhigte mich. Die rauhe Stimme redete immer weiter, erzählte mir seine Lebensgeschichte, versuchte, mich zu zerstreuen. Bevor ich wußte, wie mir geschah, hörte ich schon das Kreischen der Sirenen den Hügel herauftönen.

»Na, hab' ich's nicht gesagt?« meinte Charlie. »Das hat nicht allzu lange gedauert. Die haben dich jetzt im Handumdrehen befreit. Und deinen Freund kriegen sie auch wieder hin. Er kommt schon wieder in Ordnung. Er braucht nur ein bißchen Zeit, um zu sich zu kommen, das ist alles.«

Als ob er ihn höre, richtete sich Frank einen Moment lang mit geschlossenen Augen auf; er stöhnte und sackte dann wieder über dem Lenkrad zusammen. Seine Nase war blutverschmiert, die Oberlippe angeschwollen; viel mehr konnte ich nicht erkennen, ehe er wieder nach vorne fiel.

Die Sanitäter trafen ein – zuerst auf Franks Seite. Sie kriegten die Tür schließlich auf und versuchten, mit ihm zu reden, während sie ihn untersuchten und ihm, ohne ihn zu bewegen, das Blut ein wenig abwischten. Als er nicht zu sich kam, schnallten sie Oberkörper und Hals vorsichtig auf ein Stützbrett. Ich schaute zu, wie sie ihn behutsam aus dem Auto hoben, um seiner Verletzungen wegen kein Risiko einzugehen. Inzwischen hatte ein weiterer Mann mir auf der anderen Seite aus dem Auto geholfen. Ich fühlte mich zittrig und erschöpft, aber es ging mir gut. Sie säuberten meine Schnittwunden, verbanden mir die Stirn und vergewisserten sich, daß ich Fragen, wie »Wie viele Finger sehen Sie jetzt?« beantworten konnte.

Jemand hatte die Meldung, daß ein Polizist verletzt sei, durchgegeben, und weitere Sirenen heulten Richtung Unfallort. Gerade als ich zusah, wie Frank in den Krankenwagen geladen wurde und Angst bekam, weil er nun weggebracht wurde, hörte ich jemanden sagen: »Miss Kelly?«

Ich blickte in Richtung der Stimme und sah einen kleinen, dunkelhaarigen Mann im Anzug. Er stellte sich als Pete Baird vor und erzählte mir, daß er Franks Mitarbeiter sei. Er sagte, er würde mich gern ins Krankenhaus mitnehmen und ob es mir wohl was ausmache, unterwegs ein paar Fragen zu beantworten? Ehe wir fuhren, ging ich hinüber zu Charlie und sagte zu ihm: »Ich kann dir gar nicht genug danken, Charlie. Ich werde dir das nie vergessen.«

Er wirkte schrecklich verlegen, als ich ihm die Hand schüttelte.

Als ich an den Überresten des Volvos vorbeikam, erinnerte ich mich plötzlich an Hannah. Zu Pete Bairds Überraschung stieg ich wieder in den Wagen und kroch halb über den Sitz. Ich packte die Schachtel mit Hannahs Schädel und zog die Papiere unter den Glassplittern hervor. Ich hob den Deckel der Schachtel, und da war sie und grinste mich völlig unversehrt an.

»Was haben Sie denn da?«

»Das«, sagte ich und schloß behutsam die Schachtel, »ist der Anfang zu einer langen Geschichte.«

18

Pete führte mich zu einem schwarzweißen Polizeiwagen, wo zwei uniformierte Beamte uns erwarteten. Als Franks Mitarbeiter wußte Pete schon über O'Connors Notizen und Franks Unterhaltung mit Hernandez Bescheid. Während wir zum Krankenhaus fuhren, erzählte ich ihm von unserem Besuch bei Dr. MacPherson. Ich bat ihn, doch bitte jemand beim Professor anrufen zu lassen. Ich dachte an MacPhersons letzte warnende Worte an Frank – er hatte recht: Einem Bullen etwas anzutun, das war eine Kleinigkeit für unsere Verfolger.

»Wissen Sie, wer in dem Lincoln war?« fragte ich.

»Nein, noch nicht. Ich weiß nicht, ob es Ihnen jemand gesagt hat – sie sind beide tot.«

»Irgendwie fühl ich mich dadurch auch nicht besser.«

»Glauben Sie, das war der Wagen, aus dem man auf Ihr Haus geschossen hat?«

»Ja, ziemlich sicher sogar. Aber nicht hundertprozentig.«

»Macht nichts. Falls er es ist, werden die Ballistiker die Schußwaffe und die Kugeln aus Ihrer Wand als zusammengehörig identifizieren. Sind Ihnen die Kerle von San Pedro aus gefolgt?«

Ich erzählte ihm von der Rückfahrt und der Verfolgungsjagd. Mir kam es vor, als sei das alles jemand anderem passiert, nur daß ich eben diesen Schädel im Schoß hielt. Es war schon irgendwie komisch. Vorher wollte ich ihn nicht in meiner Nähe haben. Jetzt schenkte er mir die Zuversicht, daß wir denen, die Hannahs Identität geheimhalten wollten, immer noch überlegen waren.

»Hier«, sagte ich und reichte Pete zögernd die Schachtel. »Das ist Hannahs Schädel. Und hier sind die Computer-Zeichnungen. Wenn Sie nichts dagegen haben, würde ich gern einen Teil davon zur Zeitung mitnehmen. Und das ist ein Verzeichnis der Orte, an denen sie mit größter Wahrscheinlichkeit gelebt haben kann, bevor sie hierherkam, oder zumindest, wo sie als Kind gelebt hat.«

»Danke, wir schicken die Bilder da hin und nehmen telefonisch Verbindung mit den örtlichen Polizeistellen auf. Wenn nicht jemand diesen ganzen Aufruhr veranstaltet hätte, könnte ich wahrscheinlich niemand dazu bewegen, auch nur einen Blick darauf zu werfen, wissen Sie. Aber jetzt haben wir einen Mord, zwei versuchte Morde und eine lange Liste von anderen Anklagepunkten, um die Leute in Aufregung zu versetzen.«

Wir parkten vor der Notaufnahme von *St. Anne's*. Allmählich fühlte ich mich hier schon wie zu Hause. Ich stieg aus dem Wagen und eilte ins Wartezimmer. Die Schwester am Empfang erzählte mir, daß Frank noch immer in der Notaufnahme sei; man würde mir sagen, wann ich ihn sehen könnte.

Ich setzte mich auf einen der Plastikstühle. Pete erkundigte sich ebenfalls am Schalter, wies seinen Ausweis vor und sagte der Schwester, er würde mit mir zusammen warten.

»Wie geht's denn dem Mann Ihrer Schwester?« fragte er, als er sich neben mich setzte.

»Ist immer noch in Lebensgefahr. Danke für Ihre Hilfe und daß Sie sich um Barbara gekümmert haben.«

»Ihre Schwester ist in Ordnung. Das war hart für sie, das wissen Sie doch? Aber in Anbetracht der Situation hat sie sich gut gehalten.«

»Ja, hat sie wirklich.«

»Bleiben Sie da? Die meisten Leute würden nach dem, was Sie heute erlebt haben, wohl jetzt nach Hause gehen und unter die Bettdecke kriechen wollen.«

Ich zuckte die Achseln und spürte die Steifheit, die sich jetzt im Rücken und im Genick bemerkbar machte. Ich stand auf und streckte mich.

»Tut's allmählich weh?«

»Ja, ein bißchen.«

Die Schwester kam zu uns herüber und sagte uns, daß Frank jetzt in ein Zimmer verlegt würde und der Arzt mit uns sprechen wollte. Wir gingen durch die Tür auf einen Gang vor dem Wartezimmer und wurden von einem jungen Mann empfangen, der sich die Hände trockenrieb. Er stellte sich als Dr. Baldwin vor.

Als ich ihm meinen Namen nannte, sagte er: »Detective

Harriman hat nach Ihnen gefragt.« Dann erzählte er uns, wobei er sich hauptsächlich an Pete wandte, aber mir hin und wieder einen höflichen Blick schenkte, daß Frank eine Gehirnerschütterung und eine gebrochene Nase, zwei angeknackste Rippen und mehrere leichte Gesichtsverletzungen davongetragen hätte. Glücklicherweise hätten die Rippen die Lunge nicht durchbohrt. Frank sei jetzt bei Bewußtsein, aber wir sollten unseren Besuch möglichst kurz halten.

Frank lag – Kopf und Schultern leicht erhöht – im Bett. Sein Gesicht war kreideweiß. Die Augen, die Nase und die Oberlippe waren angeschwollen; er lag ganz reglos. Wenn ich auch wußte, daß er wahrscheinlich alles gut überstehen würde, machte es mir doch angst, ihn so zu sehen. Als wir uns dem Bett näherten, öffnete er die Augen und versuchte, den Blick auf unsere Gesichter zu richten. »Hey«, sagte er mühsam.

»Hallo. Schön, daß du endlich wach bist«, sagte ich.

»Du bist verletzt«, sagte er, als er den Verband sah.

»Das mußt ausgerechnet du sagen.«

Er schluckte und machte eine Geste in Richtung Wasserglas. Ich hielt den Strohhalm an seine Lippen, und er nahm einen großen Schluck.

»Danke.« Er schloß einen Moment lang die Augen. Als er sie wieder öffnete, sagte er: »Hey, Pete.«

»Hey, Frank. Der Arzt sagt, daß es dir bald wieder gutgeht, aber daß es eine Zeitlang höllisch weh tun wird.«

»Das tut es jetzt schon«, sagte er. Ich fragte mich, ob wir besser gehen sollten, aber ich konnte mich einfach nicht dazu überwinden.

Er brachte ein komisches, schiefes Grinsen zustande. »Bin froh, daß es dir gutgeht. Ich hab mir Sorgen gemacht.«

Ich nahm seine Hand und hielt sie in meiner. »Du hast mir auch Sorgen gemacht. Schlaf ein bißchen. Ich besuch dich morgen früh wieder.«

»Okay«, sagte er und drückte mir die Hand, als ich losließ. Als ich mich zum Gehen wandte, sagte er: »Irene?«

Ich drehte mich um. »Ja?«

»Hast du den Redaktionsschluß verpaßt?«

»Morgen ist auch wieder einer, und übermorgen noch einer. Mach dir keine Gedanken. Erhol dich!«

Ich ging zum Fußende des Bettes, und Pete rückte näher zu ihm hin. »Sie hat recht, Frank, erhol du dich nur! Und mach dir keine Sorgen um Irene! Ich paß auf sie auf.«

»Danke, Pete«, flüsterte er.

Er schloß wieder die Augen, und diesmal schlief er ein; Pete und ich schlichen uns wie Kinder auf Zehenspitzen hinaus.

Als wir den Korridor entlanggingen, trafen wir Captain Bredloe, Franks Chef vom Morddezernat. Er war ein hochgewachsener, stämmiger Mann mit tiefer Stimme. Ich stand ein wenig abseits, während Pete ihm erzählte, daß Frank schliefe und im Augenblick nicht viel sagen könne, aber bald wieder der alte sein werde. Der Captain zögerte, schaute den Korridor hinab und kehrte dann zusammen mit uns zurück.

Pete zählte Franks Verletzungen auf. Der Captain stellte ein paar Fragen und schaute dann, als Pete ihm eine kurze Zusammenfassung der Tagesereignisse lieferte, zu mir herüber.

»Sie sind Reporterin?« fragte Bredloe.

»Ja, bin ich.«

»Sie haben doch mit O'Connor zusammengearbeitet, nicht wahr?«

»Ja.« Das erschien nun so unendlich fern und verloren wie die Kindheit.

»Ich hatte O'Connor gern«, sagte er. »Seien Sie vorsichtig!« Er machte eine Pause und sagte dann: »Können wir Sie irgendwohin mitnehmen.«

»Mein Wagen steht drüben bei der Zeitung. Frank hat mich

dort abgeholt, bevor wir nach San Pedro gefahren sind.« Ich dachte an das Picknick auf den Klippen.

»Ihr Wagen hat also den ganzen Tag da gestanden?«

»So ziemlich. Seit ungefähr neun Uhr morgens.«

»Hmm. Pete, laß ihn überprüfen, bevor sie einsteigt.«

Ein einfacher Satz, aber mir wurde ganz anders dabei.

Er bemerkte es. »Ich sag Ihnen was, Sie sehen aus, als müßten Sie sich mal ausruhen. Wie wär's, wenn ich Sie heimbringe und Pete sich um Ihren Wagen kümmert?«

Das klang nicht schlecht. Ich sagte ihm, daß ich am nächsten Morgen mit Lydia in die Stadt fahren könne. Ich gab Pete meinen Autoschlüssel und folgte dem Captain.

Auf dem Heimweg sprach er von O'Connor, erzählte Geschichten von seiner Anfangszeit bei der Polizei, als O'Connor bereits ein junger Reporter war. Offensichtlich hatten sie schon damals, als Bredloe noch unverheiratet war, bei Banyon's einige miteinander getrunken. »O'Connor war immer fair«, sagte er. »Er war vielleicht nicht so zugänglich, wie manche sich das gewünscht hätten, aber immer fair.« Wir parkten vor Lydias Haus. »War schön, Ihre Bekanntschaft zu machen, Miss Kelly. Ich warte noch, bis Sie drinnen sind.«

Ich dankte ihm und wünschte ihm eine gute Nacht und spürte beim Aussteigen wieder, wie steif ich war. Ich winkte dem Captain noch, ehe ich hineinging.

Lydia schrie erst einmal auf, bemutterte mich dann und verbreitete eine Mordshektik. Meine erschöpfte, langweilige Wiedergabe der Tagesereignisse brachte mir noch mehr Mitgefühl und Fürsorglichkeit ein. »Nimm heute abend wieder ein heißes Bad, sonst tut dir morgen jeder einzelne Knochen weh«, riet sie mir. Ich stimmte ihr zu und ging durch die Diele, um mir ein Bad einzulassen. Sie kam mit einem kaffeebraunen Getränk herein.

»Was ist das?« fragte ich.

»Ein B-52-Kahlúa, Grand Marnier und Irish Cream.«

»Mein Gott, Lydia, was hast du denn vor, willst du mich besoffen machen?«

»Keine Angst!«

Mein Widerstand war gering. Ich kletterte in die Wanne und schlürfte das süße Getränk, das mir wie flüssiges Feuer durch die Kehle rann. Die Badezimmertür öffnete sich, und Cody kam hereinspaziert. Er kletterte auf den Wannenrand und begann mich anzumiauen. Ich kraulte ihm mit der trokkenen Hand Ohren und Kinn, und er rieb sich an der Hand und fiel fast ins Wasser. Er ließ sich auf der Bادematte nieder und beobachtete mich. Ich konnte ihn schnurren hören. Ist schön, geliebt zu werden.

Als das Wasser kalt wurde und mein Kopf vom Alkohol betäubt war, kletterte ich heraus und trocknete mich ab. Cody stolzierte vor mir her und sprang aufs Bett. Ich hatte wirklich einen Schwips. Ich schlief rasch ein und murmelte dabei noch ein kleines Dankgebet. Ich weiß nicht, ob es das Gebet, die Erschöpfung, der Alkohol oder Codys Schnurren war, aber in jener Nacht hatte ich keine Alpträume.

19

Um etwa sechs Uhr morgens wachte ich auf und spürte jeden einzelnen Rücken- und Nackenmuskel. Ich zwang mich aufzustehen und hoppelte ins Bad. Ich duschte heiß, um die Muskeln ein wenig zu lockern. Ich stand da, richtete den Duschstrahl auf den Hals und zwischen die Schulterblätter, fragte mich, wie Frank sich wohl fühlte und stellte mir vor, wie er in seinem Krankenhausbett lag. Ich fragte mich, wie es Barbara und Kenny ging. Seit der Ermordung O'Connors waren erst drei Tage vergangen. Als ich schließlich unter der Dusche hervorkam, war ich deprimiert.

Als die Feuchtigkeit auf dem Badezimmerspiegel verdunstet war, erschrak ich ein wenig, da ich die Blutergüsse auf meiner Stirn erblickte. Ich sah ziemlich wüst aus mit den Prellungen und Schnittwunden, aber irgendwie fand ich es komisch. Vor lauter Lachen über mein seltsames Aussehen konnte ich mir kaum die Zähne putzen. »Also, Miss Himmelhoch-jauchzend-zu-Tode-betrübt«, sagte ich zu mir selbst im Spiegel, »reiß dich mal zusammen.«

Ich fuhr mit Lydia zur Arbeit. Sie war so nett und paßte sich meinem Tempo an, als wir zum Verlagsgebäude hinüberspazierten. Geoff warf mir einen sehr besorgten Blick zu. Jetzt, da ich die Öffentlichkeit mit dem violetten Streifen über meinen Augenbrauen konfrontieren mußte, war ich ziemlich verlegen. »Nicht so schlimm, wie es aussieht«, sagte ich zu ihm.

»Da bin ich aber froh. Miss Kelly, der Nachtwächter läßt Ihnen was ausrichten. Die Polizei hat Ihren Wagen überprüft, er ist in Ordnung. Hier ist Ihr Schlüssel.«

Ich dankte ihm, und wir fuhren mit dem Aufzug einen Stock höher. Ich wußte, wenn ich mich bewegte, würde es mir bald bessergehen, aber Treppensteigen stand noch nicht auf dem Programm.

Eine von Wrigleys Assistentinnen sprach mich auf dem Weg zu O'Connors Schreibtisch an. Auf meine Stirn starrend meinte sie: »Mr. Wrigley hat mich gebeten, Ihnen Mr. O'Connors gesamte Post zu übergeben. Ich habe ein paar Briefe, die gestern nachmittag ankamen, auf seinen Schreibtisch gelegt.«

»Danke.«

»John Walters möchte mit Ihnen sprechen.«

Sie hatte recht. Ich hatte gerade nach den beiden Umschlägen gegriffen, aus denen O'Connors Post bestand, als John quer durch den Raum brüllte: »Kelly, komm mal hier rüber.« Mit »Hier rüber« war Lydias Schreibtisch gemeint; offensichtlich hatte er sie sofort nach dem Hereinkommen gelöchert.

Ich stopfte die Kuverts in meine Tasche und ging langsam hinüber zu Lydia und John. Er stützte seinen ausladenden Hintern auf Lydias Schreibtisch und betrachtete mich. Als ich näher kam, warf er einen Blick auf meine Stirn und sagte: »Besser, du setzt dich eine Weile nicht hin. Versuch, ständig ein bißchen in Bewegung zu bleiben.« Lydia schaute ihn überrascht an: Walters väterlich besorgt – das war schon ein seltenes Ereignis.

Ich fragte, was ich für ihn tun könne.

»Wir haben gestern ein paar Zeilen über die Verfolgungsjagd gebracht, aber ich bräuchte ein bißchen mehr Information, als die Bullen herausrücken wollten.«

Also hatte jemand bei der Zeitung die Funkrufe an den Unfallort gehört, ich hatte bloß, bevor wir ins Krankenhaus fuhren, keinen Reporter mehr zu Gesicht bekommen. Der Artikel mußte so ziemlich in der letzten Sekunde eingegangen sein und es gerade noch zur letzten Ausgabe geschafft haben.

»Soll ich den Artikel schreiben?« fragte ich.

»Klar, warum nicht! Aber erzähl es mir zuerst, damit Lydia noch ein paar Leute auf ein paar andere, vielleicht wichtige Aspekte ansetzen kann.«

»Es ist eine komplizierte Geschichte. Ich hab hier was, das hängt damit zusammen.« Ich reichte ihm die Computerzeichnungen von Hannah.

»Wer ist das?«

»Das ist Hannah.«

»Hannah und wie noch?«

»Die handlose Hannah, die Frau, über die O'Connor jedes Jahr geschrieben hat; Johanna Ohnehand, die sie 1955 unter der Pier gefunden haben.«

»Und was hat das mit dem Mordanschlag auf einen Polizisten und eine Reporterin zu tun?«

»Ich glaube, es hat darüber hinaus auch was mit dem Mord an O'Connor zu tun.«

Ich erzählte ihm von Hernandez, vom Schädel und von MacPherson. Während ich sprach, merkte ich, daß ich allmählich sein Interesse weckte, aber er zeigte noch nicht die Miene, die mir verriet, daß ich etwas für Seite eins hatte. Ich mußte ihm eben doch erst die ganze Geschichte erzählen. »Ich habe darüber nachgedacht, John. Aus irgendeinem Grund hat Woolsey den Fall nicht weiterverfolgt. Warum nicht? Er hat O'Connor vielleicht seit Jahren absichtlich irregeführt. Ich glaube, man müßte sich Woolsey mal vorknöpfen.«

Zum ersten Mal hatte ich Woolseys Rolle in der Sache erwähnt, und John und Lydia starrten sich mit großen Augen an.

»Was ist los?«

Lydia griff über ihren Schreibtisch und zog ein großes Blatt zu sich her – die Vorlage für die heutige Ausgabe. Sie reichte es mir.

»Dr. Emmet Woolsey«, las ich laut, »ehemaliger Untersuchungsrichter der Stadt Las Piernas, erlag am frühen Dienstagabend den Schußwunden, die er sich selbst beigebracht hatte . . .«

Ich stand da, las es ein zweites Mal und versuchte, die Tragweite dieser Worte zu erfassen. John sagte zu Lydia, daß die Woolsey-Story noch einmal überarbeitet werden müßte. Er sah mich an.

»Erzähl weiter, Irene.«

Ich erzählte ihm von MacPherson, der die Computerzeichnungen hatte anfertigen lassen, vom Schädel, den wir mitnahmen, von dem Wagen, der uns zu verfolgen schien, und schließlich von der Verfolgungsjagd.

»Hatten die Burschen im Lincoln irgendwelche Ausweise bei sich?«

»Nicht daß ich wüßte, aber ich werde Pete Baird anrufen – er gehört zu den Beamten, die zusammen mit Frank Harriman den Fall bearbeiten.«

»Was ist mit Harriman? Kommt er durch?«

Ich erzählte ihm von Franks Verletzungen und versuchte dabei, sachlich zu klingen und die entsetzliche Warterei auf den Krankenwagen zu verdrängen.

»Hmm. Du willst also, daß ich die Bilder auf der ersten Seite bringe, und hoffst, daß sich jemand meldet und sagt: ›O ja, dieses Mädchen ist 1955 bei uns gewesen und hat sich 'nen Taco gekauft. Ich kann mich gut an sie erinnern.‹«

»Du hast eine tolle Art, dich auszudrücken, John. Nein, ich will, daß du die Bilder auf Seite eins bringst, weil sie mit allem, was gestern, und wahrscheinlich auch allem, was in den letzten paar Tagen verschiedenen Leuten, inklusive Woolsey, passiert ist, zusammenhängen. Ich glaube, da wird jemand furchtbar nervös werden, und nervöse Leute neigen dazu, Fehler zu machen.«

»Nervöse Leute können auch gefährlich werden – und wenn du das bis jetzt noch nicht begriffen hast, dann bist du ein größerer Dummschädel als unsere alte Hannah.«

»Das ist ein entscheidender Durchbruch in einem Fall, den jeder Leser von O'Connors Kolumne kennt.«

Er machte eine Bewegung, als wolle er eine lästige Fliege verscheuchen. »Ich werde darüber nachdenken. Geh wieder an die Arbeit!«

Ich schaltete den Computer auf O'Connors Schreibtisch ein, weil ich dachte, er könnte weitere Hinweise auf Hannah enthalten. Außerdem war ich es Wrigley schuldig, noch ein wenig an der Bürgermeistergeschichte zu arbeiten. Ich startete das Schreibprogramm und wollte gerade den Artikel über die Verfolgung tippen, als das Telefon klingelte.

»Kelly.«

»Hey, Irene. Pete Baird. Wollte Ihnen nur sagen, daß ich Frank heute morgen gesehen habe und es ihm schon viel besser geht.«

»Danke, daß Sie mir Bescheid sagen.«

»Ich wollte Ihnen auch erzählen, was wir über die Burschen im Lincoln erfahren haben. Es sind zwei Ganoven aus Las Piernas, Bob Cully und Jimmy Blake. Die kennen Sie wohl nicht, oder?«

»Nie von ihnen gehört.«

»Sie sind vorbestraft. Die Ballistiker haben festgestellt, daß die Desert Eagle .357, die wir in ihrem Wagen fanden, und die Geschosse in Ihrer Wand zusammenpassen.«

»Da haben Sie ja einen Riesenfortschritt gemacht.«

»Es kommt noch besser. Als wir ihre gemütlichen Eigenheime inspizierten, stellte sich raus, daß Cully in seiner Garage eine kleine Fabrik für die Herstellung von Sprengkörpern eingerichtet hat – das Bombenräumkommando untersucht die Sache noch, aber es scheint ziemlich wahrscheinlich, daß diese Burschen Ihren Freund in die Luft gesprengt haben. Cully hatte sich auf Sprengstoff spezialisiert, und Blake war der Waffenfan. Bis jetzt haben sie sich hauptsächlich auf das Ausrauben von Juwelierläden und das Sprengen von Safes beschränkt, aber ich nehm an, sie waren auf der Suche nach Aufstiegsmöglichkeiten.«

Ich wußte, Pete wartete auf einen Kommentar von mir, aber vor lauter Wut brachte ich kein Wort heraus. Ein simpler Frontalzusammenstoß mit einem Müllwagen bei hundert Stundenmeilen, das war ein harmloser Abgang für O'Connors Mörder. Zu harmlos und viel zu schnell.

»Irene, alles in Ordnung?«

»Entschuldigung, Pete. Ist es möglich, daß die beiden das allein aufgezogen haben?«

»Glaub ich keine Sekunde lang. Sie?«

»Nicht mal 'ne halbe.«

»Und die Namen kommen Ihnen gar nicht bekannt vor, hmm?«

»Nein, ich bin mir sicher, daß ich sie weder kennengelernt noch je von ihnen gehört habe. Ich werde mir O'Connors Computernotizen anschauen, aber ich bezweifle, daß er sie erwähnt hat.«

»Wahrscheinlich nicht. Das sind nur gekaufte Gangster.«

»Haben Sie das von Woolsey gehört?«

Pete seufzte. »Ja. Seltsam. Ich hatte noch ein paar Fragen an den Burschen.«

»Da sind Sie nicht der einzige. Warum hat er sich erschossen? Sind Sie sicher, daß es Selbstmord war?«

»Es sieht ganz so aus, wenn es auch eine Weile dauert, das zu überprüfen. Hernandez ist heute zurückgekommen, also wird er die Sache übernehmen. Und warum er's getan hat – es gibt keinen Abschiedsbrief oder so was. Seine Frau ist vor etwa einem Jahr gestorben; er hat alleine gelebt. Der Nachbar war im Hinterhof, nur ein paar Meter von seinem Fenster entfernt, und hat den Schuß gehört.«

»Es wird immer schwieriger, diese Sache in den Griff zu kriegen.«

»Ich weiß schon, was Sie meinen. Aber ich glaube, was Hannah angeht, haben Sie recht. Es muß da einen Zusammenhang geben. Wir verschicken noch heute die Zeichnungen und einen Brief, der erklärt, warum wir sie gerade jetzt aufspüren wollen.«

»Gut. Ist bei MacPherson alles in Ordnung.«

»Die Beamten aus Los Angeles haben ihn gesund und munter angetroffen.«

»Waren Cully und Blake die Typen, die Kenny fertiggemacht haben?«

»Nein, dafür haben sie wohl ein zu gutes Alibi – auch wenn es ihnen jetzt nichts mehr nützt. Sie hatten einen Termin bei ihrem Bewährungshelfer.«

»Hatten sie denn denselben Bewährungshelfer?«

»Ja. Wir glauben, daß sie sich so kennengelernt haben – während sie auf ihren Termin beim Bewährungshelfer warteten. Das ist echte Resozialisierung, was?«

»Tja, Pete, ich sollte das jetzt wohl besser in meinen Artikel bringen, sonst bin ich bald wieder einen Job los. Danke für den Anruf. Und daß Sie mir über Frank Bescheid gesagt haben.«

Ich legte auf und machte mich an die Story. Es war gut, wieder zu schreiben. Etwas in mir wurde wieder lebendig, ein Teil von mir, der lange Zeit brachgelegen hatte. Die Unsicherheit verließ mich nach dem vierten Satz. Es würde eine gute Geschichte werden.

Ich war fertig, gab John Bescheid, und er holte den Text auf seinen Bildschirm. Während er las, beobachtete ich sein Gesicht. Wie immer, wenn er einen Artikel las, wirkte er wie ein Granitblock. Man wußte nie, ob er ihn toll oder furchtbar fand.

Er kam zum Ende und sah vom Bildschirm auf. »Schön, daß du wieder da bist, Irene. Aber warum stehst du denn rum und guckst? Brauchst du noch einen Auftrag?«

»Ich bin auch froh, wieder hierzusein, John – du hast mir so gefehlt.«

Wieder an O'Connors Schreibtisch, begann ich mit der Durchsicht der Computerdateien. Sein Computercode war nicht so schwer zu entziffern – er enthielt weder Zeichnungen noch Kurzschrift. Aber er benutzte Spitznamen und hatte sogar mit Hilfe des Zeichens ›=o=‹ eine Möglichkeit gefunden, die Rattenschnauze anzudeuten.

In einem der jüngeren Einträge fand ich einen weiteren Hinweis auf Bankette zur Wahlkampffinanzierung:

GAR-SA + BGM =o=. GW? $ VS $ BLP AM W/A.

Gummiadler-Runde, Staatsanwalt und Bürgermeister. Rattenschnauze. Beim Rest war ich mir nicht sicher. Irgend etwas mit Geld und dann die Notiz, jemand »wolle anrufen«. Ich studierte die Abkürzungen eine Weile, kam aber nicht weiter. Ich ging ein paar Seiten zurück zu einem Eintrag, der mit Pfeilen gekennzeichnet war:

>>>BEZ SA BGM M GAR $? V AM B BLP NCK L!

Bezahlt Staatsanwalt Bürgermeister mit Gummiadlerrunden-Dollars (sprich Spendengeldern)? Von AM B BLP nachchecken lassen!

Wer war AM bei BLP? Irgend jemand, der O'Connor wegen BLP oder wegen des Staatsanwalts oder der Bürgermeisterwahlen anrufen sollte? Wußte AM, daß O'Connor tot war? Oder würde ich irgendwann wieder einen Anruf wie den von MacPherson bekommen?

Ich lehnte mich im Stuhl zurück und versuchte, mich ein wenig zu strecken. Ich mußte mich jetzt bewegen, wenn ich am Abend nicht wie Frankenstein herumlaufen wollte.

O'Connor untersuchte die Möglichkeit, daß es bei den Wahlkampagnen des Bürgermeisters und des Staatsanwalts nicht ganz sauber zuging. Nach dem Mittagessen würde ich zum Rathaus gehen und anschließend vielleicht zum Büro der *Kalifornischen Kommission für faire politische Praktiken* im Industriezentrum; dort gab es Akten mit Berichten über die Wahlkampffinanzierung.

Ich wollte auch im Krankenhaus vorbeischauen und meine Freunde und Verwandte dort besuchen; der Spaziergang würde mir guttun. Ich schaltete den Computer aus und stand langsam auf. Ich wollte den Stuhl zurückschieben und fluchte leise: Meine Tasche lag auf dem Boden. Ich beugte mich hinab – ein großer Fehler – und konnte mich nicht mehr aufrichten. Das Blut schoß mir in den Kopf, und ich starrte auf die Tasche und den Fußboden.

Ich versuchte, nach dem Tragriemen der Tasche zu greifen, wobei es mir gelang, den ganzen Inhalt über den Boden zu verstreuen. Mein Kopf hämmerte, und ich wußte, daß mein

Gesicht gerötet war. Jetzt fluchte ich schon lauter. Ich drehte den Kopf ein wenig zur Seite, um zu sehen, ob jemand in der Nähe war. Ich erblickte John Walters. Beschämt schaute ich wieder zu Boden.

Und da erst bemerkte ich die zwei Umschläge, die mit O'Connors Post gekommen waren. Der Absender des einen war »The Global Guru«, O'Connors verrückter Reiseveranstalter. Hatte O'Connor etwa verreisen wollen?

20

Ich hob gerade die Kuverts auf, als John mir, noch immer glucksend vor Lachen, zu Hilfe kam. »Das ist nicht komisch, verdammt noch mal«, sagte ich, entkräftete dies aber sofort, weil ich selber lachen mußte. Mit seiner Hilfe gelang es mir, langsam wieder eine aufrechte Haltung anzunehmen.

Er war so nett und sammelte Kugelschreiber, Notizbücher, Bürste, Geldbörse und die diversen anderen auf dem Boden verstreuten Sachen wieder auf.

»Was?« fragte er in gespielter Überraschung. »Wo zum Teufel ist bloß der Lippenstift? Und wo ist die Wimperntusche?«

»Ich trag nur an kirchlichen Feiertagen Make-up, das weißt du doch genau.«

»In deiner Sekte hat's wohl seit der Sintflut keinen Feiertag mehr gegeben.«

»Vorher auch nicht.«

»Geht's wieder?«

»Ja, danke John.«

Er spazierte noch immer kichernd davon. Ich öffnete den Brief vom Global Guru. Der vertraute Briefkopf verkündete,

»Frieden, Liebe und Völkerverständigung durch Reisen«. Der Global Guru war schlicht und einfach Fred Barnes, zumindest für jene von uns, die ihn noch aus der High School kannten. Der arme alte Fred hatte die Sechziger einfach nie überwunden. Ich sah ihn vor mir in seiner ausgestellten Hose und den Perlen und Räucherstäbchen, die er in seinem Reisebüro abbrannte.

Das Komische daran war, daß er, von all dem Klimbim mal abgesehen, ein gerissener Geschäftsmann war. Er spürte für jeden Zielort und jeden Termin Sonderangebote auf. Er kannte sich aus im Geschäft – deswegen war er wohl auch eine Art Guru. Tatsächlich hatte er ein ganz beträchtliches Kundenverzeichnis. O'Connor sagte, er ginge gern zu Fred, weil Fred Flair besitze. In der Hinsicht ähnelte er all den anderen Leuten, bei denen O'Connor Dienstleistungen bezog: Er war zwar ein kleiner Spinner, aber hochqualifiziert.

Der Umschlag enthielt ein Hin- und Rückflug-Ticket nach Phoenix, Arizona, für Donnerstag – also morgen früh. Im Brief stand, daß dort ein Mietwagen für O'Connor bereitstehe und daß er Frank anrufen solle, falls er seine Meinung ändere und doch über Nacht bleiben wolle, damit Fred sich um die Unterbringung kümmern könne.

Eine Reise in einen sonnigen Grenzstaat mit hispanischem Bevölkerungsanteil. Und mit hohem Fluorspiegel. Ich griff nach dem Hörer und wählte Freds Nummer.

»Global Guru, Shalom.«

»Gibt's diesen Monat Sonderangebote nach Israel, Fred?«

»Irene? Oh, Irene. Es tut mir so leid um O'Connor. Er war ein richtiger Mensch. Ich weiß, daß er hier irgendwo rumschwebt und uns zuguckt und sich kaputt lacht. Aber er fehlt mir. Ich frag mich, als was er mal wiederkommt? Irgendein neugieriges Wesen vermutlich. Hast du gewußt, daß ich ihm gerade ein Ticket geschickt hatte?«

»Ja, ich hab' es hier. Deswegen ruf ich an.«

»Oh?«

»Hat er dir erzählt, warum er nach Phoenix wollte?«

»Er wollte nicht nach Phoenix«, sagte er. »Das heißt, er wollte nicht dort bleiben. Das war nur der nächste Flughafen.«

»Wo wollte er von Phoenix aus hin?«

»Ich habe befürchtet, daß du das fragst. Tja, schauen wir mal. Ist ein komischer Name, irgendwas mit Eidechsen.«

»Er ist da hingeflogen, um was über Eidechsen zu recherchieren?« Meine Hoffnungen schwanden einen Moment lang.

»Nein, nein, nein! Oh, ich verstehe, was du meinst! Oh, nein. Nichts mit Eidechsen, ich meine, der Name der Stadt hat was mit Eidechsen zu tun. Iguana? Nein, nicht Iguana. Oh, jetzt erinnere ich mich – Gila Monster!«

»Gila Monster?«

»Nein, die Stadt heißt Gila Bend. Gila Bend, Arizona. In der Nähe des Gila River. Ja, genau.«

Ich dachte an die Liste, die uns MacPherson gegeben hatte. Ich war mir fast sicher, daß Gila Bend daraufstand. »Hat er dir sonst noch was erzählt?«

»Nein, nur daß er in Gila Bend jemand besuchen muß. Er wollte Hin- und Rückflug für denselben Tag. Keine Übernachtung.«

»Bist du sicher, daß es Gila Bend war?«

»Ja. Da gibt's keinen Zweifel.«

»Danke, Fred.«

»Irene? Willst du das Ticket benutzen? Oder soll ich dir den Preis erstatten?«

Ich dachte darüber nach. »Ich weiß nicht. Kann ich dir bis heute abend Bescheid sagen?«

»Klar, prima. Aber sag Bescheid, okay?« Er gab mir seine Privatnummer und erzählte mir, daß er auf seinem Heimcomputer Umbuchungen vornehmen könne.

»Ich weiß es zu schätzen. Mach's gut, Fred.«

»Peace.«

Armer Fred, Flair hin oder her, all die interessanten Sachen der letzten Jahrzehnte waren völlig an ihm vorbeigegangen. Ich versuchte, mich an sie zu erinnern, als plötzlich mein Magen knurrte und mich ans Mittagessen erinnerte.

Bevor ich wegging, rief ich kurz bei Pete Baird an, um ihm vom Ticket zu erzählen und ihn auf MacPhersons Liste nachsehen zu lassen. Ja, Gila Bend sei darauf. Ja, es sei einer der unterstrichenen Orte auf der Liste. Er, Pete, würde den Sheriff in Gila Bend nach dem Mittagessen anrufen – vielleicht wurde O'Connor dort erwartet. Ich legte auf und starrte eine Weile aufs Telefon, machte mir Gedanken über Gila Bend und was O'Connor wohl dort gewollt hatte.

»Was hast du herausgefunden?« Das war Lydia. Sie war unbemerkt an meinen Schreibtisch getreten. Ich war wohl nervös, denn ich zuckte zusammen. »Entschuldige«, fuhr sie fort, »ich wollte dich nicht erschrecken. Bloß, wenn du so an deiner Unterlippe zerrst, dann weiß ich, daß du was Neues erfahren hast – daß was passiert ist.«

Auf frischer Tat ertappt, ließ ich die Hand sinken. »Hab nicht gewußt, daß ich das mache. Das liegt wohl am Single-Dasein – da ist keiner, der einen auf all die kleinen Idiosynkrasien hinweist.«

»Ich weiß nicht, ob's daran liegt.«

Ich erzählte ihr, was ich erfahren hatte. »Ich muß jetzt ins Krankenhaus. Bist du nachher noch da?«

»Du weißt genau, wo ich bin«, sagte sie und schaute hinüber in die Lokalredaktion, wo schon eine Reporterin auf sie wartete.

Mein Gang nach *St. Anne's* kostete mich viel mehr Zeit als am Vortag, aber durch die Bewegung fühlte ich mich schon ein wenig besser.

Als ich den Korridor entlangging, war ich unschlüssig, ob ich zuerst zu Frank oder zu Barbara und Kenny gehen sollte. Ich merkte, daß ich Barbara und Kenny auf der Intensivstation schon als Einheit betrachtete. Sie schien so sehr zu seinem Krankenhausaufenthalt hier zu gehören, daß ich meinen Besuch gar nicht als »Erkundigung nach Kennys Befinden« deklarieren konnte. Da ich nicht annehmen durfte, daß Barbara sich über meinen Besuch freuen würde, beschloß ich, zuerst bei Kenny vorbeizuschauen und es hinter mich zu bringen.

Schon beim Eintreten registrierte ich, daß man jetzt mehr von Kennys Gesicht sah, wenn er auch noch immer Schwellungen und Blutergüsse hatte. Barbara saß in genau der gleichen Haltung neben ihm, wie ich sie am Vortag verlassen hatte. Sie wandte sich zu mir, und in ihrem abgespannten Gesicht konnte man lesen, daß die Erschöpfung ihren Tribut forderte.

»Irene!« Sie stand auf, kam zu mir und küßte mich. Ich war so verblüfft, daß ich eine Weile brauchte, bis ich ihr ebenfalls einen Kuß gab.

»Irene, entschuldige, daß ich gestern so grob war. Pete Baird hat vorbeigeschaut – er war so nett – und hat mir das von dir und Frank erzählt. Mir ist's so schlechtgegangen. Ich hätte dich verlieren können – und dann wär ich das letzte Mal, wo ich mit dir zusammen war, gemein gewesen. Ich habe Frank gesehen. Er sieht furchtbar aus. Und deine arme Stirn!« Sie weinte.

Ich weiß nicht, warum, aber diese Versöhnungen mit Barbara sind einerseits so ersehnt und dennoch so peinlich, daß es mir jedesmal einen kleinen Stich gibt. Das geht vorbei, und wenn ich auch weiß, daß wir uns danach wieder ungeheuer auf die Nerven gehen, so spüren wir beide doch ein paar Augenblicke lang, daß wir uns wirklich viel bedeuten.

»Mir geht's gut, Barbara, aber um dich mache ich mir wirklich Sorgen. Hast du denn überhaupt geschlafen?«

»Ein wenig.«

Ich sah, wie wenig. »Wie geht's Kenny?«

»Es geht ihm ein bißchen besser. Er ist ein paarmal zu sich gekommen – na ja, nicht so richtig – er wußte nicht, wo er war und was los ist, aber er hat die Augen aufgemacht. Heute hat er mich angeschaut und gesagt: ›Barbara? Was machst du hier?‹ Das war sein längster Satz bisher. Er hat mich erkannt; sie sagen, das ist ein gutes Zeichen.«

»Hast du hier im Zimmer schlafen können?«

»Ich hab's versucht, aber es ist schwierig. Ständig kommen Leute rein und kontrollieren was. Ich weiß, ich sollte lieber heimgehen und mich ins Bett legen, aber ich pack's einfach nicht. Was ist, wenn er dann aufwacht und erschrickt und sich nicht auskennt? Vielleicht braucht er mich dann.«

Ich legte ihr den Arm um die Schultern.

»Oh«, erklang eine lispelnde Stimme vom Gang. »Wie schön, daß man die zwei Mädchen mal zusammen sieht.« Schwester Theresa kam herein und lächelte, bis sie meine Stirn sah. »Irene, ich hab gehört, daß Sie sich einfach nicht von uns trennen können. Seht euch diese Blutergüsse an!«

»Ich war richtig enttäuscht, als ich gemerkt habe, daß Sie nicht die ganze Nacht wie ein Schutzengel hier rumschweben, Schwester.«

»Tut mir leid, Liebes. Aber meines Wissens haben Sie uns ja einen besonderen Patienten dagelassen. Detective Harriman hatte schon jede Menge Besucher von der hiesigen Polizei, die alle sehr besorgt um ihn sind.« Sie hielt inne und fügte dann hinzu: »Aber ich wage zu behaupten, daß er sich über Ihren Besuch besonders freuen wird.«

Sie grinste wie ein kleiner Kobold. Toll. Eine Nonne als Kupplerin.

»Tja, dann werd ich mal rübergehen und ihn besuchen«, sagte ich.

»Gut. Nun, Barbara, ich glaube, Sie sollten Ihren Mann jetzt mal der Obhut einer alten Nonne überlassen. Sagen Sie der Stationsschwester, daß ich Sie geschickt habe. Wir sind gerade nicht so stark belegt und haben ein ruhiges Plätzchen für Sie, wo Sie sich ein paar Stunden hinlegen können. Und sagen Sie jetzt nicht nein. Sie müssen schlafen. Gehen Sie jetzt, los!«

Mir kam es vor, als sei ich wieder in der katholischen Nonnenschule. Eine unwiderstehliche Macht, diese Schwester Theresa. Wir dankten ihr und gingen hinaus. Barbara umarmte mich noch einmal und steuerte auf das Stationszimmer zu. Ich ging in die andere Richtung zu Franks Zimmer.

Ich war überrascht und dann erleichtert, als ich einen uniformierten Beamten vor Franks Tür erblickte. Ich sagte ihm meinen Namen, und er schaute auf einer Liste nach. Er warf einen Blick auf meinen Ausweis und sagte: »Entschuldigen Sie, daß ich das überprüfen muß, Miss Kelly. Aber Sie verstehen schon.« Ich bejahte, schließlich war ich ja froh, daß er hier stand.

Als ich die Tür öffnete, sah ich, daß das Zimmer voller Blumen und Karten mit Genesungswünschen war. Frank schlief. In gewisser Hinsicht sah er jetzt schlimmer aus als am Abend zuvor. Die Blutergüsse wirkten ziemlich dramatisch, sogar jetzt, während er schlief. Durch den Nasenbruch, der immer noch stark geschwollen war, hatte er zwei herrliche Veilchen. Die Stirn war ebenfalls geschwollen und sehr viel blasser als meine. Die Schwellung der Lippe war ein wenig zurückgegangen. Ich registrierte, daß er heute ein bißchen mehr Farbe hatte.

Er öffnete die Augen und brauchte eine Weile, bis er richtig wach war. Sein Gesicht wurde durch einen jähen Schmerzanfall plötzlich aschgrau, und ich konnte es kaum mit ansehen. Ich erinnerte mich auf einmal an die Besuche bei meinem Vater während seiner letzten Krankheit, und wie er mir damals erzählt hatte, daß er beim Aufwachen immer die stärksten Schmerzen hatte. Ich fragte mich, ob es bei Frank genauso war. Er erkannte mich und lächelte schwach. »Hey«, sagte er und versuchte, den Schmerz zu unterdrücken.

»Hey. Wie geht's deinem Kopf?« fragte ich. Verdammt blöde Frage.

Er antwortete nicht sofort. »Die Wahrheit?«

»Die Wahrheit.«

»Tut weh. Ganz schön.«

Er redete langsam und mit großer Anstrengung.

»Soll ich später noch mal vorbeikommen?«

»Nein, bleib ein bißchen. Okay?«

»Klar. Aber du mußt nicht reden.«

»Ich weiß«, sagte er. Er griff nach meiner Hand und hielt sie fest. Er hatte eine rauhe Hand mit einigen Schwielen, aber es war schön, sie zu halten. Ein bißchen beängstigend, aber schön. Er schloß die Augen und schlief bald wieder ein.

Ungefähr eine Stunde saß ich so bei ihm. Und die ganze Zeit kämpfte ich gegen die in mir aufsteigende Panik an, den drängenden Wunsch, einfach abzuhauen. Während der Ewigkeit, die ich am Tag zuvor im Autowrack verbracht und auf die Ankunft des Krankenwagens gewartet hatte, hatte ich mich bemüht, mich nicht in meine Ängste um ihn hineinzusteigern. Jetzt mußte ich mir eingestehen, daß mir immer noch beklommen zumute war, auch wenn ich wußte, daß seine Verletzungen nicht lebensgefährlich waren. Da waren zu viele Erfahrungen mit dem Krankenhaus als einem Ort, wo man Menschen für immer verlor. Zu viele Abschiede von Menschen, die das gleiche Anstaltshemd trugen wie jetzt Frank, in den gleichen Räumen lagen mit diesen Teewägen und Gitterbetten.

Ich sagte mir selber vor, daß Frank nicht lebensgefährlich verletzt sei, nicht Krebs hatte wie mein Vater und nur ein paar Tage hier sein würde. Ich ließ seine Hand nicht los.

Während ich dasaß und dem gleichmäßigen Rhythmus seiner Atemzüge lauschte, merkte ich, daß ich ganz naiv damit gerechnet hatte, einfach hereinzukommen und mit ihm zu plaudern, als ob eine durchgeschlafene Nacht ihm über den Schädelbruch hinweghelfen würde. Ich merkte auch, daß mir unsere Gespräche über den Fall fehlten. Ich mußte eben möglichst viel alleine schaffen, bis er wieder auf den Beinen war.

Als ob er meine Gedanken gehört hatte, wachte er wieder auf. Diesmal wirkte er ein bißchen munterer. »Geht's dir gut?«

»Ja, bloß ... ja ja, ich fühl mich nur schlecht, weil du so schwer verletzt bist.«

»Hab keine Angst.«

»Das hat nichts mit Angst zu tun.«

Er grinste schwach. »Bald bin ich wieder auf dem Damm.«

Er sah nicht aus, als wäre er bald wieder auf dem Damm, dennoch erwiderte ich sein Lächeln.

Er versuchte, den Kopf zu bewegen, dann sah es einen Augenblick so aus, als wäre ihm schwindlig. Er wurde bleich und atmete mit geschlossenen Augen. Der Druck seiner Hand wurde nicht fester, aber ich sah, wie er mit der anderen Hand das Laken umklammerte.

Ich wartete, bis es vorüber war, und sagte dann: »Ich gehe jetzt. Du brauchst Ruhe. Ich versuche später noch mal vorbeizuschauen, nach der Arbeit.«

»Irene, warte«, sagte er beinahe flüsternd.

Ich wartete.

»Sprich mit Pete über alles. Keine Geheimnisse, okay? Du kannst ihm vertrauen.«

Ich drückte ihm zum Abschied noch einmal die Hand und sagte: »Erhol dich gut, Frank. Ich komm heute abend wieder vorbei.«

Er hielt meine Hand fest. »Versprich's mir – keine Geheimnisse vor Pete.«

»Falls Wrigley hier Wanzen hat einbauen lassen, bin ich

eine tote Frau. Ich sitze hier und halte Händchen mit einem Bullen, verdammt noch mal.« Ich schaute in sein lädiertes Gesicht und fügte dann hinzu: »Aber, so wie's nun mal aussieht – wo du mir in zwei Tagen jetzt schon zweimal das Leben gerettet hast – also gut, ich versprech's.«

Er entspannte sich und ließ meine Hand los. »Danke. Komm wieder, ja?«

Ehe ich die Tür erreichte, war er schon wieder eingeschlafen.

21

Beim Hinausgehen beschloß ich, bei der Imbißbude haltzumachen, an der ich auf dem Weg zum Krankenhaus vorbeigekommen war. Als ich aus der Doppeltüre der Klinik trat, blickte ich flüchtig auf den hohen Monolithen aus dunklem Spiegelglas auf der anderen Straßenseite und blieb wie angewurzelt stehen. Oben auf dem Gebäude las ich die Buchstaben BLP.

BLP. *Bank of Las Piernas*. Daß ich daran nicht gedacht hatte, als ich in O'Connors Notizen einen Hinweis auf Geld las, ließ mich an meiner Gewißheit zweifeln. Ich versuchte, mich an die Computersätze zu erinnern. Irgend etwas mit AM. Ich überquerte die Straße und betrat die Bank.

Die Zweigstelle der Bank of Las Piernas in der Innenstadt war modern gestaltet. Zeitgenössische Skulpturen in faszinierenden, aber nicht identifizierbaren Formen schmückten den Eingang des Innenhofs. Im Gebäude selbst arbeiteten die Schalterbeamten und sonstigen Angestellten in einem höhlenartigen, marmorverkleideten Raum, so daß sich jene, die sich hier um ein Darlehen bemühten, wie Dorothy fühlen mußten, die vor den großen Zauberer Oz tritt. Für einen Mittwochnachmittag war ziemlich viel los.

Ich marschierte an etwa einem Dutzend Leuten vorbei, die

in Absperrungen eingepfercht vor den Schaltern warteten, und begann die Namensschilder der Angestellten zu lesen. Dieses Benehmen erregte Mißbilligung sowohl bei den anstehenden Kunden, die glaubten, ich versuche mich vorzudrängeln, als auch bei den Schalterbeamten, die dieses hinter den Warteschlangen umherirrende, seltsame, übel zugerichtete Frauenzimmer argwöhnisch beäugten.

Bald kam ein Bleistift von einer Frau auf mich zumarschiert, deren Gang vor allem Zielstrebigkeit verriet. Sie war groß und dünn und besaß keinerlei Formen, die man nicht mit dem Lineal hätte ziehen können. Sie trug ein vergoldetes Namensschild, das sie als Miss Ramona Ralston auswies. »Kann ich Ihnen irgendwie behilflich sein?« fragte sie, aber nach Hilfe schien ihr der Sinn nicht zu stehen.

»Nein, danke«, sagte ich, machte einen Bogen um sie und setzte meine Wanderung längs der Schalterfenster fort. Anscheinend wußte sie einen Moment lang nicht, was sie tun sollte, aber auch nur einen Moment lang.

»Entschuldigen Sie?«

Ich drehte mich um, sah sie an, als unterbreche sie mich bei einem nobelpreisverdächtigen Gedankengang, und sagte: »Ja?«

»Sie müssen mit dem Zweigstellenleiter sprechen.«

»Wie können Sie denn wissen, was ich tun muß, wenn Sie nicht mal wissen, warum ich hier bin?«

»Nun, wenn Sie zu einem Schalter wollen, dann müssen Sie da hinübergehen, wo es heißt: ›Bitte hier anstellen!‹ Wenn Sie aber nicht gewillt sind, die üblichen Anstandsregeln zu respektieren, dann müssen Sie sich mit dem Zweigstellenleiter unterhalten.«

»Sehen Sie mal, Miss Ralston, ich will mich ja nicht vordrängeln. Ich will zu keinem bestimmten Schalter. Ich möchte auch nicht mit Ihnen oder dem Zweigstellenleiter sprechen. Sie können ruhig wieder an Ihre Arbeit gehen.«

Sie beschloß, mich zu beschatten und folgte mir mit einigen Schritten Abstand. Ich ging an etwa zehn Fenstern vorbei und las die Namensschilder auf den Schreibtischen hinter den Schaltern. Ich blieb abrupt stehen, als ich den Namen »Ann Marchenko« auf einem davon erblickte. Miss Ralston stieß mir in den Rücken, und zwar so heftig, daß man es als Angriff bezeichnen mußte. Ehe ich wußte, wie mir geschah, lag ich auf dem Boden, und Miss Ralston stand genau über mir.

Leider fiel es mir mit meinen steifen Muskeln schwer, mich rasch wieder aufzurichten. Während ich einem unaufhörlichen Strom geflüsterter Entschuldigungen aus Miss Ralstons Mund lauschte, versuchte ich, wieder auf die Füße zu kommen. Bald hatte sich ein kleiner Auflauf um uns herum gebildet, und ein hochgewachsener Mann mit athletischer Figur marschierte auf uns zu.

»Machen Sie mal Platz«, kommandierte er. »Machen Sie Platz.« Er streckte mir eine kräftige Hand entgegen, ich ergriff sie, und er zog mich mühelos hoch. »Alles in Ordnung?«

»Ja, ich glaub schon«, sagte ich. Er war ein attraktiver Mann mit dunklem, an den Schläfen ergrauendem Haar und fast kohlschwarzen Augen. Er sprach mit leichtem französischem Akzent. Irgendwie kam er mir bekannt vor, aber mir fiel ums Verrecken nicht ein warum.

»Miss Ralston, was hat das alles zu bedeuten?« fragte er.

»Wie, Mister St. Germain, ich – ich –« Miss Ralston fiel nichts mehr ein, aber der Name half meinem Gedächtnis auf die Sprünge.

»Guy St. Germain?« fragte ich in meiner schönsten frankokanadischen Aussprache. »Waren Sie nicht Verteidiger bei den Buffalo Sabres?«

Er strahlte. »Jawohl, ganz recht. Woher wissen Sie das? Hier gibt's nicht so viele Hockey-Fans, und die meisten interessieren sich für Gretsky und Co.«

»Sie müssen mir verzeihen, Mr. St. Germain, die Sabres

sind mein zweitliebstes Team. Sie haben schon wieder einen Kings-Fan getroffen. Aber ich hab Sie spielen sehen.«

»Dafür sind Sie wohl zu jung.«

»Quatsch.«

Ich stellte mich vor, und wir diskutierten ein paar Minuten lang über die noch nicht lange zurückliegenden Entscheidungsspiele um den Stanley Cup, genossen das in Südkalifornien seltene Vergnügen, einmal außerhalb der Spielzeit ernsthaft über Hockey zu reden. Miss Ralston war baff und völlig unfähig, unserer Unterhaltung zu folgen.

Sie verdrückte sich, und Guy St. Germain führte mich zu seinem großen Schreibtisch. Er hatte einen Vizepräsidententitel auf seinem Namensschild und außerdem ein Sortiment teurer Füllfederhalter. Die Besuchersessel waren stinkvornehm. Schließlich hatten wir das Hockeythema erschöpft, und er fragte mich, ob Miss Ralston mir weh getan hätte, als sie mir so brutal Einhalt gebot.

»Nein, ich hab gestern bei einem Autounfall ein paar Beulen und Prellungen abbekommen und bin ein wenig steif. Sie wollte mich nicht anrempeln; ich bin nur plötzlich stehengeblieben, als sie direkt hinter mir ging.«

»Das ist nett von Ihnen, daß Sie so viel Verständnis haben. Kann ich Ihnen denn irgendwie helfen?«

»Ich würde gerne mal mit einer Ihrer Angestellten reden«, sagte ich und betete zu Gott, daß Ann Marchenko die AM aus O'Connors Computernotizen war.

»Tatsächlich? Mit welcher denn?«

»Ann Marchenko.«

»Unserer Schließfachspezialistin? Haben Sie vielleicht Schwierigkeiten mit Ihrem Schließfach?«

»Oh, nein, sie kennt mich nicht mal. Sie hat einem Freund von mir, der vor kurzem starb, geholfen, und ich wollte ihr dafür danken. Er hat sie in seinen hinterlassenen Aufzeichnungen erwähnt.«

»Ich verstehe. Tja, Mrs. Marchenko hat heute frei, aber morgen ist sie wieder da. Soll ich ihr ausrichten, daß sie Sie anrufen soll?«

»Ich weiß nicht, ob ich morgen in der Stadt bin; ich schaue noch mal vorbei. Hat sie mittwochs immer frei?«

»Nein, ihre Tochter ist heute krank, und sie hat es nicht mehr geschafft, eine Betreuung für sie zu finden. Normalerweise ist sie von Montag bis Freitag hier.«

»Nun ja«, sagte ich, stand auf und streckte die Hand aus. »Ich rufe an, falls ich wegfahre, oder komme vorbei, falls ich doch hier bin. Danke für Ihre Hilfe, Mr. St. Germain.«

»Nennen Sie mich doch Guy«, sagte er und drückte mir fest die Hand. »Und schauen Sie kurz bei mir vorbei, falls Sie kommen. Das war eine schöne Abwechslung heute, wenn unsere Bekanntschaft auch eher unglücklich begonnen hat.«

»Machen Sie sich deswegen keine Gedanken. Ich schaue bestimmt vorbei, falls ich reinkomme, wenn *Sie* mir versprechen, mich Irene zu nennen.« Wir besiegelten das mit Handschlag, und ich verabschiedete mich.

Als ich hinausging, entdeckte mich Miss Ralston und begann mir erneut zu folgen; mit ihren langen Schritten hatte sie mich rasch eingeholt. Sie hatte die Sprache wiedergefunden und plapperte auf mich ein. »Es tut mir so leid, ich weiß gar nicht, was in mich gefahren ist. Ich wußte ja nicht, daß Sie Mr. St. Germain kennen. Nicht kennen – ich meine –, daß er Ihnen bekannt ist oder was auch immer...« Ohne Pause weiterplappernd folgte sie mir bis auf den Gehsteig. Ich blieb stehen und drehte mich um, wollte sie gerade bitten, das alles doch zu vergessen, als ich das Dröhnen eines Motors hörte und etwas hier völlig Deplaziertes wahrnahm: Ein Auto kam über den Gehsteig direkt auf uns zugerast.

22

Ich machte zwei große Sätze und warf mich zwischen zwei parkende Autos, während der Wagen auf dem Gehsteig, ein alter, brauner Camaro, die Zeitungsstände vor der Bank wegfegte und auf mich zusteuerte. Als nächstes hörte ich einen entsetzlichen Schlag – ähnlich dem Geräusch eines Fußballschusses – und sah Miss Ralston durch die Luft fliegen. Sie war wie angewurzelt stehengeblieben, und der Aufprall hatte sie über die halbe Straßenlänge geschleudert. Nicht eine Sekunde lang verminderte der Wagen sein Tempo. Er hatte keine Nummernschilder. Er schoß wieder über den Bordstein auf die Straße und verschwand mit quietschenden Reifen, ehe sich jemand von uns auf dem Bürgersteig auch nur gerührt hatte.

Eine Frau, die, als sie aus der Bank heraustrat, nur knapp verfehlt worden war, begann aus Leibeskräften zu schreien. Ich zitterte und war unfähig, meinen Zufluchtsort zu verlassen. Es dauerte einen Moment, bis ich begriff, was eigentlich geschehen war, und als ich es kapierte, wurde mir übel.

Schließlich zwang ich mich, den Bürgersteig hinab zu der Stelle zu gehen, an der sie aufgeschlagen war. Ich hatte nicht viel Hoffnung. Aber das war nun auch egal. Sie lag völlig reglos mit dem Gesicht nach oben, hatte die Augen geöffnet und hätte wohl ganz unversehrt gewirkt, hätte sich der Kopf nicht in einer so unnatürlichen Haltung befunden, die nur durch einen Genickbruch zustande kommt, und wäre der Schädel an der Aufschlagstelle nicht völlig aufgeplatzt gewesen, so daß sich der Inhalt über den Bürgersteig ergoß. Ich stolperte zum Rinnstein und würgte.

Im Nu sah ich die Notdienstleute aus dem gegenüberliegenden Krankenhaus auf die Straße stürzen, und Guy St. Germain kam den Gehsteig heruntergerannt. Ich drehte mich um, bekam Miss Ralston noch einmal kurz zu sehen und kippte fast um.

Als nächstes spürte ich, daß Guy mich an den Schultern hielt, mich schüttelte und brüllte: »Was ist mit ihr passiert? Was ist denn passiert?«

Ich begann zu heulen. »Ein Auto – oh, Gott, das ist meine Schuld. Alles meine Schuld – mich wollten sie umbringen. Mich. Sie wollten mich umbringen.« Ich konnte nicht mehr.

Er war bestürzt, nahm mich dann in die Arme, hielt mich fest und sagte: »Nein, nein chère – schsch.« Ich fühlte mich benommen und wacklig; wieder wurde ich fast ohnmächtig, kämpfte aber dagegen an. So als geschähe das alles Meilen von mir entfernt, spürte ich jetzt, wie mein Heulen in Schluchzen überging. Guy schob mich von der Stelle, wo Miss Ralston lag, weg und drückte meinen Kopf an seine Schulter, während sie sie mit etwas zudeckten. Ich konzentrierte mich auf Guys Anzugstoff an meiner Wange und beruhigte mich.

Irgend jemand trat aus einem benachbarten Café und gab mir ein Glas Wasser. Eine der kleinen freundlichen Gesten, durch die man sich wieder wie ein Mensch fühlt. Ich spülte mir den üblen Geschmack aus dem Mund, zog ein Taschentuch hervor und putzte mir die Nase. Allmählich fing ich mich wieder.

Innerhalb kürzester Zeit traf mit heulenden Sirenen die Polizei ein. Einer der Beamten führte mich behutsam von Guy weg und setzte mich in einen Streifenwagen. Ich bat ihn, Pete Baird zu verständigen. Er wandte den Kopf in meine Richtung und schaute mich eingehender an. »Sind Sie die Frau, die gestern mit Frank Harriman zusammen war?«

Ich nickte durch den Tränenschleier hindurch.

»Schwester, wollen Sie nicht lieber ein paar Tage verschwinden.«

Ich hatte auch schon daran gedacht. Ich hatte an Gila Bend gedacht. Ich wollte mich an einen Ort flüchten, der mit all dem nichts zu tun hatte, so lange, bis ich mich wieder normal fühlte. Aber wie sollte ich mein Leben je wieder in den Griff kriegen, wenn ich nur davonrannte? Ich mußte mich stellen; auch wenn ich Angst hatte und heulte oder was auch immer – ich mußte mich damit auseinandersetzen.

Ich dachte an Miss Ralston und wie sarkastisch und gemein ich sie beurteilt hatte, wo sie doch nur eine geschäftige Person war, die sich zur falschen Zeit am falschen Ort aufgehalten hatte. Wenn sie mich nicht umgestoßen hätte, dann wäre sie jetzt nicht tot. Wenn ich nicht auf verdächtige Weise herumspaziert wäre, dann hätte sie mich gar nicht angesprochen. Wenn ich bloß nicht aufgeschaut und das BLP auf dem Gebäude gesehen hätte – wenn, wenn, wenn, wenn.

Ich dachte an etwas, was mir O'Connor einmal gesagt hatte. Er hatte irgendwo einen Artikel gelesen, der ihn beeindruckte, und wie es seine Gewohnheit war, las er mir die herausragenden Stellen vor.

»Irene«, sagte er, »weißt du, welches die beiden traurigsten Worte der englischen Sprache sind?«

»Buu und huu?« riet ich.

»Nein, Klugscheißerin. Die zwei traurigsten Worte der englischen Sprache sind *if only*, ›wenn nur‹.«

Ich fand es immer entsetzlich, wenn er sich endlos in seinen Zitaten und Sprichwörtern und uralten Redensarten erging, aber irgendwie fielen sie mir in schlimmen Zeiten immer wieder ein. Und daher ließ ich die Wenns und Abers jetzt sein.

Als Pete eintraf, war ich schon viel ruhiger; immer noch ein bißchen zittrig, aber ruhiger.

Er seufzte. »Verdammt. Ich hatte gehofft, diese Typen bräuchten ein bißchen Zeit, um sich neu zu gruppieren. Würden dir mal einen freien Tag gönnen.« Er wandte sich an einen der Uniformierten und bat ihn, zum Krankenhaus hinüberzugehen und die Wache vor Franks Zimmer noch einmal zu kontrollieren und die Krankenhausverwaltung zu bitten, auch für Kenny die Sicherheitsvorkehrungen zu verschärfen.

»Haben Sie schon was vom Sheriff in Gila Bend gehört?« fragte ich.

»Ja. Man sagte mir, daß sie seit Anfang letzter Woche was für O'Connor suchen. Sie glauben, daß sie möglicherweise was haben.«

»Ich überlege mir hinzufliegen.«

»Alleine?«

»Meinen Reisegefährten geht es zur Zeit ja nicht allzu gut.«

»Steigern Sie sich nicht in solche Gedanken rein, Irene. Da drehen Sie noch völlig durch.«

»Das habe ich mir auch gerade gesagt.«

»Ich werd mich bei Bredloe erkundigen. Vielleicht klappt's, und ich kann mitkommen. Der Gedanke, daß Sie allein an einen Ort fliegen, der mit O'Connor zu tun hat, gefällt mir nicht.«

»Wie spät ist es?« fragte ich.

»Ungefähr drei.«

»Oje. Die glauben wahrscheinlich, daß ich schon wieder kündigen will. Ich muß zurück zur Zeitung.«

»Nehmen Sie einen von den Jungs mit, damit Sie heil ankommen«, sagte er und winkte einem Streifenpolizisten.

Der Beamte kam und stellte sich als Mike Sorenson vor. Es erschien mir irgendwie lächerlich, in ein Auto zu steigen, um zwei Straßen weiter zu fahren, aber ich wollte nicht am Bürgersteig vorbei, wo immer noch Miss Ralstons Leiche lag.

»Sie sind doch die Freundin von Frank Harriman, oder?« fragte er.

»Ja«, sagte ich. »Kennen Sie ihn?«

»Ja, klar. Toller Kerl, der Frank. Ich hab ihn vorhin besucht – hat nicht so super ausgesehen, aber sie meinen, er ist bald wieder auf der Höhe. Ich weiß nicht, wenn ich ihn so sehe, kriege ich eine Wahnsinnswut – ehrlich wahr. Wir müssen diese Dreckskerle schnappen. Frank ist ein guter Polizist. Und er sagt, Sie sind okay. Nichts für ungut, aber normalerweise komm ich mit Reportern nicht so toll klar. Aber wenn Frank sagt, daß Sie okay sind, dann stimmt das auch.«

»Danke. Ich hab mich schon gefragt, ob – ob man mich wohl für das, was ihm passiert ist, verantwortlich macht.«

»Nee, sind Sie verrückt? Wir wissen schon, wer hier die Scheiße baut. Verdammt noch mal, Sie haben verdammt viel Glück, daß Sie noch leben, das wissen Sie doch genau.«

»Sie haben recht.«

Wir hielten vor dem Zeitungsgebäude, und er stieg aus und begleitete mich hinein. Ich konnte die Druckerpressen hören. Hör auf damit, sagte ich zu mir selbst, du hast Glück, daß du noch am Leben bist. Ich dankte Officer Sorenson, winkte zu Geoff hinüber und ging nach oben.

Ich unterhielt mich mit Lydia – sie hatte sich Sorgen gemacht. Irgend jemand schrieb schon an dem Artikel über den Auto-Killer.

Ich berichtete John Walters von meinen Fortschritten in der Finanzierungsgeschichte und fragte ihn dann, ob wir in sein Büro gehen könnten. Er musterte mich mit hochgezogener Augenbraue und wies mich dann in die kleine Glaskabine, die er als sein Reich bezeichnete, und schloß die Tür vor dem lautesten Volk der Welt.

Ich erzählte ihm, daß ich nach Gila Bend fliegen wollte und daß ich wahrscheinlich einen Polizisten mitnehmen würde, sowohl zu meinem Schutz als auch als Eintrittsbillett für eventuelle Verhandlungen mit der dortigen Polizei. Ich sähe keine Möglichkeit, diesen Fall zu recherchieren, ohne daß die Polizei es mitbekäme, und wenn ihn das störe, dann müsse er mich rausschmeißen oder jemand anders damit beauftragen.

Er fing an zu lachen. Das hatte ich nun nicht gerade erwartet.

»Du bist so verdammt moralisch, Irene. Wirklich umwerfend. Du bist noch keine achtundvierzig Stunden hier, kriegst eine Audienz beim Nachrichtenredakteur und stellst ihm ein Ultimatum, damit du mit reinem Gewissen arbeiten kannst. Mannomann.«

Ich wartete.

»Gott bewahre mich vor den Girls von der Nonnenschule. Die ewigen Schuldgefühle bringen euch um.«

Ich wartete immer noch.

»Irene, du weißt, wie gefährlich es ist, wenn man sich mit Leuten, über die man vielleicht später schreiben muß, zu dick befreundet. Du bist Profi. Ich geb dir nicht im voraus die Absolution für irgendwelche Sünden, die du gegen die Zeitung begehen willst. Ich vertraue lediglich auf dein Urteil und deinen Verstand. Ganz unter uns, ich bin verdammt froh, daß du nicht alleine dahin fährst.«

»Ich weiß, John, ich weiß. Glaub nicht, daß ich keine Angst habe. Du hättest sehen sollen, wie ich heute zusammengekracht bin. Ich hab sogar auf die Straße gekotzt.«

»Was zum Teufel verlangst du denn von dir? Siehst jemand, mit dem du fünf Minuten vorher noch geredet hast, mit gespaltenem Schädel verrecken. Meinst du vielleicht, du solltest dann bloß rumstehen und sagen: ›Ach, jetzt fällt's mir wieder ein, ich hab ja noch gar nicht zu Mittag gegessen‹?«

»Hab ich auch nicht.«

»Was hast du nicht?«

»Ich hab noch nicht zu Mittag gegessen.«

Das haute ihn wieder um.

»Verdammt noch mal, John, ich kann mich nicht erinnern, dich je so zum Lachen gebracht zu haben. Entweder sollte ich Komikerin werden, oder *du* schnappst langsam über.«

»Das letztere, das versichere ich dir, meine Beste, das letztere. Und jetzt mach Feierabend. Geh nach Hause und pack deine Sachen.«

Auf dem Heimweg kaufte ich zwei Steaks. Als Lydia zur Tür hereinkam, erwartete ich sie schon mit einem kleinen Festessen; Cody hielt uns in seiner Vorfreude auf die Reste ein lautes Abendständchen.

Pete rief an, um mir zu sagen, daß Bredloe die Reise genehmigt hätte, und ich erzählte ihm, daß ich mich um die Tickets kümmern würde. Ich rief Fred zurück und bestellte O'Connors Reservierung ab. Fred sorgte dafür, daß Pete und ich noch einen Flug nach Phoenix für den nächsten Morgen bekamen, und mietete uns einen Wagen. Er mußte Pete noch ein paar Fragen stellen, wo er im Flugzeug sitzen wollte und so weiter, und ich gab ihm Petes Nummer und wünschte eine gute Nacht.

Gegen halb acht eilte ich trotz Lydias Protest wieder ins Krankenhaus. Die Fahrt, der Gang ins Krankenhaus – ich fand es entsetzlich. Doch als ich Franks Zimmer erreichte, war alles wie weggeblasen. Er war wach und wirkte ziemlich munter, und ich merkte, wie ungeheuer froh ich war, ihn zu sehen.

»Da bist du ja wieder«, sagte er.

»Klar, natürlich.«

»Du siehst heute abend besser aus.«

»Danke.«

Ich setzte mich hin und nahm seine Hand. Wir schwiegen eine Weile. Ich kämpfte mit mir, ob ich ihm wohl erzählen sollte, was heute nachmittag geschehen war. Wahrscheinlich würde es ihn nur beunruhigen; außerdem, so rief ich mir in Erinnerung, war *ich* schließlich hier, um *ihn* zu trösten.

»Stimmt was nicht?« fragte er.

»Krankenhäuser machen mir wohl angst.« Das war nur eine halbe Lüge.

»Hmm. Ist das alles?«

»Nein, nicht ganz. Ich werd dich morgen nicht besuchen können. Ich fliege für einen Tag mit Pete nach Phoenix. Wir wollen dort etwas nachprüfen.«

»Freut mich, daß Pete mitkommt. Ich komme schon klar.«

Ich blieb noch ein wenig, und er schien wieder müde zu werden. Er versuchte, wach zu bleiben, aber ich sah, daß er schläfrig war. Ich wollte mich ihm nicht aufdrängen. Ich erhob mich langsam, und er raffte sich noch einmal auf und sagte: »Mach's gut.«

»Du auch«, erwiderte ich.

Als ich wieder bei Lydia ankam, nahm ich meinen zerschlagenen Muskeln zuliebe noch ein heißes Bad und stieg ins Bett. Cody war noch nicht bettreif und blieb bei Lydia sitzen. Ich hatte den kleinen Scheißer mit Steak gefüttert, und er ließ mich immer noch links liegen.

23

Ich wachte schon vor Sonnenaufgang, so gegen vier, auf und konnte nicht mehr einschlafen. Um Lydia nicht aufzuwekken, zog ich mich so leise wie möglich an. Meine Verletzungen taten längst nicht mehr so weh wie am Tag zuvor. Da ich mich rastlos fühlte und immer noch einige Stunden Zeit bis zu meinem Flug nach Phoenix hatte, beschloß ich, an den Strand zu fahren. Ich schnappte mir ein Sweatshirt, öffnete vorsichtig die Haustür und hielt dabei den Knauf, damit der Riegel kein Geräusch verursachen konnte. Draußen leuchteten die Straßenlaternen schwach gegen den bewölkten Junihimmel, und die Luft war feucht und kühl. Grillen zirpten. Der Wagen war naß vom Tau.

Ich startete den Wagen, und in der stillen Wohngegend

erschien mir das Geräusch unglaublich laut. Ich beschleunigte so schnell ich konnte und steuerte hinunter zum Wasser.

Als die ersten zögernden Strahlen der Dämmerung über den Horizont drangen, erreichte ich die Küste. Ich parkte und ging zum Ende der Pier, vorbei an ein paar begeisterten Anglern, die schweigend hier standen. Unbeeinträchtigt vom Lärm des Verkehrs und der Menschenmengen am Strand toste der Pazifik im endlosen, unregelmäßigen Rhythmus der Wellen.

»Stiller Ozean« hieß er, und wenn ich auch seine Stürme und seinen Zorn erlebt hatte, fühlte ich mich doch bei seinem Anblick jedesmal wieder wie ein neuer Mensch. Er erstreckte sich bis zum Horizont, erinnerte an der Schwelle der künstlichen Glitzerwelt Südkaliforniens an die Macht der Natur. Vor ihm wirkten all meine Sorgen winzig.

Ich betrachtete den herrlichen Sonnenaufgang in sanften Farben und wechselnden Nuancen im Wasser und am Himmel. Die Möwen begannen lärmend ihren Tag, und ihr Krii, Krii hallte als Echo von den Klippen wider. Ich stieg die Stufen zum Strand hinab, zog die Schuhe aus und kühlte mir die Sohlen im weichen, kalten Sand. Bald waren sie klamm. Ich stapfte dahin, ließ mir die Haare ins Gesicht wehen und sog begierig die salzige Luft ein.

Ich wanderte, bis ich bei den Las-Piernas-Klippen angekommen war. Über den Felsen ließ die Sonne die Fenster der Sonnenterrasse des gewaltigen Sheffield Estate aufglänzen. Hier hatte seit ebenso vielen Generationen, wie Las Piernas das Stadtrecht besaß, die Familie Sheffield geherrscht. Die ersten Sheffields hatten einen Krämerladen aufgemacht, dann eine Bank, dann eine Apotheke und so weiter und so fort; sie kauften und verkauften Immobilien in und um Las Piernas, um das ursprüngliche Vermögen zu mehren, und sie vergrößerten es weiter, als einer der Sheffield-Enkel sein Talent zur Eiscremeherstellung entdeckte. Die Sheffield-Eisdielen begegneten einem auf Schritt und Tritt, und sie schienen der neuesten Eiscreme-Mode immer schon eine Nasenlänge voraus. Die letzte Sheffield war Elinor Sheffield Hollingsworth, die einen gutaussehenden jungen Juristen mit Harvard-Abschluß geheiratet hatte, den jetzigen Staatsanwalt in Las Piernas.

Die Hollingsworths' hielten sich die meiste Zeit in ihren anderen Villen auf, etwa jener in den Hügeln über der Stadt, wo sie besser mit dem Rest der High-Society verkehren konnten. Und so kam es, daß das Haus auf den Klippen heute wie an den meisten anderen Tagen einsam und ausgestorben wirkte. Völlig isoliert, da es in beiden Richtungen zwei Meilen weit keine anderen Häuser gab, war es auf drei Seiten von dichten Baumgruppen abgeschirmt, die sich von der Küste bis zur Straße erstreckten.

Barfuß wanderte ich über den Asphalt des Parkplatzes, der schon viel wärmer war als der Sand, zum Wagen zurück. Ich schüttelte mir den Sand von den Füßen und aus den Hosenaufschlägen, zog wieder meine Schuhe an und saß dann noch eine Weile da und betrachtete das Wasser. Auf dieser Seite der Pier glitten die Surfer schon seit dem Morgengrauen über die Wellen. Ich schaute in den Rückspiegel und sah mich um. Niemand beobachtete mich, soweit ich sehen konnte. Ich startete den Wagen. Keine Bombe unter der Kühlerhaube. Wer mich auch umbringen wollte, gerade hatte er eine großartige Gelegenheit verpaßt. Und nicht einmal solche Gedanken konnten mich auf der Rückfahrt zu Lydias Haus so recht beruhigen.

24

Lydia war gerade zur Arbeit gefahren, als Pete mich abholen kam. Von Lydias Haus fuhr man nur fünfzehn Minuten bis zum Flughafen von Las Piernas. Der Flughafen ist in den späten dreißiger Jahren gebaut worden und besitzt daher ein gewisses Flair. Die Architektur verkörpert den typischen Geschmack jener Zeit: Kurven, Chrom, Messing und Grünglas. Er ist klein, hat nur sechs Flugsteige. Nur drei der großen Fluggesellschaften fliegen ihn an, aber mit denen und den kleineren Linien sind wir recht gut bedient und haben viel weniger Scherereien als die in Los Angeles. Ich glaube nicht, daß ich hier je einen Hare-Krishna-Anwerber gesehen habe.

Wir hatten bei American Southwest Airlines gebucht. Wir zogen unsere Kreditkarten aus der Tasche und zahlten für unsere Tickets. Pete gab seine Waffe beim Sicherheitsdienst ab; sie beförderten sie in einer Spezial-Box. Wir gingen die zehn Meter zum Flugsteig und setzten uns. Pete bot mir einen Kaugummi an.

»Nein, danke«, sagte ich.

»Bevor ich fliege, brauch ich immer einen Kaugummi. Ich habe vor fünfzehn Jahren aufgehört zu rauchen, aber jedesmal wenn ich mich einem Flugzeug nähere, habe ich ein so dringendes Bedürfnis, mir eine anzuzünden, daß ich es kaum ertrage.«

»Kaugummi ist jedenfalls besser für die Lungen.«

»Ja, auf jeden Fall. Hast du mal geraucht?«

»Eigentlich nie richtig. Als Teenager hab ich's ein paarmal probiert – aber nie gelernt, wie man inhaliert. Fand es ziemlich cool, mit einer Zigarette rumzulaufen, aber der Reiz hat sich recht schnell verflüchtigt.«

»Tja, hmm, da bist du gut dran. Bei mir hat sich der Reiz nicht so schnell verflüchtigt. Dafür hab ich jetzt sozusagen den Eifer des Konvertiten – kann den Rauch nicht mehr ausstehen, verstehst du? Auf Flughäfen ist es allerdings umgekehrt – da kann ich es mir fast nicht verkneifen, ins Café zu gehen und mir eine Packung zu kaufen. Wirklich verrückt.«

»Hast du Angst vorm Fliegen?«

Seine Wangen röteten sich. »Nö, würde ich nicht sagen.« Aber gleich danach fügte er hinzu: »Ich weiß nicht. Vielleicht. Ja, es macht mich wohl schon nervös.«

»Ich werde es keinem erzählen, Pete«, sagte ich.

»Danke.«

Bis unser Flug aufgerufen wurden, hatte er schon eine halbe Großpackung roter Kaugummis kleingemacht. Er roch wie eine Zimtstange. Das war mir immer noch lieber als Zigarettenrauch. Ich stand auf und wollte zum Flugsteig gehen. Er packte mich am Arm.

»Noch nicht«, sagte er.

»Du weigerst dich doch nicht, ins Flugzeug zu steigen, oder?«

»Wir haben's nicht eilig. Mir wäre es nur lieber, wenn wir erst alle anderen einsteigen lassen. Wir haben keine Taschen und auch sonst nichts im Gepäckfach zu verstauen.«

Ich setzte mich wieder. Ich fragte mich, ob Pete wohl nervös war, weil er mit der beliebtesten Zielscheibe von Las Piernas verreisen mußte.

Obwohl man angeblich in Gruppen an Bord ging, schien es, als stiegen die meisten ein, so schnell sie nur konnten. Phoenix ist eine der Drehscheiben des amerikanischen Südwestens, so daß der Flug fast ausgebucht war. Man forderte uns zum letzten Mal zum Einsteigen auf. Pete schaute sich im Wartebereich um und schien nichts Außergewöhnliches zu bemerken. Wir schlenderten die Rampe hinab und ins Flugzeug hinein.

Die Leute standen noch immer im Gang und versuchten unsägliche Mengen von Handgepäck in die Fächer zu stopfen. Schließlich hatten wir uns zu unseren Plätzen durchgedrängelt. Pete bat mich, den Fensterplatz zu nehmen, und er setzte sich zwischen mich und einen Jugendlichen von etwa sechzehn Jahren.

Der Junge wollte offensichtlich auffallen. Außer neongrünen Schnürsenkeln und einer Halskette mit blutendem Schädel und gekreuzten Knochen, die aussah, als käme sie aus dem Kaugummiautomaten, trug er das typische schwarze Outfit samt knielanger Jacke. Er ließ sich aus einem Radio berieseln, dessen Ohrhörer kleiner als seine Ohrringe waren. Auf dem Hinterkopf hatte er eine Frisur, die wir früher Mecki nannten, aber vorne war das Haar glatt und etwa kinnlang geschnitten. Ich fragte mich, ob jemand eine solche Frisur tragen und sich dennoch stets ausgeglichen fühlen konnte. Ich wies mich selber für diesen Gedanken zurecht und dachte an den Typ, mit dem ich auf der High School gegangen war und dessen Haar doppelt so lang war wie meines, und wie laut ich gegen die engstirnige Reaktion meiner Eltern protestiert hatte.

Der Junge ertappte mich dabei, wie ich ihn anstarrte. Ich lächelte und sagte: »Hey«. Offensichtlich las er meine Gedanken und machte schnell das Peace-Zeichen. Ich nehme an, es ist immer noch das Peace-Zeichen.

Pete sah mich an und verdrehte die Augen.

Ein weiterer Passagier kam an Bord, ein großer, magerer Mann mit hohlen Wangen. Er hatte einen harten, stechenden Blick, den er, während er den Gang hinabging, über die Gesichter der Passagiere wandern ließ. Er ging an uns vorbei und setzte sich direkt hinter Pete. Ich wußte zwar nicht, warum dieser Mann mir Unbehagen einflößen sollte, aber es war uns nicht gelungen, als letzte an Bord zu gehen, und die Art, wie der Mann die Passagiere gemustert hatte, brachte mich einfach zum Grübeln.

Ich spürte, wie mir der Schweiß aus den Handflächen trat.

Nur noch wenige Plätze im Flugzeug waren unbesetzt. Hatte er nur nach einem freien Platz gesucht? Nein, er hatte sich die Leute angeschaut. Dann merkte ich, daß er einen Platz in Türnähe gewählt hatte.

Warum setzte er sich direkt hinter uns? War das der Platz, den man ihm zugewiesen hatte, oder hatte er ihn selbst ausgesucht?

»Hast du noch was von dem Kaugummi?« fragte ich Pete.

»Klar«, sagte er, bot mir einen an und hielt dann dem Jungen einen hin.

»Danke, das ist sehr nett von Ihnen«, sagte der Junge höflich.

Uns fielen beiden die Kinnladen herunter. Ich weiß nicht, warum. Der Hippie, mit dem ich auf der High School gegangen war, war der besterzogene aus dem halben Dutzend aller meiner Freunde.

Wir begannen über die Startbahn zu rollen, und ich sah, wie Petes Knöchel sich weiß verfärbten. Wie seltsam das doch war, dachte ich mir – das war ein Bursche, der es fertigbrachte, einen blutverschmierten, lebendig im Sand begrabenen Mann wiederzubeleben, aber beim Start eines Flugzeugs machte er sich fast in die Hose. Für mich gab es kaum etwas Schöneres als das berauschende Gefühl, in die Luft emporzusteigen.

Es war ein kurzer Flug. Die Stewardessen hatten kaum Zeit, Erdnüsse und Getränke zu verteilen, als wir schon wieder landeten. Die Landung schien Pete noch mehr zu ängstigen. Ehe dieser Tag zu Ende ging, würden wir noch einige Kaugummis kaufen müssen.

Sobald wir wieder Boden unter den Füßen hatten, entspannte sich Pete langsam. Aber als wir dann auf dem Flugsteig standen, bedeutete er mir, sitzen zu bleiben. »Warte«, sagte er.

Wir schauten zu, wie all die anderen Passagiere ausstiegen.

Der Mann, den ich bei mir schon »Falkenauge« nannte, war einer der ersten. Vielleicht bildete ich mir ja doch zuviel ein.

Wenn man kein Gepäck hat, wird das Fliegen zu einem ganz neuen Erlebnis. Außer Blouson und Tasche hatte ich nichts, um das ich mich kümmern mußte. Wir holten Petes Waffe beim Sicherheitsdienst und gingen dann zum Schalter der Mietwagenfirma, um den Kleinwagen abzuholen. Während ich Auskunft gab, damit der Angestellte den Mietvertrag ausfüllen konnte, lehnte Pete mit dem Rücken am Schalter und beobachtete die Leute um uns herum.

Draußen wurde es allmählich heiß. Es war erst neun, und es mußte schon etwa dreißig Grad haben. Ich fragte Pete, ob es ihm recht sei, wenn ich fahren würde. Er hatte nichts dagegen einzuwenden, und kaum hatte ich noch beim Verstellen des Lenkrads versehentlich die Scheibenwischer eingeschaltet, befanden wir uns schon auf dem Weg nach Gila Bend.

Der Verkehr in Phoenix war entsetzlich, so daß es eine Weile dauerte, bis wir die Stadt und die unmittelbaren Nachbargemeinden auf der U.S. 10 hinter uns gelassen hatten. Die Straße wurde immer leerer, je weiter wir nach Westen kamen. Wir fuhren an den dunkelgrünen Wiesenstreifen längs des Gila River vorbei und überquerten den Fluß in der Nähe von Buckeye. Wir bogen auf den Highway 85 ab, und die Landschaft veränderte sich, sobald wir nach Süden durch die vereinzelten Berge von Arizona fuhren.

Wir fuhren Meile um Meile und sahen kaum einen Hinweis auf hier lebende Menschen. Hier und da standen weitverstreut ausgestorbene Farmhäuser. Zerbrochene Fensterscheiben gaben ihnen ein so trostloses Aussehen, als schämten sie sich ihrer eigenen Schäbigkeit. Kakteen und Gestrüpp nahmen die verlassenen Felder wieder in Besitz.

Pete quasselte am laufenden Band.

»Ich bin im Norden des Staates New York aufgewachsen«, erzählte er mir. »Wie schon ein Freund von mir gesagt hat:

›Da sollten nur Pinguine leben.‹ Warst du mal in Upstate New York? Nein? Na ja, das muß man mögen. Aber jedesmal, wenn mir meine Heimat abgeht, weißt du, was ich dann mache? Ich geh raus in meine Garage. Da hab ich eine Schneeschaufel. Ehrlich wahr. Ich bin wahrscheinlich der einzige in Südkalifornien, der eine Schneeschaufel in seiner Garage hat. Ja, ich guck mir dann nur die Schneeschaufel an und denke daran, wie das ist, wenn draußen der Wind bläst und die Auffahrt zugeschneit ist, und ich sage: ›Hier stehst du gut, Scheißschaufel, ich nehm dich mein Lebtag nicht mehr in die Hand.‹ Ehrlich wahr. Das mach ich dann.«

Draußen hatte es inzwischen wohl schon fast vierzig Grad, und ich hörte mir hier Geschichten übers Schneeschaufeln an.

»Wie lange kennst du Frank eigentlich schon?« fragte er.

»Wir haben uns in Bakersfield kennengelernt, aber ich hab in letzter Zeit nicht viel von ihm gesehen bis – na ja, bis diese Woche«, sagte ich und dachte an den Morgen auf O'Connors Rasen. War das erst ein paar Tage her?

»Tatsächlich? Du kennst ihn schon aus Bakersfield? Ich kenne ihn erst, seit er nach Las Piernas gezogen ist – hm, ungefähr fünf Jahre? Schlauer Kopf. Wirklich schlauer Kopf. Weißt du, ich sag ja nicht, daß er ein zweiter Poindexter oder so was ist, aber clever – du weißt doch, was ich meine? Ich meine, er gibt nie jemand das Gefühl, daß er blöd ist. Da ist er wirklich gut. Weißt du, viele wollen zur Mordkommission, und wenn es dann jemand schneller schafft, kann's Ärger geben. Aber bei Frank hatte keiner was einzuwenden. Sie mögen ihn einfach. Arbeitet hart, macht keinen fertig, stolziert nicht arrogant in der Gegend rum – ein guter Polizist. Behandelt die Uniformierten nicht wie Lakaien.

Ja, ich hab bei seinem ersten Fall hier mit ihm zusammengearbeitet. Fiel ihm schwer, sich an Las Piernas und an die neuen Kollegen zu gewöhnen. Außerdem hatte er sich von seiner Freundin getrennt. Hat sich wohl auch wegen so einer

Tussi, die er in Bakersfield kannte, hierherversetzen lassen. Sie kriegt einen Job in Las Piernas, bittet ihn nachzukommen; kaum ist die Versetzung durch, kündigt sie schon wieder und geht nach Bakersfield zurück. Hätte er gleich wissen sollen. Kennst du sie? Nein? Ich weiß nicht, was er an der gefunden hat. Ich hab zu ihm gesagt: ›Sei froh, daß du sie los bist – so eine Frau treibt dich doch zum Wahnsinn.‹ Aber seitdem war er eigentlich mit keiner mehr richtig zusammen. Du weißt schon, hier und da eine Verabredung, aber nichts Festes.«

Er warf mir einen bedeutungsvollen Blick zu, und ich versuchte, lässig zu wirken und die Unterhaltung in eine andere Richtung zu lenken. »Ich wußte nicht, daß du schon so lange mit Frank zusammenarbeitest.«

»Hm, erst seit fünf Jahren. Seit zehn Jahren spüre ich Killer auf – davor hab ich sieben in Uniform verbracht – und immer in Las Piernas. So eine Stadt wächst einem ans Herz, weißt du, was ich meine?«

»Ja. Ich hab den größten Teil meines Lebens hier verbracht. In Südkalifornien gibt's nur eine Handvoll Orte, wo die Leute sich wirklich verwurzeln, und Las Piernas gehört dazu. Viele Einheimische sind schon in dritter Generation hier. Verglichen mit anderen Landesteilen ist das wohl nicht so umwerfend, aber in der Gegend von Los Angeles . . .«

»Da hast du recht. Die Leute kommen in Las Piernas auf die Welt und sterben auch hier, und schaut man sich mal um, sieht man, daß die meisten Leute in den Nachbargemeinden alle paar Jahre umziehen. Ich liebe diese Stadt.«

Wir erreichten den Rand einer Kleinstadt, die aussah, als hätte sie sich in den letzten fünfzig Jahren kaum verändert. Ein pockennarbiges Schild verkündete, daß dies »Gila Bend – die Heimatstadt von 1700 freundlichen Menschen und fünf alten Nörglern« sei. Der Highway mündet bei Gila Bend in den Interstate 8, der dann in die Pima Avenue übergeht. Es sah aus, als erlebe Gila Bend gerade schwere Zeiten. Jedes dritte oder vierte Gebäude war verlassen. Es gab etwa vier oder fünf Motels in unterschiedlichen Baustilen und etwa genauso viele Schnellrestaurants und Tankstellen. Ein paar Kramläden rundeten das Ganze ab. Ich hatte fast schon das Ortsende erreicht, als ich das Rathaus entdeckte, das zusammen mit dem Gila Bend Museum und dem Arizona Tourist Information Center eine Einheit bildete.

»An der Polizeistation sind wir schon vorbeigefahren«, sagte Pete, als ich anhielt, um jemand zu fragen.

»Wenn du das weißt, warum hast du dann nichts gesagt?«

»Ich wollte auch den Rest der Stadt sehen.«

Entnervt wendete ich den Wagen und fuhr wieder zurück.

Bald erreichten wir ein ziemlich neues eingeschossiges Gebäude aus braunem Backstein, das mit spanischen Ziegeln gedeckt war. Das Büro des Sheriffs von Maricopa County. Ich stellte mich in eine Parklücke.

»Okay«, sagte ich, »schauen wir mal, was sie über Hannah wissen.«

»Mach dir keine zu großen Hoffnungen«, warnte Pete.

Wir öffneten die Wagentüren, und trockene Hitze schlug uns entgegen. Wir gingen zum Gebäude, traten ein und fröstelten in der klimagekühlten Luft im Innern. »Aus der Bratpfanne in den Kühlschrank«, murmelte Pete.

Es war eine kleine Polizeiwache, die auch als Gerichtsgebäude und als Gefängnis diente. Wir gingen zu einem Fenster und drückten auf einen Knopf. Eine Wärterin kam ans Fenster. Pete zeigte ihr seinen Ausweis und bat sie, dem Sheriff zu sagen, daß wir da seien. Ein paar Minuten später öffnete sich eine Tür zu unserer Linken, und ein hochgewachsener Mann in beiger Uniform trat heraus und begrüßte uns. Ein herzliches Lächeln lag auf seinen zerklüfteten Zügen. »Sie sind wohl der Besuch aus Kalifornien. Ich bin Enrique Ramos«, sagte er. Er war ein kräftiger Mann, bewegte sich aber leichtfüßig und voller Anmut. Ich schätzte ihn auf etwa fünfzig.

Pete streckte die Hand aus. »Pete Baird. Ich glaube, ich habe mit Ihnen telefoniert. Das ist die Freundin von Mr. O'Connor, Irene Kelly, von der ich Ihnen erzählt habe.«

Ramos drückte mir fest die Hand. »Sehr bedauerlich, das von Mr. O'Connor erfahren zu müssen. Ich war schon am Telefon ganz begeistert von ihm. Ich habe mich drauf gefreut, ihn persönlich kennenzulernen. Kommen Sie mit.«

Er bedeutete uns, ihm durch die Tür in ein kleines Büro zu folgen.

»Wissen Sie, so wenig hier auch geschieht, ich glaube nicht, daß jemand anders mich dazu überredet hätte, die alten Vermißtenakten aus den fünfziger Jahren noch mal durchzugukken. Aber irgendwie hat er mit seinem Gerede über das Gebiß etcetera meine Neugier geweckt. Außerdem hab ich angenommen, das ist so einer, der läßt ums Verrecken nicht lokker, wenn ich auf seine Anfrage nicht reagiere.«

»Da hatten Sie völlig recht«, sagte ich. »Zuerst hat er's immer auf die freundliche Tour probiert, aber wenn nötig, konnte er eine richtige Nervensäge werden.«

Ramos lächelte. »Das habe ich mir gedacht.« Er wies auf zwei steiflehnige Holzstühle, und wir setzten uns. Er zog einen Ordner aus einem Aktenschrank und nahm hinter dem Schreibtisch Platz.

»Ich mußte in den alten Archiven nachschauen, um dieses Zeug zu finden – heute ist alles auf Mikrofiche. Na ja, wenn eine Stadt sowieso nur ein paar hundert Einwohner hat, dann verschwinden nicht allzu viele pro Jahr. 1955 waren wir noch nicht die Riesenmetropole, die wir heute sind. Ich weiß, für Leute aus der Großstadt ist es schwer vorstellbar, daß dieser Ort noch kleiner sein könnte, als er heute ist, war er aber tatsächlich.« Er schlug den Ordner auf und überflog einige Notizen.

»1955 hatten wir drei Vermißte. Eine alte Frau, die wahrscheinlich an dem litt, was man heute die Alzheimersche

Krankheit nennt, ging am Zaun des verdammten Schießstands entlang auf und davon – ist direkt gegenüber auf der anderen Straßenseite –, die Militärpolizisten haben sie gefunden, aber es war Winter, und sie hat sich nie so recht von ihrem Ausflug erholt.

Wenn es Sie interessiert, haben wir auch einen Jungen, der von zu Hause weglief, wieder aufgespürt, aber eigentlich ist er von allein zurückgekommen; nach den Aufzeichnungen hier hat ihm das Abenteuer nicht geschadet.

Und dann gab's noch eine, die wir nicht mehr gefunden haben: eine junge Frau, etwa zwanzig, die in einem Futtermittelgeschäft arbeitete. Sie lebte damals noch bei ihren Eltern. Ihre Mutter meldete sie am 16. Juni 1955 vermißt, aber es gab Anhaltspunkte dafür, daß sie freiwillig weggegangen war; sie hatte sich am Abend zuvor eine Buskarte nach San Diego gekauft. Aber dort kamen wir nicht mehr weiter. Der Bursche vom hiesigen Greyhound-Depot sagte, sie hätte ihm praktisch ihren letzten Cent gegeben, um nach Kalifornien zu kommen, und es reichte auch bis San Diego. Und so nahmen wir halt an, daß sie das Leben in Gila Bend satt hatte. Wir haben rumgefragt, und eine Kollegin von ihr meinte, sie hätte oft davon gesprochen, daß sie einen jungen reichen Mann aus Phoenix heiraten wollte. Tja, wir haben nicht kapiert, warum sie nach Kalifornien fährt, wenn der Junge in Phoenix lebt, aber vielleicht wollte er sie ja dort treffen.«

»Hat sie ihren Eltern mal von dem jungen Mann erzählt?« fragte ich.

»Nein, aber es war ziemlich klar, daß man sie nicht entführt hatte, und sie war über achtzehn, und da konnten wir ja nicht viel unternehmen. Ihre Leute machten nicht mehr viel Aufsehen darum, nachdem wir ihnen von der Buskarte erzählt hatten.

Und jetzt kommt da nach fünfunddreißig Jahren Ihr

Freund Mr. O'Connor mit seiner Geschichte an. Ich hab noch ein bißchen rumgewühlt und das da gefunden. Ein Bild von ihrem Schulabgang im Jahre 1953.« Er schob ein kleines Schwarzweißfoto über den Schreibtisch, und Pete und ich erhoben uns von unseren Stühlen, um es zu betrachten.

»Also, ich freß einen Besen«, sagte Pete.

Abgesehen von ein paar kleinen Abweichungen an Nase und Mundpartie ließ sich die Ähnlichkeit mit MacPhersons Computerrekonstruktion nicht verkennen.

»Das ist Hannah«, sagte ich.

»Wer?« fragte Ramos.

Ich reichte Ramos die Computerzeichnungen. »Hannah ist so eine Art Spitzname, den wir all die Jahre für sie benutzt haben.« Ich wollte ihm nicht sagen, warum. »Wie hieß sie wirklich?« fragte ich.

»Angenommen das ist die gleiche Frau – und ich gebe zu, sie sieht ihr ziemlich ähnlich –, dann hieß sie in Wirklichkeit Jennifer. Jennifer Owens.«

»Jennifer Owens«, sagte ich laut und wiederholte es in Gedanken. Plötzlich spürte ich, wie mir Tränen in die Augen stiegen. O'Connor hätte ihren Namen als erster hören sollen. Fünfunddreißig Jahre lang war er wie besessen von ihr gewesen. Seine Arbeit hatte uns so weit gebracht. Er war so nahe dran gewesen, fast hätte er erfahren, wer sie war. Mein Gott, wie stolz er darauf gewesen wäre. Vielleicht hätte es den Kummer, den er um seine Schwester empfand, ein wenig gelindert.

Ramos schaute mich an. »Alles in Ordnung, Miss Kelly?«

»Ja, entschuldigen Sie. Mußte nur daran denken, wie sehr sich O'Connor gefreut hätte. Er hat sich ... so viele Gedanken um Hannah-Jennifer gemacht. Von Anfang an. Das ist schwer zu erklären.«

»Er hat mir von seiner Schwester erzählt«, sagte Ramos.

Ich war überrascht und verbarg es nicht. Ramos begegnete

meinem Blick mit einem verständnisvollen Lächeln. »Er hatte wohl Angst, ich würde es nicht ernst genug nehmen.«

Pete schaute von einem zum anderen, doch keiner von uns gab ihm eine Erklärung. »Und ihre Eltern«, fragte er Ramos, »sind sie denn noch in der Gegend?«

»Ja, ihre Mutter lebt noch«, sagte Ramos. »Der Alte ist seit ein paar Jahren tot. Aber die Mutter lebt in einem Wohnwagen am Highway 85. Wahrscheinlich sind Sie auf der Herfahrt dran vorbeigekommen. Sie hat kein Telefon. Ich bring Sie raus, wenn Sie wollen.«

Pete stand auf. »Ja, wenn's Ihnen keine Umstände macht.« Er seufzte und fuhr sich durchs Haar. »Und wenn ich hundert Jahre alt werde, an diesen Teil meiner Arbeit kann ich mich nie gewöhnen.«

Wir kletterten auf den Vordersitz eines großen grün-weißen Jeep Cherokee, der die Aufschrift »Sheriff« auf den Türen trug. Als wir etwa fünf Meilen auf dem Highway 85 zurückgefahren waren, bogen wir auf einen Feldweg ein, der durch eingezäunte Flächen mit einigen verstreuten Rindern hindurchführte. Man sah leicht ein, warum man hier einen Vierradantrieb brauchte. Wir ruckelten einen Weg entlang, der so viele Schlaglöcher hatte, daß die NASA hier ihre Mondfahrzeuge hätte testen können. Schließlich hielten wir vor einer Öffnung im Stacheldrahtzaun; von hier aus führte ein Schotterweg bis zum Wohnwagen. Ramos hupte und wartete eine Weile. Bald schwang die Wohnwagentür auf, und eine magere, grauhaarige Frau starrte uns an und winkte dann. Ramos fuhr langsam in die Auffahrt und versuchte, keinen Staub aufzuwirbeln.

»Hallo, Enrique!« schrie sie mit krächzender Stimme. »Wen hast du denn da dabei?«

»Zwei Leute aus Kalifornien, Mrs. Owens.«

»Kalifornien! Na, kommt aus der Sonne. Da draußen ist's ja heißer wie in der Hölle. So alte Teufel wie Enrique und ich halten das ja aus, aber ihr seid wahrscheinlich schon völlig ausgedörrt.«

Der Wohnwagen war so ein alter, silberfarbener mit heller Holzverkleidung. Als wir vier uns hineingequetscht hatten, wirkte er ziemlich voll.

Nachdem wir uns vorgestellt hatten, bedeutete sie uns, auf einer Couch hinter einem Resopaltisch Platz zu nehmen. Auf einem Regal unter dem Fenster standen mehrere gerahmte Fotos von Jennifer. Kinderbilder, Familienfotos. Jennifer zusammen mit einem anderen jungen Mädchen. Jennifer vor dem Wohnwagen. Ein größerer Abzug vom Abiturfoto. Sie war eine hübsche Blondine gewesen, die mit geschlossenen Lippen schüchtern lächelte.

Mrs. Owens ging zum Kühlschrank und kam mit einem großen Limonadekrug zurück. Sie brachte vier reichverzierte Gläser auf einem Tablett, auf dem ein altes Spitzendeckchen lag.

Ich fühlte mich beschissen. Ich warf Pete einen raschen Blick zu und wußte, daß es ihm genauso ging.

»Und was bringt einen Polizeibeamten aus dem fernen Kalifornien dazu, eine siebzigjährige Wüstenratte zu besuchen?« fragte sie.

Sie musterte ihn neugierig mit ihren kobaltblauen Augen und setzte sich langsam. »Um was geht es hier eigentlich, Enrique?«

»Um Jennifer, Mrs. Owens.«

»Jennifer? Meine Jennifer?«

Er nickte.

»Mein Gott, sie ist tot. Sie ist doch tot, nicht wahr?«

»Tut mir leid, wir glauben schon. Ja.«

Sie begann zu weinen. Sie stand auf, stolperte nach hinten ins Schlafzimmer und schloß die Tür, die das anschwellende Wimmern jedoch nicht zu dämpfen vermochte. Wir saßen reglos da, keiner sah den anderen an. Nach einer Weile hörten wir Wasser laufen. Sie trat heraus und trocknete sich das Gesicht mit einem rosa Handtuch ab.

»Entschuldigen Sie«, sagte sie zu uns. »Nach fünfunddreißig Jahren sollte man annehmen, daß es mir nichts mehr ausmachen würde, sie nie wiederzusehen. Aber ich hab immer gehofft –«, sie hielt jäh inne.

»Aber selbstverständlich«, sagte Pete, »das ist nur natürlich. Und es tut uns sehr leid, daß wir Ihnen diese Hoffnung nehmen müssen.«

»Und was ist mit meinem Enkelkind?« fragte sie plötzlich.

Wir waren alle verblüfft.

»Enkelkind?« wiederholte Ramos.

»Jennifer ist weggelaufen, weil sie schwanger war. Sie ist fortgelaufen, um mit dem Vater zusammenzuleben. Wer ist er? Und was ist aus meinem Enkelkind geworden?«

Falls ich noch Zweifel daran hatte, daß Hannah und Jennifer die gleiche Person waren, dann wurden sie durch diese letzte Frage ausgeräumt. Jennifer sah wie die Frau auf den Bildern aus, kam aus einer Stadt im Südwesten mit fluorreichem Wasser, verschwand kurz bevor man Hannah fand, und sie war schwanger.

Wir schauten einander an. Ich ging zu ihr hinüber und legte ihr den Arm um die Schultern. »Es fällt mir sehr schwer, Ihnen das zu erzählen, Mrs. Owen. Bitte, setzen Sie sich!«

Einen Augenblick lang schien es, als wolle sie sich weigern, aber dann ließ sie sich ergeben zu ihrem Stuhl führen.

Ich setzte mich wieder ihr gegenüber.

»Erzählen Sie«, sagte sie ruhig.

»Am 17. Juni 1955«, begann ich, »fand man am Strand von Las Piernas die Leiche einer Frau. Wir glauben inzwischen, daß diese Frau Jennifer war.«

»1955! Tot seit 1955!« rief sie aus, schwieg aber gleich wieder.

»Man schätzte die Frau auf etwa zwanzig Jahre. Sie war im zweiten Monat, als sie starb. Sie wurde ermordet.«

»Ermordet? Warum? Warum hätte denn jemand Jennifer ermorden sollen?«

»Das ist einer der Gründe, warum wir hier sind, Mrs. Owens. Wir wissen es nicht. Wer sie auch umgebracht hat –«, ich versuchte die richtigen Worte zu finden. »Wer sie auch umgebracht hat, er hat Vorkehrungen getroffen, die ihre Identifizierung erschwerten.« Ich hastete weiter. »Ein Freund und Kollege von mir war Reporter bei unserer Lokalzeitung. Seine Schwester wurde ebenfalls ermordet und fünf Jahre lang nicht gefunden. Das geschah etwa fünf Jahre, bevor man Jennifer fand. Er hat den Fall dieser nicht identifizierten Frau sozusagen zu seinem gemacht und versucht, möglichst viel über sie zu erfahren. Jedes Jahr schrieb er in seiner Kolumne einen Artikel über sie. Er hat mir immer gesagt, er wüßte, daß sich jemand Sorgen um sie macht, so wie seine Familie sich um seine Schwester sorgte.

Vor nicht allzu langer Zeit bekamen wir einen neuen Untersuchungsrichter; er fand neue Anhaltspunkte in bezug auf Jennifer. Er fand bei einem Zahnmediziner vom Gericht Unterstützung. Hatte Jennifer fleckige Zähne?«

»Ja, die arme Kleine«, sagte sie und warf einen Blick auf die Fotos. »Sie hat sich immer geschämt deswegen. Vom Wasser hier, wissen Sie. Zuviel Fluor.«

»Vor allem die Verfärbungen haben uns auf Gila Bend gebracht. Leider ist mein Freund gestorben, ehe er erfahren konnte, daß es sich um Ihre Tochter handelt. Er wußte, daß das eine sehr traurige Nachricht für Sie sein würde, aber er hat eben gehofft, daß es besser wäre, als immer darüber nachzugrübeln, was wohl aus ihr geworden ist.«

Sie schwieg eine Weile und sagte dann: »Das stimmt. Zumindest weiß ich es jetzt. Es war die Hölle. Ich habe hier gesessen und mich gefragt, warum sie uns bloß so gehaßt hat, daß sie nicht mal eine Postkarte schreiben wollte. Ich habe mich gefragt, ob sie wohl geheiratet hat, ob das Baby ein Junge oder ein Mädchen ist. Habe gegrübelt, warum nicht wenigstens das Kind seine Großmutter mal sehen darf. Mich gefragt, ob sie tot ist. Ob sie gequält wurde. Ob sie vielleicht das Gedächtnis verloren hat. Sie würden nicht glauben, was ich mir alles ausgemalt habe. Zumindest das ist jetzt vorbei.«

»Wie haben Sie erfahren, daß sie schwanger war?« fragte ich.

»Oh, das habe ich aus ihrer Kusine fast herausprügeln müssen. Am Wochenende, bevor sie verschwand, war Jennifer bei ihrer Kusine Elaine in Phoenix zu Besuch. Elaine Owens – sie ist die Tochter meines Schwagers. Mein Mann war bloß Viehzüchter, und kein besonders geschickter, Gott sei seiner Seele gnädig. Aber sein Bruder, der hat's zu was gebracht. Hat in Jerome mit Kupfer ganz schön Geld gemacht und hatte schon lange verkauft, ehe die Aktien wieder runtergingen. Er hat dann weiter investiert, in weiß Gott was, aber der konnte wirklich aus allem Geld machen.

Elaine und Jennifer waren ungefähr im gleichen Alter, und wenn sie sich auch nicht viel um uns kümmerten, so hatten sie Jennifer doch ins Herz geschlossen, und sie wurde ziemlich regelmäßig nach Phoenix eingeladen. Ich weiß nicht. Wenn ich jetzt daran denke, dann kommt's mir so vor, als wär das der Grund für viele Probleme gewesen.«

»In welcher Hinsicht?« fragte ich.

»Jennifer war immer so unglücklich, wenn sie zurückkam. Wer hätte es ihr auch verübeln wollen? Dort hat sie in Saus und Braus gelebt. Elaine hat ihr ihre Kleider geborgt, und sie gingen zu reichen jungen Leuten auf Parties und so weiter. Dann kam sie wieder zurück ins kleine alte Gila Bend, in den Futtermittelladen und in diesen winzigen Wohnwagen.

Na egal, nach ihrem letzten Besuch bei Elaine war sie völlig durcheinander. Hat ohne jeden Grund geheult. Und eh ich mich versehe, ist sie schon mit dem Bus nach San Diego auf und davon.«

»Kannten Sie dort jemanden?« fragte Pete.

»Keine Menschenseele. Also bin ich nach Phoenix gefahren und hab mir Elaine vorgeknöpft. Bis sie mir schließlich erzählte, daß Jennifer schwanger und nach Kalifornien gefahren ist, um den Vater zu suchen. Ich hab mir immer gedacht, daß die kleine Rotznase weiß, wer der Vater ist, aber sie hat mir hoch und heilig immer wieder versichert, daß Jennifer ihr den Namen nicht gesagt hätte, und ich bekam's einfach nicht aus ihr raus. Ich brauche Ihnen wohl nicht zu sagen, daß wir mit diesem Teil der Verwandtschaft danach nicht mehr viel zu tun hatten.«

»Haben Sie die Adresse noch?« fragte Pete.

»Ja, ich hab eine von damals. Vielleicht sind sie immer noch da, aber ich weiß es nicht. Es ist lange her. Lassen Sie mich mal gucken.« Sie erhob sich, zog eine mit Zetteln gefüllte Schublade heraus und holte ein Adreßbuch hervor. Sie setzte sich eine Lesebrille auf und las eine Adresse vor, die Pete sich notierte.

Sie blickte über dem Brillenrand hoch. »Haben Sie den kleinen Goldring gefunden? Ihre Großmutter väterlicherseits schenkte ihr einen Goldring mit einem kleinen Rubin. Hat sie ihn angehabt?«

Pete und ich schauten einander an.

»Nein, Mrs. Owens«, sagte er ruhig, »wir haben keinen Ring gefunden.«

25

Auf der Rückfahrt nach Gila Bend sprach keiner von uns ein Wort. Als wir das Büro des Sheriffs erreichten, sah Pete Ramos an. »Werden Sie ihr davon erzählen?«

»Von der Leiche? Ja, ich erzähl es ihr. Aber nicht sofort. Erst muß sie *das* mal verdauen. Mein Gott, sie ist über siebzig. Aber sie ist aus hartem Holz geschnitzt, wissen Sie.«

Wir nickten. Pete fragte, ob er ein paar Anrufe erledigen könne. Ich sagte, ich würde ein bißchen spazierengehen, ihn aber in zwanzig Minuten auf der Polizeistation zum Mittagessen treffen. Ramos nahm unsere Einladung an.

Sie gingen hinein, und ich überquerte die Straße und näherte mich einem der Motels. Dieses hier ähnelte einer fliegenden Untertasse oder einem Raumschiff. Draußen kam es einem vor, als ginge man in der Trommel eines Wäschetrockners spazieren. Aber sobald ich drinnen war, bekam ich Gänsehaut von der Kälte. Immer wieder dachte ich mir, daß die Einheimischen rasche Temperaturwechsel verkraften mußten wie niemand sonst auf der Welt. Ich fand ein Münztelefon, rief bei der Zeitung an und fragte nach Lydia.

»Lokalredaktion«, antwortete es aus dem Hörer.

»Lydia? Ich bin's, Irene. Ich rufe aus Gila Bend an.«

»Wie geht's dir?«

»Prima. Hör zu, hast du einen Computer in der Nähe? Oder kannst du mich mit jemand verbinden, der gerade Zugang zu einem hat? Ich hab keinen Laptop und kein Modem dabei, aber ich glaub, ich hab da was, das nicht warten kann, bis ich zurück bin. Kann ich es dir gleich durchgeben?«

»Klar«, sagte sie, »bleib dran.« Sie hielt die Hand über die Muschel, und ich hörte, wie sie die Leute von ihrem Schreibtisch verscheuchte. »Okay«, sagte sie schließlich, »ich bin bereit.«

Ich diktierte ihr die Geschichte, so gut es eben ging. Ich nahm an, Wrigley würde begeistert damit hausieren gehen, daß vor allem durch O'Connors Bemühungen ein fünfunddreißig Jahre altes Rätsel gelöst worden war. Wir hatten Hannahs Heimatstadt genau drei Tage vor der Wiederkehr ihres Todestages gefunden. Ich handelte kurz die von O'Connor, Hernandez, MacPherson und von der Polizei beider Städte geleistete Arbeit ab, die schließlich zu der vorläufigen Identifizierung geführt hatte.

Vielleicht ein wenig zu zögernd erzählte ich so viel über Mrs. Owens, wie ich gerade eben verantworten konnte, und versuchte das Gefühl zu unterdrücken, daß ich zu einer Zeit, zu der Mrs. Owens so verletzlich war, Kapital aus meinem Hiersein schlug.

Ich rekapitulierte auch die Ergebnisse von Las Piernas: O'Connors Tod, die lebensgefährlichen Verletzungen seines Sohnes, die tödliche Verfolgungsjagd und den Mord auf dem Bürgersteig, die alle möglicherweise mit dem alten Fall zusammenhingen. Ich beendete den Artikel mit der Standardfloskel: »Die Ermittlungen werden fortgesetzt.«

»Das war's, Lydia«, sagte ich, als ich fertig war.

»Wow!« sagte sie. »Da hast du ja einiges hinter dir.«

»Ja, ich hab auch ziemlich gemischte Gefühle.«

»Die Mutter hat dir gefallen, was?«

»Ja, wirklich. Ich bin wohl zu emotional geworden. Mein Gott, Lydia, du hättest dabeisein sollen. Ich fühle mich richtig mies. Ich muß mir wieder eine dickere Haut zulegen. Laß mich noch zwei, drei Interviews mit den Eltern toter Kinder machen, dann erledige ich das, ohne mit der Wimper zu zucken.« Ich holte tief Atem. Ich merkte, daß ich in die Defensive ging. »Ich kann wohl im Moment nicht mit dem Elend anderer hausieren gehen. Ich bin selbst noch zu mitgenommen.«

»Glaub mir, Irene, ich versteh das. Du weißt doch, wie ich

diesen »Zwar-indiskret-aber-verkauft-sich«-Scheiß, auf den Wrigley so steht, verabscheue. Außerdem ist Phoenix ja nur knapp eine Flugstunde entfernt, wenn Big Bad John also nicht paßt, was du geschrieben hast, dann schickt er garantiert noch heute abend jemanden raus, um ein Foto von Jennifer von diesem Regal zu klauen und ein paar Aufnahmen von der heulenden Mrs. Owens zu machen. Übrigens – er hat deinen gestrigen Artikel auf der ersten Seite gebracht.«

»Saure-Gurken-Zeit, was?«

»Warum denn plötzlich diese Bescheidenheit?«

»Muß wohl die Hitze hier sein. Na egal, ich muß noch ein paar Sachen hier klären, bevor ich mich auf den Rückweg mache. Und wie läuft's bei dir?«

»Ich bin furchtbar aufgeregt wegen meiner heißen Verabredung heute abend, aber sonst geht's gut.«

»Wird sicher toll.«

»Hmm. Hoffentlich. Na ja, ich ruf jetzt mal besser John Walters. Der wird sich vielleicht freuen, Schätzchen.«

»Hoffentlich hast du recht.«

Wir legten auf, und ich fischte die Nummer der City-Filiale der Bank von Las Piernas aus meiner Tasche. Ich wählte und erreichte die Zentrale. »Ann Marchenko, bitte«, sagte ich.

Es folgte eine Pause. »Darf ich fragen, wer Sie sind?«

»Irene Kelly«, sagte ich.

Wieder folgte eine Pause und dann mehrere Signaltöne. Ich war überrascht, als ich schließlich die Stimme eines Mannes hörte.

»Irene?«

»Guy?«

»Ja, hallo! Warum haben Sie mir denn nicht erzählt, daß Sie eine berühmte Reporterin sind? Ich habe heute Ihren Namen auf der ersten Seite gelesen. Wie geht es Ihnen?«

»Mir geht's gut. Und ich bin überhaupt nicht berühmt,

aber es freut mich, daß Sie die Verfasserzeile lesen. Ich habe versucht, Ann Marchenko zu erreichen.«

»Ja, ich habe mir schon gedacht, daß Sie heute anrufen, deswegen habe ich die Zentrale gebeten, Ihren Anruf zu mir durchzustellen. Irene, tut mir leid, Ann Marchenko hat heute morgen angerufen und gekündigt.«

»Gekündigt? Ohne vorher Bescheid zu sagen? Warum denn?«

»Das wollte sie nicht sagen, hat bloß gemeint, sie käme nicht mehr. Das bringt uns leider ganz schön in Schwulitäten. Aber was Sie betrifft – vielleicht kann Ihnen sonst jemand helfen? Wirklich, wenn ich irgendwas für Sie tun kann, lassen Sie es mich wissen. Unsere Bank hat doch keine schlechte Presse zu befürchten, oder?«

»Nein, nein, das sicher nicht. Es ging um etwas anderes. Guy, ich wüßte wirklich nicht, wie Sie mir im Moment helfen könnten. Ich hatte eigentlich keine besonderen Fragen an sie. Aber ich lasse von mir hören.« Ich dachte an Ramona Ralston. »Guy, also das – gestern – tut mir wirklich leid.«

»Das war doch nicht Ihre Schuld, Irene. Es war entsetzlich, natürlich. Eine schreckliche Sache, die leider geschehen ist. Aber es war nicht Ihre Schuld.«

»Danke.«

»Und jetzt muß ich Sie um einen speziellen Gefallen bitten – vielleicht ist das eine kleine Zerstreuung für Sie.«

»Ja?«

»Es wäre mir eine Ehre, wenn Sie bei einer ziemlich langweiligen Sache mein Gast wären – ich bin von einem unserer wichtigsten Kunden, Andrew Hollingsworth, dem Staatsanwalt, zu einem Bankett eingeladen worden, dessen Erlös seiner Wahlkampagne zugute kommen soll. Wenn Sie mich begleiten würden, wäre der Abend sicher erträglicher für mich. Ich sage leider erst recht spät Bescheid – es ist schon morgen abend. Um Ihnen einen zusätzlichen Anreiz zu geben – Sie dürfen die geheiligten Hallen des Sheffield Estate über dem Pazifik betreten. All das und die höfliche Aufmerksamkeit eines früheren Hockeyspielers mit einem bezaubernden Akzent. Was meinen Sie dazu?«

Ich lachte. »Das ist das beste Angebot des Tages. Aber ich muß Sie vorwarnen, wahrscheinlich hätte meine Zeitung mich sowieso hingeschickt, und deswegen müssen Sie jetzt Ihrerseits die Hollingsworths warnen, daß Ihre Begleiterin dienstlich kommen wird.«

»Oh, ich habe Sie also zu etwas eingeladen, wo Sie sowieso hingegangen wären. Das ist nicht so schön. Dennoch, ich glaube, Sie sagen ja.«

»Tu ich.«

»Kann ich Sie also um sieben abholen?«

»In Ordnung.«

»Wo?«

Das war ein Problem. Ich fühlte mich nicht wohl, wenn ich Lydias Adresse angab, nicht mal bei Leuten, die mit dieser ganzen Sache nichts zu tun hatten. Allmählich gingen mir die sauberen Klamotten aus, und etwas, das elegant genug für eine Spendenparty war, hatte ich sowieso nur bei mir zu Hause. Auch meine Post hatte ich noch nicht abgeholt. Ich gab Guy meine Adresse.

»*Bien*. Bis morgen also.«

»Guy, darf ich Sie um einen Gefallen bitten. Würden Sie bitte Ann Marchenko zu Hause anrufen und ihr sagen, daß sie mich bei der Zeitung anrufen soll?«

»Es hat aber nichts mit der Bank zu tun?«

»Das bezweifle ich sehr.«

»Nun, dann werde ich sie bitten, Sie anzurufen.«

Ich gab ihm meine Nummer bei der Zeitung und legte auf. Meine zwanzig Minuten waren vorbei, und ich ging wieder zur Polizeistation zurück. Pete und Enrique Ramos standen im Eingang.

»Nun«, sagte Pete, »erscheint er auf Seite eins?«

»Hören Sie das Münztelefon im Hotel ab?« fragte ich Ramos.

»Na, na, der alte Pete wär schon ein mieser Ermittler, wenn er sich's nicht an fünf Fingern abzählen könnte, was für eilige Telefonate eine Reporterin in so einer Situation zu erledigen hat.«

»Ja, ich bitte dich, Irene. Außerdem hab ich Frank versprochen, ein Auge auf dich zu haben. Wen hast du also sonst noch angerufen?«

»Vergiß den zweiten Anruf.«

»Ooh, du bist doch nicht etwa beleidigt?« sagte er.

Ich hatte Lust, ihm eine zu knallen, aber ich nahm an, er konnte ganz gut zurückschlagen. Außerdem waren wir auf der Polizeistation.

Er grinste. »Ich hab selber vier Anrufe gemacht. Einen beim Präsidium, den zweiten bei der Mordkommission in Phoenix, und den dritten beim Krankenhaus. Frank ist nicht mehr dort.«

»Nicht?«

»Nöö, damit ist wohl ausgeschlossen, daß du in *St. Anne's* angerufen hast. Schade. Na egal, sie haben ihn heimgeschickt. Das war mein vierter Anruf. Sie haben Mike Sorenson zum Aufpassen rübergeschickt, und der Flegel war selber am Telefon, als ich bei Frank anrief. Wollte ihn fast nicht ranlassen – kannst du dir das vorstellen? Frank klingt verdammt viel besser als gestern. Läßt dich grüßen und fragt, ob wir vorbeischauen, falls es irgendwie geht – wahrscheinlich fällt ihm schon die Decke auf den Kopf.«

»Das wäre toll. Ich kann gar nicht glauben, daß er schon zu Hause ist.«

»Das ist üblich bei solchen Verletzungen. Wenn's bloß weh tut, schicken sie einen nach Hause, um es auszuheilen – ist auch besser so, muß man nicht diesen Krankenhausfraß essen.

Wo wir beim Essen sind – Enrique will uns zeigen, wo es echtes mexikanisches Essen gibt. Nicht wahr?«

Wir aßen in einem jener schäbigen Cafés zu Mittag, in denen mexikanisches Essen gewöhnlich am besten schmeckt. Pete bot an zu fahren, so daß ich mir eine kalte Cerveza zu meinen Enchiladas bestellte. Bei dem Gedanken, wie heiß es draußen war, schmeckte das Bier noch viel besser. Und die scharfe Sauce machte es zu einem absoluten Muß.

Nach einem kurzen Streit, wer nun wessen Gast sein sollte, lud Las Piernas Gila Bend ein, und wir dankten Enrique für seine Hilfe.

»Und jetzt«, sagte Pete und bog auf die Straße nach Phoenix ab, »besuchen wir die Stadtmaus.«

26

Es war etwa zwei Uhr nachmittags, als wir wieder in Phoenix ankamen. Bis zu unserem Rückflug hatten wir noch vier Stunden Zeit. Pete wurde wieder gesprächig, diesmal redete er über eine Exfrau, mit der verglichen Xanthippe ein sanftes Weibchen war. Allerdings hatte er das Thema recht bald erschöpft und beschloß es mit einem langen Sermon des Inhalts, wie hart es doch sei, mit einem Polizisten verheiratet zu sein. Und wieder ein bedeutungsschwerer Blick.

»Pete, lebst du gern allein?« fragte ich und nahm an, ich könne ihm den Eindruck vermitteln, auch ich genieße es.

»Natürlich. Also, ab und zu wünsche ich mir schon, daß es einen besonderen Menschen für mich gäbe, aber ich habe eigentlich immer was zu tun. Und ich habe Freunde. Ich bin nicht so einsam. Aber ich versteh dich schon. Na ja, weißt du, von dir sagt man ja, eher wird sie von 'ner A-Bombe getroffen, als daß sie in ihrem Alter noch mal heiratet.«

»Ich glaub nicht, daß man heute noch A-Bombe dazu sagt, Pete.«

Er fuhr fort, als hätte ich nichts gesagt. »Also, vor allem, weil du ja nie verheiratet warst. Gott, wenn ich du wäre, würde ich allen erzählen, daß ich geschieden bin. Zumindest klingt das so, als hätte sich irgendwann mal jemand für dich interessiert, du weißt schon, was ich meine.«

»Ich weiß genau, was du meinst. Ich habe mir gerade eine halbe Stunde lang angehört, wie beschissen deine Ehe war. Mein Gott, ist das vielleicht die großartige Erfahrung, die mir entgangen ist? Und bildest du dir etwa ein, daß ich die ganze Zeit ein Mauerblümchen war, das noch nicht mal ein verliebtes Erröten kennt? Hast du eine Verabredung für Freitag abend, du Mann-für-den-sich-mal-eine-interessiert-hat?«

»Und wenn nicht. Du hast auch keine.«

»Und ob. Ich gehe ins Sheffield Estate und schau mir an, wie die andere Hälfte der Menschheit lebt, und zwar am Arm eines großen, dunklen Fremden.«

»Von wem zum Teufel redest du? Frank muß das Bett hüten, ich weiß ganz genau, daß er nicht zu den Hollingsworths geht. Wahrscheinlich irgend so ein Trottel von der Zeitung, der mitkommt, um über das politische Gewäsch dort zu berichten.«

»Ha! Du bist mir vielleicht ein Detektiv.«

»Also wer ist es?«

»Da mußt du schon selber draufkommen.«

Wir befanden uns zu diesem Zeitpunkt in der Innenstadt von Phoenix, und draußen konnte es nicht heißer sein als hier im Wagen. Schweigend parkten wir vor dem Präsidium für öffentliche Sicherheit.

»Pete –«

»Ach, vergiß es. Wir haben jetzt zu tun. Wir können uns noch den ganzen Flug über streiten.«

»Vorläufiger Waffenstillstand.«

»Okay.«

Wir schlugen ein.

Ich folgte ihm in das hohe Gebäude. Sein Anruf aus Gila Bend hatte die Polizei in Phoenix auf unseren Besuch vorbereitet. Man eskortierte uns einen langen Korridor hinab in ein kleines Zimmer mit burgunderroten Sofas und Stühlen. Nervös wie in der Kirche saßen wir gerade eine Minute da, als eine statuenhafte Schönheit die Tür öffnete. Sie war groß und schlank und hatte eine einzige graue Haarsträhne, die sich auf einer Seite durch ihr langes rabenschwarzes Haar zog. Sie war umwerfend.

Ein kräftig gebauter Mann blieb hinter ihr stehen und sagte: »Brauchen Sie diesen Raum, Pazzi?«

Sie bejahte und wandte sich wieder uns zu.

»Pete Baird, Mordkommission Las Piernas?« fragte sie mit rauher Stimme. »Ich bin Detective Rachel Giocopazzi vom Morddezernat Phoenix. Oder auch ›Pazzi‹, wie Sie ja gehört haben. Das ist halt italienisch, und Worte mit mehr als zwei Silben überfordern diese Jungs irgendwie.«

»Mich nicht«, sagte Pete, »meine Mutter hieß mit Mädchennamen Gigliotti.«

»Ah, paesano!« sagte sie mit einem Lächeln, das Pete offensichtlich die Sprache verschlug, da er bloß schüchtern zurückgrinste. Ich konnte es nicht fassen. Sie sah zu mir herüber.

»Irene Kelly«, sagte ich und streckte die Hand aus. »Keine Halbitalienerin, noch nicht mal Bulle. Freue mich aber trotzdem, Sie kennenzulernen.«

»Ganz meinerseits. Ich hab gehört, Sie verfolgen da eine ganz kalte Spur?«

»Die ist inzwischen wieder ganz heiß.« Ich erzählte eine Kurzversion der Geschichte von Jennifer Owens und der letzten paar Tage in Las Piernas.

»Ich muß sagen, Sie haben eine anstrengende Woche hinter sich, meine Liebe. Und jetzt wollen Sie mit der Kusine reden?«

»Genau«, gelang es Pete einzuwerfen.

»Ich nehme an, das läßt sich leicht arrangieren«, sagte Rachel. »Die Familie ist ziemlich berühmt, aber Sie haben doch nicht vor, gegen irgendwen aus der Familie Anklage zu erheben, oder?«

»Nein, Ma'am«, sagte er, »wir versuchen lediglich herauszubekommen, was dem Mädchen zugestoßen sein könnte.«

»Sie müssen sofort aufhören, mich ›Ma'am‹ zu nennen. Falls ich Sie je meiner Mutter vorstelle, dann nennen Sie *die* Ma'am. Aber ich bin Rachel.«

»Rachel.«

»*Buono!* Sollen wir vorher anrufen? Sie heißt jetzt Elaine Owens Tannehill. Ihre Eltern wohnen noch in der Gegend, aber irgendwo draußen in der Nähe eines Country-Clubs in der Wüste. Sie und ihr Mann leben in der alten Familienvilla.«

»Wenn Sie nichts dagegen haben, würde ich gerne unangekündigt vorbeischauen«, sagte Pete.

Rachel sah ihn an. »Warum nicht? Das Mädchen wird uns einfach rauswerfen, wenn die Dame des Hauses uns nicht sprechen will.«

Eine Hitzewelle schlug uns entgegen, als sie uns zu dem weißen Polizeiwagen hinausführte, und dann fuhren wir in ein schickes Viertel von Phoenix. Die Straße wand sich einen Hügel hinauf, von dem man einen Blick über die ganze Stadt hatte. Ein langer, schmiedeeiserner, mit Reben umrankter Zaun erstreckte sich über eine ziemliche Distanz. Wir erreichten eine Lücke im Zaun, die von zwei Backsteinsäulen flankiert wurde. Ein Stück weiter unten an der Straße erblickte ich ein ähnliches Säulenpaar. Wir bogen nach rechts und fuhren eine schräg aufsteigende, kreisförmige Auffahrt hinauf vor ein Gebäude, das man als Kulisse zu *Vom Winde verweht* hätte verwenden können, ein weißes Herrenhaus im georgianischen Stil, das nach allen Richtungen eine herrliche Aussicht bot. Ich ertappte mich dabei, wie ich an meinem bescheidenen Aufzug hinabsah und mich sofort deplaziert fühlte. Wie war es wohl der jungen Jennifer ergangen, als sie von ihrem silbrigen Wohnwagen hierher kam?

Wir gingen zur Eingangstür, einer Schnitzarbeit aus Massivholz. Rachel wirkte völlig entspannt. Sie drückte auf die Klingel. Während wir warteten, drehte ich mich um und sah über den perfekten Rasen auf die Straße hinaus. Panisch packte ich Pete am Arm, als ich einen Wagen an der Einfahrt bemerkte, durch die wir gerade hereingekommen waren. Der Fahrer starrte mich an und grinste. Als Pete sich umdrehte, legte er einen Kavaliersstart hin, aber ich hatte ihn gerade noch erkannt. »Falkenauge«, sagte ich laut.

»Wer?« fragte Pete.

»Sorry. Das ist mein Name für den Typen im Flugzeug – der als letzter einstieg.«

»Scheiße.« Pete hämmerte gegen die Tür.

»Haben Sie mir was verschwiegen?« fragte Rachel.

»Irene hat gerade einen Mann gesehen, der das Haus beobachtete – möglicherweise saß er mit uns im Flugzeug«, erklärte Pete. Er sah sich besorgt um. »Wissen Sie, ob's sonst noch einen Eingang gibt? Diese Elaine Owens könnte in Gefahr sein.«

»Glauben Sie, daß er allein ist?«

»Kann's nicht hundertprozentig sagen, aber ich denke schon. Irene, bleib hier!«

»Damit er vielleicht zurückkommt und mich allein hier antrifft? Vergiß es!«

»Capa tosta!« rief Pete und lief um das Haus herum.

»Idiot!« erklärte Rachel, und wir rannten hinter ihm her. Ich versuchte mit ihren langen Sätzen Schritt zu halten, als sie Pete durch ein kleines Tor folgte. Wir bogen um die Hausecke, als er gerade durch eine offene Schiebeglastür eilte. Fast sofort kam er wieder herausgerannt. »Rachel! Rufen Sie einen Krankenwagen!«

Er rannte wieder hinein, und Rachel lief in vollem Tempo zum Wagen zurück. Ich folgte Pete in ein Zimmer im vorderen Teil des Hauses, aber langsam und voller Angst, was ich da wohl vorfinden würde. Als ich über die Schwelle trat, sah ich eine Frau, die auf einen Stuhl gefesselt war. Einen reichverzierten Eßzimmerstuhl. Sie hatte keine Schuhe an, und ihr Kopf war nach vorne gesunken. An der Oberseite ihres Kopfes war das platinblonde Haar dunkelrot verklebt. Pete griff nach der herrlichen Seidenserviette eines perfekten Gedecks und drückte sie ihr an den Kopf. »Mrs. Tannehill!« brüllte er. »Elaine!« Immer und immer wieder.

Ich starrte sie bloß an und kapierte plötzlich, daß diese Frau zwischen fünfzig und sechzig Elaine Owens Tannehill war. Anders als ihre Kusine war sie gealtert.

Pete hörte auf zu brüllen. Elaine Tannehill atmete nicht mehr. Wir hörten beide das gurgelnde Geräusch. Er sah sie bestürzt an. Sie hustete ein einziges Mal, und während ich voller Entsetzen zuschaute, stürzte Blut aus ihrem Mund und über ihr elegantes Kostüm.

Pete sah bestürzt auf die Stuhllehne. »Gottverdammter Scheißkerl! Er hat ihr in den Rücken geschossen! Ihre Lungen haben sich die ganze Zeit, wo ich sie wie ein blöder Idiot angebrüllt hab, mit Blut gefüllt!« Er schlug ein paar Sekunden lang die Hände vors Gesicht und beruhigte sich wieder. »Bleib hier«, sagte er. »Und faß nichts an!«

Er rannte aus dem Zimmer. Ich versuchte, überall hinzusehen, nur nicht auf die tote Frau. Und auf diese Weise bemerkte ich etwas Seltsames. Ein elektrisches Brandeisen war in die Wand eingesteckt. Im Eßzimmer. Unmittelbar neben Elaine Tannehills Füßen.

Aus einiger Entfernung hörte ich Pete sagen: »Oh, mein Gott.« Es war kein Gebet.

27

Rachel kam mit einer Decke herein und blieb wie angewurzelt stehen, als sie die leblose Gestalt auf dem Stuhl erblickte. Sie ging zu ihr hinüber und beugte sich zu ihr hinunter, um sich das Gesicht anzusehen. »Ist das Elaine Tannehill?« fragte ich.

Sie nickte.

»Sie ist tot«, sagte ich und merkte dabei, daß Rachel es schon wußte.

Gerade in diesem Moment kam Pete zurück. »Das Dreckschwein hat sie mit dem Eisen gefoltert und ihr dann in den Rücken geschossen. Ehe sie gekeucht hat, hab ich nicht mal die Wunde gesehen.«

»Das hätte auch nichts mehr genützt, Pete, und das weißt du auch«, sagte Rachel. »Die Lungen haben sich wahrscheinlich schon die ganze Zeit, als wir draußen an der Tür klopften, mit Blut gefüllt. Was ist mit dem Hausmädchen?«

Pete schüttelte den Kopf.

»Irene«, sagte Rachel und schreckte mich aus dem Nebel hoch, der sich immer wieder auf mich herabsenken wollte. »Glaubst du, daß du den Kerl beschreiben kannst? Ich hab die Autobeschreibung über Funk durchgegeben, aber *ihn* hab ich nicht gesehen.«

Ich schilderte ihr jede Einzelheit, an die ich mich erinnern konnte.

Sie wollte gerade wieder zum Wagen zurückgehen, als Pete ihr zurief: »Rachel, können Sie jemand zu ihren Eltern schikken? Und vielleicht auch jemand bei anderen Verwandten anrufen lassen? Wer weiß, was der noch vorhat.«

Sie nickte und ging.

Pete sah mich an. »Gehen wir«, sagte er. Ich widersprach ihm nicht. Er führte mich in ein anderes Zimmer, wo wir uns auf ein Sofa setzten und schwiegen.

Bald war das Heulen von Sirenen zu hören. Pete zog einen Vorhang zurück, und vom Fenster hinter dem Sofa aus sahen wir die Polizeiautos und den Krankenwagen die Straße heraufkommen. »Der Dreckskerl hat uns wahrscheinlich kommen sehen«, sagte er wütend.

Bald summte das Haus wie ein Bienenstock vor lauter Hektik und Uniformierten. Ich versuchte, den Polizisten, Sanitätern und anderen Beamten, die sich in einem endlosen Strom über das Haus ergossen, aus dem Weg zu gehen. Ich bekam mit, wie Pete jemandem erzählte, das Hausmädchen läge mit durchgeschnittener Kehle im Erdgeschoß. Rachel kam zu mir. »Kommen Sie mit nach draußen. Sie haben schon genug davon gesehen.« Sie führte mich auf eine riesige Veranda und placierte mich an einer schattigen Stelle. »Geht's wieder?«

»Klar, danke.« Sie eilte wieder ins Haus. Ich unterdrückte die jetzt schon vertrauten Empfindungen: Übelkeit, Unsicherheit, Weinerlichkeit. Ich zwang mich, mich auf die Landschaft ringsum zu konzentrieren. Bald spürte ich, wie meine Ängste angesichts der unter mir liegenden Stadt und der Weiden, der fernen Mesas und der stumpfen Rot- und Brauntöne der hinter der Stadt sich erstreckenden Wüste nachließen. Die Sonne schien heiß und strahlend. Genau unter der Veranda befand sich ein herrlicher Garten, in leuchtenden Farben angelegt. Vögel und Insekten zirpten, während der heiße Wind mir das Haar ins Gesicht blies. Ich spürte, wie allmählich eine willkommene Taubheit mich einhüllte. Dann tönte erneut eine Sirene den Hügel herauf, und ich mußte wieder von vorne anfangen.

Ich saß wohl zwei Stunden so da; ich bin mir nicht sicher, wie lange ich gewartet habe. Schließlich kamen Pete und Rachel auf mich zuspaziert. Ich bemerkte, daß sie recht vertraut miteinander waren, gestikulierten und lächelten, während sie sich auf italienisch unterhielten. Als sie näher kamen, nahmen sich beide ein wenig zurück.

»Bist du fertig?« fragte Pete. »Ich habe bei der Fluggesellschaft angerufen und umgebucht. Wir fliegen um sieben. Ist dir das recht?«

Ich nickte. »Hat man ihn gefunden?«

Sie wechselten einen Blick. »Noch nicht«, sagte Rachel. »Aber ich bezweifle, daß er zum Flughafen kommt. Er weiß, daß wir nach ihm suchen. Wir haben Leute an der Staatsgrenze und an der mexikanischen Grenze postiert, die nach ihm und dem Wagen Ausschau halten. Auch am Flughafen, aber ich glaube nicht, daß er hier abfliegt – zu riskant. Du hast uns eine gute Beschreibung gegeben. Ein Bursche wie der kann sich einfach nicht verstecken.«

»Sie hat recht«, sagte Pete. »Tatsächlich erinnere ich mich an einen alten Fall in Las Piernas, wo auch jemand ein Eisen benutzt hat. Aber ich habe da nicht mitgearbeitet. Wenn ich heimkomme, muß ich mal einen der Jungs, die dran beteiligt waren, besuchen.«

Ich stand auf und verließ meinen kleinen Zufluchtsort nur widerwillig. Aber ich wollte auch wieder nach Hause nach Las Piernas.

»Ich bringe euch zu eurem Wagen zurück«, sagte Rachel. »Wir können uns unterwegs noch unterhalten.«

Pete erzählte mir, daß man Mr. Tannehill und das Ehepaar Owens verständigt habe. Alle befanden sich in Sicherheit, und niemand hatte eine Ahnung, warum jemand Elaine Tannehill oder ihr Hausmädchen hätte umbringen wollen.

»Hast du ihnen von Jennifer Owens erzählt?« fragte ich.

»Ja«, sagte Rachel. »Zuerst gaben sie sich ziemlich arrogant, aber als ich ihnen erzählte, was aus ihr geworden ist, schlugen sie einen anderen Ton an. Sie redeten sogar davon, sich mit ihrer Mutter in Verbindung zu setzen. Sie haben keine Ahnung, wer Jennifer geschwängert hat. Vielleicht hat dieser Typ, den Sie ›Falkenauge‹ nennen, gerade versucht rauszukriegen, was Elaine wußte.«

»Offensichtlich ist es kein Problem für ihn, in der Gegend rumzukutschieren und Leute umzubringen, wenn bei denen auch nur die geringste Möglichkeit besteht, daß sie was über diesen Fall wissen«, sagte ich.

»Und das nervt mich«, sagte Pete. »Ich glaube, Irene hat recht. Wir müssen das Haus der Tannehills noch weiter durchsuchen nach etwas, das eine Verbindung zwischen Elaine und dem Kerl, der Jennifer geschwängert hat, herstellt. Dieser Arsch ist wirklich doof. Hätte er alles auf sich beruhen lassen, dann wäre es uns wahrscheinlich nur gelungen, Hannah X zu identifizieren. Das ist ein uralter Fall; niemand hätte viel Zeit drauf verschwendet.«

»Vielleicht hat er viel zu verlieren«, sagte ich. »Und vielleicht haben ihn Leute wie O'Connor, die hartnäckig genug erschienen, es doch noch rauszukriegen, nervös gemacht. Du weißt ja, er hätte die Sache nie auf sich beruhen lassen. Tja, und ich auch nicht. Vielleicht weiß er das.«

»Er geht zu weit, er ist zu schnell. Der muß einfach auf der Fresse landen.«

»Hoffentlich hast du recht«, sagte ich und schaute aus dem Wagenfenster. Ich fragte mich, ob dieser Mr. X auf der Fresse landen würde, bevor man mich umbrachte oder mir die Füße brandmarkte. Ich wollte nicht darüber reden und versuchte, nicht daran zu denken. Ich ließ meine Gedanken wieder abschweifen. Pete und Rachel spürten es und plauderten über andere Dinge.

Als wir vor dem Polizeigebäude ankamen, beschloß ich, ihnen ein wenig Zeit miteinander und mir ein wenig Zeit für mich allein zu gönnen, und bot ihnen an, ihnen im Mietwagen zum Flughafen zu folgen. Pete war sofort mit dem Vorschlag einverstanden und dankte mir, als er mir den Schlüssel reichte. Sehr subtil, dieser Pete.

Ich fuhr wie ein Zombie und hielt gerade den Minimalabstand zum Polizeiwagen vor mir ein. Falls ein anderes Polizeiauto aufgetaucht wäre, wäre ich wahrscheinlich auch dem überallhin gefolgt. In kürzester Zeit waren wir am Flughafen.

Wir checkten Petes Waffe wieder ein, gingen zum Flugsteig hinüber und schauten unterwegs noch kurz in den Geschenkeladen, um ein Päckchen Kaugummi zu kaufen. Rachel blieb bei uns sitzen, bis unser Flug aufgerufen wurde. Ich registrierte, daß Pete keinen Kaugummi mampfte.

Ich ging zu einem Münztelefon und rief bei der Zeitung an. Lydia war inzwischen gegangen, aber Morry, der Lokalchef, saß noch am Schreibtisch. Ich gab ihm die neuesten Entwicklungen durch.

Pete mußte mir diesmal nicht sagen, daß ich noch mit dem Einsteigen warten sollte, wenn auch keiner von uns glaubte, daß Falkenauge von hier abfliegen würde.

Als der letzte Aufruf erklang, stand Rachel auf und umarmte mich herzlich. »Sie schaffen das schon, Irene. Wer einen Tag mit diesem Fleischkloß überlebt, kann alles schaffen.«

»Hey, krieg' ich keinen Kuß?« fragte Pete.

Rachel trat auf ihn zu, packte ihn und zwickte ihn in die Wangen. »Nein, du nicht«, sagte sie lachend und spazierte winkend davon.

»Seit ich neun war, hat das keine mehr mit mir gemacht«, sagte er und sah ihr nach.

Wir stiegen ein. Ich schlief ein, bevor Pete seinen ersten Kaugummi in den Mund steckte, und verpennte den ganzen Flug bis nach Las Piernas.

28

»He, du Murmeltier! Die wollen das Flugzeug saubermachen. Komm schon, wach auf, ich lad dich zu einem Kaffee ein.« Pete stupste mich an. Verschlafen setzte ich mich auf und folgte ihm dann in den Flughafen. Er führte mich ins

Flughafen-Café, drückte mich auf einen Stuhl und bestellte zwei Tassen Kaffee. Ich schaute zum Fenster hinaus in die Dunkelheit, bis die Kellnerin mit dem Kaffee kam. Er betrachtete mich, während ich ein paar Schlucke nahm, und sagte dann: »Sprichst du irgendwann mal wieder mit mir?«

»Klar. Entschuldige. Ich bin nur ... ich weiß nicht, Pete. Ich weiß nicht mal mehr, wie ich's beschreiben soll.«

»Dann versuch's gar nicht. Trink einfach deinen Kaffee. Hast du noch Lust, Frank zu besuchen? Oder soll ich dich gleich nach Hause fahren?«

Ich dachte nach. »Ich bin müde, aber ich würde Frank gern sehen.«

Da lächelte er, und ich beschloß, auch ein bißchen nachzubohren.

»Und was ist mir dir und Rachel?« fragte ich.

»Ach, sie ist phantastisch, was? Ich geb zu, sie gefällt mir. Aber sie ist in Phoenix und ich in Las Piernas.«

»Momentan zumindest.«

»Bist du fertig mit dem Kaffee?«

»Hey, mach dich nicht über andere lustig, wenn du selber keinen Spaß verstehst.«

»Okay, okay, hab schon verstanden. Wie wär's, wenn wir uns auf was einigen? Wir meiden das Thema – ich nenn's mal ›romantische Interessen‹, da mir grad kein besserer Ausdruck einfällt.«

»Klingt gut.«

Wir verließen das Café und fuhren zu Franks Wohnung. Ich merkte, daß ich gar nicht wußte, wo er wohnte. Er hatte mich besucht, als er hier heruntergezogen war, aber ich war noch nie in *seiner* Wohnung gewesen. Wir fuhren in der Nähe des Strandes an einer Reihe eng beieinander stehender Bungalows vorbei. Pete parkte vor einem, der etwa einen Straßenzug vom Wasser entfernt lag. Im Dunkeln konnte ich zwar nicht viel erkennen, aber er sah aus wie die kleinen Holzrahmenhäuser, die in den späten dreißiger Jahren an den Stränden gebaut wurden.

Es war etwa halb neun, als wir ankamen, und ich fragte mich, ob Frank wohl noch wach war. Es brannte Licht, aber das konnte auch Sorenson sein, der Beamte, der Frank während seiner Genesung bewachte. Wir drückten das Tor des niedrigen weißen Lattenzauns auf und gingen zur vorderen Veranda. Wir klopften und warteten. Die Hauslampe ging an. Ein riesiger Schatten näherte sich der Scheibe am oberen Ende der Tür, und wir erkannten Sorenson, der auf uns herunterstarrte. Er machte uns auf und sagte mir, daß Frank hinten im Wohnzimmer sei. Pete und Sorenson blieben zurück und tauschten Beleidigungen aus, auf eine Art, die darauf schließen ließ, daß dies Tradition bei ihnen war; ich wollte Frank sofort sehen und eilte durch die Diele.

Ich war überrascht, als ich ihn in grauem Trainingsanzug und weißen Laufschuhen auf dem Sofa erblickte. »Sag nicht, daß du schon Joggen warst«, sagte ich, »ich habe nicht damit gerechnet, daß du schon auf den Beinen bist.«

Er grinste. »Schön dich zu sehen. Nein, ich habe nicht gejoggt. Das waren nur die bequemsten Sachen, die ich gefunden hab.« Als ich näher kam, sah ich, daß die Schwellung an der Lippe zurückgegangen und das Gesicht nicht mehr so verquollen war, aber er hatte immer noch zwei Veilchen und jede Menge sonstiger Schrammen. Er war blaß, aber alles in allem sah er tausendmal besser aus als am Tag zuvor. Er wollte aufstehen und zuckte vor Schmerz zusammen.

»Nicht so eilig«, sagte ich. »Komm, setz dich hin, ich hab schon fast geglaubt, daß du in Lourdes warst, ehe du gerade aufstehen wolltest.« Er widersprach mir nicht und setzte sich auf die andere Seite des Sofas.

»Die Rippen und der Kopf tun mir noch weh, und ich seh aus, als hätte ich einen Boxkampf verloren, aber zumindest bin ich jetzt nicht mehr in diesem Dauernebel.«

»Ich freu mich, daß du schon so gut aussiehst«, sagte ich und lächelte.

Pete und Sorenson kamen lärmend herein. »Hey, jetzt schaut euch *den* mal an?« sagte Pete, als er Frank sah. »Herkules, ich sag's euch. Weil er stark ist wie zehn Kerle!«

»Hör auf, Baird«, sagte Frank und grinste zu Pete hoch.

»Verdammt noch mal, Frank, ich kann's nicht glauben. Und ich war schon drauf gefaßt, dich zu beerben«, sagte er und sah sich um. Das Zimmer war einfach, aber gemütlich eingerichtet, durchaus nicht spartanisch. Das Haus besaß viele Fenster, Holzverkleidungen und eingebaute Schränke und Regale, wie es für die Häuser jener Zeit so typisch ist. In *der* Hinsicht unterschied es sich kaum von meinem.

Mike Sorenson wandte sich zu mir und sagte: »Möchten Sie was zu trinken, Miss Kelly? Wie wär's mit Bier oder einer Cola?«

»Ich nehm was Koffeinhaltiges, danke.«

Er wandte sich an Frank. »Hast du alles, was du brauchst?«

»Ja, Mike, danke.«

Er wollte gerade hinausgehen, als Pete sagte: »Hast du nicht jemanden vergessen?«

Sorenson blieb bei der Küchentür stehen, drehte sich um und sagte: »Wie? Ja, klar.« Er zeigte Pete einen Vogel. Pete erwiderte die Zuvorkommenheit mit einer entsprechenden Geste.

Er wandte sich an Frank. »Sollst du auf ihn aufpassen oder er auf dich?«

»Baird, du nervst ihn einfach unaussprechlich, und das weißt du auch.«

Pete lachte. »Er macht's einem halt so leicht.«

Sorenson kam mit einem Glas Cola und Eis zurück und setzte sich an meinem Sofaende auf einen Stuhl. Pete, der nicht mehr damit rechnete, bedient zu werden, ging hinaus, um sich ein Bier zu holen. Er kam wieder zurück und setzte sich neben Frank, Sorenson gegenüber. Er prostete Sorenson zu und sagte: »Danke, mein Freund.«

»Nicht der Rede wert«, erwiderte Sorenson.

»Also, erzählt mir das Neueste«, sagte Frank. »Ich hab gelesen, was gestern vor der Bank passiert ist.« Er sah zu mir herüber. »Du hast mir nichts davon gesagt, Irene«, tadelte er mich.

»Tut mir leid, Frank. Dir ging's nicht so toll, und ich wollte einfach nicht mehr dran denken.«

»Was ist in Gila Bend passiert?«

Pete sprang ein und erzählte die Geschichte unseres Tages in Arizona. Als ich jetzt daran erinnert wurde, spürte ich, wie ich wieder in die Depression abrutschte, und die Freude, daß es Frank so gut ging, wieder diesem Taubheitsgefühl wich. Pete steigerte sich richtig ins Erzählen hinein; aber ich zog mich, je länger er erzählte, um so tiefer in mich zurück. Als er zu den Ereignissen im Tannehill-Haus kam, sah ich bloß noch Elaine vor mir, und wieder und wieder spulten sich ihre letzten Augenblicke vor mir ab.

»Mike«, sagte Frank zu Sorenson, »geh doch mit Pete ein bißchen am Strand spazieren!«

Ich rechnete mit weiteren Kabbeleien, aber er erwiderte bloß: »Klar. Gehen wir, Pete.« Und die beiden verschwanden ohne ein weiteres Wort.

Als sie fort waren, klopfte Frank auf den Platz neben sich. »Komm rüber«, sagte er.

Ich rutschte hinüber.

Er legte den Arm um mich, und ich legte vorsichtig den Kopf an seine Schultern und versuchte den Rippen auszuweichen.

»Die Rippen tun nicht so weh«, sagte er, da er meine Absicht bemerkte. »Außerdem ist es die andere Seite.«

Ich entspannte mich ein wenig. Lange Zeit sagte er nichts, streichelte nur mein Haar und hielt mich fest.

»Du hast wohl das Gefühl, daß im Moment alles drunter und drüber geht«, sagte er ruhig. »Aber das bleibt nicht so. Das mußt du dir immer wieder sagen. Du mußt weiterkämpfen, Irene. Gib dich nicht geschlagen.«

»Ich fühl mich aber schon geschlagen, Frank.«

Er griff nach meiner Hand. Er strich mit dem Daumen zart über meine Finger und sagte nichts mehr.

Ich sah zu ihm hoch. »Es wird schon gehen«, sagte ich und legte wieder den Kopf auf seine Schulter. »Wie fühlst du dich denn?«

»Jetzt im Moment«, sagte er grinsend, »fühl ich mich verdammt gut.«

Diese Stimmung verflog sofort, als wir hörten, wie die Vordertür aufging und Pete und Mike Sorenson wieder hereinmarschierten.

»Ach je«, sagte Pete und schaute uns an, »ich hab dir doch gesagt, daß wir jetzt nur stören.«

»Tut mir leid, Frank«, meinte Sorenson, »aber ich hab mir da draußen fast die Eier abgefroren.«

»Hey, paß mal auf«, sagte Pete, »Mike und ich könnten ja 'ne Kleinigkeit essen gehen oder so.«

»Nicht nötig, Pete«, sagte ich, »ich muß jetzt nach Hause. Und ich bin mir sicher, daß der unerschütterliche Frank Harriman ebenfalls ein bißchen Ruhe gebrauchen kann. Mal ganz davon abgesehen, daß Officer Sorenson ja auf ihn aufpassen sollte. Ist's dir recht, wenn ich morgen nachmittag wiederkomme, Frank?«

»Klar«, sagte er, »wahrscheinlich geh ich vor Montag nicht arbeiten.«

»Danke für die Aufmunterung«, sagte ich.

»Keine Ursache. Paß auf dich auf.«

Wir verabschiedeten uns, und Pete brachte mich zu Lydias Haus. Es brannte kein Licht mehr, als wir vorfuhren. Ich hatte vergessen, daß sie heute ihre große Verabredung hatte.

»Bist du jetzt allein im Haus?« fragte Pete und klang ein wenig besorgt.

»Das geht schon; ich hab einen wilden Kater da drinnen.«

»Ja, der genießt schon einen gewissen Ruf auf dem Revier. Wir haben Frank die Hölle heiß gemacht, als er mit diesen Kratzern ankam.«

»Tja, dann weißt du ja, daß ich in Sicherheit bin. Danke für alles, Pete.«

»Bis bald, Irene. Ich warte nur noch 'ne Weile hier draußen.«

»Ist schon in Ordnung, wirklich. Wenn du warten willst, bis Lydia kommt, dann kannst du wohl lange warten. Da kannst du auch gleich mit reinkommen.«

Er zuckte die Achseln. »Weißt du was, könnte ich vielleicht mal bei dir telefonieren?«

Als wir hineingingen, biß mich Cody in den Knöchel und rannte dann durch die Diele davon; offensichtlich war er unglücklich gewesen, weil wir ihn verlassen hatten. Pete rief auf dem Revier an und sorgte dafür, daß ein Streifenwagen ein paar Extrarunden durch unsere Straße drehte.

»Bis bald, Irene«, sagte er, als er hinausging.

Ich schloß ab und kroch ins Bett. Cody kam ein paar Minuten später nach und tat, als sei nichts gewesen. Ich zog den Schlafzimmervorhang zu und war nicht besonders überrascht, Pete noch draußen zu sehen.

Ich wußte, daß er müde war, aber er wollte sein Gelöbnis, auf mich aufzupassen, nicht brechen.

Ich lag lange wach, streichelte Cody und lauschte seinem Schnurren. »Na Kater, hast du mich vermißt?« fragte ich ihn. Er gab mir einen rauhen Kuß. Ich hörte Lydia nach Hause kommen, stand aber nicht mehr auf, um mit ihr zu reden – wollte nicht, daß sie dachte, ich wäre ihretwegen aufgeblieben. Ich hörte Petes Wagen davonfahren und konnte immer noch nicht einschlafen. Ich beschloß, an etwas Angenehmes zu denken. Ich versetzte mich auf die Farm meiner Großmutter in Kansas. Da stand ich in einem Weizenfeld und sah zu, wie der Wind durchs Getreide fuhr und es in goldenen Wellen auf und ab wogen ließ. Irgendwie verwandelte sich die Erinnerung in einen Traum, und ich tanzte durch den Weizen, spürte ihn auf der Haut, während ich das Gesicht der Sonne entgegenhielt. Ich streckte die Arme der Wärme entgegen und wirbelte in langsamen, trägen Kreisen um und um und lachte bei jeder Drehung. Meine Großmutter, die im Traum immer noch lebte, rief mich, und ich rannte zu ihr hin. Ich spürte ihre weiche Schürze und den Zimtgeruch, als sie mich mit ihren dünnen alten Armen umarmte und sagte: »Kind, was soll ich nur mit dir machen?«

Ich wachte auf und fühlte mich wunderbar.

29

»Hmm – irgendwas riecht da ganz toll. Machst du Frühstück?« rief Lydia mir zu, als sie in die Küche kam.

»Ja, Zimttoast. Hier, iß was davon!«

»Schneidest du den immer in so dünne Streifen?«

»Meine Großmutter hat es so gemacht. Ich hab heute nacht von ihr geträumt.«

»Seit ewigen Zeiten hab ich das nicht mehr gegessen.«

»Ich auch nicht.« Ich setzte mich neben sie und verteilte Rühreier und Speck auf die Teller. »Ein ländliches Frühstück. Verhärtet die Arterien, aber manchmal muß man was riskieren.«

»Das ist toll, Irene.«

»Danke. Wie war der Abend mit Michael?«

»Äh.«

»›Äh‹?«

»Also, das war schon diese animalische Anziehung zwischen uns, aber unterhaltungsmäßig lief nicht viel. Wir hatten uns einfach nicht so viel zu sagen. Wir haben uns einen Film angesehen, sonst wär das der längste Abend meines Lebens geworden. Nach dem Film hieß es dann entweder noch die ganze Nacht durchhalten oder alleine nach Hause gehen und sich ausschlafen. Ich war ja in letzter Zeit ganz schön heiß, weiß Gott, aber wir leben nun mal in den Neunzigern, und so beließen wir's bei einem Gutenachtkuß.«

»Bei der ersten Verabredung bist du schon *so weit* gegangen?« sagte ich mit gespieltem Entsetzen.

»Bei der ersten und letzten, fürchte ich«, sagte sie und schob mir die Morgenausgabe herüber. »Hast du die Zeitung schon gesehen? Die Leute werden allmählich neidisch.«

Der gute alte John Walters hatte mir wieder die erste Seite gegeben. Die Geschichte von Jennifer Owens war so publik, wie sie nur sein konnte.

In der Redaktion wartete ein Stoß von Mitteilungen und O'Connors Post auf mich. Die Post erinnerte mich wieder an den zweiten Umschlag vom Mittwoch, den ich völlig vergessen hatte. Ich öffnete meine Tasche und fand ihn.

Er enthielt eine Nachricht von MacPherson von letzter Woche; er habe jemand zur Herstellung von Computerzeichnungen gefunden und würde anrufen, sobald sie fertig seien. Ich fühlte mich erleichtert. Ich war nicht zwei Tage mit einem wichtigen Hinweis in der Tasche herumgelaufen.

Ich setzte mich hin und begann, die Post und die Mitteilungen durchzugehen. Eine Nachricht von Barbara, die mich bat, sie im Krankenhaus anzurufen, sobald ich wieder zurück war. Ein Anruf von MacPherson mit dem Vermerk »Meint, es sei nicht dringend» am Ende des Mitteilungszettels. Einige Anrufe von Leuten, die mir als politische Organisationen bekannt waren, wahrscheinlich ging es um Leute und Themen in den bevorstehenden Wahlen.

Bei der Post handelte es sich im Grunde um ähnliches, mit Ausnahme *eines* Briefes. In krakeliger, wackliger Schrift, zu Händen Irene Kelly beim *Express* adressiert, trug der Brief auf einer Ecke den Vermerk »Persönlich & vertraulich«. Der Absender war mir unbekannt. Drinnen ein Blatt mit einer handschriftlichen Botschaft:

Miss Kelly,

ich nehme an, daß Sie jetzt wieder bei der Zeitung arbeiten. Ich habe versucht, Sie bei Malloy & Marlowe zu erreichen, um Ihnen zu sagen, wie sehr ich Mr. O'Connors Tod bedaure. Ich habe ein paar Dinge zu sagen und habe niemand, dem ich sie anvertrauen kann. Ich dachte an Sie, weil Sie O'Connors Freundin und Mitarbeiterin waren, und weil ich annehme, daß Sie die Angelegenheiten, die er nicht mehr zu Ende führen konnte, weiterverfolgen werden. Soweit kann ich Sie einschätzen.

Was Mr. O'Connor betrifft, sollten Sie wissen, daß ich ihn immer respektiert habe. Hätte ich gewußt, daß es noch einmal so weit kommt, so hätte ich ihm schon vor langer Zeit die Wahrheit gesagt. Aber jetzt habe ich mich in einem Netz verfangen, das ich selber mitgesponnen habe. Ich kann es nicht ertragen zuzusehen, wie mein dreiundvierzigjähriger Dienst an dieser Gemeinschaft von dem überschattet wird, was unweigerlich auf uns zukommt. Ich bitte Sie, mir das Unverzeihliche zu verzeihen.

Emmet Woolsey

Ich las Emmet Woolseys Brief fünfmal durch. Der Brief dieses Mannes, der das Leben nicht mehr ertrug, der seit drei Tagen tot war, flößte mir Unbehagen ein. Ich wußte, daß dieses Blatt im Grunde Beweismaterial darstellte und an die Polizei weitergegeben werden mußte; ich wußte auch, daß ich ihn John zeigen sollte; aber beides erschien mir als eine Mißachtung des Vertrauens, das Woolsey in mich gesetzt hatte. Ich dachte mir, wie unwillkommen Entschuldigungen doch manchmal sein konnten. Ich war nicht in nachsichtiger Stimmung. Ich rief Frank an. Es war noch früh, aber Sorenson nahm schon nach dem zweiten Klingeln ab und erzählte mir, daß sie bereits aufgestanden seien. Er gab Frank den Hörer.

»Guten Morgen!«

Seine Stimme verriet, daß er gut aufgelegt war, und sofort fühlte ich mich schlecht, weil ich ihn anrief. Vielleicht sollte ich ihm doch nichts von dem Brief erzählen.

»Guten Morgen, Frank«, sagte ich und versuchte, fröhlich zu klingen.

»Was ist los?«

Ich fragte mich, ob ich je fähig sein würde, jemanden zu täuschen.

»Emmet Woolsey hat mir einen Brief geschickt; ich schätze, es ist so eine Art Abschiedsbrief.« Ich las ihn ihm vor.

»Hmm.«

Ich wartete.

»Die Polizei wird das als Beweismaterial haben wollen«, sagte er. »Ist das ein Problem für dich?«

»Keins, mit dem ich nicht leben könnte, aber ich muß John den Brief zeigen. Ist das okay?«

»Okay. Ich rufe mal kurz rein und bitte jemanden, bei euch in der Redaktion vorbeizuschauen.« Er hielt inne und fragte dann: »Bist du sauer, weil Woolsey dich für sein Eingeständnis ausgesucht hat?«

»Ein bißchen. Ich fühl mich unbehaglich. Ich kann ihm nicht verzeihen. Zumindest, solange ich nicht *mehr* weiß, als das, was er mir da mitteilt. Er tut mir leid, aber das ist wieder etwas anderes.«

»Offensichtlich hat ihn jemand unter Druck gesetzt. Wir sollten wohl besser herausfinden, warum er in diesem Fall Informationen zurückgehalten hat. Ich werde jemand beauftragen, seine Vergangenheit unter die Lupe zu nehmen. Könntest du dir die wichtigen *Express*-Artikel vom Juni/Juli 1955 noch mal anschauen?«

»Klar, ich geh runter ins Archiv und schaue, was ich finde.«

Wir verabschiedeten uns, und ich stand auf und brachte den Brief zu John Walters hinüber. Er las ihn, grunzte, ging zu einem Kopierer und machte zwei Abzüge. »Hier«, sagte er und schob das Original und eine Kopie in meine Richtung. »Ich will das nicht mal anfassen. Gottverdammter Feigling, dem's nur um seinen beschissenen Ruf ging. Ist ja zum Kotzen. Bringst du in Erfahrung, wer ihm die Eier abgedrückt hat?«

»Oje. Und ich hab' schon gedacht, ich tue ihm unrecht. O ja, ich will wissen, wovor er Angst hatte. Muß ziemlich schlimm gewesen sein, wenn er sich mehr als dreißig Jahre lang von O'Connor nerven ließ und immer bei seiner Version der Geschichte geblieben ist.«

»Werd mir jetzt bloß nicht weich, Irene. Hast du vergessen, was passiert ist, nur weil dieses Arschloch nicht den Mumm hatte, die Wahrheit zu sagen?«

»Nein, das werde ich wohl kaum vergessen.«

»Hmm. Also, ich bemitleide *den* keine Sekunde lang. Denk doch mal an die Mutter von Jennifer Owens, die fünfunddreißig Jahre lang nicht wußte, was aus ihrer Tochter geworden ist. Komm schon, mach dich wieder an die Arbeit.«

Ich ging zurück an meinen Schreibtisch und rief MacPherson an, um ihn auf den neuesten Stand zu bringen und ihm für seine Hilfe zu danken. Als nächstes versuchte ich Barbara anzurufen, mußte aber schließlich im Stationszimmer eine Nachricht für sie hinterlassen; anscheinend war sie doch mal eine Sekunde aus Kennys Zimmer gegangen. Sie wollten mir am Telefon nichts über Kenny mitteilen, außer daß er sich noch immer auf der Intensivstation befand.

Ich ordnete die Post zu einem sauberen Stoß und warf den ausgesprochenen Müll in den Papierkorb. Als ich O'Connors Schreibtisch aufräumte, dachte ich bei mir, daß diese Sauberkeit richtig unnatürlich wirkte. Er hätte ihn nie so ordentlich zurückgelassen. Ich kam mir immer noch vor wie Goldlöckchen auf Vater Bärs Stuhl, aber mir war nicht mehr so unbehaglich dabei wie noch vor einigen Tagen.

Ich griff nach einem Notizbuch und eilte hinab an den Ort, wo, wie bei jeder Zeitung, all die Ausgaben der Vergangenheit aufbewahrt werden, an jenen Orten, wo die toten Nachrichten unbegraben ruhen – das Leichenschauhaus, das Archiv. Und jetzt, dachte ich, wollen wir doch mal sehen, ob Lazarus aufersteht.

30

Die Zeitungen aus den fünfziger Jahren waren auf Mikrofilm gespeichert, und so benutzte ich eine der alten Maschinen drunten im abgedunkelten Teil des Archivs, um die Filme der ersten beiden Sommermonate des Jahres 1955 durchzusehen. Auch diesmal passierte mir, was mir immer passiert, wenn ich zum Archiv hinuntersteige. Ich ließ mich ablenken und las alte Artikel und Reklamen, die mir irgendwie auffielen. Als erstes stieß ich auf eine für einen 1955er Packard – »Der Patrizier«.

»Ein Anruf genügt – und der neue Packard steht vor Ihrer Tür«, verkündete der Werbeslogan.

Dann begann ich mir zu überlegen, ob das Porterhouse- und das T-Bone-Steak wirklich nur fünfundachtzig Cents das Pfund gekostet hatten, wie es in der Werbung auf der »Frauenseite« hieß. Falls das stimmte, dann konnte man wohl auch glauben, daß ein Liter Speiseeis fünfundvierzig Cents kostete. Ein Kaufhaus bot ein Kleid für zehn Dollar fünfundneunzig an, und eigentlich sah es todschick aus. Alle Mannequins trugen Handschuhe, Hüte und Perlenketten. Aber richtig scharf war ich eigentlich nur auf die »Davy-Crockett-Schreibtischlampe« mit sechs Action-Szenen aus seinem abenteuerlichen Leben.

Ich begann mich auf die Nachrichtenartikel zu konzentrieren. Weder die Zeitung noch die Stadt waren 1955 so groß wie heute gewesen, aber dennoch gab es genug Gedrucktes, um mich ganz schwindlig zu machen, während die Seiten über den Bildschirm rasten.

Einige der Überschriften vom Juni 1955 kamen mir irgendwie vertraut vor, etwa »Vorschlag zu Nahost-Friedensgesprächen«, »Der vorgeschlagene Kreis-Etat ist der bisher umfangreichste« und »Sowjetminister besucht die Vereinigten Staaten«, während andere mich fesselten, weil ich die Ergebnisse kannte: »Peron betrachtet argentinische Rebellion als beendet«, »Salk und Sabin sagen über Polio-Impfstoff aus«, und ein sehr viel kleinerer Artikel, »Südvietnamesische Kommunisten fordern: ›Ami, Go Home‹.« In den Lokalnachrichten fanden sich Artikel wie etwa »Frauenverein Downey würdigt seine Ehrenmitglieder« und »Ausschuß untersucht Zusammenschluß der Feuerwehren«.

Man konnte sich Marilyn Monroe im *Verflixten siebten Jahr* anschauen, wenn man bereit war, nach L. A. zum Grauman Chinese Cinema zu fahren. Und vor Ort kam man mit etwas weniger Aufwand in den Genuß von *Dschungel-Jim und die Mondmenschen* oder *Das Geschöpf mit dem Atomhirn*.

Ich weiß nicht, warum mich die fette Schlagzeile »Verstümmelte Frauenleiche unter dem Pier gefunden« auf der Titelseite des 18. Juni 1955 so bestürzte. Es war eine wichtige Nachricht, und eine weniger sensationelle Aufmachung war schlichtweg ausgeschlossen. Doch jetzt, wo ich die weitere Entwicklung dieses Falles kannte – und die Mutter des Opfers kennengelernt hatte –, war ich einfach irritiert. O'Connor hatte vielleicht mit dem anonymen Opfer und seiner Familie mitgelitten, aber er hatte nicht als einziger darüber geschrieben; und die anderen Artikel schreckten vor keinem Detail zurück.

In den Ausgaben der nächsten Tage legte sich die Aufregung allmählich wieder. Da keine Hinweise auf ihre Identität auftauchten und auch sonst kaum Fortschritte gemacht wurden, gab es nicht viel, um den Aasgeier »Öffentlichkeit« zu füttern. Der Stadtrat Richard Longren rief seine Kollegen auf, in eine bessere Beleuchtung des Piers und eine Erweiterung des Polizeipersonals zu investieren, damit der Strand besser überwacht werden könnte. Ich lehnte mich zurück und dachte mir, daß unser gegenwärtiger Bürgermeister wohl immer schon seine politischen Tricks auf Lager hatte, auch damals schon.

Ich spulte den Film auf das Datum von Hannahs Ermordung zurück und ging die Ausgaben jener Woche noch einmal genau durch. Seite um Seite mit Berichten, die von Anhörungen im Kongreß bis zu Treffen der Fuchsien-Gesellschaft reichten. Und dann fand ich auf der Lokalseite vom Dienstag, dem 21. Juni 1955, meinen Lazarus:

Augenzeuge des tödlichen Unfalls gefunden
Gattin des Untersuchungsrichters hat nicht mit Anklage zu rechnen

Die Polizei teilte heute mit, daß gegen Mrs. Blanche Woolsey, die Gattin des Untersuchungsrichters von Las Piernas, Dr. Emmet Woolsey, im Zusammenhang mit dem Unfall, bei dem letzten Sonntag zwei Menschen ums Leben kamen, keine Anklage erhoben wird. Ein Zeuge, dessen Identität die Polizei nicht offenbarte, beobachtete, wie der Wagen von Mr. und Mrs. Henry Decker eine gelbe Doppellinie überfuhr und in einer Kurve auf der Hampstead Road Mrs. Woolseys Fahrzeug streifte, ehe er über die Klippe stürzte.

Während andere Zeugen in der Vergangenheit behauptet hatten, sie hätten gesehen, wie Mrs. Woolseys Wagen auf rücksichtslose Weise eben dieselbe Straße hinabgekurvt sei, ist dieser Zeuge offensichtlich der einzige, der den Unfall tatsächlich mit eigenen Augen gesehen hat. Warum der Zeuge sich erst jetzt meldete – darüber wollte die Polizei keine Auskunft erteilen.

Mrs. Woolsey bleibt zur Behandlung ihrer Verletzungen, die sie sich bei dem Unfall zuzog, vorerst im Krankenhaus.

Also hatte man Woolseys Frau vor einer Anklage bewahrt, die nach einem Fall von fahrlässiger Trunkenheit am Steuer aussah. Doch wer hatte den Zeugen beschafft? Konnte Frank den Namen des Zeugen in den Polizeiakten finden?

Ich ging jetzt die Zeitungen jener Woche weiter durch, um zu sehen, ob sonst noch etwas über den Unfall berichtet worden war, als ich auf die Gesellschaftsseiten vom Sonntag, dem 26. Juni stieß. Auf zwei Seiten wurde mit riesigen Fotos und ungeheuer detailliert über ein Ereignis berichtet, bei dem es sich wohl um die wichtigste Hochzeit des letzten halben Jahrhunderts in Las Piernas handelte: die Eheschließung von Elinor Sheffield und einem jungen Mann, der kürzlich in die Staatsanwaltsbehörde berufen worden war – einem jungen Abgänger der juristischen Fakultät der Universität Harvard mit Namen Andrew Hollingsworth –, die am Vortag stattgefunden hatte.

Der Gedanke an die Hollingsworths' erinnerte mich wieder an Guy St. Germain und unsere Verabredung an diesem Abend. Allmählich fragte ich mich, ob es vielleicht ein Fehler gewesen war, seine Einladung anzunehmen. Und wieder fragte ich mich, warum es mich so drängte, Frank zu beichten, daß ich mit einem anderen Mann ausging. Dann wieder fragte ich mich, warum ich es als Beichte betrachtete. Es war ja nicht so, als hätten wir eine irgendwie exklusive Beziehung. Es hatte ja wirklich keine Rendezvous oder sonst was gegeben. Wir hatten bloß miteinander gepicknickt. Und wurden beschossen und kamen fast bei einer Verfolgungsjagd ums Leben.

Ich spulte den Mikrofilm zurück und legte ihn wieder in die Schachtel. Ich schaltete das Gerät ab und blieb einen Augenblick im Dunkeln sitzen. Ich wollte es Frank nicht erzählen und wußte nicht so recht, warum. Aber auf gar keinen Fall wollte ich, daß er es von Pete Baird erfuhr. Verdammt, wenn man von Petes im Grunde intrigantem Wesen ausging, dann war es vielleicht schon zu spät, Frank selber davon zu erzählen. Falls ich mich doch noch dazu entschließen würde.

31

Ich ging wieder nach oben, rief Frank an und erzählte ihm, was ich über Woolsey in Erfahrung gebracht hatte. Er sagte, er wolle Pete fragen, ob er ein bißchen Zeit erübrigen und die alten Akten durchgehen könne, um mehr Informationen über den Decker-Unfall und den scheuen Zeugen zu finden. Als ich hörte, daß er mit Pete reden wollte, verabredete ich mich mit Frank zum Essen. Ich nahm an, daß ich dabei Gelegenheit finden würde, um mit ihm über mein abendliches Vorhaben zu sprechen. Da ich erst einmal bei ihm gewesen war, ließ ich mir noch einmal den Weg zu seinem Haus beschreiben und sagte ihm, ich würde ein paar Sandwiches aus seinem Lieblings-Feinkostladen, dem Galley, mitbringen.

Als das geregelt war, widmete ich die nächsten paar Stunden der Durchsicht der politischen Angelegenheiten, mit denen O'Connor befaßt gewesen war, und schrieb zwei kurze

Artikel über Ereignisse der kommenden Woche. Ich schaute mir noch einmal ein paar der Computernotizen an, konnte aber mit den Hinweisen auf die Bürgermeisterkampagne immer noch nichts anfangen.

Allmählich fiel mir auf, daß fast jeder Hinweis auf die Wahlkampagne mit einem Hinweis auf die Behörde des Staatsanwalts gekoppelt war. Ich überflog sie noch einige Male. Die Notizen zu Hollingsworth waren mindestens ebenso zahlreich wie die zu Bürgermeister Longren. Die meisten waren nicht besonders aufschlußreich; sie schienen sich entweder auf Bankette zu beziehen, deren Erlös den jeweiligen Wahlkampagnen zugute kamen, oder allgemeine politische Hintergrundinformationen über die beiden Männer zu beinhalten.

Beide waren seit Jahrzehnten in Las Piernas am Ruder, so daß es wenig Neues an Hintergrundwissen gab. Im Grunde waren sie konservative »Law-and-Order«-Politiker. Hollingsworth hatte eine hohe Verhaftungsrate vorzuweisen, und Longren war ein gerissener Bursche, der sich jahraus jahrein in Szene zu setzen wußte. Die Kandidatur für ein solches Amt war eine teure Angelegenheit, so daß die jeweiligen Amtsinhaber nie allzu große Probleme bei der Wiederwahl hatten.

Hollingsworth fiel es leichter, seine Wahlkampfrechnungen zu bezahlen; er hatte in das Sheffield-Vermögen eingeheiratet. Longren mußte sich etwas mehr anstrengen, schien die Wiederwahl jedoch immer wieder zu schaffen. Seine Kriegskasse mußte einige Einbußen hinnehmen, als Mitte der siebziger Jahre die kalifornischen Wahlfinanzierungsgesetze in Kraft traten, und vor allem, nachdem die Gesetze durch eine Reihe weiterer Initiativen verschärft wurden.

Diese Gesetze verlangen von den Kandidaten, daß sie Namen, Adresse und Beschäftigung sowie den Arbeitgeber jener Sponsoren publik machen, die innerhalb eines Jahres mehr als neunundneunzig Dollar für eine Kampagne spenden. Dies soll den Wählern ermöglichen festzustellen, wer wen unterstützt und wie stark ein Kandidat von einem bestimmten Anhänger, Unternehmen oder politischen Aktionskomitee abhängig ist. Longrens Finanzierungsprobleme ließen wohl darauf schließen, daß die gewaltigen Summen, über die er vor Verabschiedung der Gesetze verfügt hatte, von Leuten stammten, denen nichts am Bekanntwerden ihrer Identität lag.

Während ich in all diese politischen und juristischen Betrachtungen versunken war, klingelte das Telefon. Es war Barbara, die mich jetzt zurückrief. Ich fragte, wie es Kenny ging.

»Oh, viel besser. Er ist bei Bewußtsein und kann auch ein wenig sprechen. Er erinnert sich überhaupt nicht daran, daß er zusammengeschlagen wurde, aber der Arzt meint, das sei bei Kopfverletzungen nicht ungewöhnlich.«

»Vielleicht fällt es ihm später wieder ein.«

»Vielleicht.«

»Du klingst irgendwie bedrückt«, sagte ich. »Geht's dir gut?«

»Was? Oh, doch, mir geht's gut. Bin wohl nur müde. Anscheinend ist er immer noch ganz glücklich, daß ich hier bin. Ich hab irgendwie befürchtet, daß es wieder – na ja, daß es wieder wie früher wird.«

»Das war ungeheuer wichtig für ihn, Barbara, daß du all die Stunden an seinem Bett gesessen hast. Kannst du dir morgen mal 'ne Weile freinehmen?«

»Ich weiß nicht. Wie lange?«

»Oh, wie wär's, wenn wir uns zum Lunch treffen? Vielleicht könnten wir ein bißchen am Strand sitzen. Aber ganz wie du willst. Ich könnte auch etwas Abwechslung gebrauchen.«

»Was soll's. Okay, gehen wir morgen nachmittag miteinander aus. Ich hab in der Zeitung gelesen, was alles passiert ist. Glaubst du, daß du dich ungefährdet im Freien aufhalten kannst?«

»Nein, und wenn du Angst hast, mit mir zusammenzusein, dann mache ich dir keinen Vorwurf.«

»Oh, das macht mir nichts aus. Ich frage mich nur immer wieder, ob du bei Kevin Malloy nicht glücklicher wärst.«

»Wahrscheinlich sicherer, aber bestimmt nicht glücklicher – was nichts mit Kevin zu tun hat.«

Wir verabschiedeten uns und legten auf. Ich schaltete den Computer ab und reichte meine Texte ein. Ich bestellte die Sandwiches und machte mich auf den Weg zu Frank.

Im Juni haben wir fast jeden Tag den gleichen Wetterbericht: »Spätnachts und frühmorgens stark bewölkt, nachmittags Auflösung der Wolkenfelder zu dunstigem Sonnenschein.« Der dunstige Sonnenschein setzte gerade ein, als ich vom Parkplatz fuhr. Als ich die Kreuzung Shoreline Hermosa erreichte, hielt ich bei Galley an und holte die bestellten Sandwiches ab – zweimal Pastrami mit scharfem Senf.

Ich fuhr die sich hinziehende Strecke am Jachthafen und den Villen am Steilufer entlang und bog schließlich in eine der kleinen Straßen, die an den Strand führten. Ich bog noch ein paarmal ab und suchte nach einem Parkplatz.

Es waren noch keine Sommerferien, weshalb die Parkplatzsituation noch nicht allzu prekär war, aber ich profitierte von der Tatsache, daß Frank den absoluten Strandhausluxus genoß: eine Garage und eine Auffahrt. Ich stieg aus, blieb einen Moment stehen und spürte den angenehmen Kontrast von Sonne und Meeresbrise im Gesicht. Zum ersten Mal sah ich das Haus bei Tageslicht und stellte fest, daß es hübsch gestrichen und der kleine Hof gut gepflegt war. Frank war kein Schlamper. Ich betrat den umzäunten Hof durch ein seitliches Tor und steuerte auf den Eingang zu. Ich war überrascht, als Frank selber öffnete.

»Wo ist dein Babysitter?« fragte ich.

»Das Revier kann sich's nicht leisten, ewig jemand für solche Aufgaben freizustellen. Ich glaube sowieso nicht, daß sie es auf mich abgesehen haben. Auf dich müssen wir aufpassen. Komm rein!«

Er bewegte sich ein bißchen langsam, als er mich nach hinten führte, aber sein Gang wirkte nicht wie der eines geschwächten und schmerzgebeugten Menschen.

»Du machst wirklich Fortschritte«, sagte ich.

»Ich werde allmählich verdammt ungeduldig.«

»Hey, vor ein paar Tagen hatte ich noch eine Wahnsinnsangst um dich. So ein bißchen Langeweile kann dir doch nicht schaden.«

»In deiner Nähe war das Leben alles anderes als fad, Irene.«

»Danke, das glaube ich sofort.«

Er führte mich durch die Hintertür auf eine Art Holzpodest. Der Garten war sehr ruhig, eine weitere Besonderheit der Häuser in Strandnähe. Das Podest besaß ein Dach aus geißblattumranktem Gitterwerk. Dahinter begann ein gewundener Pfad aus Ziegelsteinen, den fröhlicher Mohn und andere bunte Blumen säumten. In einer Ecke erhob sich ein weiteres Podest, das durch die Garage, den hinteren Zaun und die Weide davor vor neugierigen Blicken geschützt war. Es war ein grüner, friedlicher Ort. Ich hätte nie gedacht, daß Frank einen solchen Garten haben könnte.

Als ob er meine Gedanken lesen könnte, sagte er: »Ich arbeite gern hier draußen. Ich verbringe einen großen Teil meiner Freizeit hier. Ist wohl der Wunsch nach der eigenen kleinen Welt.«

»Wunderschön«, sagte ich.

Wir setzten uns auf zwei Redwood-Sessel. Er hatte einen Weinkühler mit Weißwein bereitgestellt. Er schenkte zwei Gläser ein, und wir nippten daran und aßen unsere Sandwiches. Wieder herrschte diese behagliche Stille, und ich spürte, wie meine Befürchtungen, ihm meine Pläne für den heutigen Abend mitzuteilen, verflogen.

»Ich gehe heute abend zu dem Sponsoren-Bankett bei den Hollingsworths'«, begann ich.

Er blickte über sein Glas hinweg, sagte aber nichts.

»Ich gehe mit Guy St. Germain hin.«

Plötzlich stellte er sein Glas ab und begann zu lachen, hielt sich die Seite mit den gebrochenen Rippen und sagte: »O Gott, tut das weh.« Lachte aber immer noch.

»Darf ich wissen, was daran so witzig ist?«

»Oh, entschuldige. Ich kann's dir nicht sagen, eh du mir nicht versprichst, daß du nicht sauer bist.«

»Nach so einer Einleitung macht mich alles stinksauer, deswegen mache ich keine derartigen Versprechen.«

»Die Aufregung lohnt sich gar nicht. Pete hat mir erzählt, daß du heute abend mit jemand ausgehst.«

Ich spürte, wie es in mir zu kochen begann, wenn ich auch halb erwartet hatte, daß Pete tratschen würde. »Und?« sagte ich und versuchte, mich zu beherrschen.

»Na ja, er hat gesagt, daß du es mir wahrscheinlich nicht erzählen würdest, und falls doch, dann sicher nicht, mit wem und wohin.«

»Und was hast du zu Pete gesagt?«

»Das ist unwichtig. Danke, daß du's mir erzählt hast.«

»Was soll das heißen, das ist unwichtig? Was hast du zu ihm gesagt, verdammt noch mal? Ich weiß, da steckt mehr dahinter, als du mir bis jetzt erzählt hast.«

»Na ja«, sagte er zögernd, »wir haben so eine Art Wette abgeschlossen«.

»Eine Art Wette oder eine Wette?«

»Eine Wette, so in der Art.«

»Und worum ging's dabei?«

»Er hat gewettet, daß du's mir nicht erzählen würdest. Und ich, daß du's mir doch erzählen würdest.«

Ich spürte, wie mein Gesicht puterrot wurde.

»Du bist so ein richtiger Macho-Arsch, weißt du das?«

»Ich kann's nicht fassen, daß du dich über so was aufregst. Ich hab damit doch nur gesagt, daß ich dich für einen offenen Menschen halte.«

»Für wie blöd hältst du mich eigentlich? Ich bin ja nicht erst gestern vom Heuwagen geplumpst. Du hast nicht auf meine Offenheit gewettet. Du hast darauf gewettet – na, sollen wir sagen, darauf, wieviel Einfluß du auf mich hast?«

»Entschuldige, Irene, aber auf dich hat doch keiner auch nur einen Funken Einfluß. Verdammt, du bist ja so stur. Ich hab in meinem ganzen Leben keine dickköpfigere Frau kennengelernt.«

Wir schwiegen wieder, nur war es diesmal kein angenehmes Schweigen. Eine explosive Spannung hing in der Luft. Wir schauten uns nicht mehr in die Augen. Ich wollte nicht einfach davonstampfen, und ich wollte auch nicht dableiben und jeden Augenkontakt vermeiden. Es wäre angenehm gewesen, sich einfach in Luft aufzulösen. Wir waren an einem toten Punkt.

»Ich fahre wohl besser wieder zurück in die Redaktion«, sagte ich, bedauerte meine Worte aber schon, als ich sie ausgesprochen hatte.

»Schön.«

Der Polarkreis im Dezember war wärmer als dieses eine Wort im Juni. Ich beschloß, es noch einmal zu probieren.

»Frank, tut mir leid, daß ich die Beherrschung verloren habe. Ich wäre nur froh, wenn nicht jeder Bulle in Las Piernas über jeden Schritt von uns informiert wäre. Ich will nicht, daß das ein Spiel wird.«

»Glaubst du, ich vielleicht?«

Das brachte mich in Rage. Er ging nicht richtig auf mich ein. Ich beschloß, aufzustehen und zu gehen. Jeden Augenblick konnte es passieren. Ich würde aufstehen, rausgehen und – was dann? Mit Guy St. Germain auf eine politische Party gehen? Ich wollte mich nicht so von Frank verabschieden.

»Ich entschuldige mich«, sagte ich und sprach die drei Worte aus, die mir in einer solchen Situation sehr schwerfallen. »Ich weiß, daß das auch für dich kein Spiel ist.«

Ich sah, daß der Besänftigungsprozeß im Gange war, und wollte nicht eingreifen und ihn versauen. Ich wartete.

»Wer ist dieser Guy St. Germain denn überhaupt?« sagte er barsch und fügte dann etwas sanfter hinzu, »ich meine, kennst du ihn denn gut?«

»Eigentlich nicht. Er ist ein ehemaliger Hockeyspieler und jetzt Vizepräsident der Bank von Las Piernas. Ich hab ihn vorgestern kennengelernt, als ich etwas aus O'Connors Computernotizen nachprüfen wollte.«

»Wie kommt ein Hockeyspieler ins Bankgewerbe?«

»Ich weiß nicht. Wir haben über Hockey geredet, nicht über die Bank.«

»Bist du ein Hockey-Fan? Ist das nicht ein ziemlich brutaler Sport?«

Ich zählte bis zehn. Dazwischen sagte ich mir immer wieder: Er ist genau wie die anderen zig Millionen, die du ständig triffst, Irene. Wahrscheinlich ein Fußball- oder Boxfan, der noch nie ein Hockeyspiel gesehen hat, außer den Zehnsekunden-Ausschnitten in den Sportnachrichten. Er hat keine Ahnung vom Hockey. Ja, das war schon ein billiger Seitenhieb. Behalt die Nerven.

Schließlich sagte ich: »Ja, ich bin ein leidenschaftlicher Hockey-Fan.«

Wieder Stille. Nicht so schlimm wie die vorherige. Ich hörte ihn ausatmen. Gott, er atmete immer noch.

»Tja, ich bin wohl nicht auf der Höhe«, sagte er schüchtern. »Ich will nicht neugierig sein, was Mr. St. Germain betrifft. Ich will mich nur vergewissern, daß du in seiner

Begleitung in Sicherheit bist. Im Moment trau ich einfach keinem Fremden in deiner Nähe.«

»Ich gehe als Reporterin zu diesem Essen, Frank. Guy St. Germain und ich haben uns mal nett über Hockey unterhalten und später mal kurz über eine der Angestellten der Bank gesprochen, und daraufhin hat er mich dann eingeladen, bei diesem Essen neben ihm zu sitzen. Weder er noch ich freuen uns auf ein Sponsorenbankett, aber wir dachten, es wäre nett, wenn man zumindest neben jemand sitzt, mit dem man sich gern unterhält.«

»Du hast das Recht, mit jedem auszugehen, mit dem du ausgehen willst. Ich bin nicht eifersüchtig«, sagte er, »bloß besorgt.«

Ja, genau, dachte ich mir und blickte himmelwärts, um nachzugucken, ob Schweine vielleicht doch fliegen können. Laut sagte ich: »Freut mich, daß du besorgt bist, Frank. Aber ich glaube nicht, daß das nötig ist.«

»Wann beginnt denn die Hockey-Saison?«

Das war zwar eine komische Frage, fand ich, ließ mich aber darauf ein. »Die Profis fangen im Herbst wieder an. Aber Amateurspiele gibt's hier in der Gegend das ganze Jahr über.«

Er schwieg einen Moment lang.

»Tja, vielleicht kannst du mich ja mal zu einem Spiel mitnehmen und es mir erklären.«

»Klar, gerne«, sagte ich und fühlte mich erleichtert.

Dennoch wirkte er ein bißchen bedrückt. Und müde. Ich beschloß, ihn selber damit klarkommen zu lassen. Manchmal weiß ich sogar, wann man den Mund halten muß.

»Ich laß dich wohl lieber ein bißchen ausruhen«, sagte ich. Ich sammelte die Papiertüten und die anderen Reste vom Mittagessen zusammen und stand auf.

Seine Rippen erschwerten ihm das Aufstehen ein wenig, aber ich wollte ihn jetzt nicht bemuttern und tat, als sähe ich nicht, wie er zusammenzuckte, als er sich vom Stuhl erhob.

Als wir langsam wieder hineingingen, fühlte ich mich mies, als hätten wir diesen Tag irgendwie versaut. Es war, als hätte man sich in der Kirche mit jemand gestritten.

Wir näherten uns der Vordertür.

»Danke für das Essen – und danke fürs Vorbeikommen.«

»Keine Ursache. Schau, Frank –« Ich biß mir auf die Zunge und verkniff es mir, noch einmal darauf zurückzukommen.

Sein verschrammtes Gesicht blickte mich fragend an. Ich dachte daran, wie er zu diesen Schrammen gekommen war, und fühlte mich total bekloppt. Er muß das Schuldbewußtsein auf meinem Gesicht gesehen haben. Er streckte die Hand aus und strich mir ein paar lose Haarsträhnen aus den Augen.

»Rufst du mich später an? Falls du Gelegenheit hast?«

»Klar. Wie lang bleibst du denn auf?«

»Mach dir darum keine Gedanken. Wenn ich schlafe, dann zeichnet's der Anrufbeantworter auf. Ich kann im Moment nicht sagen, wann ich schlafe und wann ich wach bin.«

Wir verabschiedeten uns.

»Irene?« Er rief mich, als ich die Einfahrt hinunterging.

Ich drehte mich um. »Jaa?«

»Amüsier dich heute abend. Wirklich.«

»Ich versuch's. Mach dir keine Sorgen um mich, ja?«

»Kann ich nicht versprechen.«

»Das solltest du aber versuchen, Frank, sonst drehst du mir noch mal durch.«

»Die Warnung kommt zu spät.«

Diese Bemerkung bewirkte, daß ich während der ganzen Rückfahrt zur Zeitung vor mich hin lächelte.

32

An diesem Nachmittag beschäftigte ich mich mit der aktuellen Politik. O'Connor hatte mich zwar hinsichtlich der meisten Dinge auf dem laufenden gehalten, aber da ich nun selber für die Berichterstattung verantwortlich war, sah ich mir alles viel genauer an. Um etwa halb sechs kam Lydia an meinen Schreibtisch. »Kommst du mit nach Hause?« fragte sie.

»Ja, ich bring dich heim, und dann fahr ich zu meinem Haus – ich geh zum Hollingsworth-Sponsorenbankett, und jemand holt mich dort ab.«

Ein besorgter Ausdruck erschien auf ihrem Gesicht. »Ich glaube, das ist nicht so gut, wenn du nach Hause fährst, Irene.«

»Und ich glaube nicht, daß es klug wäre, wenn jemand wüßte, daß ich bei dir wohne – ich gehe mit Guy St. Germain, dem Banker, weg, und wenn ich mir auch sicher bin, daß *er* damit nichts zu tun hat, so könnte doch jemand anders aus der Bank in die Sache verwickelt sein. Deswegen wollte ich lieber nicht verraten, daß ich bei dir wohne – das könnte auch dich in Gefahr bringen, und das würde ich mir nie verzeihen.«

»Ja? Tja, und wie, glaubst du, werde ich mich fühlen, wenn dir heute abend da drüben was zustößt? Meiner Meinung nach bist du verrückt, wenn du dich überhaupt in die Nähe deines Hauses wagst. Hättest du Guy nicht anderswo treffen können?«

»Ich muß sowieso rüber und Klamotten für heute abend holen. Ich brauch ein bißchen Zeit, um mich anzuziehen und fertigzumachen. Ich werde nicht sehr lange dort sein.«

»Ich weiß nicht, Irene. Mir erscheint es einfach unvernünftig, da hinzugehen.«

»Mir passiert schon nichts. Es wird noch nicht mal dunkel sein, wenn Guy mich abholt.«

Zwanzig Minuten später stand sie in ihrer Einfahrt und protestierte immer noch, während ich die Wagentür zuschlug und davonfuhr.

Als ich in meine Straße einbog, wurde mein ungutes Gefühl immer stärker. Lydias Nervosität war offensichtlich anstekkend. Ich versuchte mir einzureden, daß dies ja mein Haus sei und daß ich früher oder später zurückkehren mußte. Mein ganzer Mut verflüchtigte sich, als ich die große Sperrholzplatte vor meinem Fenster sah.

Als Frank und ich das Haus verlassen hatten, war es dunkel und ich zu sehr in Gedanken gewesen, als daß ich bemerkt hätte, wie das zugenagelte Fenster das Haus verschandelte. Jetzt, bei Tageslicht, wirkte es verlassen und abschreckend, ein Vermächtnis der Gewalt dieser letzten Wochen. Das Fenster riegelte das Haus ab, ließ es öde und schäbig erscheinen. Ich fragte mich, ob Lydia vielleicht nicht doch recht hatte. Schade, daß ich nicht genug Kohle hatte, um mir einfach etwas Neues zum Anziehen zu kaufen.

Aber dann mußte ich lächeln, wenn ich daran dachte, wie sauer die Nachbarn auf mich sein mußten, da ich immer noch keine neue Scheibe hatte einsetzen lassen. Der Schickifizierungsprozeß bekam dadurch eine etwas schräge Note. Ich würde den Glaser anrufen müssen.

Ich ging die vorderen Stufen hinauf, und wieder packte mich die Nervosität. Ich öffnete die Tür, und mir schlug ein Geruch entgegen, der mich daran erinnerte, daß ich beim Weggehen den Müll nicht rausgebracht hatte.

Das Vorderzimmer war, weil die Hauptlichtquelle nun vom Sperrholz verdeckt war, sehr düster. Ich tastete nach dem Schalter, und sofort suchten meine Augen Großvaters Sessel. Ich hatte gewußt, daß er da stand, aber der Anblick des klaffenden Lochs in der Lehne ließ mich erstarren. Ich spürte wieder, wie Frank mich zu Boden riß, hörte, wie die Scheibe zersplitterte und die Schüsse knallten. Bilder von O'Connors

Haus, von Frank, der hinter dem Steuerrad zusammengesunken war, Miss Ralston auf dem Gehsteig und von der an den Stuhl gefesselten Elaine Tannehill folgten. Ich zog die Tür hinter mir zu und sperrte ab.

Ich zitterte, die Zweifel übermannten mich. Ich versuchte, sie abzuschütteln und atmete ein paarmal tief durch. »Das ist mein Haus, verdammt noch mal!« schrie ich aus Leibeskräften. »Und ihr Arschlöcher schafft es nicht, daß ich in meinem eigenen Haus Angst habe.« Meine Stimme hallte durch das leere Haus. Ich lächelte vor mich hin bei dem Gedanken, daß die Nachbarn nun wirklich annehmen mußten, sie seien neben einer Verrückten eingezogen.

Ich hob den Stoß von Briefen auf, der sich hinter der Eingangstür angesammelt hatte, und schaute sie rasch durch. Vier Rechnungen und achtunddreißig Werbesendungen.

Während ich durch das Haus wanderte, knipste ich überall das Licht an. Ich ging in die Küche und holte den Abfalleimer, marschierte auch in Schlafzimmer und Bad, um dort den Müll einzusammeln. Ich schloß die Hintertür auf und ging hinaus in den Garten. Verglichen mit Franks wirkte er zwar wie ein armer Vetter, aber für mich besaß er durchaus seinen Reiz. Der Jasmin aus Nachbars Garten duftete wieder. Mein kleines Grasstück wirkte ein bißchen verdorrt, bot aber dennoch einen tröstlichen Anblick. Die Rosenbüsche, die ich längs des rückwärtigen Zauns gepflanzt hatte, hatten ihre bunten Blütenblätter über den Boden gestreut und trugen um diese Zeit vor allem nackte Fruchtknoten und ein paar Knospen, wenn auch hier und da noch eine tapfere Blüte die Stellung hielt. Ich öffnete das hintere Gartentor und stellte den Abfall auf die Gasse hinaus. Alles ruhig. Keiner da, der auf mich lauerte und mich umbringen wollte.

Ich schloß das Tor und wollte gerade wieder ins Haus gehen, als ich einen Wagen die Gasse herunterkommen hörte. Ich blieb wie angewurzelt stehen und horchte. Er fuhr, ohne das Tempo zu drosseln, vorbei. Kein Grund, sich zu fürchten, sagte ich mir. Ich trat wieder ins Haus und verschloß die Hintertür. Ich ging alle Fenster ab und kontrollierte die Riegel. So dringend ich das Haus auch einmal lüften mußte, so spürte ich doch, daß mich der Mut verließ, daß ich mich allmählich nur noch ganz schnell anziehen und von hier verschwinden wollte.

Ich ging wieder ins Schlafzimmer und zog das förmliche, aber nicht zu förmliche blaue Kleid heraus. Es gefiel mir, weil es meine Augenfarbe schön zur Geltung brachte. Ich suchte mir auch einen Unterrock, ein Paar Stöckelschuhe und Strümpfe zusammen. Nachdem die Kleider für den Abend bereitlagen, ging ich ins Bad und sperrte hinter mir ab.

Irgendwie fühlte ich mich in dem engen Raum sicherer. Ich drehte die Dusche auf. Ich nahm meine Uhr und die Ohrringe ab und legte sie aufs Waschbecken. Klappte die Klobrille herunter, zog mich aus und legte die zusammengefalteten Kleider auf den Deckel. Ach, die Gewohnheiten.

Ich stieg unter die Dusche und entspannte mich allmählich ein wenig, wenn ich auch immer noch ziemlich nervös war. Ich hatte ein Gefühl, als hinge ich an einem Pendel, das ständig zwischen Angst und Zorn hin- und herschwang. Zu einer ausgiebigen Dusche reichte die Zeit nicht mehr, aber ich machte das Beste daraus. Ich versuchte, mich in dem Dampf und dem brausenden Wasser, den Düften der Seife, des Shampoos und der Haarspülung zu verlieren. Als ich die Spülung aus dem Haar wusch, stand ich da und lauschte dem Dröhnen des Wassers über mir. Ich drehte den Hahn zu. Plötzlich war ich vor Angst wie gelähmt.

Draußen vor dem Bad war ein Geräusch.

Tropfnaß und zitternd stand ich da und traute mich nicht einmal, nach dem Handtuch zu greifen. Da war es wieder, zwar gedämpft, aber ganz bestimmt war da ein Geräusch. Auf der anderen Seite der Badezimmerwand? In der Küche? Oder war es auf dem Gang?

Ich versuchte, die Tür der Duschzelle so leise als möglich zurückzuschieben. Sie machte ein quietschendes Geräusch, das man meiner Meinung nach garantiert bis New Jersey hören konnte. Leise fluchend packte ich das Handtuch und wickelte mich darin ein. Ich schaute mich nach etwas um, das ich als Waffe benutzen konnte. Außer einer Nagelfeile und einer Dose Haarspray war da nicht viel. Es war nicht mal ein FCKW-Spray. Das also war mein Lohn dafür, daß ich mich um die Ozonschicht sorgte.

Plötzlich hörte ich ein anderes Geräusch. Ich wartete. Jemand klopfte laut am Vordereingang. Ich legte mich auf den Boden und schaute durch den Schlitz unter der Tür. Im Schlafzimmer sah ich keine Füße. Ich öffnete die Badezimmertür einen Spalt weit. Der Schrank stand noch offen, niemand im Zimmer. Ich griff nach dem Morgenmantel, bewaffnete mich mit der Nagelfeile und schlich zur Schlafzimmertür. Langsam öffnete ich sie ein paar Zentimeter und spähte nervös in den Gang. Niemand. Das Klopfen ertönte wieder, diesmal drängender.

Ich hörte einen gedämpften Ruf durch die Tür, der wie mein Name klang. Ich rannte zum Vordereingang und postierte mich seitlich davon.

»Wer ist das?« brüllte ich.

»Pete Baird. Alles okay bei dir?«

Ich öffnete die Tür. Mit rotem Gesicht und gezückter Pistole stand er vor mir. »Irene, alles in Ordnung?«

Ich nickte und trat zurück, um ihn hereinzulassen.

»Mein Gott, du machst's mir verdammt schwer, weißt du das? Hast du so eine beschissene Todessehnsucht oder so was? Was zum Teufel ist denn in dich gefahren, daß du hierherkommst?«

»Das gleiche könnte ich dich fragen«, sagte ich und versuchte die Nagelfeile unauffällig in der Tasche des Morgenmantels verschwinden zu lassen.

»Was mich hierher führt? Gut, daß du Freunde hast, sonst wärst du schon vor ungefähr 'ner Woche kalt und steif gewesen, weißt du das eigentlich? Deine Freundin Lydia hat Frank angerufen. Hat ihm von deinem tollen Plan erzählt. Er hat mich gerade noch rechtzeitig im Büro erreicht. Und jetzt, Miss Reporter, habe ich deine Fragen beantwortet, jetzt sag du mir, was um Himmels willen du hier suchst?«

»Das ist mein Haus«, sagte ich und versuchte, die Fassung zu wahren.

»Ach du lieber Gott!«

Vor fünf Minuten hatte ich noch so viel Schiß, daß ich mein Bad nicht verlassen wollte, und deswegen war ich Lydia jetzt auch nicht mehr böse. Ehrlich gesagt, war ich sogar verdammt froh, daß Pete hier war. »Hör mal«, sagte ich, »es war wahrscheinlich eine blöde Idee, aber meine Klamotten sind hier, und ich wollte nicht, daß jemand, den ich nicht sehr gut kenne, erfährt, daß ich bei Lydia wohne.«

»Na ja, das klingt ja einigermaßen vernünftig, aber du hättest jemanden mitnehmen sollen.«

»Du hast recht, ich geb's ja zu. Aber ich mag es einfach nicht, wenn mich dauernd jemand an der Hand hält. Ich bin dieses ewige Beschütztwerden nicht gewöhnt. Ich habe das Gefühl, ich gehe allen furchtbar auf die Nerven. Ich will in der Lage sein, mich selber um meinen Kram zu kümmern.«

»Ich sage dir, was auf die Nerven geht. Wenn man an deine Haustür hämmert und einem nicht aufgemacht wird, obwohl dein Auto vorm Haus steht. Es hat nur noch 'ne Minute gefehlt, dann hätte ich Verstärkung angefordert.«

»Tut mir leid, ich war unter der Dusche. Ich hab' zuerst nicht kapiert, daß es an der Tür ist, und ich war wohl ein bißchen verschreckt – ich habe um die Zeit niemand erwartet.«

»Du bist wirklich anstrengend, Irene. Wenn's dir nichts ausmacht, warte ich hier, bis dein neuer Freund auftaucht.«

»Diese letzte Bemerkung ignorier ich mal. Ich bin wirklich froh, daß du gekommen bist, um auf mich aufzupassen. Jetzt, wo ich weiß, daß du da bist, fühl ich mich besser.«

»Tja, was du nicht sagst! Die Amazonenkönigin erlaubt mir, zu verweilen. Wenn Frank nicht so ein guter Freund von mir wäre –«

»Falls ein Mr. St. Germain an die Tür kommt, während ich mich noch fertigmache, bist du dann so nett und verscheuchst ihn nicht gleich wieder? Es geht dich wirklich gar nichts an, wenn ich mal mit jemand anderem als deinem Freund Frank irgendwohin gehe.«

Ich ging zurück ins Bad, um mich anzuziehen. Es ging jetzt, wo die Angst mich nicht mehr lähmte, viel schneller; eine andere Befürchtung, die Furcht, daß Pete Guy vielleicht einen Haufen Unsinn erzählen würde, trieb mich außerdem zur Eile an. Es gelang mir, mich anzuziehen und mein Haar zu einer Hochfrisur aufzutürmen, die meiner Meinung nach etwas gouvernantenhaft Strenges hatte.

Guy klopfte genau in dem Moment an die Tür, als ich etwas wacklig auf den Absätzen die Diele hinabstöckelte. Pete bedeutete mir zu bleiben, wo ich war, und öffnete vorsichtig selbst die Tür. Guy stand im Smoking vor uns, ein Prachtstück von einem Mann. Er schien ein wenig überrascht, Pete anzutreffen, und ich sah, wie er zuerst auf das Fenster, dann auf den Stuhl schaute und zögerte.

»Kommen Sie herein, Guy«, rief ich ihm hinter Petes Rükken hervor zu. »Das ist Detective Pete Baird vom Las Piernas Police Department.« Sie schüttelten sich die Hand.

»Angenehm«, sagte Guy lächelnd. »Sie sehen heute sehr hübsch aus, Irene. Das Blau paßt gut zu Ihren Augen.«

»Kommen Sie aus Frankreich?« fragte Pete mit einem gerade noch annehmbaren Ton.

»Montreal, Kanada.«

»Ach, warten Sie, ich kenne Sie – Guy St. Germain – Sie spielen doch bei den Sabres.«

»Früher mal, ja.«

»Teufel noch mal, ohne die Ausrüstung hab ich Sie nicht erkannt. Ich bin ein alter Sabres-Fan. Kommen Sie herein!«

Ehe ich mich versah, war schon wieder eine Diskussion über Hockey im Gang. Ich hätte daran denken sollen, daß Pete ja aus Upstate New York kam. Die Jungens aus den Neuengland-Staaten wußten fast alle etwas über Hockey. Sie saßen auf dem Sofa, und Pete plapperte drauflos.

»Bin gleich wieder da«, sagte ich – anscheinend zu mir selber.

Als ich gerade wieder über den Gang ins Schlafzimmer gehen wollte, spürte ich einen kühlen Hauch. Ich blieb wie angewurzelt stehen. Die Hintertür stand offen.

33

»Pete!« brüllte ich. Im Nu war er an meiner Seite und Guy direkt hinter ihm. »Ich hab' die Hintertür abgeschlossen«, sagte ich, und die Furcht packte mich.

»Bleiben Sie bei ihr«, sagte er zu Guy.

Guy schob mich von der Tür weg. Pete ging vorsichtig hinaus. Wir warteten, während er sich im Garten, auf der Gasse und ums Haus herum umsah. Er kam zurück und schüttelte den Kopf.

»Bist du sicher, daß du abgesperrt hast?« fragte er und inspizierte den Türstock.

»Hundertprozentig. Ich hatte Angst allein hier drinnen. O Gott, gerade bevor du geklopft hast, dachte ich, ich hätte was im Haus gehört.«

»Laß mich mal dein Telefon benutzen. Wo ist es?«

Wir gingen in die Küche. Pete rief auf dem Revier an.

»Boyd? Jaa, Pete Baird. Sag dem Captain, unser Freund ist vielleicht wieder hier in der Gegend. Ja, möglicherweise war er gerade erst im Haus von Irene Kelly. Ja, ich bin bei ihr. Ihr geht's gut.« Er schaute zu mir auf. »Nein, das ist eine lange Geschichte. Aber egal, ich habe vorbeigeschaut, um nachzugucken. Die Hintertür war offen, sie sagt, sie hat sie abgesperrt, bevor sie kam. Nein, ich war vorher nicht an der Hintertür. Ja, hm, sag's ihm trotzdem. Danke.«

»Sie glauben mir nicht?«

»Irene, wenn du mal so lange Reporter bist wie Boyd Bulle, dann glaubst du nicht mal mehr einem Engel Gottes. Aber trotzdem recherchierst du alles, was er dir erzählt. Können wir gehen?«

»Ja, wir müssen los.« Diesmal sahen beide, wie ich absperrte. Sie ließen mich keinen Augenblick allein und überprüften nochmals jedes Fenster und jede Tür.

Wir gingen zum Vordereingang hinaus. Guy fuhr ein sportliches blaues Mercedes 560 SL-Kabrio. Er öffnete die Beifahrertür und half mir in den Wagen – ich versuchte, mich nicht allzu ungeschickt anzustellen.

Als wir losfuhren, sah ich, daß Pete uns folgte. Ich wußte, es hatte nichts damit zu tun, daß er ein Hockey-Groupie war.

Guy sah in den Rückspiegel und bemerkte es ebenfalls. »Ist Mr. Baird ein Freund von Ihnen?«

»Eher der Freund eines Freundes. Ich arbeite mit Pete und einem anderen Ermittler zusammen an diesem Fall, über den Sie in der Zeitung gelesen haben. Die beiden sind überzeugt – und momentan glaube ich es auch –, daß jemand mich gern aus dem Weg räumen würde. Zur Zeit bin ich wohl eine ziemlich abschreckende Rendezvouspartnerin.«

Er lachte. »Sie sind nicht so abschreckend. Und da Ihr Freund uns überallhin folgt, fühle ich mich recht sicher, wenn's auch nicht ganz so privat ist. Macht es Ihnen was aus, so beschattet zu werden? Ich könnte ihn wahrscheinlich abschütteln, wenn es Sie stört.«

»Früher oder später würde er uns sowieso finden, und dann ist er stinksauer, also, wenn's Ihnen nichts ausmacht, sollten wir uns lieber von ihm überwachen lassen. Er ist ein guter Freund des Mannes, mit dem ich bei diesem Fall zusammenarbeite – der Mann, der bei der Verfolgungsjagd verletzt wurde. Ich glaube, Pete sieht es als seine Ehrenpflicht an, mich zu beschützen, während sein Freund noch verletzt ist.«

»Nun ja, gegen Loyalität ist ja nichts einzuwenden. Okay, dann wollen wir ihm seinen Job nicht erschweren.«

Wir fuhren am Strand entlang, wo der Sonnenuntergang den Himmel über dem verdunkelten Wasser rosa und golden färbte.

»Und«, sagte er, »wie sind Sie eigentlich Reporterin geworden?«

»Ich war damals, als Woodward und Bernstein über Watergate berichteten, auf dem College. Die Uni war überschwemmt mit Zeitungswissenschaftlern. Und da hat's mich wohl auch gepackt. Dann habe ich festgestellt, daß es mir wirklich gefällt. Und wie wird ein Hockeyspieler Bankier?« Ich erinnerte mich plötzlich daran, daß Frank mir die gleiche Frage gestellt hatte.

»Es ist nicht so erstaunlich, wie es aussieht. Meine Familie in Montreal war im Bankgeschäft. Ich wollte direkt nach der High School Profispieler werden, aber meine Eltern flehten mich an, doch zuerst aufs College zu gehen, und so machte ich dann einen Abschluß in Betriebswirtschaft, den ich mit meinem Sportstipendium finanzierte. Meine Eltern hatten recht. Jeder Spieler muß eines Tages ein Leben führen, in dem es nicht ausschließlich um Hockey geht. Aber das Wahnsinnsgefühl, in der Ersten Hockey-Liga zu spielen, das ist einfach unvergleichlich. Wäre es möglich gewesen, dann hätte ich wahrscheinlich gespielt, bis ich tot aufs Eis gesunken wäre. Auf meine Hockey-Jahre würde ich für alles Geld der Welt nicht verzichten.«

»Und wie sind Sie in Las Piernas gelandet?«

»Ich habe eine Frau aus Südkalifornien geheiratet. Wir haben uns in Newport Beach niedergelassen. Aber meine Begeisterung für den Ozean und das warme Wetter hat wohl länger gehalten als ihre Begeisterung für mich.«

»Wie schade.«

»Nicht mehr. Das ist Jahre her. Ich bin hierhergezogen, um die alten Erinnerungen zu vergessen, und war angenehm überrascht. In Las Piernas habe ich mich gleich wie zu Hause gefühlt. Ich bin ziemlich glücklich hier.«

Inzwischen fuhren wir auf der Straße, die zu den Klippen hinausführt. Es gab jetzt keine Häuser mehr, nur Bäume neben der zweispurigen Asphaltstraße. Als es noch etwa dreihundert Meter zum Haus waren, kamen wir an eine Schranke samt Wächterhäuschen. Ein gähnender Wächter warf einen Blick auf Guys Einladung und hob den Absperrbalken. Pete fuhr an den Straßenrand, als wisse er nicht, ob er uns nun weiter folgen solle oder nicht. Wir fuhren hinein und hielten auf einem gekiesten Parkplatz. Da ich Petes Wagen nicht auf der Zufahrt entdecken konnte, nahm ich an, daß er mich vorerst in Sicherheit wähnte.

Wir stiegen aus und spazierten auf das Haus zu. Das Sheffield Estate war riesengroß. Das dreistöckige, in leuchtenden Farben bemalte, viktorianische Herrenhaus war schon während der ersten Jahre, die sie über Las Piernas herrschten, der Wohnsitz der Familie Sheffield gewesen. Elinor Sheffield gab gewaltige Summen aus, um es in erstklassigem Zustand zu erhalten. Die sanitären Anlagen, Heizung, Strom- und Wasserleitungen waren modernisiert worden, aber abgesehen davon war das Haus praktisch in jenem ursprünglichen Zustand, in dem ihr Ururgroßvater es hinterlassen hatte.

Ein Butler führte uns um eine Ecke zur Rückseite des Hauses, die zum Meer hin lag. Hier waren die Auswirkungen der Modernisierung deutlicher zu erkennen. Man hatte einen großen offenen Raum wie auch eine ausladende Veranda angebaut. Das Obergeschoß des Anbaus bestand aus einem Sonnendeck, dessen hohe Plexiglasfenster kalte Winde abhielten. Vom ursprünglichen Gebäude war in einer Ecke ein hoher Turm stehengeblieben, der wie ein Wächter über den Anbauten aufragte. Die geschwungenen Fenster des Turms boten freie Aussicht über Meer und Wald.

Es war eine warme Nacht. Man hörte das Geplauder von Dutzenden von Menschen und das Klirren der Gläser; die Cocktailstunde war in vollem Gange. Guy gelang es, zwei Glas Wein zu ergattern, und wir spazierten zum ziemlich weit entfernten Verandageländer, das fast bis an den Rand der Klippe reichte und einen perfekten Rundblick auf den Strand und die umgebenden Felswände bot. Zur Rechten glitzerten die Lichter der City von Las Piernas und des Jachthafens; und links von uns beschrieben die Lichter anderer Städte die sanft abfallende Küstenlinie. Unter uns rollte eine weiße Welle nach der anderen dröhnend an den Strand, was sich allerdings von hier oben nur wie fernes Donnergrollen anhörte.

Von allen Seiten drang das Geräusch zwangloser Unterhaltungen auf uns ein, der Smalltalk der großen Tiere. Mehrere Male wurde Guy von Leuten angesprochen, die ihn aus der Bank kannten. Er stellt mich dann vor, man plauschte ein wenig, und dann brach er das Gespräch mit einem höflichen »Entschuldigen Sie mich einen Augenblick« ab. Ich drehte mich um und betrachtete das Meer.

»Gehen Sie nicht zu nahe ran, meine Liebe, es ist nicht so stabil, wie es aussieht.«

Ich wandte mich um und sah mich einer Löwin gegenüber. Elinor Sheffield Hollingsworth war mindestens einsachtundsiebzig groß, und mit ihren hohen Stöckelschuhen war sie wohl auf etwa einsdreiundachtzig gewachsen. Mit meinen ein Meter siebzig bin ich selbst kein Zwerg, aber bei ihr war mehr als Körpergröße im Spiel. Die Frau besaß Ausstrahlung.

Sie lächelte, streckte mir die Hand entgegen und drückte die meine so fest, wie es noch nie eine Frau getan hatte. Sie mußte etwa Mitte Fünfzig sein, sah aber zehn Jahre jünger aus. Sie bewegte sich mit aufreizender Anmut auf langen wohlgeformten Beinen – ohne eine Spur jener linkischen Unbeholfenheit, die man bei ihrer Größe vielleicht erwartet hätte. Sie war gebräunt und athletisch, ohne ledrig zu wirken; offensichtlich betrieb sie Bodybuilding. Sie hatte kurzes platinblondes Haar und Augen von einem so hellen Blau, daß sie fast farblos wirkten. Bisher hatte ich angenommen, daß ihr Spitzname sich auf den Familienbesitz bezog. Aber nun verstand ich, warum ihr jemand vor langer Zeit den Namen »Eiskönigin« gegeben hatte. Von der stolzen Haltung bis zum festen Händedruck strahlte alles an ihr Macht aus. Ihre Augen fesselten die Aufmerksamkeit des Betrachters. Dies war eine Frau, die vor nichts und niemandem Angst hatte. Und dennoch drückten sowohl ihr Lächeln als auch ihr Händedruck Wärme und Herzlichkeit aus.

»Irene Kelly«, sagte ich. »Ich bin vom *Express*.«

»Ja, ich weiß«, sagte sie. Sie zog eine vollkommene Braue hoch. »Jetzt, da ich Sie sehe, meine Liebe, ist mir klar, daß wir Sie von Ihrem Herausgeber Mr. Wrigley fernhalten müssen. Er ist da drüben, also passen Sie auf Ihr Heck auf, wenn Sie an ihm vorbeisegeln. Ein überflüssiger Rat bei einer Frau, die für ihn gearbeitet hat, ich weiß schon. Natürlich, Sie haben ja auch unseren lieben Mr. St. Germain an Ihrer Seite, der schon immer ein erstklassiger Verteidiger war – stimmt's, Guy?«

»Wenn *Sie* das sagen, stimmt's«, sagte Guy lächelnd. »Sie sehen heute bezaubernd aus, Elinor.«

»Oh, Guy – Sie sind so ein leicht durchschaubarer Schmeichler. Aber ich verzeihe Ihnen. Ein Bankier kann sich das nicht verkneifen, wenn er's mit den Stinkreichen zu tun hat. Kommen Sie mit, Miss Kelly. Ich stelle Sie den Leuten vor, deretwegen Sie hergekommen sind.«

Ich schaute hilflos zu Guy, der bloß lächelte und sagte: »Ich fürchte, niemand kann Elinor widerstehen. Vielleicht hat sie später Mitleid mit mir und bringt mir meine Begleiterin zurück.«

»Du kommst schon zurecht, Guy«, sagte sie. »Los, misch dich unters Volk, rein ins Getümmel!« Sie führte mich auf eine kleine Gruppe zu. Ich bekam mit, wie Wrigley mir mit offenem Mund nachstarrte. Ich hoffte bloß, nicht zu stolpern, als ich in meinen Stöckeln mit ihr Schritt zu halten suchte. Beim Gehen sagte sie: »Um die Wahrheit zu sagen, Miss Kelly, diese Parties langweilen mich zu Tode. Ich hab mir gedacht, daß Sie vielleicht ganz schön Leben in diesen Abend bringen. Sie sind momentan die aufregendste Frau von Las Piernas.«

»Ich?«

»Aber natürlich. Ich bin zwar reich, aber keine Analphabetin. Ich lese Zeitung. Sie haben eine ganz schöne Woche hinter sich.« Sie blieb stehen und wandte sich besorgt nach mir um. »Oje, das war nicht so brutal gemeint. Für Sie ist das kein Spaß. Mr. O'Connor war doch ein enger Freund von Ihnen, nicht wahr?«

»Ja. Er hat mir viel bedeutet.«

»Nichts kann einen solchen Verlust ersetzen«, sagte sie. »Es tut mir leid. Jetzt sind Sie verärgert. Wie kann ich das wiedergutmachen? Bringen wir die Vorstellerei hinter uns, dann laß ich mir was einfallen.«

Sie brach das Gespräch ab und sagte dann laut zu den im Kreis herumstehenden Leuten: »Passen Sie auf, was Sie sagen, Ladies and Gentlemen, ich bringe Ihnen ein Mitglied des vierten Standes – Feind hört mit.« Auf einen Schlag blickten alle auf, wie grasende Rehe, die einen Zweig knacken hören.

Ein paar der Politiker aus der Gruppe hatte ich schon kennengelernt – den Bürgermeister, Richard Longren, und mehrere Stadträte. Die meisten von ihnen, geübt im Behalten von Namen, begrüßten mich sofort.

Elinor stellte mich ihrem Gatten Andrew Hollingsworth vor. Er war ein attraktiver Mann mit ebenso strahlender Bräune wie seine Frau und einem Hundertwatt-Lächeln. So mächtig er auch war, neben Elinor mußte er einfach verblassen. Und doch sah ich, daß er dies zu seinem Vorteil einsetzte, es ihr überließ, die Masse mit ihrem Charme zu betören, während er ihr sozusagen die Schleppe hielt.

Man machte ein wenig Smalltalk und bekundete gurrend sein Mitgefühl bezüglich der Ereignisse der letzten Woche, und ich sah, wie Elinor ihren Mann beiseite zog und ihn auf eine andere Menschentraube hinwies. Er entschuldigte sich und näherte sich einer anderen Gruppe, worauf in unserem Kreis Verwirrung entstand, bis *sie* wieder hinzutrat und erneut ihre Aufmerksamkeit einforderte. Nach ein paar Minuten sagte sie: »Ich habe Irene vor dem Essen noch einen kleinen Rundgang durchs Haus versprochen. Bitte entschuldigt uns.«

Selbstverständlich hatte sie mir nichts dergleichen versprochen, aber ich befand mich schon genauso in ihrem Bann wie die anderen und folgte ihr ins Haus. Sobald wir uns ein wenig von den Leuten entfernt hatten, sagte sie: »Ich muß immer ein Auge auf Andrew haben, sonst steht er die ganze Zeit mit seinen Freunden aus der Stadt beisammen. Aber die sehen sich ja sowieso jeden Tag, und er muß schließlich auch die anderen Gäste zufriedenstellen.« Doch ich wußte, dieser Mann, den ich da gesehen hatte, spielte die Rolle des Gastgebers nicht gerade glänzend. Diesen Mann mußte man auf die Leute, die eventuell politisch hilfreich werden konnten, hinweisen.

Elinor übernahm offensichtlich die Aufklärungsarbeit,

pickte die wichtigen Leute aus der Menge heraus, mit denen Andrew dann ein wenig plaudern mußte.

Wir betraten das Haus. Ich gehöre nicht zu den Leuten mit entsprechendem Hintergrund, um ein Haus wie Sotheby's beurteilen zu können, und wußte daher die Kunstsammlung des Sheffield Estate kaum gebührend zu würdigen. Ich kann nur sagen, daß der Stil der Einrichtung einen angenehmen und schlichten Eindruck auf mich machte. Ein Gemälde hier, eine kleine Skulptur da, die Wände in gedämpften Farben; Möbel von einfacher, aber eleganter Formgebung. Die Kunstgegenstände waren mit Bedacht und auf eine Weise placiert, daß sie die Aufmerksamkeit auf sich zogen, ohne aufdringlich zu wirken.

Sie führte mich durch den Festsaal und in den älteren Teil des Hauses. Wir kamen in einen Raum, der einst als große Eingangshalle gedient hatte; über dem Marmorboden erhoben sich eine großartige geschwungene Treppe und eine Galerie. Elinor erzählte hie und da eine Episode aus der Familiengeschichte, die mit dem jeweiligen Teil des Hauses verknüpft war. Wir kamen in einen großen Speisesaal, dessen Wände Bilder ihrer Vorfahren schmückten. »Ich bin da furchtbar altmodisch, ich weiß: daß ich mich beim Essen von den alten Brummbären anstarren lasse. Sehen nicht besonders zufrieden aus, was?«

Sie hatte recht. Die meisten Leute auf den Gemälden machten einen Eindruck, als kneife sie etwas. Aber meine irischen Vorfahren hätten wahrscheinlich noch beklommener gewirkt – falls überhaupt jemand Interesse daran gehabt hätte, einen Bauern Modell sitzen zu lassen.

»Mit Andrews Büro gleiche ich das wieder aus«, fuhr sie fort, »das ist ziemlich modern. Wir lassen die Küche aus, die rechts von uns da drüben liegt. Der Koch würde es mir nie verzeihen, wenn ich ihn bei seinen Vorbereitungen störte. Das Haus hat sogar einen Keller, Sie werden's nicht glauben.

Einen kleinen Lagerraum und ein Speisezimmer. Das sparen wir uns auch, der einzige Zugang ist in der Küche. Treiben Sie Sport?«

Ich schaltete um und sagte: »Ja, ich versuch's. In der letzten Woche lief in dieser Hinsicht allerdings wenig.«

»Nun ja, ich wollte mich nur vergewissern, daß Sie die Stiege auch schaffen. Sie ist ziemlich steil. Wenn Sie ein bißchen was machen, müßte es schon gehen.« Während wir durch ein Labyrinth von Gängen wanderten, stellte sie mir Fragen über meine Tätigkeit als Reporterin, wo ich gearbeitet hatte, wie lange ich O'Connor kannte und so weiter. Als wir am Ende eines Korridors eine Tür erreichten, sagte sie: »Es ist leichter, wenn wir die Schuhe ausziehen.« Und zu meiner Verblüffung griff sie nach unten und streifte ihre Stöckelschuhe ab. Ich zog meine ebenfalls aus, ganz glücklich, sie für ein paar Minuten los zu sein, und lächelte bei der Vorstellung, daß Elinor und ich gleich in Strümpfen im Sheffield Estate herumrennen würden. Sie sah mein Lächeln und sagte: »Ich weiß, können Sie sich vorstellen, wie meine Großmutter jetzt in ihrem Grab rotiert?« Sie lachte und öffnete die Tür. Wir befanden uns im Turm. Eine lange Wendeltreppe wand sich über unseren Köpfen in die Höhe. Wir stellten die Schuhe am Fuß der Treppe ab und begannen mit dem Aufstieg.

Also, ich bin wirklich ziemlich gut in Form, aber diese Frau, die etwa fünfzehn Jahre älter war als ich, beförderte ihren knackigen Hintern in einem Wahnsinnstempo die Stiege hinauf. Sie genoß es, mir dabei zuzuschauen, wie ich mit ihr Schritt zu halten versuchte. Ich wollte mein Ausgehkleid nicht verschwitzen. Gott sei Dank blieb sie zwischen dem zweiten und dritten Stock stehen und ließ mich die Aussicht bewundern. Und die war herrlich. Der Ozean, die Lichter, das Fest unter uns. »Wunderschön«, sagte ich. »Ich freue mich wirklich, daß Sie sich extra Zeit für mich genommen und mich herumgeführt haben.«

»Unsinn. Ich finde das ungeheuer interessant, was Sie über die Zeitung erzählen. Und ich treffe selten Frauen, die auf der Treppe mit mir Schritt halten können.« Sie lachte leise. »Können Sie jetzt weitergehen?«

»Nur zu«, sagte ich, und wir stiegen die letzte Treppe hinauf. Sie führte in einen großen Raum, der sich mit Ausnahme eines kleinen Bades an der gegenüberliegenden Wand über das ganze oberste Stockwerk erstreckte. Das beweist Weitsicht, dachte ich mir. Ich konnte mir kaum vorstellen, wie das sein mochte, wenn man all diese Treppen hinunterlaufen mußte, um sich zu erleichtern. Von diesem Zimmer aus konnte man praktisch in jede Richtung schauen. Die Aussicht im vorhergehenden Stock war dagegen ja geradezu läppisch gewesen.

»Wow«, sagte ich. »Ihr Großvater wußte, was er wollte, als er diesen Raum baute.«

»Ja, der Aufstieg ist zwar anstrengend, aber dann ist es so schön, daß man gar nicht mehr hinunter will. Andrew benutzt diesen Teil als Büro«, sagte sie, während wir an einem Schreibtisch mit Computer vorbeigingen. An der Wand neben dem Schreibtisch hingen gerahmte Universitätszeugnisse. Ein schönes Blatt, auf dem die Graduierung von der juristischen Fakultät Harvard verzeichnet war. Ich fand es interessant, daß Elinor in Stanford gewesen war und einen Abschluß in Biologie besaß.

»Sie waren in Stanford?« fragte ich.

»Ja«, sagte sie zerstreut und ging ein wenig näher zum Fenster hin.

Ich hatte gerade einen Blick auf die Zeugnisse geworfen, die unter ihren Zeugnissen hingen, auf Andrews Undergraduate-Abschluß, als Elinor sagte: »Also wer zum Teufel kann denn das sein?«

Ich ging zum Fenster hinüber und stellte mich neben sie. Ich sah die Straße – eine Kette von Lichtern mit dunklen Stellen dazwischen. Unterhalb von uns befand sich rechts das

Wächterhaus, und davor stand ein Wagen. »Das ist doch –«, murmelte ich.

»Kennen Sie den Wagen?« fragte sie.

»Ja, er gehört einem Ermittler von der Mordkommission vom Las Piernas Police Department. Er heißt Pete Baird. Er paßt auf mich auf.«

»Wirklich?« Sie lächelte. »Sie sind doch nicht verdächtig, oder?«

»O nein, er versucht, für meine Sicherheit zu sorgen. Er beschützt mich.«

»Sie schauen mir nicht aus, als bräuchten Sie Schutz, Irene. Täusche ich mich da?«

»Bis letzte Woche wäre meine Antwort gewesen: ›Nein, ich brauche keinen Aufpasser.‹ Aber ich muß zugeben, seitdem ist mein Selbstvertrauen ins Wanken geraten. Ich weiß nicht. Ich versuche, realistisch zu sein, und nach allem, was passiert ist, muß ich sagen, nichts ist mehr so, wie's letzte Woche war.«

»Ja, das stimmt wohl«, sagte sie. Das Telefon auf dem Schreibtisch gab einen piepsenden Ton von sich. »Entschuldigen Sie mich.«

Sie nahm den Hörer ab. »Ja, Markham?«

Sie lauschte einen Augenblick. »Ja«, sagte sie und schaute zu mir herüber, »ich weiß, eine Botschaft für Miss Kelly? Ja, sicher, lassen Sie ihn herein. Sagen Sie Detective Baird, er soll in den Nebenhof kommen.«

Sie legte den Hörer wieder auf die Gabel und drückte dann ein paar Knöpfe am Telefon. »Mary? Könnten Sie ein paar Sandwiches und eine Thermosflasche Kaffee besorgen, ohne daß Henri durchdreht? Danke, mein Schatz, ich weiß, Sie setzen meinetwegen Ihr Leben aufs Spiel.«

Sie legte auf. »Sollen wir hinuntergehen? Mr. Baird hat unserem Wächter erzählt, daß er gerne mit Ihnen sprechen möchte.«

»Tut mir leid, daß ich Ihnen so viele Unannehmlichkeiten mache.«

»Sie müssen aufhören, sich zu entschuldigen, meine Liebe. Das steht Ihnen nicht. Außerdem tue ich nie etwas, was ich nicht will.« Sie lächelte und ging zur Treppe.

Schweigend stiegen wir hinab. Ich kapierte einfach nicht, was Pete vorhatte. Wenn er glaubte, daß er mich Frank zuliebe auf diese Weise überwachen mußte, dann wurde ich jetzt gleich stinksauer.

Am Fuß der Treppe sagte Elinor: »Wir sollten wohl die Schuhe wieder anziehen. Detective Baird findet es vielleicht seltsam, wenn wir auf Strümpfen herumlaufen.« Widerstrebend schlüpfte ich wieder in meine Stöckelschuhe. Wenn ich ein paar Monate lang keine getragen habe, wirke ich das erste Mal, wenn ich wieder welche anziehe, wie jemand, der zum ersten Mal auf Schlittschuhen steht. Sie bedeutete mir, ihr jetzt durch eine andere Tür – nicht die, durch die wir hereingekommen waren – zu folgen, und ich wankte hinter ihr her.

Die Tür führte auf einen kurzen Gang, der sich zwischen der Küche und der Kellertreppe befand. Ich spähte, als wir einen Moment innehielten, in den Keller hinunter. Soweit ich sehen konnte, war es ein kleiner Raum, der einige Gartengeräte, alte Zeitungen und zwei Propanflaschen zum Grillen beherbergte.

Eine korpulente, ältere Dame in blauer Kittelschürze öffnete eine Tür gegenüber dem Kellereingang. Ich erhaschte einen Blick auf die riesige Küche hinter ihr, ein geschäftiger Bienenstock, in dem das heutige Bankett vorbereitet wurde. Sie schloß die Tür hinter sich und zwinkerte Elinor zu, als sie auf den Gang heraustrat. »Da sind Sie ja, Miss Elinor«, sagte sie und reichte ihr eine Thermosflasche und zwei große eingewickelte Sandwiches. »Und machen Sie sich keine Gedanken um Henri. Der ist nicht so dumm und legt sich mit mir an.«

»Sie sind unglaublich, Mary. Das ist Irene Kelly, Irene, das ist Mary O'Brien, die seit vielen Jahren für unsere Familie tätig ist.«

»Kelly«, sagte Mary, »das ist ein guter Name.«

»O'Brien ist auch nicht schlecht«, sagte ich, und wir lächelten und schüttelten uns die Hand.

Elinor dankte ihr, und wir traten auf einen kleinen beleuchteten Hof hinaus. Auf dem Patio standen zwei große Gasgrills und weiße Gartenmöbel. Er war von einer niedrigen Hecke umgeben. Pete stand auf der anderen Seite und zerrte nervös an seinem Kragen. Ich schoß ihm einen Wehe-das-hat-keinen-guten-Grund-Blick zu.

»Elinor Sheffield Hollingsworth. Und das ist Detective Pete Baird.«

»Sehr erfreut, Mr. Baird. Ich habe Ihnen ein paar Sandwiches und Kaffee mitgebracht. Das ist nicht ganz das, was Miss Kelly heute speisen wird, aber ich dachte, das ist besser, als mit leerem Magen auf sie zu warten.«

»Das ist sehr freundlich von Ihnen, Ma'am. Ich weiß, daß Sie heute abend sehr beschäftigt sind, und rechne es Ihnen hoch an, daß Sie mich mit Miss Kelly sprechen lassen.«

»Nicht der Rede wert. Ist das ein privates Gespräch?«

»Oh, nein, Ma'am. Nichts dergleichen.« Er wandte sich an mich. »Ich wollte dir nur sagen, daß du dir um Falkenauge keine Sorgen mehr machen mußt. Ich habe vor einer Weile einen Funkspruch bekommen. Er ist tot.«

34

»Wer in aller Welt ist Falkenauge?« fragte Elinor.

»Ein Mann, der uns anscheinend von Las Piernas nach Phoenix gefolgt ist. Wir glauben, daß er dort zwei Frauen getötet hat«, erklärte ich. Wieder sah ich Elaine Tannehill vor mir.

»Oh, ja, der Artikel in der heutigen Zeitung. Was ist ihm zugestoßen, Mr. Baird?«

»Auf dem Revier erhielten sie einen Hinweis, daß er sich in einem kleinen Hotel an der Sechsundfünfzig versteckt. Als sie das überprüften, war er tot. Ich weiß noch keine näheren Einzelheiten. Vielleicht mußt du später noch vorbeischauen und ihn identifizieren – daß er derjenige war, den du beim Verlassen des Tannehill-Grundstücks gesehen hast, Irene. Aber in erster Linie wollte ich, daß du es erfährst. Dachte mir, das erleichtert dich ein wenig.«

»Ein wenig schon.« Aber eigentlich fragte ich mich, wer da so gründlich hinter sich aufräumte. »Danke, daß du es mir gesagt hast, Pete. Mir wird's wohl bessergehen, wenn wir wissen, wer wirklich hinter alldem steckt.« Ich sah ihn an, wie er mit seiner Thermosflasche und den Sandwiches herumstand. Nie ist mir jemand so deplaziert vorgekommen. »Hast du jetzt nicht frei?«

»Offiziell schon. Aber ich habe Frank gesagt, daß ich auf dich aufpasse, und das werde ich auch tun.«

»Mir geht's gut. Warum fährst du nicht nach Hause und machst es dir gemütlich?«

»Du wirst schon noch merken, daß ich genauso stur sein kann wie du. Geh wieder zurück und amüsier dich. Danke für die Sandwiches, Mrs. Hollingsworth, und entschuldigen Sie die Störung.«

»Aber nicht doch, Mr. Baird. Guten Abend.«

Er spazierte über die gekieste Parkfläche davon. Elinor und ich beobachteten ihn schweigend.

»Was für ein amüsanter Mann«, sagte sie einen Moment später. »Ich glaube nicht, daß er hergekommen ist, um Ihnen von diesem Falkenauge zu erzählen. Er hat sich bloß um Ihre Sicherheit gesorgt.«

»Ich bezweifle, daß er mich unter all den Leuten für gefährdet hält. Vielleicht hat er mich aus einem anderen Grund überprüft – aber das ist eine lange Geschichte. Na egal, wir sollten wohl zu den anderen zurückgehen? Guy fragt sich wahrscheinlich schon, was mir zugestoßen ist, und Sie wollen sich sicher auch noch um Ihre anderen Gäste kümmern.«

»Ja«, seufzte sie, »muß ich wohl. Aber es hat mir Spaß gemacht. Sie müssen mal vorbeikommen, wenn nicht soviel los ist.«

»Gerne.«

Wir gingen wieder auf die Veranda. Die Leute steuerten schon allmählich in Richtung Festsaal, wo bald das Essen serviert werden sollte. Elinor brachte mich zu Guy, der sich mit einem hiesigen Geschäftsmann unterhielt.

»Danke, daß Sie mir Miss Kelly ausgeborgt haben, Guy. Ich habe mich gut mit ihr unterhalten.«

»Ich kann nicht sagen, daß ich sie nicht vermißt hätte, aber ich bin mir sicher, daß Sie beide sich großartig verstanden haben.«

Sie verließ uns und eilte wieder an die Seite ihres Mannes, und wir gingen langsam an unseren Tisch, an dem vier weitere Paare saßen, lauter führende Geschäftsleute aus Las Piernas. Während ich ihrem Geplauder über die Auswirkungen der Umstrukturierung unseres Geschäftsviertels mit halben Ohr lauschte, fragte ich mich, wieviel unsere Tischrunde wohl wert war (sicherlich eine phantastische Summe), was diese Leute wohl an solchen Ereignissen anzog (um es kurz zusammenzufassen, Macht und Einfluß) und ob sie ihnen wirklich Vergnügen bereiteten (sehr zweifelhaft).

Guy und ich plauderten uns nett durch die einzelnen Gänge hindurch. Ich erzählte ihm von meinem Rundgang durch das Haus. Er bemerkte, daß Elinor nur wenigen Leuten mehr als den modernen Teil zeigte und daß ein solcher Rundgang ein Zeichen von großem Interesse sei. Einer der Gäste an unserem Tisch meinte: »Sie sind doch Kenny O'Connors Schwägerin, nicht wahr? Ich glaube, er hat mal gesagt, seine Schwägerin arbeite zusammen mit seinem Vater bei der Zeitung.«

Statt lange zu erklären, daß ich die Exschwägerin und nicht die ganze Zeit Reporterin war, sagte ich einfach ja.

»Überrascht mich irgendwie, daß er heute nicht da ist«, sagte der Mann. »Er schlägt doch überall die Werbetrommel für Hollingsworth.«

»Er hatte leider einen Unfall. Er wird wohl eine Weile außer Gefecht sein.«

Gesäuseltes Bedauern rundum, während ich nachzuzählen versuchte, wie viele Lügen ich gerade erzählt hatte. Ich hatte nie mitbekommen, daß Kenny sich für Politik interessierte. Er besaß ein Bauunternehmen, vielleicht mußte er deswegen ein paar Leute im Stadtrat schmieren. Aber ich konnte mir nicht denken, was ihm ein Staatsanwalt nützen sollte.

Nachtisch und Kaffee wurden serviert, und Andrew Hollingsworth stand auf und hielt eine kurze Dankesrede an seine Gäste. Während er sprach, dachte ich mir, wie leicht es ihm doch fallen mußte, die Geschworenen auf seine Seite zu ziehen. Er verband Begeisterung und starke Überzeugungskraft auf eine Art, die einem das Gefühl vermittelte, er müsse einfach recht haben, egal was er sage. Später würde man dann vielleicht erkennen, daß das Paket – im Gegensatz zu dem Hinweis auf Cornflakes-Schachteln – nach Volumen und nicht nach Gewicht verkauft worden war.

Die Party verlor allmählich an Schwung. Wir verabschiedeten uns, und ich dankte Elinor noch einmal für ihre besondere Zuvorkommenheit. Ihr Mann und der Bürgermeister unterbrachen ihr Gespräch, als wir uns ihnen zum Verabschieden näherten, und schienen ganz froh, daß wir uns nicht lange damit aufhielten.

Als wir zu Guys Wagen hinausgingen, sagte er: »Oh, ich

habe fast vergessen, Ihnen das zu erzählen. Ich habe versucht, Ann Marchenko anzurufen. Ich bin mir nicht sicher, was passiert ist. Aber ihr Telefon ist abgestellt, und sie scheint verreist zu sein. Ich fürchte, es wird schwierig sein, sie in nächster Zeit zu erreichen.«

»Mist«, sagte ich. »Sie weiß etwas, und jetzt werde ich das vielleicht nie mehr erfahren.«

»Ja, das ist alles sehr seltsam, nicht wahr?« sagte er. Er verstummte, als wir in den Wagen stiegen. Er startete den Motor, und wir fuhren vom Parkplatz herunter und am Wächterhäuschen vorbei. Pete hatte sein Auto gewendet und erwartete uns. Ich schaute in den Rückspiegel; tatsächlich, er folgte uns.

»Ich sehe, wir werden noch immer beschattet, was?« sagte Guy. »Na ja, wie ich eben schon sagte, ich halte diese Sache mit Mrs. Marchenko für äußerst merkwürdig. Wie Sie sicher wissen, wecken Bankangestellte, die plötzlich kündigen und dann spurlos verschwinden, Verdacht bei uns, und daher habe ich selber ein paar Erkundigungen eingezogen.«

Ich schaute ihn an. Er lächelte selbstzufrieden.

»Und?« sagte ich.

»Und ich bin überzeugt, daß sie sich keiner Veruntreuung oder ähnlicher Dinge schuldig gemacht hat. Aber ich glaube, daß sie etwas gesehen hat. Wie Sie wissen, arbeitete sie in der Schließfachabteilung. Kennen Sie sich aus mit Bankschließfächern?«

»Ich besaß noch nie etwas so Wertvolles, daß ich eines gebraucht hätte.«

»Dann erzähle ich Ihnen, wie das funktioniert. Die Bank hat den einen Schlüssel, der Kunde den anderen. Der Kunde muß sich eintragen, und die Unterschrift wird mit der Unterschriftskarte verglichen. Der Kunde und ein Bankangestellter gehen hinunter ins Gewölbe, und der Kunde händigt dem Angestellten seinen Schlüssel gerade so lange aus, bis er damit die kleine Tür geöffnet hat, hinter der die Kassette aufbewahrt wird. Die beiden Schlüssel werden in die Schlösser gesteckt, die Kassette herausgenommen und dem Kunden überreicht; der Kunde erhält seinen Schlüssel zurück. Normalerweise führt man ihn dann in einen Raum, wo er ungestört ist. Keinesfalls ist es uns gestattet zu sehen, was der Kunde in seiner Kassette aufbewahrt, oder zuzuschauen, wie er sie öffnet.«

»Das klingt nicht so toll, wenn man sich das überlegt. Die Bank hat also keine Ahnung, was die Leute in ihrem Keller aufbewahren?«

»Jede Bank, für die ich je tätig war, hält sich an diesen Grundsatz. Man will für das, was sich in den Schließfächern befindet, keine Haftung übernehmen. Es gibt allerdings gewisse Gesetze, die uns verpflichten, auf bestimmte Regelmäßigkeiten bei der Benutzung von Schließfächern zu achten – Gesetze, die sich auf Geldwäsche beziehen.«

Ich spitzte die Ohren, da ich mich an die Computernotizen erinnerte. GW? $ VS $. »Vielleicht hat sich O'Connor in seinen Notizen darauf bezogen – auf Geldwäsche oder so was.«

»Wirklich? Das ist ja interessant.« Er schwieg einen Augenblick, als denke er über das, was ich eben gesagt hatte, nach und fuhr dann fort. »Ich will Ihnen mal erklären, auf welche Weise man ein Schließfach zur Geldwäsche verwenden kann. Drogenhandel und andere illegale Geschäfte führen oft zur Anhäufung großer Bargeldmengen. Es gibt Bundesmeldegesetze, die uns vorschreiben, daß der Kunde ein Formular ausfüllen muß, sobald er mehr als zehntausend Dollar in bar hinterlegt.«

»Und was ist, wenn sie es in etwas kleineren Mengen waschen?«

»Das Gesetz verlangt auch, daß die Bank sogenannte ›verdächtige Transaktionen‹ meldet. Zum Beispiel, wenn jemand immer $ 9999 einbezahlt und gerade unter dem Limit bleibt – dann ist die Bank verpflichtet, diese Transaktionen an die IRS zu melden. Wir müssen einen Bericht über die Abwicklung des Geldgeschäfts einreichen.«

»Und daher muß jemand, der Grund hat, Bargeld oder die Transaktion von Bargeld zu verheimlichen, Wege finden, die bei der Bank nicht auffallen.«

»Aber Ann Marchenko ist es doch aufgefallen?«

»Genau. Schließfächer lassen sich auf verschiedene Weise zur Geldwäsche verwenden. Eine Methode ist zum Beispiel, zwei Personen auf die Unterschriftskarte zu setzen und auf diese Weise das Schließfach selber zur Geldübergabe zu mißbrauchen. Person X geht in den Tresorraum und hinterlegt eine bestimmte Summe im Schließfach. Person Y taucht einige Zeit später auf und holt das Geld ab. Wer sollte es je erfahren?«

»Glauben Sie, daß Ann Marchenko so etwas vermutete?«

»Bis Sie kamen und nach ihr fragten, hatte ich keine Ahnung. Aber ich habe ein bißchen rumgeschnüffelt und herausbekommen, daß sie eine sehr enge Freundin in der Bank hat, eine andere Angestellte, mit der sie oft zum Mittagessen gegangen ist. Ich habe mich mit dieser Frau unterhalten, und nach einiger Zeit erzählte sie mir, daß Ann in der Schließfachabteilung etwas Verdächtiges bemerkt hatte. Sie hatte es ihrer Vorgesetzten Ramona Ralston gemeldet. Offensichtlich hat Miss Ralston von Ann verlangt, es niemandem zu erzählen, und gesagt, sie würde sich selber darum kümmern. Das war vor einigen Wochen. Soweit ich sagen kann, hat Miss Ralston es nie gegenüber einer anderen Person in der Bankleitung erwähnt. Ich bin einer von denen, die davon gehört haben müßten.«

»Haben Sie eine Ahnung, was sie erfahren hat?«

»Nein, aber zumindest haben wir einen Anhaltspunkt. Ich werde unsere Ein- und Ausgänge in bezug auf die Schließfächer durchgehen und schauen, ob ich etwas finde, irgendein Muster entdecke.«

»Guy, das ist toll. Bitte, lassen Sie es mich wissen, wenn Sie mehr herausfinden.«

»Sicher. Es hat mir auch irgendwie Spaß gemacht, mich als Amateurdetektiv zu betätigen«, sagte er. Wir hatten mein Haus erreicht. Er fuhr an den Straßenrand und schaltete den Motor ab. Er wandte sich mir zu. Ich war ein wenig verlegen. Pete hatte in einiger Entfernung von uns geparkt und schaltete diskret seine Scheinwerfer aus. Aber mehr als das fürchtete ich, was Guy vielleicht inzwischen von mir erwartete.

»Irene, die Vorstellung, daß Sie heute nacht hier schlafen, macht mir Sorgen.«

»Ich muß Ihnen was beichten, Guy. Ich wohne seit ein paar Tagen nicht mehr hier. Ich vertraue Ihnen, aber ich schulde es der Person, bei der ich wohne, daß mein jetziger Aufenthaltsort nicht publik wird. Ich hoffe, es macht Ihnen nichts aus.«

»Nein, überhaupt nicht. Ich verstehe das. Das ist vernünftig, wirklich. Aber wir hätten uns hier nicht treffen sollen.«

»Im nachhinein glaube ich, daß Sie recht haben.«

»Und darf ich als Amateurdetektiv jetzt noch eine andere Bemerkung machen?«

»Sicher.« Oje, dachte ich, jetzt kommt's.

»Sie haben wohl kein echtes Interesse daran – tja, sollen wir sagen – mich wiederzusehen?«

»Oh, ich weiß nicht, Guy«, sagte ich, durch seine Direktheit verwirrt. »Zur Zeit ist bei mir alles so konfus – ich weiß nicht.«

Eine lahmere Ausrede fällt dir wohl nicht mehr ein, schalt ich mich selber – warum bist du nicht so direkt wie er? »Ehrlich gesagt«, fuhr ich fort, »ich habe kürzlich jemanden wiedergetroffen, den ich vor langer Zeit kannte. Es hat schon damals ein bißchen gefunkt zwischen uns. Wir haben wahrscheinlich nicht die geringste Chance, daß es je funktioniert – er ist Bulle, und das allein ist schon ein Problem –, aber der Funke ist trotzdem da. Ich will einfach mal schauen, was passiert. Wahrscheinlich sollte ich mal mein Hirn röntgen lassen, weil ich das Ganze einfach nicht vergesse und jemanden wie Sie enttäusche. – Sie sind ein attraktiver und interessanter Mann. Und ich bin gern mit Ihnen zusammen.«

»Oh, Irene, hören Sie auf. Als nächstes erzählen Sie mir, daß ich ein netter Kerl bin, und ein Mann haßt es, wenn eine Frau ihm so was sagt.« Er lachte. »Tja, haben Sie vielleicht irgendwelche Schwestern? Noch ein paar andere wie Sie zu Hause?«

Das brachte mich auf einen Gedanken. »Ich würde es nicht wagen, Ihnen meine Schwester vorzustellen – wie gesagt, ich mag Sie, Guy. Aber, man könnte sagen, es gibt jemanden daheim. Lassen Sie mich überlegen. Ich habe vielleicht eine Freundin, die Ihnen gefallen könnte. In der Tat, ich glaube, sie würde Ihnen sogar sehr gefallen.«

»Tja, Irene, falls sich herausstellt, daß die alte Flamme doch erloschen ist, dann denken Sie an mich. Und Ihre Freundin würde ich gern kennenlernen. Aber ich hoffe, ich darf Sie bei dieser Geschichte, an der Sie arbeiten, weiterhin unterstützen?«

»Mehr als das, Guy. Ich brauche Ihre Hilfe wirklich – und ich wäre froh, wenn wir Freunde würden.« Ich hielt inne, sah ihn an und dachte, daß ich ja wirklich verrückt war. »Ich weiß Ihr Verständnis zu schätzen«, sagte ich. »Ich fühle mich irgendwie schlecht, weil ich nicht so reagieren kann, wie Sie es erwartet haben.«

»Machen Sie sich keine Gedanken, *chère*. Ich freue mich über jeden Freund, den ich habe. Mit zwanzig wäre das eine Katastrophe gewesen. Aber inzwischen sind mir Freunde sehr wichtig geworden. Fahren Sie jetzt nach Hause und schlafen Sie sich aus. Ich rufe Sie an, wenn ich erfahre, was Mrs. Marchenko aus der Bank vertrieben haben könnte.«

»Gute Nacht, Guy.« Ich beugte mich hinüber und küßte ihn auf die Wange. Er lächelte und sagte gute Nacht, und ich stieg aus. Ich wartete, bis er wegfuhr, winkte dann Pete zu, stieg in mein eigenes Auto und fuhr mit Pete im Schlepptau zu Lydias Haus.

Als ich dort ankam, stieg er aus seinem Auto und kam zu mir her. Er schaute auf seine Uhr. »Nun ja, es ist Mitternacht. Wie fühlt man sich an einem Tag, an dem niemand versucht hat, einen umzubringen?« fragte er.

»Eigentlich ziemlich gut. Die Sache in meinem Haus hat mir einen ganz schönen Schrecken eingejagt, aber ich hab meine Lektion gelernt.«

»Jaa, tja, hoffentlich.«

»Gehst du jetzt auch nach Hause, oder muß ich zusehen, wie dein Wagen die ganze Nacht da draußen steht?«

»Ich geh nach Hause. Paß auf dich auf, Irene.«

»Du auch, Pete.«

Ich schlich ins Haus, um festzustellen, daß Lydia und Cody noch miteinander fernsahen. Zumindest Cody machte den Eindruck, als schaue er zu.

»Hey, hallo«, rief sie.

»Hi. Wie geht's?«

»Gut, aber ich fürchte, du bist sauer auf mich.«

»Weil du Frank angerufen hast? Nein, ich glaube, dafür muß ich dir dankbar sein. Du hattest recht – ich war dumm.«

»Ich weiß nicht, Irene. Ich habe später drüber nachgedacht und mir überlegt, daß du dieses ständige Aufgepasse von uns allen wohl ziemlich satt hast.«

»Das hat sich schon erledigt. Aber egal – Themenwechsel – hast du Lust, jemanden kennenzulernen, der groß, dunkel und attraktiv ist?«

»Das ist doch wohl eine rhetorische Frage?«

»Gehen wir doch Montag miteinander zum Mittagessen. Ich würde dir gern jemanden vorstellen.«

»Und bis Montag willst du mich warten lassen, hä? Okay, laß hören.«

»Ach, ich hau mich hin. Du kannst mit diesem Hurenvieh von Kater schlafen.«

»Er ist fast wie ein lebender Teddybär, was?«

»Mit seinen neunzehn Pfund könnte man ihn auch mit einem Bären verwechseln.«

Cody gab mir mit einem Blick zu verstehen, daß er alles genau verstand und es ihm gar nicht gefiel. Er fauchte. Wir lachten. Das machte ihn nun wirklich wütend, und er sprang von Lydias Schoß und trottete in die Küche, um an seiner Freßschüssel zu schnuppern.

»Tja, ich glaube, jetzt schläft er bald überhaupt nicht mehr bei mir«, sagte ich. »Gute Nacht!«

»Nacht.«

Ich war schon im Bett und hatte das Licht ausgemacht, als mir einfiel, daß ich Frank ja versprochen hatte, ihn noch anzurufen. Es war schon nach Mitternacht. Ich kam zu dem Schluß, daß es ihn mehr verärgern würde, wenn ich ihn nicht anrief als wenn ich ihn anriefe und aufweckte. Ich streckte die Hand aus und griff nach dem Telefon neben dem Bett. Es hatte eine von diesen Wählscheiben, die aufleuchteten, so daß ich ihn im Dunkeln anrufen konnte. Er hob nach dem zweiten Läuten ab.

»Harriman.«

»Wie offiziell du noch klingst zu so später Stunde.«

»Irene? Danke, daß du anrufst. Alles okay?«

»Bin gesund und munter. Und du? Hab ich dich geweckt?«

»Nein, ich habe wach gelegen und über dich nachgedacht, um ehrlich zu sein.«

Also lag er auch im Bett. Irgendwie war das schön. »Hm,

was hast du dir denn gedacht? Pete ist mir den ganzen Abend gefolgt, da hast du dir über meine Sicherheit wohl kaum Gedanken machen brauchen.«

»Hab ich aber trotzdem.«

»Wie geht es dir jetzt?«

»Besser. Bin ziemlich unruhig, aber es tut nicht mehr so weh. Was hast du morgen vor?«

»Ich gehe mit Barbara Mittagessen, aber sonst ist nichts geplant.«

»Hast du Lust, mich später zu treffen?«

»Ja, das wäre schön.«

»Schau nach dem Lunch kurz vorbei, ja?«

»Klar.«

»Wie war das Polit-Bankett?«

»Tja, aus irgendeinem Grund hat Mrs. Hollingsworth Gefallen an mir gefunden und beschlossen, mir persönlich ihr Haus zu zeigen. Es ist wirklich beeindruckend. Und sie auch.«

»Ja, das habe ich auch gehört. Wird sie nicht die Eiskönigin genannt?«

»Ja, wohl weil sie einen erst mal überwältigt. Aber ich weiß nicht, irgendwie mag ich sie. Sie kann ziemlich kurz angebunden und eigensinnig sein, und ich würde ihr nicht gerne in die Quere kommen, wenn sie etwas will. Aber sie hat Humor. Und sie macht Dinge, die sie nicht tun müßte – sie hat Pete sogar Sandwiches und Kaffee bringen lassen, als sie merkte, daß er da draußen auf mich wartete.«

»Na ja, du hast recht, das klingt nicht allzu eisig. Armer Pete. Er hat einen langen Tag gehabt.«

»Er ist dir wirklich ergeben. Ich mach mir nicht vor, daß er das wirklich meinetwegen tut.«

»Pete ist ein guter Mann. Und er mag dich. Wahrscheinlich würde er auch so ein Auge auf dich haben.«

»Soll das ein Scherz sein? Ich nerve ihn doch nur ständig.«

»Du wärest überrascht, wenn du wüßtest, auf wie viele Leute du diese Wirkung hast.«

»Sehr witzig. Ich schlaf mich besser aus, wenn ich morgen diese Art von Humor ertragen muß.«

»Gute Nacht. Und träum süß.«

»Danke. Du auch.«

Ich legte auf und lag noch eine Weile wach. Irgend etwas nagte an mir, irgend etwas, was im Laufe des Tages passiert war, aber es fiel mir nicht ein. Ich war müde und durch die Unterhaltung mit Frank abgelenkt.

Ich schlief ein und hatte, wie bestellt, süße Träume. Erstaunlich süße für ein braves katholisches Mädchen.

35

Am Samstagmorgen erwachte ich, als ein riesiger Kater mir auf die Schienbeine sprang.

»Autsch! Cody, das hast du doch absichtlich gemacht!« Er sah mich in all der Unschuld, die sein unfolgsames Katzengesicht zuwege brachte, an und schnurrte laut. Ich streckte schläfrig die Hand aus und kraulte ihm die Ohren. Er tapste über meinen Körper, trat dabei auf eine ganze Reihe wichtiger Organe, die nicht unbedingt von einer Katzenpfote geknufft werden müssen, und ließ sich schließlich zwischen meinen Brüsten nieder. Er begann zu schnurren und zu pressen und hob dann das Kinn für den Fall, daß ich vielleicht den Drang verspürte, ihn dort zu kratzen. Ich streckte mich und schaute auf die Uhr. Es war schon elf. Ich schreckte hoch und war nun hellwach. »Danke, daß du gekommen bist, Cody. Sonst hätte ich vielleicht bis Mittag geschlafen. Ist sowieso schon nahe dran.«

Er war nicht allzu begeistert, als ich aus dem Bett rollte,

folgte mir aber überallhin, während ich mich für das Mittagessen mit Barbara fertigmachte. Ich duschte kurz und zog eine Jeans und mein geliebtes hellgraues T-Shirt an. Lydia hatte eine Nachricht hinterlassen: sie habe ein paar Besorgungen zu erledigen und sähe mich vielleicht später. Ich blickte mißtrauisch auf Cody hinab. »Wie schnell hast du dich denn einsam gefühlt, als sie weg war?«

Als Reaktion drückte er sich an meine Beine. »›Love the One You're With‹, meinst du das? Wie in dem alten Song.« Ich packte ihn hinter den Vorderbeinen, hob ihn hoch und ließ ihn tanzen, während ich ihm den Refrain vorsang. Er war nicht scharf darauf und huschte davon, sobald ich ihn wieder herunterließ.

Diese kleine sportliche Übung rief Lieder aus meinen Junior High und High School-Tagen in mir wach, als erstes »Suite: Judy Blue Eyes«. Als ich in Richtung *St. Anne's* fuhr, sang ich lauthals die »Do-do-do-do«-Partie daraus. Es war ein warmer sonniger Tag, und ich hatte das Verdeck meines alten Karmann Ghia heruntergelassen, der nicht viel jünger ist als das Lied. Ich hielt an einer Ampel, und ein Typ, so etwa in meinem Alter, lehnte sich aus dem Fenster seines Pickups. Ich dachte schon, er wolle mich fragen, ob ich ein bißchen daneben sei, aber er begann die zweite Stimme zu singen. Die Ampel schaltete auf Grün, und wir nickten uns zu und lächelten, aber ich muß zugeben, daß ich danach ein wenig gedämpfter war.

Als ich auf den Parkplatz von *St. Anne's* rollte, war ich bester Laune. Auf dem Weg zum vorderen Eingang blieb ich an einem Zeitungsautomaten stehen und warf einen Vierteldollar ein, um mir den *Express* zu kaufen. Ich schreckte zusammen, als ich ihn aufschlug und auf der Titelseite ein Bild von Falkenauge erblickte. Im dazugehörigen Artikel mit der Überschrift »Verdächtiger tot aufgefunden« stand zu lesen, daß die Polizei ihn aufgrund eines anonymen Hinweises gefunden habe. Die Todesursache sei nicht bekannt, hieß es, was mir sehr seltsam vorkam. Ich hatte wohl damit gerechnet, daß er erschossen worden war oder erstochen oder sonst was Offensichtliches. Seine Identität sei noch nicht völlig geklärt.

Während ich mich Kennys Zimmer näherte, schlugen mir der Artikel und die Krankenhausatmosphäre auf die Stimmung, und als ich dort ankam, war ich schon richtig melancholisch.

Ich trat ein, und Barbara lächelte mir zu.

»Schau mal, wer da ist, Kenny! Irene!«

Also war er wach. Er trug nicht mehr so viele Verbände, wenn sein Gesicht auch eine einzige dunkelviolette Schramme war. Die Augen waren ein wenig abgeschwollen. Bandagen und Schienen sorgten dafür, daß der Oberkörper noch immer ruhiggestellt blieb. »Hi, Kenny«, sagte ich und fragte mich, warum sich mir der Magen dabei zusammenkrampfte.

Er antwortete nicht, sah mich aber an.

Barbara redete weiter, als habe er mich herzlich begrüßt. »Irene hat sich nach dir erkundigt, Kenny. Sie war schon öfter da und hat mir wirklich viel geholfen.«

Nichts. Er wandte die Augen ab.

»Sollen wir gehen?« sagte ich zu Barbara.

Sie starrte Kenny an, der wiederum auf irgendeine Stelle an der Wand starrte.

»Ja, ich glaube schon«, sagte sie einen Augenblick später. Wir standen auf und gingen.

»Da gibt es so einen Hamburger-Laden an der Ecke, die haben phantastische Erdbeer-Shakes – hast du Lust auf so was?«

»Klingt toll«, sagte sie. »Die Krankenhausmahlzeiten haben den Reiz einer gut ausgewogenen Diät. Ich würde gern was Verbotenes, Ungesundes zu Mittag essen.«

»Okay, dann teilen wir uns auch noch eine große Portion Pommes.«

»Tut mir leid wegen Kenny. Er ist heute sehr schlecht gelaunt. Er ist frustriert und fühlt sich unwohl. Ich bin mir nicht sicher, aber ich glaube, er kapiert erst allmählich richtig, daß sein Vater tot ist.«

»Ah ja«, sagte ich. Ach, O'Connor. Bist du wirklich fort?

»Erinnerst du dich noch, wie das war, als Dad starb?«

»Klar.« In dem nun folgenden Schweigen dachte ich bei mir, natürlich erinnere ich mich daran, Barbara. Ich hab doch zugeschaut, wie er Tag für Tag weniger wurde. Ich saß an seinem Bett und schaute zu, wie aus dem Kerl, den ich immer für den stärksten Mann der Welt gehalten hatte, ein zerbrechlicher Grashalm wurde – während du dich hinter deiner Kenny-Obsession versteckt hast.

Aber die bitteren Gedanken verschwanden wieder. Ich konnte Barbara nicht vorwerfen, daß sie anders mit Dads Krankheit umgegangen war als ich. Wir waren einfach sehr verschieden, und daran würde sich wohl auch nichts ändern. Und so schmerzhaft diese Tage mit Dad auch waren, zumindest hatten wir sie zusammen verbracht, und sie waren eine Bereicherung für mich.

»Ich hasse mich«, sagte sie plötzlich.

»Warum?«

»Ich bin manchmal so egoistisch. Du bist bei ihm geblieben. Ich nicht.«

Hatte ich meine Gedanken etwa laut ausgesprochen? Nein, ich wußte, daß ich nichts gesagt hatte. Ich beruhigte mich wieder und sagte: »Das ist vorbei, Barbara. Es ist egal, wer bei ihm war. Jetzt kommt es nur drauf an, daß wir zusammenhalten.«

»Ich hab in letzter Zeit viel über Vater nachgedacht«, sagte sie ruhig. »Ich frage mich, warum ich bei Kenny bleiben kann und es bei Dad nicht konnte. Ich weiß nicht. Vielleicht weil

Kenny immer so abhängig von mir war, da ist es nicht so schockierend, daß er mich jetzt braucht. Bei Dad war es genau umgekehrt.«

»Wie schon gesagt, das ist vorbei – das ist Jahre her. Du mußt ab und zu mal weg von Kenny, Barbara. Die ganze Zeit in diesem Krankenzimmer zu hocken und sein entstelltes Gesicht anzustarren – da muß man ja verdrießlich werden.«

»Da hast du wohl recht.«

Wir schnappten uns eine Nische in dem Hamburger-Restaurant und bestellten unser durch und durch amerikanisches Mittagessen. Sie wurde ein bißchen munterer, und wir unterhielten uns ganz nett, vor allem, weil ich mich bemühte, anders mit ihr zu reden. Das heißt, ich biß mir öfter auf die Zunge und lenkte die Unterhaltung, sobald sie auf ein kritisches Thema zusteuerte, in eine andere Richtung. Aber es war auch ihr Verdienst; ich glaube, sie bemühte sich genauso angestrengt um Harmonie wie ich.

Ich begleitete sie wieder zum Krankenhaus, kam aber dann zu dem Schluß, daß ich heute keine weitere Runde durch die Korridore mehr vertragen konnte. »Danke fürs Mitkommen, Barbara. Ich weiß ja, daß du Kenny nicht gern alleine läßt.«

»Danke dir. War schön, mal wegzukommen.«

Ich wandte mich zum Gehen. »Irene?«

»Ja?«

»Ich habe mich gerade gefragt, wie es dir bei alledem so geht?«

»Bei was?«

»Ich meine, ich habe wohl vergessen, dich zu fragen, wie du mit – du weißt schon – mit alldem, was dir passiert ist, klarkommst.«

»Ein paar Tage lang hat es mich ganz schön fertiggemacht, aber jetzt geht's schon viel besser. Man könnte vielleicht sagen, es war schwer, nicht durchzudrehen. Aber man hat ja schließlich Freunde. Und dich.«

»Mich?«

»Ja, natürlich.«

Sie begann zu heulen.

»Um Himmels willen, Barbara«, sagte ich und legte ihr den Arm um die Schultern. »Ich habe das doch nicht gesagt, um dich zum Heulen zu bringen.«

Sie biß sich auf die Unterlippe, schniefte und wischte sich in wahrhaft damenhafter Manier die Tränen ab. Ich war stolz auf sie. Ich hätte wahrscheinlich den Ärmel eines Sweatshirts oder so etwas benutzt.

»Ich bin völlig durcheinander«, sagte sie.

»Du brauchst nur ein bißchen Ruhe und ab und zu Tapetenwechsel.«

»Ich werde versuchen, mich dran zu halten.«

Das ist schon mal ein Fortschritt, dachte ich mir. Ich drückte sie rasch an mich. Ich sah mich um und erblickte ein Münztelefon. »Wenn's dir jetzt bessergeht, mach ich schnell einen Anruf.«

»Warum kommst du nicht mit rein und rufst von Kennys Zimmer aus an?«

Für Barbara war das ein ungeheuer großzügiges Angebot. Aber sie sah sofort, daß ich zögerte.

»Oh, das ist ein privates Gespräch, nicht wahr?« sagte sie und mußte grinsen. »Rufst du diesen Detective an?«

»Ja«, sagte ich und fragte mich, warum ich eigentlich nicht log.

»Toll!«

»Barbara«, sagte ich, »ich rufe ihn bloß an, ich heirate ihn nicht.«

»Ich weiß, ich weiß«, sagte sie, grinste aber immer noch. Na ja, wahrscheinlich besser als Tränen. »Tja«, sagte sie und kicherte wie eine junges Mädchen, »bis bald.«

Sie hopste förmlich ins Hospital. Barbara ist ein Gründungsmitglied – nein, die Initiatorin – des Vereins, der sich über meinen Familienstand den Kopf zerbricht. Es war schon traurig, daß der Verein so verzweifelt nach einem Hoffnungsschimmer Ausschau halten mußte. Ich sah schon das Protokoll der nächsten Sitzung vor mir: »Wir freuen uns, bekanntgeben zu können, daß Irene mit einem geeigneten Kandidaten aus nichtberuflichen Gründen telefoniert hat.« Applaus donnert durch den Saal. Einen Moment lang überlegte ich mir, ob ich den restlichen Tag nicht allein verbringen sollte.

Aber dann fielen mir wieder die Träume vom Vorabend ein. Ich rief an.

Frank meldete sich wieder mit seinem Nachnamen.

»Kelly«, antwortete ich.

»Hi. Kommst du vorbei?«

»Komme gerade aus *St. Anne's*. Bis gleich.«

»Ich freue mich schon.«

Ich legte auf und gestattete mir das gleiche Grinsen, das ich gerade auf Barbaras Gesicht gesehen hatte.

36

Ich schaltete das Radio ein und hörte mir modernen Rock 'n' Roll an, damit ich nicht den ganzen Tag Oldies sang. Es war ein schöner Tag für eine Fahrt zum Strand. Ich parkte in Franks Einfahrt und ging zur Tür. Er machte auf, und ich muß gestehen, daß ich ihn sehr undamenhaft anglotzte. Barbara wäre entsetzt gewesen. Aber sie erblickte ja schließlich auch nicht Franks Beine zum ersten Mal. Er trug Shorts und Sandalen, und seine Beine waren gebräunt und muskulös. Er hatte ein T-Shirt an, in dem auch die obere Hälfte gar nicht übel aussah. Als ich bei seiner gebrochenen Nase und der noch immer verfärbten Augenpartie ankam, merkte ich, daß meine Taxierung wohl ziemlich deutlich war.

»Hi«, sagte ich und spürte, wie mir die Röte in die Wangen stieg. »Warst du in der Sonne?«

»Nur ein paar Minuten im Garten. Hast du Lust, an den Strand zu gehen? Wenn ich nicht eine Weile rauskomme, fällt mir noch die Decke auf den Kopf.«

»Ein Spaziergang wäre toll.«

Er schloß das Haus ab, und wir steuerten in gemütlichem Tempo den Strand an. Frank ging etwas langsam und schien wegen seiner Rippen immer noch ein wenig steif zu sein, aber er bewegte sich schon viel besser als am Tag zuvor.

Wir erreichten den Boardwalk, auf dem sich die Menschenmassen in beiden Richtungen an Verkäufern, Straßenmusikanten und kleinen Ständen mit Sonnenbrillen, Badebekleidung, Schmuck, Sandalen und allen möglichen Arten von T-Shirts vorbeischoben. Wir durchquerten den Strom, ohne angerempelt zu werden – eine echte Leistung. Frank sah allerdings auch aus, als sei er gerade aus dem Ring gestiegen, so daß man ihm eher auswich. »Ist es dir peinlich, mit mir gesehen zu werden?« fragte er, als er die Reaktionen bemerkte. »Sobald ich mich rasiert habe, vergeß ich sofort, wie ich aussehe.«

»Ist mir überhaupt nicht peinlich. Außerdem hast du ja ein paar von diesen Prellungen mir zu verdanken.«

»So war das nun mal.«

»Ich bin eben nicht leicht zu haben. Aber die Bescheidenheit macht dich nur noch charmanter.«

»Du bist unmöglich.«

»Nein, aber auch nicht unkompliziert.«

Er schüttelte den Kopf, als wolle er sagen, er gebe es auf, und wir gingen weiter, schlängelten uns diesmal zwischen Leibern hindurch, die auf Handtüchern bräunten. Der weiche Sand machte ihm schon größere Schwierigkeiten. Ich sah, wie erleichtert er war, als wir den feuchten, festen Sand in der Nähe der Wellen erreicht hatten. Ich hielt an, um mir die Schuhe zu binden.

Er sah mir zu und lächelte. »Nicht zu glauben. Du weißt immer noch nicht, wie man sich die Schuhe bindet.«

»Was sagst du da?« fragte ich, obwohl ich genau wußte, was er meinte.

»Ich erinnere mich nur, daß dir in Bakerfield immer die Schnürsenkel aufgingen. Mir ist dann aufgefallen, daß du sie andersrum zubindest – du bist der einzige Mensch, den ich kenne, der eine Schnürsenkel-Dyslexie hat.«

»Daran ist mein Vater schuld. Ich habe das Schleifebinden dadurch gelernt, daß ich ihm jeden Morgen vor der Arbeit seine Schuhe band. Deswegen binde ich sie noch immer so, als wären's die von einem anderen Menschen.«

»Ja, aber wie lang ist das denn her?«

»Das ist doch gar nicht wichtig. Außerdem gehen sie auf, weil ich drauftrete.«

»Ich verstehe schon, warum dir *die* Erklärung lieber ist«, lachte er.

»Hör lieber auf damit, Frank, gleich tun dir wieder die Rippen weh!«

»Weißt du was – ziehen wir doch die Schuhe aus – dann müssen wir nicht dauernd unser Gespräch unterbrechen.« Er ließ sich langsam auf dem Sand nieder, und wir schlüpften aus den Schuhen. Schön war das, so im warmen Sand zu sitzen, nur ein paar Meter von den Wellen entfernt.

»Kommt mir vor, als wäre ich ganze Sommer lang barfuß rumgerannt«, sagte ich.

»Das ist mir völlig klar.«

»Jetzt reicht's aber wirklich.«

»Okay, okay. Ich bin auch den ganzen Sommer barfuß rumgelaufen. Hat meine Mutter zum Wahnsinn getrieben. ›Du trittst in eine Scherbe!‹ hat sie immer gesagt, oder ›Die Leute glauben, wir kaufen dir keine Schuhe‹. Aber nach einer Woche oder so waren mein Füße so abgehärtet, daß ich auf einer Rasierklinge hätte gehen können.«

»Meine Mutter hat auch immer solche Sachen zu mir gesagt. Barbara war immer im Haus und hat die Stöckelschuhe meiner Mutter anprobiert, und ich bin barfuß auf den Baum im Vorgarten geklettert.«

»Du warst doch mit Barbara Mittagessen, oder? Wie geht's ihr?«

»Abgesehen davon, daß sie zuviel da drinnen hockt, die vier Wände anstarrt und Kenny aufzumuntern versucht, scheint es ihr gutzugehen. Heute sind wir sogar miteinander ausgekommen. Ich weiß nicht. Wir waren uns nie besonders nahe, aber bis zur Krankheit meines Vaters ging's eigentlich; dann ist Dad gestorben, und sie hat Kenny geheiratet, aber abgesehen von den paar Wochen, nachdem Kenny sie sitzenließ, hatten wir nicht mehr viel miteinander zu tun. Wir scheinen uns immer nur auf die Nerven zu gehen.«

»Ich wußte gar nicht, daß dein Vater gestorben ist«, sagte er.

»Das war vor deinem Umzug, vor etwa sieben Jahren. Er hat ziemlich lange mit dem Krebs gekämpft.«

»Das tut mir leid.« Er schwieg eine Weile und schaute auf die Wellen. »Mein Vater ist vor drei Jahren gestorben.«

Ich sah zu ihm hinüber.

»Wahrscheinlich sollte ich dankbar sein«, sagte er. »Es ging sehr schnell. Er hatte einen Herzinfarkt.«

»Das macht es auch nicht leichter für dich.«

Er schwieg sehr lange, sagte aber dann: »Vielleicht nicht.«

»Wie geht es deiner Schwester?«

»Cassie? Der geht's phantastisch. Sie und meine Mutter leben immer noch in Bakersfield. Sie ist verheiratet und hat zwei Kinder.«

»Zwei Kinder? Deine kleine Schwester hat zwei Kinder?«

»Zwei Jungen, vier und sechs – Brian und Michael Junior – richtige Teufel, die beiden. Aber ich bin ganz verrückt nach ihnen. Ihr Mann arbeitet bei der Autobahnpolizei. Cassie hat das Richtige getan, als sie Mike heiratete – er behandelt sie gut. Und wir sind eine richtige Bullenfamilie geworden: mein Dad, Mike und ich.«

Ziemlich lange sprach keiner von uns ein Wort.

»Weißt du, was verrückt ist?« fragte ich.

»Ja – daß wir uns nicht öfter getroffen haben.«

»Genau.«

Wir beobachteten einen großen schwarzen Hund, der in die Wellen tauchte und einem Frisbee nachschwamm. Er kehrte triefend und sandverklebt zurück, hielt aber stolz seine Trophäe empor und rannte zu seinem Besitzer zurück, den er beim Schütteln seines tropfnassen Fells vollspritzte.

»Wir hätten uns vielleicht ein bißchen mehr anstrengen sollen«, sagte Frank.

»Ich weiß nicht. Es war wohl nie der richtige Zeitpunkt. Wir haben uns kennengelernt, und dann bin ich nach Las Piernas gezogen. Dann bist du hergezogen, warst aber mit jemand anderem zusammen. Dann hast du Kontakt aufgenommen, aber inzwischen war ich mit jemanden zusammen.«

»Was ist denn aus *dem* geworden?«

»Greg?« fragte ich und zog eine Grimasse. Greg, der Mann, mit dem ich damals, als Frank wieder nach Las Piernas kam, zusammen war, ist nicht gerade ein Ruhmesblatt meiner Geschichte. »Mit einem Wort, gar nichts. Irgendwann hatte ich dieses Nichts satt, und wir haben uns getrennt. Er hat sich einfach nie zusammengerissen. Ich glaube, ich war gerade in so einer verzweifelten Phase, als das mit ihm anfing.«

»Ich kann mir nicht vorstellen, daß du je verzweifelt bist.«

Ich lachte. »Glaub mir Frank, ich war verzweifelt. Und war mit ein paar richtigen Heulern zusammen. Richtigen Katastrophenfällen. Das einzige, worauf ich mir was einbilde, ist, daß das schon eine ziemliche Weile her ist. Vielleicht bin ich inzwischen reif genug und hab kapiert, daß es besser ist, die Panik vor dem Alleinsein einfach durchzustehen.«

»Ich weiß, was du meinst.«

»Wirklich?«

»Glaubst du, das passiert nur Frauen oder wie? Ich denke, die Erfahrung macht fast jeder, der lange genug allein war.«

»Wahrscheinlich hast du recht. Eine Zeitlang hattest du doch mal eine ziemlich feste Beziehung, oder?« Natürlich verriet ich nicht, daß Pete mir schon die hervorstechendsten Details über die Frau, die Frank nach Las Piernas lockte, mitgeteilt hatte.

»Ja. Sie hieß Celia. Sie war bei der Autobahnpolizei. Ich hab mich nach Las Piernas versetzen lassen, um mit ihr zusammenzusein, und dann beschloß sie, wieder nach Bakersfield zurückzugehen. Und das war wohl auch das Beste.«

»Ich müßte ihr wohl dankbar sein.«

Er sah mich an. »Du brauchst niemandem dankbar zu sein.« Er schaute wieder aufs Wasser und war plötzlich verlegen. »Ich hätte mich wieder bei dir melden sollen. Ich hab oft daran gedacht.«

»Ja, ich hab auch dran gedacht. Ich wollte wohl einfach nicht hören, daß du verheiratet oder gerade bis über beide Ohren verliebt bist.«

Er lachte. »Ich hab fast wie ein Mönch gelebt.«

Ich beschloß, ihm jetzt nicht zu erwidern, daß »fast« gar nichts besagt. Und beschloß darüber hinaus, daß es besser war, ihm die Einzelheiten meines letzten Jahrzehnts vorzuenthalten.

Eine große Welle schlug ans Ufer, und es fehlten nur ein paar Zentimeter, und sie hätte unsere Hinterteile durchnäßt.

»Sollen wir weitergehen?« fragte ich.

»Doch, klar.« Wir begannen, gemütlich auf die Pier zuzuspazieren. Es dauerte eine Weile, aber wir schafften es gerade noch, bevor die Nachmittagswinde aufkamen. An seinem Gang sah ich, daß ihm die Rippen immer noch weh taten und daß er allmählich müde wurde.

»Gehen wir doch auf dem Boardwalk zurück«, schlug ich vor, da ich sah, daß die Menge sich verlaufen hatte.

»Okay«, sagte er und griff nach meiner Hand. Und so marschierten wir fast den ganzen Weg zurück, schwiegen und beobachteten die Leute. Mir war an Frank schon früher diese Polizistengewohnheit aufgefallen, unauffällig, aber beständig alles aufzunehmen, war ringsum vorgeht.

Als wir das Haus erreichten, folgte ich ihm in die Küche, wo er einen ziemlich leeren Kühlschrank öffnete und mich dann fragte, ob ich für das Abendessen schon etwas vorhätte.

»Nein, aber du siehst müde aus. Ich könnte ja schnell zum Laden laufen und was einkaufen – ich mach uns dann hier was.«

»Ich komme mit. Ich bin so gerne draußen.«

Ich fand, daß er ziemlich erschlagen aussah, sagte aber: »Okay.«

»Wenn du mich nicht einen Yuppie schimpfst, dann lade ich dich später ins Hot Tub ein.«

»Also das hast du dahinten in der Gartenecke. Doch ein kleiner Yuppie, was? Du bist halt nicht gerade in der Branche, die unter die ›Yuppie‹-Kategorie fällt. Ich muß noch mal kurz bei mir vorbeischauen und meinen Badeanzug holen.«

»Okay, prima. Warte eine Sekunde.« Er ging, während ich wartete, durch die Diele in eines der Schlafzimmer. Es dauerte eine Weile, bis er wieder herauskam.

Als es dann soweit war, hatte er seinen Schultergurt mitsamt Pistole um. Ich muß zugeben, das dämpfte meine Stimmung ein wenig.

Er spürte es und sagte: »Ich will nur sichergehen, daß dir nichts passiert, während wir da drüben sind.«

»Ist schon vernünftiger, ich hab nur gerade nicht dran gedacht.«

Er zog einen Blouson über, und wir gingen zum Wagen. Es

fiel ihm ziemlich schwer, sich in mein kleines Kabrio zu zwängen. Er schaffte es jedoch und sagte: »Mein Gott, wie ich meinen alten Volvo vermisse.«

»Tut mir leid, Frank. Jetzt bist du uns, die noch einen fahrbaren Untersatz besitzen, auf Gedeih und Verderb ausgeliefert.« Ich stieß so sachte wie nur möglich zurück, um ihn nicht mehr als nötig durchzurütteln. Aber er schien so froh darüber, einfach nur draußen zu sein, daß er es wohl kaum bemerkte.

»So was solltest du eigentlich noch nicht machen, oder?« fragte ich.

»Deswegen macht es ja um so mehr Spaß«, erwiderte er.

Als wir mein Haus erreichten, irritierte mich der Gedanke, daß er sich nun wieder aus dem Auto herausquälen mußte.

»Bleib doch sitzen – es dauert nur einen Augenblick.«

»Nun mach mal halblang«, sagte er und hievte sich mit einem Ruck vom Sitz. Abgesehen davon, daß er ziemlich schwer schnaufte, als er neben dem Wagen stand, wollte er mir keinesfalls zeigen, daß es ihm etwas ausmachte. Ich beschloß, den Mund zu halten.

Diesmal schockierte mich das Aussehen des Hauses nicht mehr so sehr. Ich schloß die Tür auf, aber Frank ließ mich nicht hinein, ehe er das Haus kontrolliert hatte. »Alles in Ordnung«, sagte er schließlich. Er ging mit mir nach hinten, und ich dachte schon, er würde mir überallhin folgen, doch er wollte zur Hintertür. Er öffnete sie und untersuchte Tür und Schloß. »Der Kerl war ganz schön gerissen, das muß man ihm lassen.«

»Hat Pete dir erzählt, was passiert ist?«

»Ja.« Er schaute in den Garten hinaus. »Rosen«, sagte er, als sei er ganz weit weg.

»Heißt es in dem Film nicht ›Rosebud‹, Rosenknospe?«

»Hä? Ach, nein. Entschuldige. Ich hab gerade über Pestizide nachgedacht.«

»Glaubst du, daß ein Schädling in meinen Rosen ist? Ich weiß, mein Garten ist nicht halb so gepflegt wie deiner, ich bin dir für jeden Vorschlag dankbar.«

»Nein, es geht um was, das Hernandez mir gestern erzählt hat. Sie haben festgestellt, an was der Kerl, den du in Phoenix gesehen hast, gestorben ist – der, den du Falkenauge genannt hast. Es war Nikotinvergiftung.«

»War Rauchen die Todesursache?«

»Nein, er hat nicht geraucht. Nikotin ist sehr giftig. Jemand hat es in sein Rasierwasser gemischt – das kommt öfter vor. Wenn Nikotin in ausreichend hoher Dosis in die Haut eindringt – und allzu hoch muß sie gar nicht sein – ist man verloren.«

»Jemand hat sein Rasierwasser vergiftet?«

»Ja. Verrückt was? Aber wie gesagt, es ist schon öfter vorgekommen. Hernandez meinte, es gab da mal einen berühmten Fall in England – eine Frau hat ihren Mann auf dieselbe Weise um die Ecke gebracht.«

»Und wie kommt man an das Nikotin? Kocht man Zigaretten aus?«

»Könnte man wohl, aber ich bin mir da nicht sicher, Hernandez sagt, es wird manchmal als Pestizid verwendet – speziell für Rosen. Ich dachte mir gerade, daß wir es leichter hätten, wenn es ein Pestizid für was Selteneres als Rosen wäre.«

»Dann hat er also gewußt, wer ihn umbrachte?«

»Die meisten Opfer kennen ihren Mörder.«

»Es fällt mir schwer, ihn mir als Opfer vorzustellen.«

»Ich weiß, was du meinst. Ich würde sagen, daß er den, der ihn vergiftete, wahrscheinlich gekannt hat. Das war keine spontane Tat. Dazu war Planung erforderlich, die Kenntnis von Falkenauges Gewohnheiten, wo er wohnt, wann er lang genug weg war, um Zutritt zu seinem Haus zu haben und das Rasierwasser zu vergiften. Vielleicht gab man es ihm auch als

Geschenk, da man wußte, früher oder später würde er es benutzen. Ich weiß nicht, wie hoch die Nikotinkonzentration war, aber bei einem Raucher würde man das wohl nicht probieren, es sei denn mit einer sehr hohen Dosis – Raucher entwickeln manchmal eine gewisse Nikotintoleranz. Der Mörder mußte auch über seinen Rasierwassergeschmack Bescheid wissen. Wäre ja zwecklos, an einem Rasierwasser rumzupfuschen, das er nie benutzt.«

»Weißt du, wer Falkenauge war?« fragte ich.

»Ja, man hat ihn identifiziert. Er war vorbestraft. Wurde sogar schon mal wegen dem Trick mit dem Brandeisen verurteilt. Er hieß Alf Bryant. Ganz krummer Hund. Offensichtlich wollte sein Auftraggeber verhindern, daß er über seine letzte Arbeit plauderte.«

Er schaute durch die Scheibe der Hintertür, und ich mußte daran denken, daß dieser »krumme Hund« womöglich in meinem Haus gewesen war, während ich unter der Dusche stand.

Frank sah zu mir herüber. »Denk nicht mehr dran! Wenigstens heute nicht – ich fang nicht mehr davon an.«

»Ist schon okay. Ich hole meinen Badeanzug.«

Wir sperrten ab und fuhren zum Laden. Es gab frischen Schwertfisch, und so kauften wir uns zwei Schwertfisch-Steaks, eine kühle Flasche *Fumé Blanc* und Salatzutaten. Nach einem kurzen Hin und Her an der Kasse beschlossen wir, uns die Rechnung zu teilen.

Es wurde allmählich dunkel, als wir sein Haus erreichten. Während Frank den Wein öffnete, rief ich bei der Zeitung an, um mich zu vergewissern, daß die Geschichte mit der Nikotinvergiftung aus dem Büro des Untersuchungsrichters schon durchgedrungen war. Sie hatten davon gehört, und ein Journalist saß schon an der Arbeit.

Wir ließen den Schwertfisch auf dem Grill garen, während

wir den Salat zubereiteten. Wir aßen im Garten. Die warme Abendluft war vom Duft des Geißblatts erfüllt.

»Tolles Essen«, sagte er.

»Mein Kompliment an den Hilfskoch.«

Wir tranken die Flasche aus und räumten auf.

»Wir sollten noch ein bißchen warten, ehe wir uns ins Hot Tub setzen«, sagte er. Er schaltete einen Klassik-Sender ein. »Ist dir das recht?«

»Wunderbar.« Ich wußte nicht, was es war, aber es war sanft und angenehm. Ich setzte mich neben ihn auf die Couch. Er rieb sich die Stirn. »Kopfschmerzen?« fragte ich.

»Ja.«

»Leg den Kopf in meinen Schoß!«

Er sah mich fragend an, aber er tat es. Vor langer Zeit hat mir eine Freundin mal ein paar grundlegende Dinge über Massage verraten – richtige Massage. Eine bestimmte Massage wirkt toll bei Kopfschmerzen. Da ich wußte, daß er nach dem Unfall ein paar empfindliche Stellen hatte und die Kopfschmerzen wahrscheinlich von der Gehirnerschütterung herrührten, begann ich zart über Stirn, Nacken, Schultern und die Partie hinter den Ohren zu streichen.

»Das fühlt sich gut an.«

»Schön. Sag mir, wenn's weh tut – ich versuche, um die Blutergüsse herum zu massieren.«

»Du machst das gut.«

Er schloß die Augen und war innerhalb von wenigen Augenblicken fest eingeschlafen.

»Ich wußte, daß du erschöpft bist«, flüsterte ich.

Ich betrachtete ihn lange. Nach einer Weile begannen mir die Füße zu kribbeln, weil sich das Blut staute, aber ich wollte ihn nicht wecken.

Er bewegte sich ein wenig, und das hat ihn wohl geweckt. Er wirkte zuerst ein bißchen verblüfft, dann entspannte er sich. »Tja, ist schon spannend, mit mir zusammenzusein.

Wahrscheinlich hast du mich diese Woche häufiger schlafend als wach erlebt.«

»Vor zwei Tagen warst du noch im Krankenhaus. Leg dich doch ins Bett! Die Gehirnerschütterung, der Wein und dann noch das Hot Tub, das ist vielleicht sowieso nicht die beste Kombination.«

Er streckte die Hand aus und fuhr mir über die Braue. »Holen wir das ein andermal nach?«

»Abgemacht.«

Er ließ die Hand sinken, um ein Gähnen zu verbergen.

»Dann«, sagte er, »gebe ich zu, daß ich todmüde und auch ein bißchen zerschlagen bin und danke dir für dein Verständnis.«

Wir sagten uns gute Nacht, und ich fuhr nach Hause.

Als ich später am Abend ins Bett ging, dachte ich so bei mir, daß ich jetzt schon zwei Tage hintereinander ziemlich friedlich verbracht hatte. Cody hüpfte zu mir ins Bett, und ich kuschelte mich an ihn. Ich fühlte mich unheimlich wohl. Ich weiß nicht, wie ich von diesem wunderbaren Gefühl in den Alptraum hineingelangte, aber in dieser Nacht träumte ich, daß jemand versuchte, mir Hände und Füße abzuhacken.

37

Bestürzt und schweißgebadet erwachte ich im Dunkeln, nachdem ich mich im Schlaf hatte schreien hören. In jenen ersten paar Sekunden zwischen Schlaf und Wachen war ich mir nicht sicher, ob meine Hände und Füße noch dran waren. Während ich mich vergewisserte, daß der gesichtlose Bösewicht aus meinem Traum sein Ziel nicht erreicht hatte, spürte ich, wie mein Herz raste. Ich atmete ein paarmal tief durch und versuchte mich zu beruhigen.

Ich schaute auf den Radiowecker. Drei Uhr früh. Der Traum erschien mir immer noch sehr nahe, und ich fürchtete mich ein wenig, daß er zurückkehren würde, wenn ich zu schnell wieder einschliefe. Ich beschloß, ein paar Minuten aufzustehen in der Hoffnung, wenn ich das Zimmer verließe, würde sich auch der Traum verziehen und verschwunden sein, wenn ich wieder ins Bett ging.

Cody gab ein paar erregte Laute von sich, als ich das Licht anknipste und mich aufrichtete, und war ziemlich ungehalten, als ich aufstand. Anscheinend schwankte er, ob er mir nun folgen und schauen sollte, was ich vorhatte, oder ob er doch lieber im Bett blieb. Am Ende siegte die Neugier, und ich hörte ihn mit einem dumpfen Laut hinter mir auf dem Boden landen.

Wir gingen in die Küche, wo ich Cody zum Trost ein paar Salamistücke abschnitt und mir selber ein Glas Milch einschenkte. Jetzt, wo ich wach war, fiel mir ein, daß dies eigentlich meine liebste Tageszeit war, wenn sich die Kühle der Nacht mit dieser besonderen Stille paarte. Fast keine Ablenkung. Niemand würde anrufen oder vorbeischauen, und nur wenige oder gar keine Autos waren auf den Straßen. Hie und da gab es ein paar Enklaven, wo noch Leben herrschte, aber der größte Teil der Stadt schlief. »Nur du und ich, ein paar Nachteulen und gewisse kriminelle Gestalten sind jetzt noch auf den Beinen«, sagte ich leise zu Cody, der sich nach seiner Mahlzeit das Fell putzte. Er sah mich an, als müsse ich doch die Antwort, die er mir gerade gegeben hatte, gehört haben und wandte sich wieder seiner Vorderpfote zu.

Die Zeitung, die ich vor dem Krankenhaus gekauft hatte, lag auf der Küchentheke, und ich begann, sie durchzublättern. Als ich bei der ersten Seite des Lokalteils angekommen war, sah ich etwas, das mir eine Erinnerung ins Gedächtnis rief, die mich schon seit dem Vorabend quälte.

Er war die Ankündigung einer Abschlußfeier des *Las Pier-*

nas College. Und sie erinnerte mich an den Augenblick unmittelbar vor jenem, in dem Elinor Hollingsworth Petes Wagen am Tor bemerkte. Wir waren oben im Turm, und ich betrachtete Andrew Hollingsworth' Bachelor-Diplom. Es stammte von der Arizona State University.

Für sich betrachtet bedeutete dies vielleicht nicht viel. Eine Menge Leute waren dort aufs College gegangen. Soweit ich wußte, hatte Hollingsworth immer als »sauberer« Kandidat gegolten. Abgesehen von O'Connors Verdacht hinsichtlich irgendwelchen Finanzierungsmauscheleien zwischen dem Staatsanwalt und dem Bürgermeister, konnte ich mich im Zusammenhang mit ihm an keinen Skandal erinnern. Und in Las Piernas war jeder, der mit einer Sheffield verheiratet war, beträchtlicher öffentlicher Kritik ausgesetzt.

Ich dachte an den Mikrofilm-Artikel über die Hollingsworth-Hochzeit, deren Datum kurz vor oder nach dem Tag von Jennifer Owens Ermordung lag. Ich würde mir die Mikrofilme noch einmal auf die genauen Daten hin ansehen müssen. Er hatte erst unmittelbar vorher sein Jurastudium in Harvard abgeschlossen, so daß er wohl ein paar Jahre älter als Jennifer war. Er mußte auch schon eine Zeitlang von Arizona weggewesen sein. Ich wußte nicht, ob er ursprünglich aus Arizona stammte oder ob er dort nur sein Grundstudium gemacht hatte.

Es ist idiotisch, jeden zu verdächtigen, der einmal im Staate Arizona war, sagte ich mir. Und dennoch – ich wußte ja, daß alle, die in die Sache verwickelt waren, Macht besaßen, und nur wenige Männer in Las Piernas besaßen mehr Macht als Andrew Hollingsworth. Wenn nun am Vorabend seiner Hochzeit plötzlich eine junge Frau aufgetaucht wäre, um ihm zu sagen, daß sie von ihm schwanger sei? Hätte er sie getötet? Ihre Leiche verstümmelt? Hätte er nicht einfach gezahlt, damit sie den Mund hielt?

Wer anders als ein Staatsanwalt hätte leichter Zugang zu

einer Schurkengalerie wie jener, die bisher die Drecksarbeit geleistet hatte? Ich versuchte, mir Andrew Hollingsworth in dieser Rolle vorzustellen. Es war nicht unmöglich, aber es blieb noch viel zu tun, ehe ich das Reich der Spekulation hinter mir lassen konnte.

Ich hob Cody hoch und schleppte ihn wieder ins Schlafzimmer. »Du wiegst eine Tonne, alter Junge«, flüsterte ich ihm zu und erhielt ein Schnurren zur Antwort. Ich ließ mich mit ihm aufs Bett plumpsen, und wir machten es uns wieder gemütlich. Ich knipste das Licht aus, lag im Dunkeln und dachte an Frank. Ob er wohl noch schlief? Ob wir uns wohl gegenseitig wahnsinnig machen würden, wenn wir uns noch näherkämen? Er konnte mich so leicht irritieren, und ich wußte, daß ich mich da jederzeit revanchieren konnte. Und doch hatte er paradoxerweise etwas ganz Unverkrampftes an sich, was das Zusammensein mit ihm eigentlich unkompliziert machte.

Ich fragte mich, ob ich mich wohl der Umstände wegen von ihm angezogen fühlte, ob ich ihn mir als eine Art Beschützer erkoren hatte. Ich war verletzlich und war mir dessen sehr bewußt. O'Connors Tod allein hätte schon genügt, um den Halt zu verlieren. War es nur unsere momentane Situation, die mich Frank nahebrachte? Konnte etwas, das in einer solche Woche angefangen hatte, überhaupt eine Perspektive haben? War ich ihm bloß dankbar, weil er mich beschützte? Schuldbewußt, weil er dabei zu Schaden gekommen war?

Ich dachte daran, wie er in seinen Shorts vor mir gestanden hatte, und lächelte. Ich wußte nicht, ob Frank und ich mehr als gute Freunde sein konnten, aber ich war mir sicher, daß es sich um mehr als Abhängigkeit und Schuldgefühle handelte.

»Er gefällt mir einfach«, sagte ich laut, und Cody sah zu mir hoch. Ich kraulte seinen Kopf. Bald war ich fest eingeschlafen. Der Morgen kam so schnell, daß ich wohl keine Zeit mehr zum Träumen fand.

38

Ich erwachte mit dem unangenehmen Wissen, daß vor genau einer Woche meine Welt in Stücke gegangen war. O'Connor schon eine Woche tot. Ich lag im Bett und spürte, wie mir das Messer schmerzlicher, hoffnungsvoller Sehnsucht in die Eingeweide fuhr. Ich wünschte mir so sehr, seine Stimme, sein Lachen, seine miesen Irenwitze zu hören. Ich wollte, daß er zurückkam, wieder lebte. Ich wußte, daß meine Wünsche sich nicht erfüllen würden, aber ich wollte es dennoch.

Ich zwang mich, aufzustehen und mich anzuziehen. Es half nichts. Lydia hatte einen halben Tag Wochenenddienst bei der Zeitung; ich fragte sie, ob ich mitkommen könne.

»Klar«, sagte sie und musterte mich. »Was ist denn los?«

Ich zuckte die Achseln, da ich befürchtete, meine Gefühle brächen ungeordnet aus mir heraus, wenn ich anfing, von O'Connor und meiner Sehnsucht nach ihm zu sprechen. Ich hatte Angst, den ganzen Morgen nur herumzusitzen und in meine Cornflakes zu flennen. Ich bemühte mich um leichte Konversation; als mir das mißlang, beschloß ich zu schweigen.

Während des Frühstücks und der Fahrt zur Arbeit versuchte Lydia weder mich nach meiner Stimmung noch nach ihren Ursachen auszuhorchen. Hätte ich mich in einer besseren Verfassung befunden, wäre ich ihr dankbar gewesen; doch so fühlte ich mich nur schlecht, weil ich nicht mit ihr redete. Ich fragte mich, ob sie es wohl bedauerte, einen so grüblerischen Gast bei sich aufgenommen zu haben.

»Lydia«, sagte ich, als sie auf den Parkplatz der Zeitung fuhr, »ich weiß nicht, wie lange das noch so weitergeht. Vielleicht sollte ich mir irgendeine längerfristige Lösung überlegen.«

»Von was redest du da?«

»Ich will unsere Freundschaft nicht damit belasten. Vielleicht sollte ich mir eine eigene Wohnung suchen.«

»Irene«, sagte sie und warf mir genau den gleichen Blick zu wie Schwester Joseph, wenn ich in der dritten Klasse ungezogen war, »jetzt mach mal halblang. Wir sind schon seit Ewigkeiten befreundet. Wir haben sowohl die katholische Mädchenschule als auch das College zusammen überstanden, und wir sind immer noch Freundinnen. Also werden wir auch weiterhin miteinander auskommen. Kein Wort mehr über dieses Thema.«

»Aber wenn ich dir auf die Nerven gehe –«

»Irene.«

Nicht einmal Schwester Joseph war je so genervt. »Ja?« fragte ich schüchtern.

»Ich weiß nicht, was heute morgen mit dir los ist. Ich will auch nicht groß drüber nachdenken. Aber es gibt jedes Jahr zweiundfünfzig Sonntage, und wir können uns nicht jeden Sonntag gehenlassen. Also packen wir's an wie nette kleine Workaholics. Steig aus!«

Ich schwieg, und wir marschierten gemeinsam ins Gebäude. Sobald wir drinnen waren, ging jede ihrer eigenen Wege; Lydia in die Lokalredaktion, ich ins Archiv. Ich lieh mir wieder die Filmrolle aus, die ich mir schon einmal angesehen hatte, und fädelte sie ins Gerät ein.

Durch den Schlafmangel etwas trübäugig, versuchte ich mich auf die Mikrofilm-Bilder auf dem kleinen Schirm zu konzentrieren. Ich fand wieder die Ausgabe vom 18. Juni 1955 mit dem Artikel über Jennifer Owens Ermordung. Plötzlich fiel mir ein, daß ich den Artikel am fünfunddreißigsten Jahrestag ihrer Ermordung las.

In der Ausgabe vom 21. Juni 1955 befand sich die Geschichte über Blanche Woolseys Unfall. Schließlich war ich bei der Zeitung vom 26. Juni mit dem Bericht über die Hochzeit Sheffield-Hollingsworth angelangt.

Ich sah ihn mir jetzt genauer an. Elinor trug ein reichgeschmücktes Brautkleid; die junge Frau auf den Fotos wirkte mit zweiundzwanzig bereits so selbstsicher wie heute. Die Jahre hatten keine große Veränderung bei ihr bewirkt. Bildete ich mir das nur ein, oder wirkte Andrew Hollingsworth tatsächlich nervös? Natürlich traf das auf viele Bräutigame zu.

In dem Artikel wurde über die Familie, über Freunde und Gäste berichtet. Die Gästeliste las sich wie ein Gotha von Las Piernas. Die Familie des Bräutigams war aus Boston, Massachusetts, angereist. Also hatte Andrew sich für sein Grundstudium nur ein wärmeres Klima ausgesucht und war zu seinem Jurastudium in die Heimat zurückgefahren.

Plötzlich stieß ich auf einen Absatz, der meine Aufmerksamkeit fesselte. Darin wurde berichtet, wie Braut und Bräutigam sich kennengelernt hatten. »Richard Longren, Stadtrat von Las Piernas, nahm stolz für sich in Anspruch, die glücklichen Brautleute miteinander bekannt gemacht zu haben.« Offensichtlich hatten Longren und Hollingsworth an der ASU der gleichen Studentenverbindung angehört. Longren war Hollingsworth zwar drei Studienjahre voraus, doch sie waren gute Freunde gewesen. Hollingsworth besuchte Longren in den Sommerferien, ehe er sein Rechtsstudium begann.

Ich kombinierte das Gelesene aus dem Mikrofilm mit den Geschichten, die ich über die Jahre von O'Connor gehört hatte oder aus meiner Kindheit und Jugend in Las Piernas kannte. Die Longrens bewegten sich in den gleichen gesellschaftlichen Kreisen wie die Sheffields, zumindest in den Randsphären, da die Sheffields ja einen Kreis für sich bildeten. Ich erinnerte mich, gehört zu haben, daß Richard Longren das einstmals erfolgreiche Holzgeschäft seines Vaters fast gänzlich ruiniert hatte. Offensichtlich hatte sein politischer Ehrgeiz Vorrang gehabt.

Der Kern des Mikrofilmartikels bestand darin, daß Longren seinen alten Freund Andrew Hollingsworth zu irgendeiner schicken Festivität ins Haus der Sheffields mitgebracht hatte. Andrew traf Elinor, und der Rest ist Geschichte, wie man so sagt. Sie wartete, bis er in Harvard seinen Abschluß gemacht hatte, überredete Daddy Sheffield aber auch dazu, daß er Andrew, wann immer der es wollte, während der Ferien im Geschäft mitarbeiten ließ. Andrew kannte schon seinen Vorteil.

Ich gab den Mikrofilm zurück, stieg in die Redaktion hinauf und setzte mich an O'Connors Schreibtisch. Ich brauchte Zeit zum Nachdenken.

Sowohl Richard Longren als auch Andrew Hollingsworth hatten die ASU besucht. Ich fragte mich, ob Elaine Owens Tannehill wohl auch an der ASU gewesen war., Falls ja, dann ließe sich eine Verbindung zwischen einem der Männer oder auch beiden und Jennifer Owens herstellen. Ich nahm den Hörer ab und rief die Telefonauskunft von Arizona an. Ich fragte nach der Telefonnummer der Owens, doch sie war nicht eingetragen. Ich legte auf und dachte eine Weile nach. Ich rief noch einmal bei der Information an und war diesmal, als ich die Nummern von Rachel Giocopazzi und dem Polizeipräsidium Phoenix verlangte, erfolgreich.

Zuerst versuchte ich es bei Rachel zu Hause. Sie meldete sich nach dem zweiten Läuten mit einem knappen »Giocopazzi«.

»Rachel? Irene Kelly.«

»Oh, Irene! Einen Moment lang hab ich geglaubt, die rufen mich auch noch am Sonntag ins Büro. Das ist mein erster freier Tag seit neun Tagen. Und wie geht's Ihnen.«

»Viel besser als bei unserem letzten Treffen. Sie wissen wohl schon, daß der Kerl, der Elaine Tannehill umgebracht hat, tot ist.«

»Ja, Ihr Freund Pete kommt noch mal her, um ein paar offene Fragen in dem Fall abzuklären.«

Ich ertappte mich dabei, wie ich ins Telefon grinste. Hatte

der alte gerissene Pete also doch noch eine Fahrt herausgeschlagen, um Rachel wiederzusehen. Schön für ihn.

»Sind Sie noch dran?«

»Ja, entschuldigen Sie – ich wurde hier abgelenkt. Ich bin in der Redaktion. Ich habe mir ein paar alte Mikrofilme angeschaut, und da sind mir so ein paar Fragen gekommen, und ich habe mir gedacht, vielleicht könnten Sie mir da weiterhelfen.«

»Sicher, wenn ich kann.«

»Ließe es sich irgendwie einrichten, daß ich mit Elaine Tannehills Mutter spreche? Es gibt hier ein paar Leute, die Elaine möglicherweise in jüngeren Jahren gekannt haben.«

»Haben Sie eine Ahnung, wer Falkenauge angeheuert haben könnte?«

»Über Ahnungen sollte man nicht zuviel reden. Es ist eine ziemlich gewagte Spekulation.«

»Hmm. Sagen Sie mir Bescheid, wenn Sie auf was Konkretes stoßen?«

»Na klar. Ich will zum jetzigen Zeitpunkt nur nicht durch öffentlich geäußerte Vermutungen bösen Gerüchten Vorschub leisten.«

»Hmm. Wissen Sie was. Es ist zwar Sonntag, und ich habe frei, aber ich rufe im Büro an und besorge mir die Nummer der alten Owens. Ich frage sie, ob sie mit Ihnen sprechen will; falls ja, bitte ich sie, Sie zurückzurufen. Ich habe diese Woche nicht viel aus ihr rausgekriegt – sie war ziemlich durcheinander – ich kann also nichts garantieren. Aber ich versuch es. Sind Sie damit zufrieden?«

»Das wäre toll. Ich bin Ihnen wirklich dankbar, Rachel, und entschuldigen Sie, daß ich Sie an Ihrem freien Tag belästige.«

»Ach, ich mach ein Mordstheater darum. Was hab ich sonst schon zu tun?«

»Na ja, trotzdem weiß ich es zu schätzen.« Ich gab ihr die Nummer von der Zeitung und Lydias Privatnummer.

Ich legte auf und brütete über den Informationsfragmenten, die ich nun besaß. Ich streckte die Hand aus, schaltete den Computer ein und sah mir noch einmal O'Connors Notizen zur Bürgermeisterwahlkampagne an. Die Wahl würde im November stattfinden. Die Vorwahl war in der ersten Juniwoche, also erst kürzlich, abgehalten worden, und zum ersten Mal seit Jahren hatte Longren keine ausreichende Mehrheit erhalten und mußte sich einer Stichwahl stellen.

Ich sah mir die beiden Code-Zeilen an, die mir bei der letzten Durchsicht der Dateien aufgefallen waren:

GAR-SA + BGM =o=. GW? $ VS $ BLP AM W/A.

>>>BEZ SA BGM M GAR $? V AM B BLP NCK L.

Ann Marchenko und die *Bank of Las Piernas*. Jetzt, wo ich mit Guy über ihre Arbeit in der Schließfachabteilung der Bank gesprochen hatte, würde ich die Botschaft auf dem Bildschirm vielleicht in neuem Licht sehen und lesen können.

In der ersten Zeile hatte O'Connor die Frage nach der Verwendung von Spendengeldern durch den Staatsanwalt und den Bürgermeister aufgeworfen. Dann kam die Rattenschnauze. »GW?« stand vielleicht für »Geldwäsche«. »$ VS $« bedeutete möglicherweise, daß die Gelder, die im Kampagnenfinanzierungsbericht ausgewiesen waren, nicht mit dem Betrag übereinstimmten, die der eine oder beide Kandidaten erhalten hatten. Irgendwo war hier eine Unstimmigkeit.

Die zweite Codezeile war leichter zu entziffern. »Bezahlt Staatsanwalt Bürgermeister mit Spendengeldern? Von Ann Marchenko bei Bank of Las Piernas nachchecken lassen.«

Wenn man die beiden Zeilen zusammennahm, ergab sich daraus, daß der Staatsanwalt möglicherweise Spendengelder einer Geldwäsche unterzog und sie dem Bürgermeister auf dunklen Kanälen über die Schließfächer der Bank of Las Piernas zukommen ließ.

Ich schaute auf einen Bildschirmabschnitt direkt unter der zweiten Codezeile und sah mehrere Initialen, denen ich bisher nicht viel Aufmerksamkeit geschenkt hatte.

A H

R M

E N

R L

Ursprünglich hatte ich angenommen, das seien Namen von Leuten, die O'Connor noch anrufen oder interviewen wollte. Es waren keine Sätze oder sonst etwas, aus dem ich schlau geworden wäre. Er streute oft die Initialen irgendwelcher Leute ein. Doch es war ungewöhnlich für ihn, vier Initialen nacheinander anzugeben und keine weiteren Anmerkungen zu machen.

AH könnte vielleicht Andrew Hollingsworth sein, und RL Richard Longren. Aber wer in aller Welt waren RM und EN? Ich starrte auf die Liste, bis mir der Kopf im Rhythmus des Cursors auf dem Bildschirm brummte.

»Geduld«, hörte ich O'Connor sagen. Vor lauter Geduld zerbrach ich einen Bleistift und schaltete zuletzt den Computer aus.

Ich ging zu Lydia hinüber. »Ich brauch ein bißchen frische Luft«, sagte ich gereizt.

»Ich mache in einer Stunde Schluß«, sagte sie. »Sollen wir uns irgendwo zum Essen treffen?«

»Okay, wie wär's mit dem Tandoori?«

»Prima. Ich hab schon lange nicht mehr indisch gegessen.«

Als ich dann ins Freie trat, war ich schon besserer Stimmung. Ich beschloß, Kenny zu besuchen und zu sehen, wie es ihm ging; vieleicht würde ich auch kurz mit Barbara reden, falls sie da war.

Allmählich war es nicht mehr so schwierig, ins Krankenhaus hineinzugelangen. Ich schlenderte den Gang hinab. Doch als ich Kennys Zimmer erreichte, war es leer. Ich spürte, wie meine Knie nachgaben. War Kenny gestorben? Ich schüttelte mich, als versuchte ich einem plötzlichen Kältegefühl Herr zu werden. Unsinn, sagte ich mir. Er war doch auf dem Weg der Besserung. Barbara hätte mich angerufen, falls es ihm auf einmal schlechter gegangen wäre.

Eine der Schwestern, die mich hatte vorbeigehen sehen, sagte mir, daß Kenny aus der Intensivstation in ein anderes Zimmer verlegt worden sei. Sie erklärte mir den Weg. Ich dankte ihr, und sie sah mich neugierig an. »Geht es Ihnen gut?« fragte sie. »Sie wirken ein wenig blaß.«

Es ginge mir prima, antwortete ich, dankte ihr noch einmal und steuerte Kennys neues Zimmer an.

Ich traf ihn alleine dort an. »Barbara?« rief er.

»Nein, Kenny, ich bin's, Irene.«

Er verbarg seine Enttäuschung nicht. »Oh«, sagte er.

»Wie fühlst du dich?«

Keine Antwort.

»Schau mal, Kenny, ich kenne dich, und wir waren ja nicht immer die besten Freunde, aber vielleicht könnten wir Barbara zuliebe zumindest versuchen, höflich miteinander umzugehen.«

Er schaute zu mir herüber. »Ich fühle mich beschissen. Was erwartest du denn?«

»Wahrscheinlich, daß du dich beschissen fühlst.«

»Tja, so ist es.«

Ich dachte einen Moment lang nach. Sollte ich einfach gehen? Ich beschloß, es zumindest noch einmal zu versuchen.

»Kenny, ich weiß, das ist wirklich eine schwere Zeit für dich. Du hast viel durchgemacht. Das mit deinem Vater tut mir unendlich leid.«

»Mir nicht.«

»Was?« Ich spürte, wie es mich kalt überlief.

»Ich hab gesagt: ›Mir nicht‹, mir tut es nicht leid, daß mein Vater tot ist.«

Die Kälte verwandelte sich in schwelende Glut. Am liebsten hätte ich ihm noch ein paar von seinen fiesen Knochen gebrochen.

»Du herzloser, egoistischer kleiner Scheißkerl!«

»Ich sage nur die Wahrheit. Du hast die Wahrheit über Dad nie akzeptieren können. Du hast ihn zum Idol gemacht. Hast ihn angebetet wie einen Gott. Du hast ihn zu etwas gemacht, was er nicht war.«

»Ach, wirklich.« Ich bemühte mich angestrengt, meinen Zorn zu unterdrücken.

»Wirklich. In Wahrheit war mein Vater Alkoholiker und hat sich einen Dreck um mich gekümmert – weil ich kein Journalist werden konnte und wollte.«

»Das ist der pure Schwachsinn.«

»Tatsächlich?«

»Er hat dich geliebt, Kenny. Du warst sein einziger Sohn – sein einziges Kind.«

»Ich war nur eine Verantwortung mehr für ihn. Eine Verpflichtung. *Du* warst sein einziger Sohn, Irene. *Dich* hat er adoptiert. Du warst der Sohn, der ich ihm nie sein konnte.«

»Du bist wirklich völlig kaputt.«

»Du redest ja sogar wie ein Mann. Du warst härter als ich. Bist einfach härter.«

Ich hielt den Mund. Mein Kopf hämmerte. Ich atmete viele Male tief durch.

»Weißt du, Kenny, vielleicht wäre ich genauso bitter wie du, wenn ich dein Leben hinter mir hätte – aber ich bezweifle es.«

Darauf folgte steinernes Schweigen.

»Ich kann akzeptieren, daß dein Vater zuviel getrunken hat. Du hast recht. Hat er auch. Aber das war ja nicht der ganze O'Connor, und das weißt du auch.«

»Hau ab, Irene.«

»Er hat dich geliebt, Kenny. Er hat mir mehr als einmal

erzählt, wie froh er war, daß du zu ihm gezogen bist. Daß ihm immer etwas gefehlt habe, ehe du wieder zurückkamst.«

»Ich habe gesagt, hau ab.«

»Er hat dich geliebt. Und wenn du das nicht weißt – das ist ja das Traurigste, was ich mir nur vorstellen kann –, daß er gestorben ist und nicht wußte, daß du nicht an seine Liebe glaubst und daß du ihn auch nicht geliebt hast.«

»Ich habe ihn geliebt«, sagte er ruhig und schloß die Augen vor mir.

Ich ging hinaus, mit völlig verheultem Gesicht, und die Tränen strömten mir über die Wangen. Die Leute starrten mich an und wandten sich verlegen ab, wenn ich ihren Blicken begegnete.

Draußen auf dem Bürgersteig machten die Leute einen weiten Bogen um mich. Ich blieb stehen, zog meine griffbereite Kleenex-Packung aus der Tasche – die ich bis vor kurzem nur gebraucht hatte, wenn andere Leute heulten oder schnieften – und versuchte mich zusammenzureißen. Nach einigen Minuten hatte ich mich wieder gefangen. Ich gönnte mir einen Riesenseufzer. Ich konnte Kenny einfach nicht helfen. Das alte Gefühl, das ich ihm gegenüber immer empfand.

Was meine eigene Traurigkeit anging, so beschloß ich, daß meine Zuneigung zu O'Connor mir nicht zur Bürde, sondern vielmehr zur Kraftquelle werden sollte.

39

Ich hatte vor meinem Treffen mit Lydia immer noch etwas Zeit totzuschlagen und machte einen Schaufensterbummel durch die Innenstadt. Im Zentrum von Las Piernas gibt es alle möglichen Spezialgeschäfte. Ich kam an einem Laden vorbei, in dem man Schreibmaschinen reparierte, einem anderen, wo man Stiefel verkaufte – keine Schuhe, nur Stiefel –, einem Glasbläser, einem Antiquariat, einem Antiquitätenhändler und einem Geschäft, das elektrische Rasierer verkaufte und reparierte. Etwa jede fünfte Tür führte in ein kleines Café oder Restaurant. Die meisten Läden waren ordentlich geführt, aber ein paar wenige Schaufenster sahen aus, als wäre hier seit 1935 nicht mehr Staub gewischt worden.

Wie im Zentrum jeder Stadt von x-beliebiger Größe gab es auch in Downtown Las Piernas Pfandleiher, billige Absteigen und schmierige Bars, in denen geboten wurde, was mein Großvater einst als »Nackedei-Nummern« bezeichnete. Aber diese Etablissements gehörten nun, im Zuge der Innenstadtsanierung, einer bedrohten Spezies an. Während man auf dem aus den dreißiger Jahren stammenden Broadway noch immer viele mythologiebeladene Art-Deco-Fassaden und geschwungene Linien sah, wurden diese bald immer rascher von den glänzenden, kantigen Monolithen aus Spiegelglas überschattet, die vor kurzem am Shoreline Drive in die Höhe geschossen waren. Wenn der Blick auf den Ozean erst einmal verbaut war, würden die Stadtentwickler, deren Köpfe diese Monster gebaren, zweifellos landeinwärts marschieren und die Greife, Zentauren und Cherubim vom Broadway erdrükken. Die *Bank of Las Piernas* und andere moderne Gebäude hatten schon den Platz der – zugegeben – heruntergekommenen Vorgänger eingenommen.

Obwohl ich so getrödelt hatte, erreichte ich das Tandoori noch vor Lydia. Es war eines der wenigen Lokale in der Innenstadt, die sonntags nicht zumachten. Drinnen duftete es nach Curry und Gewürzen.

Lydia kam, und wir wurden höflich in eine Nische im hinteren Teil des Lokals geleitet. An den anderen Tischen saßen noch etwa zehn weitere Leute verstreut, womit das Haus praktisch voll war.

Wir begannen, ohne groß zu reden, gleich die Speisekarte

zu studieren. Lydia wählte ein Gemüse-Curry, und ich entschied mich für ein Murg Sag und eine Portion Knoblauch-Nan. Der Kellner verschwand wieder, und Lydia sah zu mir herüber.

»Willst du's mir erzählen, oder soll ich so tun, als würde ich deine geschwollenen Augen und die rote Nase nicht bemerken?«

»Ist dir je aufgefallen, daß im Film eine Frau heulen kann, und ihr dabei weder die Nase noch die Wimperntusche läuft?«

»Das ist Hollywood.«

Ich erzählte ihr von meiner Unterhaltung mit Kenny. Sie schüttelte schweigend den Kopf.

»Er hat den Verstand verloren. Nimm dir das nicht so zu Herzen.«

»Zu spät. Vielleicht bin ich ja die einzige, die scharf drauf ist, mit ihm zu reden. Um so verrückter, wenn ich mir das auch noch so reinziehe.«

»Um die Wahrheit zu sagen, ich hätte ihn wahrscheinlich auf der Stelle erwürgt.«

»Was bringt ihn wohl dazu, solche Sachen zu sagen?«

»Das meinst du doch nicht im Ernst, oder?«

»Doch.«

»Irene, wenn du nie kapiert hast, wie bedrohlich du für Kenny bist, dann solltest du allmählich Blindenschrift lernen.«

Sie hatte irgendwie recht. Kenny hatte mir im Grunde das gleiche gesagt.

Unser Essen kam, aber mein Appetit war weg. Ich knabberte an dem weichen, dünnen, mit Knoblauchstücken bestreuten Brot und stocherte ein bißchen in meinem Lamm-Spinat-Gericht herum.

»Weißt du, was wir tun müssen?« sagte Lydia, während sie mich beobachtete. »Wir müssen einen Gedenkgottesdienst oder so was für O'Connor bestellen. Ich meine, er ist ja nicht – ich weiß nicht – richtig begraben worden.«

»Barbara will einen irischen Leichenschmaus. Sie will warten, bis es Kenny wieder bessergeht. Ich frage mich, ob sie ihm davon schon erzählt hat.«

»Und was passiert bei so einem Leichenschmaus?«

»Das ist das Problem. Wir wissen es nicht so recht, nur vom Hörensagen und aus Filmen. Aber Barbara will mit der Schwester meines Großvaters reden; Mary stammt noch aus Irland.«

»Kevin könnte uns da sicher weiterhelfen.«

»Du hast recht. Kevin will sicher erfahren, was wir vorhaben.« Ich dachte an all die anderen Freunde O'Connors und fühlte mich ein wenig besser. Für jeden Kenny gab es hundert Leute wie Kevin, die O'Connor schätzten und sich an ihn erinnern wollten.

»Können wir gehen?« fragte Lydia. Ich hatte ein ungutes Gefühl, wenn ich so viel Essen stehenließ, und ließ mir daher das Murg Sag einpacken.

Als wir nach Hause kamen, wollte ich gerade den Styropor-Behälter in den Kühlschrank stellen, als Cody mir dazwischen kam und ich ihm ein wenig Lammfleisch gab. Lydia saß auf einem Barhocker an der Küchentheke und hörte den Anrufbeantworter ab. Ihre Mutter hatte angerufen, um sie für Donnerstag zum Geburtstag einer Kusine einzuladen. Frank hatte eine Nachricht hinterlassen. Lydia warf mir einen bedeutsamen Blick zu, wenn er auch bloß gesagt hatte: »Ich bin's, Frank – Sonntagmorgen. Ruf mich an, wenn du einen Augenblick Zeit hast.«

Glücklicherweise lenkte Cody sie ab, der, nachdem er den Murg Sag verschlungen hatte, einen Niesanfall bekam.

Ich rief Kevin an, aber er war nicht zu Hause, und sein Anrufbeantworter war ausgeschaltet. Ich versuchte es bei Frank. Er meldete sich mit dem üblichen »Harriman«.

»Hallo, Harriman«, sagte ich.

»Hallo, Kelly«, sagte er herzlich. »Tut mir leid, daß ich gestern so schnell abgeschlafft bin.«

»Hat irgendwie Spaß gemacht, dir beim Schlafen zuzugukken.«

Lydia, die nur meinen Gesprächsbeitrag mitbekam, hob die Augenbrauen. Ich grapschte mir einen Teil der Sonntagszeitung von der Theke und schlug nach ihr.

»Was war denn das?« fragte Frank.

»Da schwirrt eine Fliege rum.« Lydia streckte mir die Zunge heraus.

»Hast du am Nachmittag schon was vor?«

»Nichts Besonderes. Mußt du dir schon wieder Bewegung machen?«

»Du hast's erraten. Würdest du gerne irgendwo hinfahren? Ich muß einfach mal raus.«

»Hätte ich gar nichts dagegen. Sagen wir in einer Stunde, okay?«

»Sehr gut.«

Wir legten auf, und ich sah, daß Lydia mich eingehend musterte.

»Okay, Irene. Erzähl's mir in allen Einzelheiten. Was läuft da zwischen euch beiden?«

»Du hast das völlig mißverstanden, Lydia.«

»Ja, klar. ›Es hat Spaß gemacht, dir beim Schlafen zuzugukken.‹«

»Er ist gestern abend mit dem Kopf in meinem Schoß auf dem Sofa eingeschlafen. Wir waren beide bekleidet. Du mußt schon anderswo nach deiner großen romantischen Story suchen.«

»Wer sagt denn, daß das nicht romantisch ist?«

Das Läuten des Telefons ersparte mir die Antwort. Ich nahm ab und sagte hallo. Eine vornehme, sehr beherrschte Stimme tönte durch den Hörer.

»Hallo. Könnte ich bitte mit Miss Irene Kelly sprechen?«

»Ich bin Miss Kelly.«

»Miss Kelly, ich bin Alberta Owens, Elaine Owens' Mutter. Detective Giocopazzi bat mich, Sie im Zusammenhang mit dem Mord an meiner Tochter anzurufen.«

Rachel hatte sie also erreicht.

»Danke, daß Sie mich anrufen, Mrs. Owens. Ich weiß das sehr zu schätzen.«

»Detective Giocopazzi erzählte mir, daß Sie dabei waren, als meine Tochter starb, und zu der Identifizierung des Mörders beitrugen. Ich muß Ihnen wohl nicht sagen, wie gerne ich Ihnen helfen möchte. Die Bestrafung der Täter bringt mir Elaine zwar nicht zurück, aber vielleicht ist es eine kleine Genugtuung.«

Ich zögerte. »Ich nehme an, sie hat Ihnen auch erzählt, daß der Mörder tot ist?«

»Ja, und es ist eine Erleichterung zu wissen, daß der Mann, der mein einziges Kind getötet hat, selber tot ist. Aber warum wurde sie umgebracht? Warum hat er sie so gequält?«

Bei dieser letzten Frage zitterte ihre Stimme einen Augenblick. Was konnte schlimmer sein, als sein Kind auf solche Weise zu verlieren? Irgendwie machte das Wissen darum, wie sehr sie sich im Gespräch mit mir um Ruhe bemühte, dieses Zittern um so schmerzlicher.

»Mrs. Owens, Sie wissen, daß der Tod Ihrer Tochter möglicherweise mit –«

»Ihre Ermordung. Sterben ist etwas Natürliches. Und das war es nicht.«

»– daß die Ermordung Ihrer Tochter möglicherweise etwas mit dem Mord an ihrer Kusine vor fünfunddreißig Jahren zu tun hat.«

»Jennifer. Ja. Wir haben diese Woche viele Schocks erlebt. Ich habe versucht, ihrer Mutter . . . unser Mitgefühl und unser Bedauern auszudrücken. Sie hat kein Telefon, daher war es schwierig, aber gestern gelang es uns, sie zu erreichen. Sie kommt am Montag zu Elaines Beerdigung.«

Es entstand ein kurzes Schweigen, während ich darüber nachdachte, was sie gerade gesagt hatte.

»Mrs. Owens, wie hat Elaine Jennifer eigentlich zu einem Besuch nach Phoenix eingeladen? Also, hatte Jennifers Familie damals ein Telefon?«

»Oh, nein, der Wohnwagen hatte nie einen Telefonanschluß. Nein, sie schrieben sich Briefe. Sie haben sich ständig geschrieben. Meistens nur dummes Zeug.«

»Existieren wohl noch einige dieser Briefe?«

»Das bezweifle ich. Ich wüßte sowieso nicht, wo ich da mit dem Suchen beginnen sollte.«

»Mrs. Owens, es ist sehr wichtig. Würden Sie bitte nach allem, was irgendwie nach Brief aussieht, suchen? Ich glaube, Elaine wurde ermordet, weil sie etwas wußte oder etwas besaß, das jemanden des Mordes an ihrer Kusine belastete.«

»Tja, wenn Sie glauben, daß es so wichtig ist, dann werde ich auf jeden Fall danach suchen.«

»Hat Elaine ein College besucht?«

»Ja, damals ging sie auf die Arizona State University hier in Phoenix.«

Ich spürte, wie sich mein Puls beschleunigte.

»Kannten Sie ein paar von den jungen Männern, die während Elaines College-Zeit zu ihren Parties kamen?«

»Natürlich. Ich erinnere mich nicht mehr an die Namen. Es waren meist junge Herren von der Universität.«

»Sagen Ihnen die Namen Richard Longren oder Andrew Hollingsworth etwas?«

Sie dachte einen Moment lang nach. Ich zupfte an meiner Unterlippe, merkte dann, daß Lydia mich beobachtete, und ließ es sein.

»Nein, tut mir leid. Könnte ich nicht sagen. Haben Sie bezüglich dieser Herren irgendeinen Verdacht?«

»Nicht unbedingt«, sagte ich und ließ mir die Enttäuschung nicht anmerken. »Kennen Sie die Studentenverbindung Theta Delta Chi?«

»Elaines Mann war Mitglied bei Theta Delta Chi. Er brachte seine Verbindungsbrüder oft zu ihren Parties mit.«

»Könnten Sie ihn fragen, ob Richard Longren oder Andrew Hollingsworth je auf einer solchen Party dabei waren?«

»Ja, ich sehe ihn heute abend. Das alles hat ihn völlig erschüttert. Ich bin mir sicher, daß er Ihnen gerne hilft.«

»Haben Sie meine Nummer, falls Sie etwas finden? Wenn ich nicht hier bin, können Sie mit Lydia Ames, meiner Mitbewohnerin, sprechen.«

»Falls ich die Briefe finde, sollte ich dann nicht die Polizei verständigen?«

»Auf jeden Fall. Aber übergeben Sie sie an Rachel Giocopazzi und bitten Sie sie, mir Bescheid zu sagen.«

»Das werde ich tun. Nur, Elaine war keine große Sammlerin von Erinnerungsstücken. Ich bezweifle, daß sie die Briefe aus ihrer Jugend aufbewahrt hat.«

»Nun ja, dann danke ich Ihnen im vorhinein für den Versuch.«

Wir verabschiedeten uns und legten auf.

Lydia platzte fast vor Fragen.

»Hör mal«, sagte ich und wischte sie mit einer Handbwegung beiseite, »das alles kann ganz harmlos sein. Und vielleicht haben sie ja Elaine gekannt, aber ihre Kusine nie getroffen.«

»Du glaubst doch nicht an so viele Zufälle auf einmal, oder? Gleiche Uni, gleiche Verbindung, gleicher Freundeskreis, daß er von Phoenix nach Las Piernas gezogen ist?«

»Aber das ist überhaupt kein Beweis. Phoenix und Las Piernas sind keine Dörfer. Es gibt vielleicht jede Menge Leute hier, die von Phoenix hierhergezogen sind. Ich sondiere nur die Möglichkeiten.«

Ich entschuldigte mich und ging duschen. Ich wußte, daß ich nicht ganz ehrlich mit Lydia gewesen war. Als sie nach Frank fragte, hatte ich abgeblockt; als sie sich nach Hollingsworth und Longren erkundigte, hatte ich meinen wirklichen Verdacht verschwiegen. Ich beschloß, ihr später mehr davon zu erzählen. Im Laufe des Tages war ich mehr und mehr zu der Überzeugung gelangt, daß der Bürgermeister und Hollingsworth zumindest etwas über Jennifer Owens wußten, und daß einer von ihnen sie vielleicht getötet hatte. Ich war mir sicher, es war nur eine Frage der Zeit und der Geduld, bis ich die Beweise dafür hatte.

40

Ich zog mich rasch an und machte mich auf den Weg zu Frank. Durch den Anruf von Alberta Owens war ich schon ein wenig spät dran und beschloß, mein Gespräch mit Lydia aufzuschieben. Vielleicht klappte es heute abend. Als ich bei Frank ankam, stand bereits ein Wagen in der Auffahrt. Ich kannte ihn, er gehörte Pete. Da es wieder ein sonniges Strandwochenende war, mußte ich vier Straßen weiter parken, wodurch ich mich noch mehr verspätete.

Ich klopfte an die Tür. Frank öffnete und schien erleichtert, mich zu sehen. »Allmählich habe ich mir Sorgen gemacht.«

»Tja, ich war schon ein bißchen spät dran, aber dann mußte ich auch noch in Timbuktu parken.«

»Tut mir leid, Irene!« rief Pete aus dem Wohnzimmer.

»Mir auch«, sagte Frank. Ich hab nicht dran gedacht. Pete ist so nett und leiht mir seinen Wagen für die Zeit, die er in Phoenix ist. Er fliegt heute abend runter.«

»Ist schon in Ordnung, Frank, ich brauch sowieso ein bißchen Bewegung. Und von der Reise nach Phoenix habe ich schon gehört.« Ich sah hinüber zu Pete, der auf dem Sofa saß und neben sich auf dem Boden die Reisetasche stehen hatte. »Hallo, Pete. Ich habe heute morgen mit Rachel gesprochen. Sie hat mir erzählt, daß du Sie besuchst.«

»Ah, ja? Und wie kommt's, daß du mit Rachel telefonierst? Du mußtest sie zu Hause anrufen – sie hat heute frei.«

»Pete – laß sie doch mal einen Moment zur Ruhe kommen«, sagte Frank. »Setz dich, Irene. Willst du was zu trinken?«

»Danke – Wasser wäre schön.«

Er ging hinaus in die Küche. Wieder war ich verblüfft, wie rasch er sich erholte. Er bewegte sich schon viel müheloser, die Blutergüsse im Gesicht verblaßten, und die Schwellung der gebrochenen Nase war ziemlich zurückgegangen.

Pete trommelte ungeduldig mit den Fingern, als Frank draußen war.

»Reisefieber?«

»Hey – ich dachte, wir haben einen Waffenstillstand geschlossen.«

»Ach je, sind wir denn so empfindlich? Das war jetzt nicht auf Rachel gemünzt.«

»Ja, bin ich, und der Grund dafür ist ja offensichtlich Rachel, und das weißt du auch ganz genau. Also, versuch nicht zu kneifen, Lady. Du hast den Waffenstillstand gebrochen, und Gerechtigkeit muß sein – wie steht's mit dir und Frank?«

Gerade in diesem Moment kam Frank wieder ins Zimmer und reichte mir ein Glas Eiswasser.

Ich lächelte. »Danke, Frank. Was wolltest du noch mal wissen?«

Pete errötete. »Ich hab gefragt, wie's kommt, daß du Rachel an einem Sonntag zu Hause anrufst?«

»Oh, das wolltest du wissen?« Ich nahm einen Schluck, so tief, daß ich mich fast verschluckte.

»Mußt ganz schön durstig sein«, murmelte Pete.

»Wahrhaftig.«

Frank schaute von einem zum anderen, vermutete etwas, konnte sich aber nicht denken, was da vorging.

»Na egal«, fuhr ich fort, »ich habe Rachel angerufen, um sie zu fragen, ob sie nicht Elaine Tannehills Mutter überreden könnte, sich bei mir zu melden.«

Beide schauten interessiert auf. Pete beugte sich vor. »Und?«

»Und das hat sie getan.« Ich wandte mich an Frank. »Das ist *ein* Grund für meine Verspätung.«

»Vergiß es«, sagte Pete ungeduldig. »Warum wolltest du mit ihrer Mutter reden?«

»Weil ich so eine Idee hatte, die ich weiterverfolgen wollte. Ich wollte wissen, ob sie sich an irgendwelche Leute erinnert, die früher auf Elaines Parties kamen, wenn auch Jennifer da war. Während ich mich mit ihr unterhielt, fiel mir auch ein, daß es im Wohnwagen von Jennifers Mutter kein Telefon gab. Also fragte ich Alberta Owens – das ist Elaines Mutter –, wie die Mädchen Kontakt miteinander hielten. Und es stellte sich raus, daß sie eifrige Briefeschreiberinnen waren.«

»Warum hab ich daran nicht gedacht!« rief Pete aus. Er schaute zu Frank hinüber, der zufrieden grinste.

»Was hab ich dir gesagt, Pete?«

»Ich hab nie gesagt, daß sie blöd ist, Frank – eher vielleicht schlauer, als gut für sie ist.«

»Ich verstehe Englisch, also redet nicht, als wäre ich gerade mal rausgegangen. Außerdem hat es wohl wenig gebracht, wie es aussieht. Alberta Owens sagt, sie glaubt nicht, daß Elaine irgendwelche Briefe aufgehoben hat.«

Pete lehnte sich zurück. »Ich sage euch, das wird eine Höllenarbeit, wenn wir rauskriegen wollen, wer dahinter steckt. Ich glaube, wir sollten uns an die aktuellen Vorfälle halten. Irgend jemand versteht sich großartig darauf, Spuren zu verwischen, und ihr könnt davon ausgehen, daß er vor fünfunddreißig Jahren genauso saubere Arbeit geleistet hat.«

»Habt ihr was über den Unfall rausgekriegt, in dem Emmet Woolseys Frau verwickelt war? Wer war der Zeuge?«

»Die Akte ist verschwunden«, sagte Pete.

Das überraschte mich eigentlich nicht. Wie Pete schon gesagt hatte, der Mörder räumte stets gründlich auf. Wie schwierig war es wohl für jemanden in der Staatsanwaltschaft, eine Fallakte verschwinden zu lassen?

»Ich frage mich, ob dein Schwager sich an irgendwas erinnert.«

»Exschwager. Du wärst vielleicht erstaunt, was er alles vergessen kann«, sagte ich und konnte die Bitterkeit in meiner Stimme nicht ganz verbergen.

Frank und Pete musterten mich etwas verblüfft.

»Ich glaube, ich ruf ihn mal an, wenn ich aus Phoenix zurückkomme«, sagte Pete. »Wie geht's ihm?«

»Er ist nicht mehr auf der Intensivstation«, sagte ich, und diesmal konnte ich meine Stimme besser beherrschen.

»Hey, das ist toll«, sagte Pete grinsend. »Da ist deine Schwester sicher froh.«

Es klingelte an der Tür, und das ersparte mir die Antwort. Es war Petes Taxi. Er griff nach seiner Tasche und verabschiedete sich.

Frank und ich gingen wieder ins Wohnzimmer.

»Erzählst du mir, was los ist?« fragte er.

»Wie kommst du denn darauf, daß was los ist?«

»Du bist ein bißchen empfindlich, meine ich.«

Hätte ich es nicht schon den ganzen Tag selber gespürt, hätte ich es wohl abgestritten. Aber es stimmte.

»Ich dachte, du mußt unbedingt raus«, sagte ich.

»Das hat Zeit.«

»Es ist einfach einer von diesen komischen Tagen. Ich habe nur etwa vier Stunden geschlafen. Ich bin aufgewacht und war deprimiert wegen O'Connor, und den ganzen Tag lang habe ich mich dann einmal grundsätzlich damit abgefunden und war dann wieder völlig aus dem Häuschen. Ich muß immer wieder daran denken, wie ich auf O'Connors Rasen stand. Und dann hatte ich ein fürchterliches Gespräch mit Kenny im Krankenhaus. Im Prinzip hat er O'Connor schlechtgemacht und gesagt, daß es ihm nicht leid tut, daß sein Vater tot ist. Es war ein bißchen viel für mich. Tut mir leid, Frank. Irgendwie bin ich jetzt fix und fertig.«

»Das ist verständlich. Brauchst du Gesellschaft, oder sollen wir uns lieber ein andermal treffen.«

Ich hatte gemischte Gefühle. Ich wollte mit ihm zusammensein, und ich wollte allein sein.

»Und du bist nicht beleidigt?«

»Überhaupt nicht. Und das beantwortet die Frage. Ich bring dich zu deinem Auto.«

Er legte beim Gehen den Arm um mich.

»Irene, du versuchst doch nicht, O'Connors Ermordung alleine aufzuklären, oder?«

»Was soll denn das heißen?« sagte ich und bedauerte meine Gereiztheit schon in dem Moment, als ich es ausgesprochen hatte.

»Das heißt«, sagte er, »daß du immer noch gefährdet bist. Wahrscheinlich muß ich dir das nicht erzählen, aber ich will nicht, daß dein Wunsch, den Mörder zu finden, dazu führt, daß dir jemand weh tut – oder Schlimmeres.«

»Ich kann mich doch nicht einfach umdrehen und mich tot stellen, Frank.«

»Tja«, sagte er, und seine Stimme klang ein wenig genervt, »du wirst wohl sowieso machen, was du willst.«

»Genau.«

Er schwieg den restlichen Spaziergang über. Ich überlegte mir alles mögliche, um das Gespräch wieder in Gang zu bringen, aber im Grunde wußte ich ja, daß ich trotzte. Und das wollte ich nicht zugeben. Doch als wir den Wagen erreichten, drehte ich mich zu ihm um.

»Du darfst mich heute nicht so ernst nehmen. Ich wäre froh, wenn ich die letzten zehn Minuten löschen könnte.«

»Mach dir keine Sorgen.«

Ich fuhr zurück zu Lydia. Unterwegs erinnerte ich mich an eine der Redensarten, die O'Connor immer aus dem Hut zauberte: »Es hilft nie, einem anderen zu sagen: ›Mach dir keine Sorgen‹.«

Er hatte recht. Wenn man von Franks Abschiedsworten einmal absah, machte ich mir dennoch Sorgen über die Wirkung meiner psychischen Verfassung auf – auf was? Verdammt, ich wußte nicht einmal was. – Unsere Freundschaft? Unsere Beziehung?

Meine Stimmung wurde nicht besser.

41

Lydia war überrascht, als sie mich wieder ins Haus kommen sah, verlor aber kein Wort. Mein finsterer Gesichtsausdruck beim Hereinkommen schreckte sie wohl ab. Ich sah, daß ich etwas mit ihr klären mußte.

»Hör mal, Lydia, was diese Hollingsworth-Longren-Sache betrifft. Tut mir leid, daß ich heute nachmittag so kurz angebunden war.«

»Du hast halt einen schlechten Tag, Irene. Ich habe übrigens hier gesessen und drüber nachgedacht. Ich frage mich, wie Jennifer von einem der beiden schwanger sein konnte, wo Richard Longren doch schon seit Jahren hier war und Andrew Hollingsworth in diesem letzten Jahr in Harvard studierte.«

Ich hatte das Gefühl, als ziehe es mir den Boden unter den Füßen weg. Ich hatte mich so darauf konzentriert zu beweisen, daß es Hollingsworth war, daß ich mir die offensichtlichen Fragen, warum er es vielleicht doch nicht gewesen sein konnte, nicht gestellt hatte. Und übersehen hatte, daß er wahrscheinlich meilenweit von Jennifer weg war, als sie schwanger wurde. »Lydia, die meisten Leute werden doch im Alter gescheiter? Ich glaube, ich werde dümmer.«

»Oh, daran hast du nicht gedacht?«

»Nein. So naheliegend das ist, ich hab nicht dran gedacht.«

»Na ja, warte mal, Irene, vielleicht gibt's da doch eine Möglichkeit, wie's passiert sein könnte. Schauen wir mal. Im wievielten Monat war sie denn?«

»Im zweiten ungefähr.«

Sie zählte es an den Fingern ab. »Juni – Mai, ein Monat, Mai – April, zwei Monate. Vielleicht ist sie im Frühjahr 1955 nach Boston oder Las Piernas gefahren.«

»Unwahrscheinlich. Sie war arm. Sie hatte nicht mal genug Geld, um sich im Juni eine Buskarte bis nach Las Piernas zu kaufen.«

»Hmm. Nehmen wir mal an, es war andersrum. Vielleicht ist einer von den beiden nach Arizona gefahren.«

»Ich weiß nicht.«

»Nun, wir könnten doch zumindest nachschauen, was im April 1955 so los war? Vielleicht bringt uns das auf eine Idee.«

»Vielleicht, aber ich kann ja wohl kaum zu den beiden hingehen und fragen: ›Wo waren Sie im April 1955?‹ Außerdem hätte es auch Ende März sein können. Sie haben nur geschätzt, daß sie im zweiten Monat war. Und der Vater und der Mörder könnten ja zwei ganz verschiedene Leute sein.«

»Warum würde eine junge Frau so von zu Hause weglaufen, wenn sie nicht annehmen konnte, daß sich am Zielort ihrer Reise jemand um sie kümmern würde?«

»Ja. Und dann haben sie ihr bloß einen Taco gegeben und sie umgebracht. Ich weiß nicht. Vielleicht hat sie, als sie im Juni herkam, den Kerl, der sie geschwängert hat, gar nicht getroffen. Vielleicht ist sie so einem Triebtäter in die Hände geraten, ehe sie den Typen überhaupt sah.«

»Ja klar, ein Triebtäter. Nach allem was passiert ist, kannst du das doch nicht annehmen. Es muß da eine Verbindung geben – Elaine Tannehills Ermordung ist doch schon ein hinreichender Beweis dafür.«

»Du hast recht. Es gibt eine Verbindung. Ich komme nur nicht drauf, zu wem.«

»Na ja, überlegen wir mal. Im März oder April ist sie schwanger geworden.«

Wir saßen da und überlegten.

»Frühlingsferien«, sagte ich schließlich. »Andrew Hollingsworth könnte seine Frühlingsferien in Phoenix verbracht haben.«

»Genau! Und Longren hätte auch einen Grund finden können, um ein paar Tage in Phoenix zu verbringen. Er war damals doch schon im Stadtrat, oder?«

»Ja. Ich schaue mir noch mal die Mikrofilme von März und April 1955 an. Vielleicht ist da eine Reise erwähnt.« Ich war wieder ganz aufgeregt. Wenn ich nachweisen konnte, daß sich einer von beiden zu der Zeit, als Jennifer schwanger wurde, in Phoenix aufgehalten hatte, dann war ich meinem Ziel, sie zumindest mit all den Vorfällen in Verbindung zu bringen, schon viel näher.

»Hast du schon mit Frank darüber gesprochen?« fragte Lydia.

»Sprich nicht von ihm!«

»Habt ihr Streit?«

»Nein, ich war nur richtig eklig zu ihm. Weißt du, was ich brauche, Lydia? Einen Mittagsschlaf. Ich glaube, ich versuch ein bißchen zu schlafen.«

»Ist wahrscheinlich eine gute Idee. Aber denk dran, ihm das alles zu erzählen. Ich mache mir immer noch Sorgen, daß jemand hinter dir her ist, und mir wär's lieber, die Polizei schnappt sich den Killer, bevor er dich erwischt.«

Ich gähnte und nickte. »Okay, ich rede mit Frank.« Ich

ging wieder ins Schlafzimmer und pellte mir die Klamotten vom Leib. Ich schlief schon, als mein Kopf aufs Kissen sank.

Ich erwachte im Dunkeln. Einen Moment lang war ich völlig desorientiert. Cody kam zu mir her und stupste mich an, und ich wurde ein bißchen ruhiger. Ich schaute auf den Radiowecker. Neun Uhr. Ich hatte über sechs Stunden geschlafen. Ich fragte mich, wie sehr das wohl meinen Schlafrhythmus versauen würde.

Ich setzte mich auf und streckte mich. Ich ging hinaus ins Wohnzimmer. Lydia war fort, aber sie hatte eine Nachricht hinterlassen, die besagte, daß sie Kevin Malloy und ein paar Reporter vom *Express* drunten bei Calhoun treffe und ich doch nachkommen solle, falls ich Lust hätte. Ich überlegte es mir, kam jedoch zu dem Schluß, daß ich einen Ort, den ich so stark mit O'Connor assoziierte, noch nicht ertrug. Weiß der Himmel, wann ich wieder einmal zu Banyon's gehen würde.

Ich tritschelte eine Weile herum und nahm schließlich den Hörer ab, um Frank anzurufen. Wir meldeten uns wie üblich mit den Nachnamen. »Was gibt's?« fragte er.

»Eine Entschuldigung. Tut mir leid wegen heute nachmittag. Ich hab ein bißchen geschlafen und kann jetzt wahrscheinlich mit dir reden, ohne dir den Kopf abzubeißen.«

»Du hattest einen harten Vormittag.«

»Ja, na ja, das ist keine Entschuldigung für schlechtes Benehmen. Aber egal, entschuldige bitte.«

»Ich hab selber ein bißchen geschlafen. Bin schon kurz, nachdem du weg warst, eingepennt.«

»Glaubst du, daß du noch eine Weile aufbleibst?« fragte ich.

»Ich fürchte, die ganze Nacht. Und morgen muß ich an die Arbeit.«

»Ich hab das gleiche Problem. Hättest du Lust, was trinken zu gehen, wenn's nicht zu spät wird?«

»Klar – wie wär's mit dem Stowaway?«

Das Stowaway ist eine kleine, ruhige und gemütliche Bar mit einer großartigen Aussicht aufs Meer. Nicht der geeignete Ort, wenn man's krachen lassen oder elegant ausgehen will, was mir gerade recht war.

»Klingt gut«, sagte ich. »Soll ich fahren?«

»Ich hol dich ab. Ich glaube, meine Rippen müssen erst heilen, bevor ich den Karmann wieder verkrafte.«

»Ich brauche ungefähr eine halbe Stunde.«

Ich lief ins Bad, duschte kurz, um aufzuwachen, und zog meine Lieblingsjeans und eine weiße Bluse an. Ich schlüpfte gerade in meine Sandalen, als es an der Tür klingelte.

Frank trug wieder Shorts, und einen Moment lang verbrachten wir, uns gegenseitig zu mustern. Cody kam in die Diele heraus und begrüßte ihn miauend.

»Hey, Cody.« Er hob den schweren Brocken in die Höhe und kraulte ihn zärtlich.

»Du traust dich was«, sagte ich, da auf seiner Wange noch immer eine schwache Spur sichtbar war, wo Codys Krallen am tiefsten eingedrungen waren.

»Cody auch. Ich bin froh, daß er keine Angst vor mir hat.«

Er setzte Cody vorsichtig wieder auf den Boden, und wir gingen zur Tür.

Schweigend fuhren wir zum Stowaway. Die Bar ist im Innern dunkel und einfach ausgestattet und versucht nicht, mit der Landschaft draußen vor der Glaswand zu konkurrieren. Es gab drei Ebenen, so daß man von jedem Platz einen ungehinderten Blick aufs Wasser hatte.

Da es nicht voll war, konnten wir direkt neben einem Fenster auf der untersten Ebene sitzen. Frank ging zur Bar hinauf und brachte mir einen Myers's and OJ und für sich ein Bier. Wir beobachteten die Wellen, die auf den mondbeschienen Strand brandeten.

Ich leerte mein Glas etwa bis zur Hälfte, während er sein Bier trank. »Frank.«

Er sah mich an.

»Ich muß dich noch über einiges ins Bild setzen.«

Er sagte nichts, setzte sich nur ein wenig aufrechter hin. Jetzt ging es ums Geschäft, und er nahm fast unmerklich eine andere Haltung an. War distanzierter. Es gefiel mir nicht, doch jetzt war es schon zu spät.

Ich erzählte ihm von dem Abschlußzeugnis von ASU, das ich gesehen hatte, von meinem Verdacht in bezug auf Hollingsworth und Longren, von der Verbindung Staatsanwalt – Bürgermeister, die in allen Notizen von O'Connor auftauchte, von Ann Marchenko und Guys Erklärungen zu Schließfächern und Geldwäsche. Er stellte hie und da ein paar klärende Fragen, gab aber ansonsten keinen Kommentar dazu ab.

Als ich fertig war, sagte er: »Ich bin wirklich froh, daß du mir das alles erzählt hast, Irene. Wann sprichst du wieder mit Guy St. Germain?«

»Ich will am Montag mit ihm Mittagessen gehen.«

Er schaute in sein Bier und schien ein bißchen kurz angebunden, als er sagte: »Laß hören, was du erfährst, okay?«

»Okay, aber ich glaube, wir müssen vorsichtig sein, Frank. Er riskiert da meinetwegen Kopf und Kragen. Er will keine negative Publicity für die Bank.«

»Die Publicity ist unsere Sache.« Kurz angebunden, das war unverkennbar.

Ich stellte bei diesem Ton schon ein wenig die Stacheln auf, aber plötzlich dämmerte mir, daß ich Frank nicht erzählt hatte, wie mein letztes Treffen mit Guy ausgegangen war, und daß er vielleicht eifersüchtig war.

»Übrigens, ich nehme Lydia mit, wenn ich mit Guy essen gehe. Ich hoffe, daß es zwischen den beiden funkt.«

Er schaute zu mir hoch. »Wirklich?«

»Wirklich. Mehr als einen, der sauer auf mich ist, verkrafte ich einfach nicht.«

»Ich bin nicht sauer auf dich.«

»Dann laß mir noch fünf Minuten Zeit!«

Er lächelte kurz und wurde dann wieder ernst. »Irene, schau mal, wir können doch Hollingsworth und Longren überprüfen. Ich sage dir dann, was wir rausbekommen haben, und du kannst deinen Artikel schreiben.«

»Ich habe mich geirrt. Ich brauche gar keine fünf Minuten.«

Er verstand den Wink, und wir saßen eine Weile schweigend da.

»Ich bin wohl ein bißchen langsam«, sagte er. »Ich habe die ganze Zeit gewußt, daß du immer wieder deine Nase in irgendwelche Sachen steckst, bis du auf die Schnauze fällst. Versuch doch mal zu verstehen, daß das nicht einfach für mich ist.«

»Vielleicht passiert mir aber nichts. Vielleicht kann ich dazu beitragen, daß anderen Leuten nichts passiert.«

»Das ist mein Job.«

»Das ist unser beider Job.«

Er schüttelte den Kopf.

»Was?« fragte ich.

Keine Antwort. Er schaute zum Fenster hinaus, seufzte und sah mich wieder an.

»Sei bitte vorsichtig«, sagte er.

»Mach ich.«

Er sah wieder zum Fenster hinaus. Ich hatte keine Ahnung, was er dachte. Es bedrückte mich. Vielleicht hatte er beschlossen, mich nicht mehr zu verhätscheln. Aber ich befürchtete, daß er sich statt dessen nur von mir distanzierte.

»Gehen wir«, sagte er schließlich.

Er fuhr mich nach Hause, brachte mich an die Eingangstür und sagte höflich gute Nacht.

Ich lag lange wach, ärgerte mich abwechselnd über mich und über Frank. Schließlich schlief ich ein. Ich träumte in dieser Nacht von O'Connor. Im Traum gerieten mir zwei Abende, die wir tatsächlich miteinander verbracht hatten, durcheinander. Wir lachten und tranken und sahen den dikken Frauen beim Tanzen zu. Er wandte sich zu mir und sagte: »Denk dran, was Schwester Kenny mal gesagt hat.«

»Schwester Kenny?« fragte ich im Traum, genau wie in jener Nacht, als er davon anfing. »Ist das eine deiner Lehrerinnen aus der katholischen Schule?«

Er lachte im Traum wie damals. »Nein, mein Schatz, ich glaube, du bist zu jung, um dich an Schwester Kenny zu erinnern. Elizabeth Kenny. Sie war eine australische Krankenschwester, die eine Behandlung für Kinderlähmung entwickelt hat. Die mußte bei ihrer Arbeit eine ganze Menge einstecken – aber egal, sie hat folgendes gesagt: ›Besser einen Tag lang ein Löwe als ein Schaf fürs ganze Leben.‹«

»Das gefällt mir.«

»Das dachte ich mir« – lächelte er im Traum –, »das dachte ich mir.«

42

Lydia und ich fuhren am Montagmorgen getrennt zur Arbeit. Ich ging wieder hinunter ins Archiv und lieh mir die Mikrofilmrollen für die letzte Märzwoche und den ganzen April des Jahres 1955 aus. Uber beide Monate hinweg wurde Richard Longren häufig erwähnt. Kein Hinweis, daß er die Stadt verlassen hatte. Und in der Osterwoche wurde fast jeden Tag über ihn berichtet: im Zusammenhang mit einem Spezialausschuß zur Untersuchung der Polio-Kontroverse, in dem es darum ging zu entscheiden, welchen Impfstoff die Gesundheitsbehörde von Las Piernas benutzen sollte.

Hiermit war Longren in bezug auf ein mögliches Treffen mit Jennifer Owens aus dem Schneider.

Ich schaute auf die Uhr. Ich hatte mir zwei Stunden lang Mikrofilme angesehen. Ich beschloß, hinaufzugehen und Guy anzurufen.

Guy war charmant wie immer und meinte, er würde mich liebend gern zum Mittagessen treffen. »Ich habe da auch etwas zu der Angelegenheit, über die wir vorgestern diskutiert haben«, sagte er.

»Was haben Sie herausgefunden?«

»Ich glaube, damit sollten wir noch warten«, sagte er, und ich verstand, daß jemand neben seinem Schreibtisch stehen mußte. Er fuhr fort. »Übrigens, warum bringen Sie nicht Ihren flotten Freund mit? Für ihn wäre das vielleicht auch interessant.«

»Okay, dann treffe ich Sie etwa um elf in der Bank. Ich bringe beide mit, wenn ich kann.«

»Ich glaube, es wäre besser, ich käme zu Ihnen.«

Also stand wirklich jemand neben ihm.

»Ich nehme an, wir wollen uns nicht in einem Banker-Lokal verabreden.«

»Nein.«

»Wie wäre es mit dem Thai Royal an der Ecke Broadway Pacific?«

»Gut. Bis dann.«

Ich ging an Lydias Schreibtisch vorbei und erzählte ihr von dem geplanten Essen. »Er will, daß ich auch Frank einlade.«

»O nein«, sagte sie.

»Was meinst du denn mit ›O nein‹?«

»Mein Gott, Irene, das ist ja wie ein Doppelrendezvous.«

»Reg dich wieder ab. Er ist ein erwachsener Mann.«

»Was hat das schon zu bedeuten? Ist der Bursche hundertneun Jahre alt oder was?«

Ich lachte und merkte, daß ich sie noch nicht über Guy ins

Bild gesetzt hatte. Also lieferte ich ihr ein paar Einzelheiten und spürte, daß sie darauf ansprang.

John Walters kam vorbeimarschiert. »Das klingt mir ja sehr nach Kaffeeklatsch. Hast du mir was Brauchbares zu berichten, Irene?«

»Vielleicht habe ich noch einen ziemlichen Hammer für dich, ehe der Tag vorbei ist«, sagte ich.

Er zog die buschigen Brauen hoch.

»Können wir uns in deinem Büro unterhalten?« fragte ich.

Er bedeutete mir, ihm zu folgen, und watschelte davon.

»Und was ist das für eine Geschichte?« fragte er, als er sich hinter seinem Schreibtisch niederließ.

Ich erzählte ihm, was ich von Guy erfahren hatte.

»Tja, was du nicht sagst, Hollingsworth und Longren, was?« Er dachte einen Augenblick darüber nach. »Glaubst du, daß O'Connor deswegen umgebracht wurde?«

»Ich bin mir nicht sicher. Ich glaube immer noch, daß es mit Jennifer Owens, mit Hannah, zusammenhängt.«

»Hmm.« Er musterte mich mit skeptischem Blick. Doch er sagte: »Paß gefälligst auf dich auf – verstanden? Jetzt geh und mach dich wieder an die Arbeit.«

»Ich habe gehört, die Redaktion veranstaltet eine Kollekte – sie wollen dir einen Kurs über charmante Umgangsformen zahlen.«

»RAUS!« brüllte er, aber ich war schon unterwegs.

Ich rief Frank im Präsidium an. Ich wußte nicht, wie er auf den Vorschlag, sich mit Guy zu treffen, reagieren würde, aber zumindest würde ich ihn dazu einladen.

»Frank?«

»Irene? Was ist los?«

»Guy St. Germain hat in der Bank was herausgefunden. Er hat mich extra gefragt, ob du dabeisein könntest, wenn er uns davon erzählt. Wir treffen uns um elf Uhr im Thai Royal. Schaffst du das?«

Er reagierte nicht sofort.

»Wüßte nicht, warum das nicht gehen sollte«, sagte er schließlich, und ich fühlte mich ungeheuer erleichtert.

»Toll. Bis dann also.«

Sam war entzückt, mich zu sehen. Und als ich ihm erzählte, daß noch zwei Herren kämen, war er natürlich außer sich vor Freude.

Er führte uns nach hinten zur gleichen Nische, in der ich gesessen hatte, als Frank mich anrief und mir von Kennys Verletzungen erzählte. Es schien schon eine Ewigkeit her.

Guy kam als erster, und wie ich gehofft hatte, schienen Lydia und er wie auf Kommando aufeinander zu fliegen. Frank verspätete sich ein wenig und entschuldigte sich, während er und Guy einander taxierten. Offensichtlich konnte er sich kaum retten vor Arbeit und mußte versuchen, alles zu erledigen, was während seiner Genesung ungeklärt liegengeblieben war. Ich stellte ihn Guy vor, sie schüttelten sich die Hand, und Frank nahm neben mir Platz. Sam tänzelte förmlich an unseren Tisch und nahm die Bestellung auf.

»Tja, Detective Harriman –«

»Nennen Sie mich Frank.«

»Sehr gern, bitte nennen Sie mich Guy. Ich bin wirklich froh, daß Sie gekommen sind. Als Irene mir sagte, daß ihr Freund bei der Polizei ist, wußte ich, daß Sie ein vertrauenswürdiger Mensch sein müssen, und bat sie daher, Sie einzuladen.

Irene, haben Sie Frank von den Schließfächern und diesen Dingen erzählt?«

Ich nickte.

»*Eh bien*. Was ich zu sagen habe, ist folgendes – heute morgen ist etwas geschehen, das mich neugierig gemacht hat. Und es paßte in ein Muster. Ein Mann namens Robert Markham kam mit einer großen Aktentasche in die Bank und trug sich mit seiner Unterschrift ein, um sein Schließfach einzusehen.«

»Ich habe diesen Namen schon mal irgendwo gehört«, sagte ich und richtete mich auf. »Und seine Initialen stehen auf der Liste in O'Connors Computernotizen. Da waren vier Initialenpaare: AH, meiner Meinung nach Hollingsworth, RM, das könnte dieser Robert Markham sein, und dann noch EN und RL. RL für Richard Longren, aber wer ist EN?«

»Ich glaube, ich weiß es. Robert Markham hat den Schließfachbereich mehrere Male betreten. Jedesmal kam drei Tage später eine gewisse Elizabeth Nickerson zu uns. Sie haben ein gemeinsames Schließfach.«

»Elizabeth Nickerson?« sagte Lydia. »Die Assistentin von Bürgermeister Longren?«

»Genau die.«

»Und wer ist Markham?« fragte Frank.

»Er ist bei Andrew Hollingsworth angestellt«, erklärte Guy. »Er hat einen großen Aufgabenbereich, ist Chauffeur, Wächter; was immer so anfällt, nehme ich an.«

»Er hat am Tor gestanden, als wir dort waren«, sagte ich.

»Ja«, sagte Guy. »Wir haben dieses Muster entdeckt, als wir uns die Unterschriftskarte und die Daten der Schließfachöffnungen ansahen; Miss Nickerson besitzt eine Genehmigung zur Benutzung desselben Schließfachs. Er kommt am Morgen nach einen Spendenbankett bei Hollingsworth in die Bank. Ich nehme an, er legt Bargeld in das Schließfach, und Miss Nickerson holt es dann ab. Auf diese Weise umgeht man die Meldung bei der *Kommission für faire politische Praktiken*.«

Unser Essen kam, und wir verzehrten es schweigend und über all das nachsinnend, was Guy uns erzählt hatte.

»Ich muß das der kalifornischen Staatsanwaltschaft und meinen Vorgesetzten bei der Bank melden«, sagte Guy. »Ich fürchte, sie werden nicht allzu begeistert sein. Die Hollingsworths haben mehrere dicke Konten bei uns.«

»Kennen Sie da jemanden, dem Sie vertrauen können?« fragte ich.

»Oh, mißverstehen Sie mich nicht. Die sind schon vertrauenswürdig. Sie wissen genau, wie hoch die Strafen für die Zurückhaltung solcher Informationen sein können, und wenn ich ihnen sage, daß ich in dieser Angelegenheit schon mit der Polizei und der Presse gesprochen habe, dann haben sie eigentlich gar keine Wahl.«

»Dennoch braucht man Mut dazu«, sagte Frank. »Was kann ich für Sie tun?«

Ich war froh zu sehen, daß er sich allmählich für die Sache erwärmte.

»Können Sie sich mit der kalifornischen Staatsanwaltschaft in Verbindung setzen?« fragte Guy. »Ich glaube, an die müssen wir uns wenden, um, falls nötig, Durchsuchungs- und Haftbefehle zu bekommen – da wir ja kaum unseren eigenen Staatsanwalt einschalten können. Falls Mr. Markham das Geld gebracht hat, müssen wir das Schließfach öffnen, bevor Miss Nickerson es ausräumt.

Ich fürchte auch, daß es da eine Verbindung zum Mordversuch an Irene gibt, weil sie ja gerade aus der Bank kam, als man sie zu überfahren versuchte. Und da ihr Freund umgebracht wurde und er in der gleichen Angelegenheit recherchiert hat, bin ich ziemlich besorgt.«

»Ich auch«, sagte Frank und sah mich bedeutungsvoll an. »Sobald ich wieder im Büro bin, versuche ich einen Durchsuchungsbefehl für das Schließfach zu bekommen und zu schauen, was ich im Fall von Markham und Nickerson unternehmen kann. Ich bin mir nicht sicher, ob der Staatsanwalt mitmacht, wenn man ihm keine Belege für die Bewegungen auf dem Schließfach liefert.«

Guy griff in seine Tasche und zog eine Reihe sauber gefalteter Papiere heraus. »Genügt das?«

Es waren eine Kopie der Unterschriftskarte mit beiden

Namen darauf und Kopien ihrer datierten Eintragungen zur Benutzung des Schließfachs.

»Danke«, sagte Frank, »das müßte genügen.«

Guy zahlte unter lautem Protest unsererseits die Rechnung, wir dankten Sam und verließen das Restaurant. Draußen auf dem Bürgersteig hielt ich mich an Franks Seite und ließ Guy und Lydia ein paar Augenblicke allein. Für alle Fälle.

Frank wandte sich zu mir, als wir Petes Wagen erreichten. »Er ist ein netter Kerl. Kann schon verstehen, daß du ihn magst.«

»Entschuldige. Aber ich bemühe mich momentan um jemand anderen.«

»Ach ja? Vielleicht hast du ihn ja schon.«

Ich sah zu ihm hoch. Da war wieder die gleiche Zurückhaltung, die ich am Vorabend gespürt hatte. »Bist du noch immer sauer auf mich?«

»Ich war nicht sauer, wirklich nicht. Nur besorgt. Trotzdem, ich muß jetzt los.«

Ich winkte zum Abschied, als er wegfuhr, drehte mich um und sah, daß Lydia das gleiche bei Guy tat.

»Nun?« sagte ich, als ich zu Lydia hinüberging.

»Wir werden auch die nächsten fünfundzwanzig Jahre Freundinnen sein, Irene.«

»Du magst ihn also.«

»Ich mag ihn. Wir gehen heute abend essen.«

»Junge, Junge, du verschwendest keine Zeit, was? Gut, daß ich dich zu all den Hockeyspielen mitgeschleppt habe.«

»Im Ernst. Aber mit ihm kann man sich sowieso leicht unterhalten. Aber wir sollten uns lieber beeilen, bevor John uns noch durchdreht.«

Wir fuhren zurück, und jede hing ihren eigenen Gedanken und Sorgen nach.

43

Den restlichen Tag verbrachte ich mit ziemlich öden Angelegenheiten. Hin und wieder schaute ich zu Lydia hinüber; sie sah aus, als hätte sie das große Los gezogen. Ich mußte an Frank denken, verdrängte ihn wieder und dachte erneut an ihn. Lydia ging etwa um fünf zu einer Redaktionskonferenz.

Ich beschloß, einen Strandlauf zu machen. Ich hatte Shorts, Sweatshirt und Laufschuhe im Handschuhfach meines Wagens und ging hinunter, um sie zu holen. Ich zog mich auf dem Damenklo um und packte meine Büroklamotten zusammen. Ich kam gerade an meinen Schreibtisch, um noch ein paar Kugelschreiber, die ich in der Hosentasche gefunden hatte, wegzuräumen, als das Telefon klingelte.

»Irene? Elinor Hollingsworth.«

Wenn sie es mir nicht gesagt hätte, hätte ich in der verschreckten Frauenstimme am Telefon nie die der kühlen, gelassenen Eiskönigin wiedererkannt, die ich vor ein paar Tagen kennengelernt hatte.

»Elinor? Was ist denn los?«

»Oh, Irene, ich bin so durcheinander. Es ist wegen Andrew. Er hat etwas Fürchterliches getan.«

»Was denn?«

»Ich glaube, er hat Ihren Freund, Mr. O'Connor, umgebracht.«

Ich schluckte schwer. »Wie kommen Sie darauf?«

»Ich habe eine Nachricht von ihm an einen dieser Männer gefunden, die bei dem Zusammenstoß starben. Über eine Bombe.«

»Elinor, bringen Sie sich in Sicherheit! Rufen Sie die Polizei an!«

»Nein! Ich habe kein Vertrauen zur Polizei. Bredloe von der Mordkommission und noch ein Dutzend andere haben sich von ihm kaufen lassen. Ich muß das jemandem sagen, dem ich vertrauen kann. Und er darf es nicht mitkriegen. Ich will nicht, daß er Verdacht schöpft, ehe ein ehrlicher Polizist ihn verhaftet. Im Moment ist niemand da – er ist mindestens eine Stunde weg. Kannst du herkommen? Ich bin in der Villa. Ich gebe dir den Zettel, und du kannst ihn an deinen Freund von der Mordkommission weitergeben. Vielleicht weiß er, was ich machen soll.«

In meinem Kopf drehte sich alles. Captain Bredloe, der wußte, daß ich bei Lydia wohnte, von Hollingsworth gekauft?

»Bitte, Irene! Ich weiß nicht, wann ich wieder so eine Chance kriege. Er läßt mich die ganze Zeit von Markham beobachten. Das ist das erste Mal, daß Markham ihn ohne mich irgendwo hinfährt.«

»Okay, Elinor. Bleib ruhig. Ich schaue, was ich tun kann.«

Ich legte auf und rief bei der Mordkommission an. Ich fragte nach Frank.

»Er ist nicht da«, sagte die Stimme am anderen Ende der Leitung. »Wollen Sie ihm eine Nachricht hinterlassen?«

»Sagen Sie ihm nur, Irene hätte angerufen.«

Ich kritzelte hastig eine Nachricht, in der ich Lydia mitteilte, daß ich zur Sheffield-Villa fuhr und sie Frank Bescheid sagen solle, falls er zurückrief.

Ich rannte aus dem Zeitungsgebäude, sprang in den Wagen und steuerte auf den Shoreline Drive zu. Der Berufsverkehr war jetzt auf dem absoluten Höhepunkt, und ich spürte, wie mir der kalte Schweiß ausbrach, als ich mich zentimeterweise aus der Innenstadt hinausbewegte. Schließlich erreichte ich eine etwas freiere Strecke und fuhr wie eine Wahnsinnige, um den Zeitverlust wiedergutzumachen. Als ich mich der Straße, die am Wald entlangführte, näherte, verlangsamte ich das Tempo ein wenig.

Was zum Teufel tat ich bloß? Ich mußte verrückt sein, daß

ich allein hier heraus kam. Andererseits dachte ich an Elinors flehentliche Bitte. Ich konnte sie nicht enttäuschen. Ich würde versuchen, sie zum Mitkommen zu überreden. Alles war besser, als bei einem so skrupellosen Menschen wie Hollingsworth zu bleiben.

Als ich mich vorsichtig dem Tor näherte, kroch ich nur noch. Die Schranke war oben und das Wächterhaus leer. Das ganze Anwesen wirkte verlassen. Ein gespenstischer Kontrast zum Freitagabend. Ich stieg aus dem Wagen und schloß ab, als eine Stimme aus kaum einem Meter Entfernung sagte: »Was suchen Sie hier?«

Ich drehte mich um und blickte in die starr auf mich gerichteten Augen von Andrew Hollingsworth.

44

»Wo ist Elinor?« fragte ich.

»Und ich habe Sie gefragt, was Sie hier suchen.«

Und da bemerkte ich, daß er sehr seltsam aussah. Er war schweißüberströmt, und seine Blicke schossen nervös zwischen mir und dem Haus hin und her, während er sich mir näherte. Ich wich auf die andere Wagenseite zurück. Er machte einen Satz, um mich zu packen, aber ich wich ihm aus, und er fiel auf den Bauch.

Ich rannte los. Er rappelte sich hoch und verfolgte mich, aber ich schaffte es zum Waldrand. Ich schoß hinein und zwischen den Bäumen hindurch, die die Straße säumten, sah nicht mehr zurück, sondern lief um mein Leben. Irgendwann verringerte ich mein Tempo gerade so, daß ich einen Blick über die Schulter werfen konnte. Ich sah ihn nicht mehr. Ich rannte weiter.

Ich versteckte mich hinter einem großen Baum und rang

nach Luft. Ich schaute zurück, und diesmal hatte ich eine ziemlich gute Sicht auf das Haus. Andrew Hollingsworth kehrte mir den Rücken zu und ging Richtung Haus. Ich atmete mit heftigen, stechenden Zügen. Mir war schwindlig. Was war schiefgelaufen? Hollingsworth mußte unerwartet zurückgekehrt sein. Aber von Markham sah ich weit und breit keine Spur. Was hatte er mit Elinor gemacht? Beziehungsweise, was würde er jetzt, da er mich gesehen hatte, mit ihr anstellen?

Vorsichtig näherte ich mich der Straße. Ich wollte die Sache bis zum Ende verfolgen, aber nicht selber tragisch enden. Ich wußte, daß der Turm Hollingsworth einen ausgezeichneten Blick auf die Straße gewährte. Wenn ich im Wald blieb, sah er mich vielleicht nicht.

Ich versuchte mich zu erinnern, wie weit es bis zum nächsten Haus war, und bekam Angst. Bis ich es erreichte, konnte Hollingsworth sich schon längst abgesetzt haben, auch wenn ich rannte. Vielleicht nahm er jetzt sogar den Wagen, da er sich ja denken konnte, in welche Richtung ich steuerte.

Wie um meine Gedanken zu bestätigen, hörte ich das Geräusch eines heulenden Motors. Ich legte mich flach auf den Boden und schaute hinaus auf die Straße. Das Geräusch näherte sich, und ich merkte, daß es sich auf die Villa zu- und nicht von ihr wegbewegte. Meine Erleichterung verwandelte sich in Entsetzen, als ich sah, daß es Pete Bairds Wagen war. Die Gefahr – der er sich damit aussetzte – nicht ahnend, war Frank mir nachgekommen. Der Wagen flog vorbei, und ohnmächtig sah ich ihn in der Ferne verschwinden. Ich mußte versuchen, zum Haus zurückzugelangen und ihn zu warnen, ehe Andrew Hollingsworth merkte, daß er da war. Ich rannte durch den Wald zurück. Meine Beine zitterten, doch ich zwang mich weiterzulaufen. Als ich in Sichtweite des Hauses kam, erstarrte ich und warf mich zu Boden.

Mehrere Leute betraten durch den Seiteneingang, der zum

Grill-Hof führte, das Haus. Aber auch von hinten erkannte ich sie.

Frank war der erste, er hielt die Hände in die Höhe. Dann kam Elinor.

Und dann Andrew mit der Pistole.

45

Mir war übel. Ich zitterte vor Angst und Erschöpfung, aber ich mußte mir jetzt etwas einfallen lassen. Vielleicht konnte ich irgendwie ins Haus gelangen und telefonieren. Aber konnte denn jemand rasch genug herkommen, um Frank und Elinor zu retten?

Ich schaute hinaus auf die Klippe. Konnte mich unten am Strand jemand sehen oder hören? Wohl kaum. Ich sah ein paar Schiffe draußen auf dem Wasser. Vielleicht konnte ich etwas tun, um ihre Aufmerksamkeit zu erregen. Etwas, das Andrew Hollingsworth ebenfalls ablenken und Frank und Elinor eine Chance zur Flucht verschaffen würde.

Plötzlich erinnerte ich mich an die Propanflaschen und die Zeitungen im Keller. Falls niemand im Korridor war, mußte es doch möglich sein, hinunterzuschleichen und ein großes Feuer zu legen, das man vom Meer aus sehen konnte. Für Frank und Elinor war das zwar riskant, aber wenn wir Glück hatten, würde es genug Verwirrung erzeugen und ihnen ermöglichen, sich in Sicherheit zu bringen.

Ich duckte mich und näherte mich dem Nebenhof. Ich lehnte mich gegen die Hauswand. Die Küchenfenster waren geschlossen, doch ich hörte Stimmen – vor allem Andrews Stimme, konnte aber nicht verstehen, was er sagte. Falls sie in der Küche waren, würde es schwierig sein, ungesehen und ungehört in den Keller zu gelangen. Da mir keine leisere Art, ins Haus zu kommen, einfiel, überwand ich mich und drehte langsam am Knauf der ins Haus hineinführenden Tür.

Behutsam zog ich die Tür auf und war erleichtert, als ich sah, daß die Küchentür geschlossen war. Ich öffnete die Kellertür und stieg leise die Treppe hinunter. Es war dunkel, aber durch ein kleines Fenster drang ein wenig Licht herein. Meine Augen gewöhnten sich daran, und ich fand die Propanflaschen. Ich sah mich im Kellerraum nach Brennbarem um.

Ich entdeckte Zeitungen und Zündhölzer. Ich öffnete die beiden Propanflaschen nur einen Spalt weit, damit das Zischen nicht zu laut wurde und Aufmerksamkeit erregte. Wenn ich jetzt hinaufging und beim Hinausgehen ein Streichholz hinabfallen ließ, würde ich wohl genau die beabsichtigte Verwirrung erzielen. Ich wollte gerade wieder die Treppe hinaufsteigen, als sich plötzlich die Tür öffnete.

Als erstes sah ich die Pistole. Dann erkannte ich, daß Elinor Hollingsworth sie auf mich richtete.

»Gott sei Dank, du bist in Sicherheit!« rief ich und fühlte mich erleichtert.

»Oh, *du* bist in Gefahr. Komm rauf zu deinem Freund. Bei dem Lärm, den du da unten veranstaltest, wachen ja Tote auf.«

Sie lachte ein seltsames Lachen und hielt weiter die Pistole auf mich gerichtet. Schließlich begriff ich.

»Mach keine Dummheiten, Irene. Ich kenne mich aus mit Waffen.«

Ich stieg die Treppe hinauf, und sie trieb mich in die Küche. Andrew hielt seine Pistole auf Frank gerichtet. Aus Franks leerem Schultergurt schloß ich, daß Elinor sie hatte. Frank sah zu mir herüber, und einen Moment wechselten wir einen Blick, aus dem unsere Angst um einander sprach. Er zwang sich zu einem Lächeln und sagte: »Komm doch rein, Irene. Wir können hier warten und zugucken, wie die Hollingsworths verhaftet werden.«

»Klappe!« sagte Andrew.

»Aber, aber, Andrew«, sagte Elinor mit Eiseskälte. »Es wird keine Verhaftungen geben. Und wenn ich auch nur einen Moment lang annähme, daß die Polizei unterwegs ist, so hätte ich zumindest den Trost zu wissen, daß die beiden hier ihre Möchtegernretter nicht mehr erleben. Nehmen Sie bitte ein bißchen Abstand von Mr. Harriman, Irene. Sie beide werden bald vereint sein.«

»Lassen Sie mich mal raten«, sagte Frank. »Wenn ich so sehe, wie der alte Andrew bibbert und zittert, dann wette ich eine Million Dollar, daß *Sie* das Mädchen umgebracht haben.«

»Selbstverständlich. Glauben Sie, ich hätte mir von so einem kleinen hergelaufenen Luder meine Heiratspläne durchkreuzen lassen? Und Andrew wollte sie auch noch heiraten! Ist das zu fassen?«

Ein gequälter Ausdruck huschte über Andrews Gesicht. Elinor lächelte und fuhr fort.

»Taucht da eines Nachts in der Stadt auf, erzählt ihm, daß sie schwanger ist. Sagt, es wäre bei seinem Besuch während der Frühlingsferien passiert. Das war ganz schön ungezogen von dir, nicht wahr, Andrew?«

Andrew bekam einen glasigen Blick, als sei er ganz woanders.

Elinor grinste gekünstelt. »Sie sagte ihm, sie hätte ihrer Kusine einen Brief geschrieben, in dem sie ihr den zukünftigen Vater genannt hätte. Und was macht er? Verspricht ihr, sie zu einer ehrbaren Frau zu machen!«

Elinor sprach in höhnischem Ton. »Kommt an und erzählt mir, wir müßten unsere Verlobung auflösen. Ich habe ihm gesagt, er solle sich keine Gedanken machen und alles mir überlassen. Und hab die kleine Nutte zu einem Treffen unterm Pier überredet, und alles andere ist seit fünfunddreißig Jahren vorbei und vergessen.«

»Nicht ganz«, sagte ich, als ich meine Stimme wiederfand.

Sie warf mir einen strengen Blick zu.

»Was haben Sie mit den Händen und Füßen gemacht?«

»Oh, das war genial. Was wäre denn ein besserer Ort für ein Paar Füße als ein Paar Beine?«

»Sie hat sie unter den Las-Piernas-Klippen begraben«, sagte Andrew leise.

Frank und ich sahen uns an.

»Was die Hände betrifft, nun, daraus habe ich meinem lieben Mann ein ganz besonderes Hochzeitsgeschenk gemacht.«

»Elinor! Um Himmels willen!«

»Sie wollen die Geschichte hören, Andrew. Wissen Sie, Andrew dachte, ich hätte sie bestochen, damit sie die Stadt verließe – bis dann die Geschichte am nächsten Tag in der Zeitung erschien. Ich rief ihn an, um ihn zu erinnern, daß ich wußte, wo er mit ihr zu Abend gegessen hatte, daß *er* als letzter mit ihr gesehen worden war und daß ich mit Leichtigkeit die Verbindung zwischen den beiden nachweisen konnte. Wer in Las Piernas würde meinem Wort nicht mehr Glauben schenken als seinem? Und zur damaligen Zeit traute man einer Frau so etwas sowieso nicht zu.«

Auch heute war es kaum zu fassen. Elinor besaß große Körperkraft und einen eisernen Willen. War eine Frau, die stets ihren Kopf durchsetzte. »Warum haben Sie sie nicht bestochen?« fragte ich.

»Oh, ich hab's versucht. Und hätte es gerne getan. Bei unserem lieben Bürgermeister funktioniert das seit Jahren. Aber das billige Flittchen sagte, sie wolle nicht mein Geld, sie wolle Andrew. Tja, aber sie konnte ihn eben nicht haben. Auf den Fall, daß sie sich weigerte, war ich vorbereitet.«

Sie beäugte uns mißtrauisch.

»Andrew, hol ein paar Stricke aus dem Keller. Wir wollen ja kein Risiko eingehen.«

»Nein«, sagte er. »Du weißt, daß ich da nicht runtergehe.«

Elinor seufzte. »Sein Hochzeitsgeschenk ist da unten im Gefrierschrank. Er traut sich nicht in die Nähe.« Sie lachte ihn aus. »Sie wird schon nicht die Hand ausstrecken und dich packen, Andrew.« Er wurde rot, sagte aber nichts. Sie ging zu ihrem Mann hinüber. »Andrew war in all den Jahren sehr gut zu mir. Deswegen hab ich mich auch mit seiner kleinen Kellerphobie abgefunden.«

»Und warum O'Connor?« fragte ich. »Was hat der Ihnen denn getan?«

»Er hatte schon fast rausgekriegt, wer sie war. Deswegen. Ich habe es von seinem Sohn erfahren.«

Sie lächelte, als sie meine Überraschung sah. »Ich hatte ein Verhältnis mit Kenny. Nur zu Spionagezwecken. Das kleine Plappermäulchen hat mich über jeden Schritt seines Vaters unterrichtet. Selbstverständlich hatte er keine Ahnung, warum ich das wissen wollte. Kenny ist kein großer Liebhaber. Gar kein Vergleich zu Andrew. Andrew ist ein phantastischer Liebhaber. Ich bin enttäuscht, daß Kenny es überlebt hat, aber wie ich höre, schweigt er.«

Ich sah Andrew an. Er stand mit versteinerten Zügen da, und daß er uns überhaupt registrierte, ließ sich nur an seiner Pistole erkennen. Falls Elinor ihn in Verlegenheit brachte, so sah man es ihm nicht an.

»Ich bin überrascht, daß Andrew bei Ihnen überhaupt noch einen hochkriegt, nachdem Sie seine Freundin so behandelt haben«, sagte Frank.

Kalter Zorn verdüsterte ihr Gesicht.

Sie ging zu Frank und setzte ihm die Pistole an die Schläfe. »Nehmen Sie die Hände höher!«

Er tat es. Sie holte mit dem anderen Arm aus und boxte ihm hart in die Rippen. Er wurde blaß und atmete heftig, gönnte ihr jedoch nicht die Genugtuung, ihn laut aufschreien zu hören. Lächelnd entfernte sie sich wieder.

Franks Stirn war schweißnaß, doch er ließ die Arme wieder ein wenig sinken und schwieg.

»Irene, *Sie* hab ich wirklich gern. Und *er* scheint ja ein richtiger Mann zu sein. Tut mir eigentlich leid, daß wir uns nicht besser kennengelernt haben. Will einfach nicht schreien, gönnt's mir nicht. Na ja, wir werden sehen.«

»Elinor, bringen wir's hinter uns und verschwinden«, sagte Andrew.

Sie sah ihn an.

»Also gut, steck sie in den Gefrierschrank. Ich hole das Seil.«

Sie wartete einen Augenblick, um sich zu vergewissern, daß er gehorchte.

Er winkte uns zu einem begehbaren Gefrierschrank, der nicht weit von uns entfernt stand. Er richtete die Pistole auf mich. »Machen Sie auf.«

Ich tat, wie man mir sagte. Ich zerrte am Griff und riß die schwere Tür auf. Es war ein kleiner Fleischschrank. Mehrere Fleischstücke hingen darin, und große Eiscremebehälter standen auf den Regalen an der Wand. Zitternd stand ich vor der Tür. Ich war mir nicht sicher, ob es an der Kälte lag.

Er richtete die Waffe auf Frank. »Gehen Sie, Sie zuerst.«

»Hollingsworth, jetzt haben Sie die Chance, sich von ihr zu befreien«, sagte Frank. »Warum lassen Sie sich so herumschubsen? Sie ist die Mörderin, nicht Sie.«

Einen Moment lang wirkte Hollingsworth bestürzt. Er schaute flüchtig zu Elinor, dann wieder zu uns. Er richtete die Pistole auf Frank, und seine Hände zitterten. »Rein mit euch«, sagte er.

»Sie sind Staatsanwalt, Sie wissen, wie das läuft. Wir sagen dem kalifornischen Staatsanwalt, daß Sie uns geholfen haben. Er wird Sie schonen.«

Er sagte nichts, zitterte bloß wie ein verängstigtes Tier.

»Laß Irene gehen. Sie hat dir nichts getan.«

»Andrew!« kommandierte Elinor.

Es war nur ein Wort, aber es knallte durch die Luft wie ein Peitschenhieb. Hollingsworth bekam einen wilden Blick. Er richtete die Waffe auf mich und schrie Frank an. »Rein mit dir! Los, oder sie ist tot! Ich tu's! Ich puste ihr den Kopf weg!«

Frank bewegte sich langsam und steif, und die Mündung von Andrews Pistole folgte jedem seiner Schritte. Er ging in den Gefrierschrank. Ich haßte mich, denn ich wußte, daß er meinetwegen hier war.

Elinor war zur Kellertür hinübergegangen.

»Das ist seltsam«, sagte sie.

Und danach hörte ich nur noch eine gewaltige Explosion.

46

Ich spürte, wie es mich hinter der Tür hervorriß und gegen die Wand schleuderte. Ich lag flach auf dem Rücken, war verblüfft und wußte nicht recht, was geschehen war. Die Luft war heiß. Ich spürte etwas Klebriges im Gesicht, etwas Salziges im Mund. Meine Ohren fühlten sich an, als wären sie voller Wasser. Als nächstes merkte ich, daß der Raum sich mit Rauch füllte. Ich schloß die Augen. Irgendwie dämmerte mir, daß es keine Geräusche mehr gab.

Jemand hob mich hoch. Ich öffnete die Augen und sah Frank, der auf mich herabblickte. Er wollte etwas zu mir sagen, aber er brachte keinen Ton heraus. Ich lächelte ihn an und schloß die Augen.

Als ich sie wieder öffnete, blickte ich in einen rauchigen Himmel. Ich hustete. Franks Gesicht kam wieder in mein Blickfeld. Ich sah, daß er sich über mich beugte. Wir befanden uns auf einem Rasen. Er hielt mich. Ich fühlte mich schläfrig.

Ich schaute hinauf in sein Gesicht. Was war bloß mit seinen Augen los? Sie tränten. Er versuchte, etwas zu sagen. Ich glaube, meinen Namen. Aber er bekam keinen Ton heraus. Ich führte meine Hand an seine Lippen. Ich schloß wieder die Augen.

47

Als erstes hörte ich ein Schnarchen. Ich erwachte in einem seltsamen Zimmer und hörte das Schnarchen. Schnarchen und ein Hämmern im Kopf. Langsam wandte ich den Kopf und erblickte Frank, der in einem Stuhl hinter Gitterstäben schlief. Allmählich merkte ich, daß ich in einem Krankenhausbett lag, und die Stäbe waren das Bettgitter. Mein Kopf tat so weh, daß es angenehmer war, die Augen zu schließen. Wieder schlief ich ein.

Als ich zum zweiten Mal aufwachte, sah ich ein Frauengesicht, das auf mich herabschaute. »Ich glaube, jetzt kommt sie zu sich«, sagte eine Stimme, und ich erkannte Schwester Theresa. Bald sah ich auch, daß Frank neben ihr stand.

»Hey«, sagte ich.

»Hey.« Er nahm meine Hand. Das war gut.

»Ihre Schwester hat nach Ihnen gefragt«, sagte Schwester Theresa. »Ich glaube, ich sag ihr mal, daß Sie wach sind.«

Frank setzte sich, hielt aber weiterhin meine Hand. Ich wurde mutig und schob den Arm durch die Stäbe, um es ihm zu erleichtern.

Ich schlief ein.

Irgendwann am Abend gelang es mir schließlich, länger als fünf Sekunden am Stück wach zu bleiben. Frank hielt noch immer meine Hand.

»Frank?«

Er setzte sich mit einem Ruck auf. Er wirkte erschöpft.

»Irene? Wie fühlst du dich?«

»Beschissen. Was ist passiert?«

»Hast du die Propanflaschen im Keller aufgemacht?«

Ich war immer noch ein bißchen benebelt. Allmählich erinnerte ich mich wieder, wo ich unmittelbar vor der Explosion gewesen war.

»Ja. Aber ich hab sie nicht angezündet.«

»Der Keller hat sich mit Gas gefüllt. Elinor hat den Lichtschalter angeknipst, und es hat einen Funken gegeben. Der Keller ist explodiert. Und verbrannt.«

»Hast du dich nicht verletzt?«

»Nein. Die haben mir wohl im Grunde einen Gefallen getan, als sie mich in den Kühlschrank steckten.«

Ich erinnerte mich wieder, wie sie ihn mit vorgehaltener Pistole hineingetrieben hatten, erinnerte mich, wie Elinor auf seinen Kopf gezielt und ihn in die Rippen geboxt hatte. Ich spürte, wie mir die Farbe aus den Wangen wich.

»Irene? Alles in Ordnung? Soll ich die Schwester holen?«

»Nein«, sagte ich. »Schon gut. Ich hab nur dran denken müssen, wie sie dich behandelt haben. Ich hatte solche Angst um dich.«

»Glaub mir, mir ist es genauso ergangen. Mein Gott, hast du mich erschreckt. Als ich dich raustrug –«

Die Stimme versagte ihm, und er schaute beiseite.

»Mir geht's gut«, sagte ich.

»Hallo, hallo!« rief Barbara zur Tür herein.

Sie kam an die andere Bettseite. »Der ist ja noch schlimmer als ich. Nicht mal Schwester Theresa konnte ihn dazu bewegen, sich mal auszuruhen.«

Ich erinnerte mich an sein Schnarchen und mußte lächeln.

»Hey, Barbara. Wie geht's Kenny?«

»Er wird demnächst vorbeikommen und sich bei dir entschuldigen«, sagte sie.

»Was hat denn das zu bedeuten?«

»Er hat mir berichtet, was er dir über O'Connor erzählt hat. Da hab ich gesagt, entweder muß er sich entschuldigen, oder ich will nie wieder was mit ihm zu tun haben. Worauf er zu heulen begann und immer wieder davon faselte, daß er seinen Vater umgebracht hätte. Ich sage dir, er phantasiert. Ich habe ihm gesagt, daß ihr beide wüßtet, wer seinen Vater umgebracht hat, und daß er meines Wissens noch nicht im Gespräch war. Habt ihr eine Ahnung, was er gemeint hat?«

Frank und ich warfen uns einen Blick zu.

»Nein«, sagte ich. »Wahrscheinlich fühlt er sich nur mies wegen dem, was er mir erzählt hat. Sag ihm, ich hab ihm alles verziehen.« Ich wandte mich an Frank. »Was ist aus den Hollingsworths' geworden?«

Er schüttelte den Kopf.

»Oh.«

»Longren hat zugegeben, daß er Geld gewaschen und ein falsches Alibi für Emmet Woolseys Frau besorgt hat; er behauptet, von allem anderen hätte er nichts gewußt, aber niemand glaubt ihm. Er ist so und so erledigt. Elaines Mutter hat den Brief nicht gefunden. Wahrscheinlich ist er schon vor Jahren weggeschmissen worden. Wir haben sie angerufen und sie über alles Weitere unterrichtet. Ist wohl kaum ein Trost für sie.«

Mein Kopf war schwer und benebelt. Ich schloß die Augen, und der Nebel lichtete sich.

Ich sah wieder zu Frank hoch; ein besorgter Ausdruck lag auf seinem Gesicht.

»Woher wußtest du, daß ich da draußen war?« fragte ich.

»Von Lydia. Sie rief mich an und erzählte, daß du ihr diese Nachricht hinterlassen hättest. Aber wir können später über alles reden. Erhol dich jetzt. Sie wollen die Leichenfeier für O'Connor organisieren und warten nur, bis du wieder aus dem Krankenhaus bist.«

»Ich steh ganz schön tief in deiner Schuld«, sagte ich benommen.

»Überhaupt nicht. Schlaf jetzt!«

Und das tat ich auch.

48

Es war ein großartiges Ereignis. Es gab zu essen und zu trinken und fröhliche und traurige Erinnerungen an den Mann, den wir alle geliebt hatten.

»Glaubst du an Geister?« fragte ich Frank.

»Nur an Heinzelmännchen.«

»Du solltest O'Connors Geist mal kennenlernen – der ist sogar noch freundlicher.«

Ich habe wohl mit hundert Leuten geredet und gelacht und geweint. Barbara und Tante Mary hatten die ganze Sache in Barbaras Haus organisiert. Sam und Roselynn hatten einen Teil des Essens geliefert. Wahrscheinlich war es der erste irische Leichenschmaus, auf dem es thailändisches Essen gab.

Den Alkohol mied ich – mein Kopf sollte mal eine Chance kriegen, damit endlich die Schmerzen aufhörten, die der Aufprall auf die Küchenwand verursacht hatte. Frank trank auch nichts und meinte, einer müsse doch nüchtern bleiben und sich mit mir unterhalten.

Kenny war da, inzwischen zwar entlassen, aber noch nicht so recht fit. Er und Barbara wollten es noch einmal miteinander probieren. Erfreut stellte ich fest, daß sie jetzt viel selbstbewußter in seiner Gegenwart war.

Kevin hatte die Clique vom Calhoun's mitgebracht, jemand anders eine Gruppe aus dem Banyon's. Man traf Reporter, Polizisten – sogar Captain Bredloe, der selbstverständlich nie auf jemandes Gehaltsliste gestanden hatte. Das war auch nur eine von Elinors Lügen. Ich sah MacPherson und den Global Guru Fred Barnes und zig andere Leute, die über die Jahre mit O'Connor zu tun gehabt hatten.

Pete tauchte auf, und Rachel begleitete ihn. Sie lieferten sich ständig kleine Wortgefechte. Pete hatte in ihr eine mehr als ebenbürtige Partnerin gefunden. Sie war nicht hergezogen, aber irgend etwas sagte mir, daß sich bald einer von den beiden versetzen lassen würde.

Guy und Lydia durchlebten die Wehen der jungen Liebe, was für jeden Nichtbeteiligten ziemlich langweilig sein kann. Dennoch freute ich mich für sie.

Tante Mary hatte eine irische Band aufgetrieben, samt Fiedel, Gitarre, Bodhrán, Flöten, Harfe, Tin Whistle und Stimmen, die hingebungsvoll die Lieder von Eire sangen. Sie gaben eine rührende Version eines alten Lieblingsliedes von O'Connor zum besten: »Bonnie Light Horseman.« Ich spürte, wie mir während des Vortrags zum x-ten Mal die Tränen in die Augen stiegen. Ich sah hinüber zu John Walters, der selber einen ganz verschleierten Blick bekam.

Als man viele Gläser gekippt und Lieder gesungen hatte, führte mich Frank hinaus zu seinem Wagen – wieder ein Volvo, den er sich während meines Krankenhausaufenthalts besorgt hatte.

Während er dahinfuhr, merkte ich, daß er mich nicht zu Lydia brachte.

Er parkte den Wagen in seiner Einfahrt. Er stieg aus und hielt mir die Tür auf. Wir gingen hinein, und er schloß die Tür hinter uns.

Er nahm mich in die Arme und küßte mich lang, langsam und voller Glut. Ich erwiderte den Kuß mit aller Leidenschaft. »Bleib bei mir«, sagte er leise.

Das tat ich. Und später, als wir von der Liebe erhitzt und endlich todmüde im Bett lagen und uns umschlungen hielten, hörte ich, wie er leise sang: »Goodnight, Irene.«